尋秦記

卷肆 黄易作品集

【卷四】目次

【卷四】目次

第一章 君恩深重

由趙返秦後，命運不斷作弄他。若非因婷芳氏的病逝，致心念一動下，把烏廷芳和趙倩帶在身邊，後者不用橫死，春盈等亦可避過大難，翠桐翠綠更不用以身殉主。當日在大梁，縱使在那麼凶險的環境，加上少許運氣，他仍可保著美麗的趙國三公主，可是在洛水旁的紅松林處，卻要她飲恨收場。說到底，是他警覺性不高，給呂不韋這陰謀家算中一著。他再不會給呂不韋另一次的機會，因爲他根本消受不起。

七位青春煥發，正享受大好花樣年華的美女，就這麼一去無跡，彷如一場春夢。他永遠忘不掉翠桐翠綠那比對起她們平時花容月貌，更使人感到有著驚心動魄、天壤雲泥的可怖死狀！來到牧場已有半年的時間，他的心境逐漸平復過來，絕口不談朝政，暗中卻祕密操練手下的兒郎，全力栽培出一支人數增至五千人的古戰國時代的特種部隊，他將以之扶助小盤登上王座，應付呂不韋的私人軍團。這些戰士除原先由烏卓一手訓練出來近三千人的烏家子弟，以及由邯鄲隨來的蒲布等人及荊族獵人外，新近更通過烏卓和滕翼，祕密由廣布於六國的烏氏族人和荊家村裡再精選一批有資質的人前來。五千人分作五軍，每軍千人，分別由烏卓、滕翼、荊俊、烏果和蒲布率領，平時以畜牧者的身分作掩飾，訓練集中在晚上進行，使他們精於夜戰之術。課程主要由他和滕翼設計，不用說多是以前他在二十一世紀學來的那一套，稍加變化後搬過來。

工欲善其事，必先利其器。有了紀嫣然的越國工匠，配合項少龍這二十一世紀人對冶金的認識，製造出超越當時代的優質兵器。那時的劍多在三尺至四尺許間，過長便易折斷，但他們卻成功鑄造出長達五尺的超薄超長的劍，只是這點，已使特種部隊威力倍增。烏應元又派人往各地搜羅名種，配出一批戰馬，無論在耐力和速度上，均遠勝從前。肖月潭說得對，有烏家龐大的財力物力在背後撐腰，確是別人不敢忽視的一件事。項少龍本身曾受過間諜和搜集情報的訓練，深明知己知彼的重要性，於是挑數百人出來，進行這方面的訓練，由經驗老到的陶方主持。經過半年的努力，他們已成立一個能自給自足的祕密軍事集團。

呂不韋不時遣人來探聽他的動向，但由於有圖先在暗中照拂，當然查不出任何事情來。日子在表面相安無事、暗裡則波洶浪急的情況下過去。這天陶方由咸陽回來，在隱龍別院找不到項少龍，由紀嫣然、烏廷芳和趙致三女陪同趕到正在拜月峰訓練戰士攀山越嶺的項少龍處，向他匯報最新的情況發展。項少龍和陶方返回營地，在一個可俯瞰大地的石崖處說話。

陶方劈口道：「蒙驁攻趙，連戰皆勝，成功占領成臯和滎陽，王齕則取得上黨，現在繼續對榆次、狼孟諸城猛攻。六國人人自危，聽說安釐王和信陵君拋開成見，由信陵君親赴六國，務要再策動另一次合縱，好應付秦國的威脅。」

項少龍色變道：「趙雅危險了！」

陶方微一愕然，不悅道：「這種水性楊花的女人，少龍還要理會她嗎？」

他當然明白項少龍的意思，現在眞正操縱趙國的人，不是尙未成年的趙王而是晶太后，爲那有理說不清的情仇，晶后說不定會開列出處死趙雅的條件，才肯與信陵君合作。

項少龍默然半晌，沉聲問道：「趙人仍與燕國交戰嗎？」

陶方道：「燕人仍是處於下風，廉頗殺掉燕國名將栗腹，燕人遣使求和，當然要給趙人占點便宜。信陵君此行，首要之務是要促成燕趙的停戰。」

項少龍的臉色更難看，道：「信陵君出發有多久？」

陶方知他仍是對趙雅念念不忘，道：「消息傳來時，信陵君離魏赴趙最少有五個月的時間，若信陵君和韓晶間眞有祕密處死趙雅的協議，我們已來不及救她。」

項少龍一陣心煩意亂。

陶方道：「現在我們是自身難保，呂不韋的聲勢日益壯大，家將食客達八千人，還另建比現在相府規模大三倍的新相府，左丞相一職更因他故意刁難下，一直懸空，使他得以總攬朝政，加上捷報頻傳，現時咸陽誰不看他的臉色做人。」

項少龍暫時拋開趙雅的事，道：「陶公這次匆匆趕來，還有什麼事呢？」

陶方神色凝重起來，道：「此事奇怪之極，大王派了個叫騰勝的內史官來找我，召你入宮一見。所以我立即趕來通知你，騰勝神神祕祕的，內情應不簡單。」

項少龍的心打個問號，烏廷芳的嬌笑聲傳來道：「項郎啊！你快來主持公道，評評人家和致致誰是攀山的能手。」

項少龍心中暗嘆，與世無爭的生活恐怕要告一段落。

項少龍和滕翼領著十八名手下，急趕一天一夜的路，第三天早上返抵咸陽城，立即入宮見秦王。這十八人被滕翼稱爲十八鐵衛，包括烏言著和烏舒兩個曾隨他出使的烏家高手在內，烏族占十人，荊氏獵手占六人，其他兩人分別來自蒲布那夥人和紀嫣然的家將。十八鐵衛在嚴格的訓練下，表現出驚人的潛力，故能在五千人中脫穎而出，當上項少龍的親衛，可見他們是如何高明，是特種部隊裡的頂級精銳。自紅松林一役之後，各人痛定思痛，均發覺到自保之道，唯有強兵一途，打不過也可突圍逃走。

莊襄王早有吩咐，禁衛見項少龍到，著滕翼等留在外宮，立即把項少龍帶到書齋去見莊襄王。莊襄王神采如昔，只是眉頭深鎖，略有倦容。揮退下人，莊襄王和他分君主之位坐下，閉門密語。

這戰國最強大國家的君主微微一笑道：「不知不覺又半年有多，寡人和姬后不時談起你，前天早朝，寡人忽發奇想，想到假若有少龍卿家在朝就好了。現在看到你神采飛揚，盡洗當日的頹唐失意，寡人心中爲你高興哩！」

項少龍聽得心頭溫暖，權力使人變得無情和腐化的常規，並沒有發生在這氣質高雅的人身上。同時亦黯然神傷，皆因想起他命不久矣，但更奇怪他好端端的，怎像生命已走到盡頭的人。這種種想法，使他湧起複雜無比的痛心感覺，一時間說不出話來。

莊襄王點頭道：「少龍是個感情非常豐富的人，從你的眼神可以清楚看到，你知否陽泉君三天前去世，少龍的喪妻之恨，終於得討回公道。」

項少龍愕然道：「大王處決他嗎？」

莊襄王搖頭道：「下手的是不韋，他以爲寡人不知道，軟禁他後，隔不多少天便送上烈酒和美女給陽泉君，此人一向酒色過度，被寡人嚴禁離府，更是心情苦悶，漫無節制，半年下來，終撐不住一命嗚呼！這樣也好，只有一死才可補贖他曾犯過的惡行。」

項少龍心中暗嘆，他對陽泉君雖絕無好感，但說到底陽泉君只是權力鬥爭的失敗者，和呂不韋相比，他差得實在太遠。

莊襄王不知是否少有跟人說心事，談興大發道：「以前在邯鄲做質子，以爲可以返回咸陽，再無苦惱，哪知實情卻是另一回事。由太子以至乎現在當上君王，不同的階段，各有不同的煩惱，假若眞如右相國的夢想般統一天下，那種煩惱才眞教人吃不消，只是我們大秦已這般難以料理。」

項少龍暗嘆這些煩惱將是小盤的事，想起秦代在各方面的建設，順口道：「小有小管，大有大管，不外由武力和政治兩方面入手，前者則分對外和對內，對外例如連起各國的城牆，防止匈奴的入侵，對內則解除六國的武裝，加以嚴密的監管，天下可太平無事。」

這些並不是項少龍的意見，而是歷史上發生了的事實。

莊襄王一對龍目亮起來，興奮地問道：「政治方面又該如何？」

項少龍背誦般隨口應道：「大一統的國家，自然須有大一統的手段，首先要廢除分封諸侯的舊制，把天下分成若干郡縣，置於咸陽直接管轄之下，統一全國的度量衡和貨幣，使書同文、行同軌。又再修築驛道運河、促進全國的交通和經濟，久亂必治，大王何用心煩？」

莊襄王擊節嘆道：「少龍隨口說出來的話，已是前所未聞的高矚遠見，左丞相一位，非少龍莫屬。」

項少龍劇震失聲道：「什麼？」

莊襄王欣然道：「陽泉君終是名義上的左丞相，現在他去世，當然須另立人選，寡人正爲此煩惱，但又猶豫少龍是否長於政治，現在聽到少龍這番話，寡人哪還會猶豫呢？」

項少龍嚇得渾身冒汗，他哪懂政治？只是依歷史書直說，以解開莊襄王的心事，豈知會惹來如此「可怕」的後果。忙下跪叩頭道：「此事萬萬不可，大王請收回成命！」

莊襄王不悅道：「少龍竟不肯助寡人治理我國？」

項少龍心中叫苦，道：「大王和呂相說過這事嗎？」

莊襄王道：「蒙大將軍剛攻下趙人三十七城，所以相國昨天趕去，好設立太原郡，現在我大秦在東方有了三川和太原兩郡作據點，突破三晉的封鎖，對統一大業最爲有利。但不韋卿家的工作量亦倍增，少龍是少數被不韋看得起的人之一，有你爲他分擔，他便不用這麼奔波勞碌。」

項少龍暗忖若我當上左丞相，恐怕要比莊襄王更早一步到閻皇爺處報到，正苦無脫身之計，靈機一動道：「可是若少龍眞的當上左丞相，對呂相卻是有百害而無一利？」

莊襄王訝道：「少龍你先坐起來，詳細解釋給寡人知道。」

項少龍回席坐好，向上座的莊襄王道：「少龍始終是由呂相引介到咸陽的人，別人自然當少龍是呂相的人，若少龍登上左丞相之位，別人會說呂相任用私人，居心不良。況且少龍終是外來人，以前又無治國經驗，怎能教人心悅誠服。」

莊襄王皺眉道：「在寡人心中，再沒有比少龍更適合的人選。」

項少龍衝口而出道：「徐先將軍是難得人才，大王何不考慮他呢？」

他和徐先只有一面之緣，但因他不賣賬給呂不韋，所以印像極深，爲此脫口說出他的名字。

莊襄王龍顏一動，點頭道：「你的提議相當不錯，少龍仍否要考慮一下？」

項少龍連忙加鹽添醋，述說以徐先爲左相的諸般好處，到莊襄王讓步同意，他滿額冷汗道：「少龍還有一個小小的提議。」

莊襄王道：「少龍快說。」

項少龍道：「呂相食客裡有個叫李斯的人，曾隨少龍出使，此人見識廣博、極有抱負，大王可否破格起用此人？」

莊襄王微笑道：「只是小事一件，我立即給他安排一個位置，少龍你眞是難得的人，處處只爲別人著想。」

項少龍心中暗喜，道：「那位置可否能較爲接近太子，有此人作太子的近侍，對太子將大有裨益。」

莊襄王完全沒有懷疑他這著對付呂不韋最厲害的棋子，欣然道：「讓他當個廷尉如何？負上陪小政讀書之責。是了！少龍去見見姬后和小政吧！他們很渴望見到你呢！」

項少龍暗謝半年來一直被他怨恨的老天爺，施禮告退。踏出門口，兩名宮娥迎上來，把他帶往后宮去見朱姬。項少龍明知見朱姬不大妥當，卻是欲拒無從。

到了后宮華麗的後軒，正凝視窗外明媚的秋色，朱姬在四名宮娥擁簇裡，盈盈來到他對席處坐下，剪水般的美瞳滴溜溜的在他面上打幾個轉，喜孜孜地道：「少龍風采依然，人家心中欣慰。」

四名宮娥退至一角，項少龍苦笑道：「死者已矣，我們這些人仍有一口氣在，只好堅強地活下去。」

朱姬黯然道：「少龍！振作點好嗎？人家很怕你用這種語調說話。」

項少龍嘆一口氣，沒有答她。朱姬一時不知說什麼話好。

終由項少龍打破僵局，問道：「姬后生活愉快嗎？」

朱姬欣然道：「少了陽泉君這小人在搬弄是非，不韋又幹得有聲有色，政兒日漸成長，我還有何所求呢？只要項少龍肯像往日般到宮內調教政兒，朱姬再無半絲遺憾。」

項少龍被她誠懇的語調打動少許，但同時又想起壽元快盡的莊襄王和呂不韋這心懷不軌的野心家，百感交集，黯然道：「多給點時間我考慮好嗎？」

朱姬欣然道：「人家不會迫你，只希望你振作點，有你助政兒，天下還不是他囊中之物？」

項少龍最怕和媚力驚人的朱姬相處，乘機告退。

朱姬這次沒有留難，送他到宮門，低聲道：「再給你半年時間，到時無論如何，你再不可推辭大王的聘任。」

這麼一說，項少龍立時知道莊襄王想任他為左丞相一事，朱姬是有份出力的。他亦可算是朱姬方面的親信，她當然愛起用自己的人。離開后宮，朱姬使人帶他去見小盤。事實上項少龍一直掛念這未來的始皇帝，雖知剛巧他在上琴清的課，也只好硬著頭皮去了。他眞有點怕見琴清，自經過趙倩諸女的打擊後，他對男女關係，與初抵此時代時拈花惹草的心態，已有天淵之別。換過以前，他必會千方百計情挑以貞潔守節名著秦國的俏寡婦，好設法弄她到榻上去。現在他只希望陪紀嫣然三女和田氏姊妹，安安靜靜，無驚無險地過了這奇異的一輩子，就謝天謝地。

到達那天小盤追出來找他，累得他也給琴清訓斥一頓話的書軒外，項少龍向領路的內侍道：「我還是在外面園中等候太子。」

內侍提議道：「項太傅不若到外進稍坐，時間差不多哩。」

項少龍點頭答應，在外進一旁的臥几坐下來，忽地感到無比輕鬆，沒有呂不韋的咸陽，等若沒有食人鱷的清澈水潭。在這時代所遇的人裡，雄材大略者莫過於信陵君、田單和呂不韋三個人，但若說玩陰謀手段，前者兩人都及不上呂不韋。這大商家一手捧起莊襄王，登上秦相之位，又迫死政敵，翻手為雲、覆手爲雨。項少龍自問鬥他不過，但所憑藉者，就是任呂不韋千算萬算，也想不到以爲是自己兒子的小盤，竟是他項少龍無心插柳下栽培出來的。只要他捱到小盤正式坐上王位，他便贏了。問題是他能否有那種幸運？

琴清甜美低沉的聲音在旁響起道：「項太傅！今年我們還是第一次見面哩！」

項少龍嚇了一跳，起立施禮。俏寡婦清麗如昔，皮膚更白皙，只是看到她已是視覺所能達到的最高享受。

紀嫣然的美麗是奪人心魄，但琴清卻是另一種不同的味道，秀氣迫人而來，端莊嫻雅的外表裡藏著無限的風情和媚態。

琴清見他呆瞪自己，俏臉微紅，不悅道：「項太傅，政太子在裡面等你，恕琴清失陪。」

斂衽爲禮，嫋娜多姿地離開。項少龍暗責自己失態，入內見小盤去。小子長得更高大了，臉目的輪廓清楚分明，雖說不上英俊，可是濃眉劍目下襯著豐隆有勢的鼻子，稜角分明使人感到他堅毅不屈意志的上下唇，方型的臉龐，雄偉得有若石雕的樣子，確有威霸天下之主的雛形。他正裝作埋頭讀書，再不像以前般見到項少龍便情不自禁、樂極忘形。不知如何，項少龍反有點兒失落，似乎和小盤的距離又被拉遠少許。項少龍施禮，小盤起立還禮，同時揮手把陪讀的兩個侍臣支出去。

兩人憑几席地坐下，小盤眼中射出熱烈的光芒，低聲道：「太傅消瘦了！」

項少龍道：「太子近況可好！」

小盤點頭道：「什麼都好！哼！陽泉君竟敢害死倩公主，抵他有此報應！韓人也不會有多少好日子過。」

項少龍心中一寒，聽他說話的語氣，哪像個只有十四、五歲的孩子。

小盤奇道：「太傅你爲何仍像心事重重的模樣？」

項少龍反希望他叫聲「師傅」來聽聽，不過記起是自己禁止他這麼叫的，還有什麼好怨的，勉強擠出笑容道：「有很多事，將來你自然會明白的。」

小盤微一錯愕，露出思索的神色。

項少龍愈來愈感到未來的絕代霸主不簡單，道：「你年紀仍少，最重要是專心學習、充實自己。嘿！還有沒有學以前般調戲宮女？」

小盤低聲道：「我還怎會做這些無聊事，現在唯一使我不快樂的，是沒有太傅在身旁管教我，小賁他也想念你哩！」說到最後一句，再次顯露出以前漫無機心的眞性情。

項少龍想起當日教兩人練武的情景，那時趙倩和諸婢仍快樂地與他生活在一起，禁不住心如刀割，頹然道：「我會照顧自己的，讓我再多休息半年，好嗎？」

小盤忽然兩眼一紅，垂下頭去，低聲道：「昨晚我夢到娘！」

項少龍自然知他指的是趙妮，心情更壞，輕拍他肩頭道：「不要多想，只要你將來好好管治秦國，你娘若死後有靈，必會非常安慰。」

小盤點頭道：「我不但要治好秦國，還要統一天下，呂相國時常這麼教導我。」

項少龍苦笑搖頭，道：「那就統一天下吧！我安排了一個非常有才能的人來匡助你，那人的名字叫李斯，只要將來重用他，必可使你成爲古往今來、無可比擬的一代霸主。」

小盤把「李斯」唸好幾遍後，興奮起來道：「太傅將來肯否爲我帶兵征伐六國？唉！想起可以征戰沙場，我恨不得立即長大成人，披上戰袍。」

項少龍失笑道：「將來的事將來再說，我要回牧場去。不要送我，免惹人懷疑。」想起在宮內滿布線眼的呂不韋，顧慮絕非多餘。

小盤伸手緊緊抓他手臂一下，才鬆開來，點點頭，神情有種說不出的堅強。

項少龍看得心中一顫，唉！眞不愧是秦始皇！

走出門外，兩個宮娥迎上來道：「太后有請項太傅。」

項少龍哪有心情去見華陽夫人，更怕她問起陽泉君的事，但又不敢不從，只有暗罵琴清，若不是她，太后怎知自己來了？

像上回一般，太后華陽夫人在琴清的陪同下，在太后宮的主殿見她，參拜坐定，華陽夫人柔聲道：「項太傅回來得眞巧，若遲兩天，我便見不著你。」

不知是否因陽泉君親弟之喪，使她比起上次見面，外貌至少衰老幾年，仍保著美人胚子的顏容，多添點滄桑的感覺，看來心境並不愉快。

項少龍訝道：「太后要到哪裡去？」

想起她曾托自己把一件珍貴的頭飾送給楚國的親人，自己不但沒有爲她辦妥，還在紅松林丟失，事後且沒有好好交待，禁不住心中有愧，枉她還那麼看得起自己。

華陽夫人滿布魚尾紋的雙目現出夢幻般的神色，輕輕道：「後天我會遷往巴屬的夏宮，聽說那處地勢平坦，土地肥沃，種子撒下去，不用理會都能長成果樹，我老了，再不願見到你爭我奪的情景，只願找處美麗的地方，度過風燭殘年的歲月。」

琴清插嘴道：「巴屬盆地山清水秀，物產豐饒，先王派李冰為屬守，在那裡修建都江堰，把千頃荒地化作良田，太后會歡喜那地方的。」

華陽夫人愛憐地看琴清，微笑道：「那為何妳又不肯隨我到那裡去？咸陽還有什麼值得妳留戀呢？眞教人放不下心來。」

琴清美目轉到項少龍處，忽地俏臉一紅，垂下頭去，低聲道：「琴清仍未盡教導太子之責，不敢離去。」

項少龍既感受兩人間深摯的感情，又是暗暗心驚，難道冷若冰霜的琴清，竟破了多年戒行，對自己動情？不過細想又非如此，恐怕是他自作多情居多。唉！感情實在是人生最大的負擔，他已無膽再入情關。像與善柔般有若白雲過隙、去留無跡的愛戀是多麼美麗，一段回憶足夠回味一生。三人各想各地，殿內靜寂寧洽。

華陽夫人忽然道：「少龍給我好好照顧清兒，她為人死心眼，性格剛烈，最易開罪人。」

琴清抗議地道：「太后！清兒懂照顧自己。」

項少龍暗叫不妙，華陽夫人定是看到點什麼，故有這充滿暗示和鼓勵性的說話。

華陽夫人臉上現出倦容，輕輕道：「不阻太傅返回牧場，清兒代我送太傅一程好嗎？」

項少龍忙離座叩辭，琴清陪他走出殿門，神氣尷尬異常，默默而行，雙方不知說什麼話好。到太后宮外門處，項少龍施禮道：「琴太傅請留步，有勞相送。」

琴清臉容冷淡如昔，禮貌地還禮，淡淡道：「太后過於關心琴清，才有那番說話，項太傅不必擺在心上。」

項少龍苦笑道：「傷心人別有懷抱，項某人現在萬念俱灰，琴太傅請放心。」言罷大步走了。留下琴清呆在當場，芳心內仍蕩項少龍臨別時充滿魂斷神傷意味的話兒。

雨雪飄飛，項少龍在隱龍別院花園的小亭裡，呆看入冬後第一次的雪景。去年初雪，籌備出使事宜的情景，猶歷歷在目。趙倩和春盈四婢因可隨行而雀躍，翠桐諸婢則因沒份兒心生怨懟。俱往矣！

嬌柔豐滿的火熱女體，貼背而來，感到芳香盈鼻，一對纖幼的玉掌蒙上他的眼睛，豐軟的香唇貼在他的耳朵道：「猜猜我是誰？」

這是烏廷芳最愛和他玩的遊戲之一，項少龍探手往後，把美人兒摟到身邊來，笑道：「紀才女想扮芳兒騙我嗎？」

粉臉冷得紅撲撲的紀嫣然花枝亂顫地嬌笑道：「扮扮被人騙倒哄我開心不可以嗎？吝嗇鬼！」

項少龍看著這與自己愛戀日深的美女，心中湧起無盡的深刻感情，痛吻一番後問道：「她們到哪裡去了？」

紀嫣然纏上他粗壯的脖子，嬌吟細細地道：「去看小滕翼學走路，那小子眞逗人歡喜哩！」

項少龍想起自己始終不能令諸女有孕，神色一黯，紀嫣然已道：「項郎不用介懷，天意難測，天公若不肯造美，由他那樣好了，我們只要有項郎在旁，便心滿意足。」

項少龍苦笑一下，岔開話題道：「有沒有乾爹的消息？」

紀嫣然道：「三個月前收到他一卷帛書，再沒有新消息，我才不擔心他老人家哩！四處遊山玩水，不知多麼愜意。」又喜孜孜道：「二嫂又有身孕，她說若是兒子，就送給我們，我們開心死了，巴不得她今天臨盆生子。」

項少龍感受與滕翼的手足之情，心中湧起溫暖，暗忖此爲沒有辦法中的最佳辦法，那叫自己這來自另一時空的人，失去令女子懷孕的能力。

紀嫣然道：「想不想知道前線的最新消息？」

自由咸陽回來後，他有點逃避的心態，很怕知道外間發生的一切，尤其恐懼聽到趙雅遭遇不幸的噩耗。吻她一口，輕輕道：「說吧！再不說便把妳的小嘴封了。」

紀嫣然媚笑道：「那嫣然或會故意不說出來，好享受夫君的恩寵。」

項少龍忍不住又和她纏綿起來，極盡男女歡娛。

良久後，才女始找到機會喘息道：「人家來是要告訴你好消息嘛！你擔心的事，只發生了一半，晶后確要求信陵君殺死趙雅，信陵君卻不肯答應，還到齊國去，氣得晶后接受燕人割五城求和的協議，然後遣廉頗攻占魏地繁陽，你說晶后是否自取滅亡呢？失三十七城，還與魏人開戰。」

項少龍大喜道：「這麼說，信陵君確是眞心對待雅兒。」

紀嫣然道：「應是如此，否則雅夫人怎捨得項郎你呢？唉！其實是夫人的心結作祟，她因曾出賣過烏家，所以很怕到咸陽來面對烏家的人，她曾多次爲這事流淚痛哭，致致是最清楚的，只是不敢告訴你吧！」

項少龍反舒服了點，至少趙雅的見異思遷，並非因她水性楊花。

紀嫣然續道：「呂不韋當然不肯放棄趙魏交惡的機會，立即遣蒙將軍入侵魏境，爭利分肥，攻取魏國的高都和汲縣兩處地方，可惜他野心過大，同時又命王齕攻打趙人的上黨，硬迫魏趙化干戈爲玉帛，照我看憑信陵君的聲望，定可策動六國的另一次合縱。」

項少龍不解道：「我始終不明白爲何呂不韋這麼急於攻打趙國，當日我回咸陽，他還說會同時對韓趙用兵，結果只是攻打趙人，放過韓國，令人難解。」

紀嫣然笑道：「爲何我的夫君忽然變蠢，這是一石數鳥之計，晶后是韓人，現在趙國大權在握，說不定會與韓國合併，成爲一個新的強大王國，呂不韋怎容許有這種事情出現，所以猛攻趙國，務求削弱趙人力量。兼之孝成王新喪，李牧則在北疆抵禦匈奴，廉頗又與燕人交戰，此實千載一時的良機，呂不韋豈肯放過？」

項少龍一拍額頭，道：「我的腦筋確及不上紀才女，說不定還是姬后的意思，她和大王最恨趙人，怎也要出一口氣。」

紀嫣然道：「勝利最易沖昏人的頭腦，若讓六國聯手，呂不韋怕要吃個大虧，那時他又會想起項郎的好處。」

項少龍望往漫空飄舞的雪粉，腦內浮現六國聯軍大戰秦人的慘烈場面。

冬去春來，每過一天，項少龍便心驚一天，怕聽到莊襄王忽然病逝的消息。根據史實，他登基後三年因病辭世，到現在已是頭尾整整三年。這天烏應元和烏卓由北疆趕回來，到牧場立時找了滕翼、荊俊、蒲布、劉巢、烏果和項少龍眾烏家領袖去說話，剛由關中買貨回來的烏廷威，亦有參與這次會議，除陶方因要留在咸陽探聽消息外，另外還有烏應元的兩位親弟烏應節和烏應恩，烏家的重要人物可說差不多到齊。各人知烏應元有天大重要的事情公布。在大廳依席次坐好，門窗給關起來，外面由家將嚴密把守。

烏應元的一族之長嘆道：「少龍與呂不韋的事，烏卓已告訴我，少龍切勿怪他，你大哥終須聽我這做家長的話。」

烏卓向項少龍作個無可奈何的表情，烏廷威等直系的人均臉色陰沉，顯已風聞此事。嚴格來說，項少龍、滕翼等仍屬外人，只是因項少龍入贅烏家，滕翼、荊俊又與烏卓結拜為兄弟，更兼立下大功，故被視為烏家的人。蒲布、劉巢則是頭領級的家將，身分與烏果相若。

烏應元苦笑道：「我們烏家人強馬壯，擅於放牧，難免招人妒忌，本以為到大秦後，因同根同源，可以相安無事，豈知卻遇上呂不韋這外來人，尤可恨者是我們對他忠心一片，又為他立了天大功勞，豈知換來的只是絕情絕義的陷害，若非少龍英雄了得，早慘死洛河之旁。先父有言，不能力敵者，唯有避之而已矣。」

烏應節道：「國之強者，莫如大秦，我們還有什麼可容身的地方？」

烏應恩也道：「六國沒有人敢收容我們，誰都不想給呂不韋找到出兵的藉口。」

一直與項少龍嫌隙未消的烏廷威道：「呂不韋針對的，只是少龍而非我們烏族，為大局著想，不若……」

烏應元臉容一沉，怒道：「住嘴！」

項少龍與烏卓對望一眼，均感江山易改，本性難移這兩句話的至理。

烏廷威仍不知好歹，抗議道：「我只是說少龍可暫時避隱遠方，並不是——」

烏應元勃然大怒，拍几怒喝道：「生了你這忘情背義、目光短少如鼠的兒子，確是我烏應元平生之恥，給我滾出去，若還不懂反思己過，以後族會再沒有你參與的資格。」

烏廷威臉色數變，最後狠狠瞪項少龍一眼，憤然去了，廳內一片難堪的沉默。烏應節和烏應恩兩人眉頭深鎖，雖沒有說話，但顯然不大同意烏應元否決烏廷威的提議。項少龍大感心煩，他最大的支持力量來自烏家，若根基動搖，他再沒有本錢。以他的性格，若不是有小盤這心事未了，定會自動接受離開秦國的提議，現在當然不可以這麼做。

烏卓打破僵持的氣氛道：「此回我和大少爺遠赴北疆，是要到塞外去探察形勢，發覺那裡果然別有天地，沃原千里，不見半片人跡，若我們到那處開荒經營，將可建立我們的王國，不用像現在這般寄人籬下，仰看別人的臉色行事。」

烏應恩色變道：「大哥千萬慎慮此事，塞外乃匈奴和蠻族橫行的地方，一個不好，說不定是滅族之禍。」

烏應元道：「我烏家人丁日盛，每日均有出生的嬰兒，這樣下去，終不是辦法，唯有建立自己的國家，方是長遠之計，趁現在諸國爭雄，無力北顧，正是創不朽之業的最佳時機，何況我們有項少龍、滕翼如此猛將，誰敢來惹我們？」

烏應節道：「建族立國，均非一蹴可成的事，大哥須從長計議，現在大王王后對少龍恩寵之極，呂不韋應不敢公然對付我們。」

烏應元容色稍緩，微笑道：「我並沒有說現在走，此回到北疆去，曾和少龍的四弟王翦見面，坦誠告知他我們的情況。王翦乃情深義重的人，表示只要他一天鎮守北疆，會全力支援我們。居安思危，我們便用幾年時間，到塞外找尋靈秀之地，先扎下根基，到將來形勢有變，可留有退路，不致逃走無門，束手待斃。」

烏應節道：「不若請少龍去主持此事，那就更為妥當。」

滕翼等無不心中暗嘆，說到底，除烏應元這眼光遠大的人外，其他烏系族長，均是只圖逸樂之輩，捨不得離開豐饒富足的大秦。

烏應元臉色一沉道：「那豈非明著告訴呂不韋我們不滿此地嗎？若撕破臉皮，沒有少龍在，我烏家豈非要任人宰割。」

烏卓插嘴道：「創業總是艱難的事，但一旦確立根基，將可百世不衰，我們現在雖似是不得以而為之，說不定可因禍得福。到塞外開荒一責，交由我去辦，憑我們幾位兄弟一手訓練出來的一千烏家軍，縱橫域外雖仍嫌力薄，自保卻是有餘，各位放心。」

烏應元斷然道：「就此決定，再不要三心兩意，但須保持高度機密，不可洩漏出去，否則必以家法處置，絕不輕饒。」轉向烏卓道：「你去警戒那畜生，令他守祕，否則休說我烏應元不念父子之情。」

敲門聲響，一名家將進來道：「呂相國召見姑爺！」

眾人齊感愕然。呂不韋為何要找項少龍呢？

項少龍、滕翼、荊俊偕同十八鐵衛，返回咸陽，立即趕往相國府，途中遇上數十名秦兵，護著一輛馬車在前方緩緩而行。

項少龍不知車內是哪個大臣，不敢無禮搶道，唯有跟在後方，以同等速度前進。前方帶頭的秦兵忽地一聲令下，馬車隊避往一旁，還招手讓他們先行。項滕兩人心中大訝，究竟誰人如此客氣有禮，偏是簾幕低垂，看不到車內情形。

荊俊最是好事，找得隊尾的秦兵打聽，馳上來低聲道：「是咸陽第一美人寡婦清！」

項少龍回頭望去，心中湧起一種奇妙的感覺。

項少龍很想能先碰上圖先，先探聽呂不韋找他何事，卻是事與願違。

在書齋見到呂不韋，這個正權傾大秦的人物道：「少龍你爲何如此莽撞，未向我請示，竟向大王提議任徐先這不識時務的傢伙作左丞相，破壞我的大計，難道我走開一陣子都不行嗎？」

項少龍早知此事瞞他不過，心中早有說辭，微笑道：「那時大王要立即決定人選，相國又不知何時歸來，可是少龍的提議卻是絕對爲呂相著想，只有讓秦人分享權力，才能顯出呂相胸懷廣闊，不是任用私人之輩。這麼一來，秦廷誰還敢說呂相閒話？」

呂不韋微一錯愕，雙目射出銳利的神光，凝神看他好一會，才道：「少龍推辭了這僅次於我的職位，是否亦爲同樣的理由呢？」

項少龍知他給自己說得有點相信，忙肯定地點頭道：「呂相對我們烏家恩重如山，個人榮辱算得什麼？」

呂不韋望往屋頂的橫樑，似乎有點兒感動，忽然道：「我有三個女兒，最小的叫呂娘蓉，就把她配與你吧！好補替倩公主的位置。」

驀地裡，項少龍面對一生人中最艱難的決定。只要他肯點頭，呂不韋將視他爲自己人，可讓他輕易捱到小盤二十一歲行加冕大禮，正式成爲秦國之君，再掉轉槍頭對付這奸人，烏家也可保平安無事。但亦只是一點頭，他便要乖乖做大仇人的走狗，還加上呂娘蓉這沉重的心理負擔，對深悉內情的紀嫣然等更是非常不公平。呂不韋乃此時代最有野心的奸商，絕不會做賠本生意。現在既除去以陽泉君爲首的反對黨，項少龍又得秦王秦后寵愛，除之不得，遂收爲己用。招之爲婿的方法，確是高明的一著。

項少龍猛一咬牙，跪拜下去，毅然道：「呂相請收回成命，少龍現在心如死灰，再不想涉及嫁娶之事，誤了小姐的終生。」

呂不韋立時色變，正要迫他，急密的敲門聲傳來，一名家將滾進來伏地跪稟道：「相爺大事不好，魏人信陵君率領燕、趙、韓、楚、魏五國聯軍，大破我軍於大河之西，蒙大將軍敗返函谷關，聯軍正兵臨關外。」

這句話若晴天霹靂，震得兩人忘記僵持的事，面面相覷。

呂不韋跳了起來，道：「此事大大不妙，我要立即進宮晉見大王。」

看著他的背影，項少龍記起紀嫣然的預言，想不到竟然應驗，也使他避開與呂不韋立即撕破臉皮的危機。

項少龍和滕翼等離開相府，不敢在秦朝危機臨頭的時刻，不顧離開，遂往烏府馳去，好留在咸陽等候消息。

剛踏入門口，陶方迎上來，神情古怪道：「有個自稱是少龍故交的漢子在等你，他怎知你今天會回來呢？」

項少龍心中大訝，獨自到偏廳去見不速之客。那人戴著遮陽的竹帽，背門而坐，身量高頎，透出一股神祕的味道。背影確有些眼熟，卻怎也想不起是何人。那人聽到足音，仍沒有回頭。項少龍在他對面坐下，入目是滿腮的鬚髯，卻看不到被竹帽遮掩的雙眼。他正要詢問，怪人緩緩挪開竹笠。

項少龍大吃一驚，駭然道：「君上！」

龍陽君雖以鬚髯掩飾「如花玉容」，眉毛加濃，可是那對招牌鳳目，仍使項少龍一眼認他出來。兩人對視一會，龍陽君微微一笑道：「董兄果是惦念舊情的人，沒有捨棄故人。」

項少龍苦笑道：「終瞞你不過。」

龍陽君從容道：「董馬癡怎會這麼不明不白地輕易死掉，項少龍更不會完全沒出過手便溜回咸陽，我還特別派人到楚國印證此事，剛好眞的董馬癡全族被夷狄殺害，別人或會以爲那是疑兵之計，但我卻知道眞的董馬癡確已死掉，假的董馬癡仍在咸陽風流快活，否則趙致不會溜回咸陽會她的夫郎。」

項少龍早知騙他不過，嘆道：「信陵君剛大破秦軍，君上可知此來是多麼危險？」

龍陽君道：「怎會不知道？我正因秦軍敗北，不得不匆匆趕來。」

項少龍道：「雅夫人好嗎？」

龍陽君露出一絲苦澀的笑意，由懷裡掏出一隻晶瑩通透的玉鐲，柔聲道：「是趙雅托我交你之物，以示她對你的愛永不改變，永恆如玉，只是限於環境，又不願令你爲難，忍心不到咸陽來尋你，希望你明白她的苦心。」

項少龍把玉鐲緊握手裡，心若刀割。好一會後，沉聲道：「君上來此，有何貴幹？」

龍陽君道：「還不是爲了被軟禁在咸陽作質子的敝國太子增，此次秦兵大敗，秦人必會遷怒於他，殺之洩憤。我們大王最愛此子，奴家唯有冒死營救。」

項少龍想起戰敗國求和，慣以王族的人作質子爲抵押品，秦國戰無不勝，可能各國均有人質在咸陽。不禁頭痛起來，道：「君上想我項少龍怎樣幫忙。」

龍陽君道：「現在秦君和呂不韋對項兄寵信有加，只要項兄美言兩句，說不定可保敝國太子增一命。」

項少龍斷然道：「君上放心，衝著我們的交情，我會盡力而爲。」口上雖是這麼說，但想起呂不韋愈來愈明顯的專橫暴戾，實在沒有半分把握。

龍陽君立即喜上眉梢，正要感謝，陶方進來道：「大王召少龍入宮議事。」

項少龍長身而起，改口道：「龍兄請留在這裡等候消息。」又向陶方說了幾句要他照拂客人的話，匆匆入宮。

秦宮的宮衛統領安谷傒破天荒首次在宮門候他，把他領往後宮莊襄王處理公務的內廷去，態度頗爲客氣，使他有點受寵若驚。安谷傒高俊威武，年紀在二十五、六間，雖非嬴姓，卻是王族的人。能當得上禁軍大頭領的，多少和王室有點血緣關係，在忠誠方面無可置疑，以呂不韋的呼風喚雨，亦不能使手下打進這系統去，否則將可操縱秦君的生死。安谷傒對項少龍頗有惺惺相惜之意，到內廷宏偉的宮闕外，忽地低聲道：「項太傅一力舉薦徐將軍當左丞相，我們禁衛非常感激。」

項少龍呆了一呆，終明白其中的變化。徐先乃秦國軍方德高望重的人，卻受到呂不韋的排擠，項少龍把他推介，自然贏得軍方的好感。兩人步上長階，守衛立正敬禮，令項少龍亦感風光起來，這種虛榮感確是令人迷醉。安谷傒把他送至此處，著守衛推開大門，讓他進入。

踏入殿內，項少龍嚇了一跳。只見莊襄王高踞大殿盡端兩層台階之上的龍座，階下左右分立五、六名文臣大將。右邊居首的當然是右丞相呂不韋、左邊則是硬漢徐先，其他的人裡，他只認得大將王陵、關中君蔡澤、將軍杜壁，都是在與王翦比武時見過面的，三人均為秦室重臣，其他五人不用說官職身分均非同小可。項少龍依禮趨前跪拜。

莊襄王見到他心生歡喜，道：「項太傅平身！」

項少龍起來後，呂不韋搶著為他引介諸人，當然是要向眾人表示項少龍是他的心腹。他認得的三人中，王陵和杜壁均為軍方要人，與王齕、徐先在軍方有同等級的資歷。蔡澤則是呂不韋任前的右丞相，為人面面俱到，故雖被呂不韋擠下來，仍受重用。至於其他五人，僅居徐先下首的赫然是與王齕和徐先並稱西秦三虎將之一的鹿公，中等身材，年紀在五十許間，長得一把長鬚，眉濃髮粗，眼若銅鈴，身子仍極硬朗，見到項少龍，灼灼的目光打量他，神態頗不友善。另四人分別為左監侯王綰、右監侯賈公成、雲陽君嬴傲和義渠君嬴樓，後兩人是王族直系的人，有食邑封地。人人表情木然，大多對項少龍表現出頗為冷淡的態度，竟連理應感激他的徐先亦不例外，只有蔡澤和王綰仍算客氣。緊急會議雲集咸陽最高層的大臣名將，可見形勢多麼危急。秦人最忌是東方諸國的合縱，而這次信陵君只憑五國之力，便大敗秦軍，可見秦人的恐懼，是絕對有根據的。

項少龍自知身分，退到呂不韋那列的末席，學眾臣將般肅手恭立。

莊襄王仍像平時那副氣定神閒的樣子，柔聲道：「少龍可知寡人急召卿來，所為何事？」

項少龍心叫不妙，這個軍事會議開了至少兩個時辰，應已得出應付眼前困局之法，這麼召自己前來，不用說是極可能要派自己領軍去應付五國聯軍。由此可見呂不韋表面雖權傾大秦，但在軍中勢力仍然非常淺薄，蒙驁兵敗，除他項少龍外再無可用之將。自己雖曾展示軍事的天份，始終未曾統率過以十萬計的大軍，與敵對決沙場，難怪與會諸人有不滿的表情。

項少龍恭敬道：「請恕微臣愚魯！」

徐先道：「大王請三思此事！」

其他鹿公、賈公成等紛紛附和，勸莊襄王勿要倉卒決定。

將軍杜壁更道：「五國聯軍銳氣方殷，若棄函谷關之險，妄然出戰，一旦敗北，恐函谷關不保，那時聯軍長驅直進，大秦基業怕要毀於一旦，此刻實宜守不宜攻。」

呂不韋臉色陰沉之極，冷冷道：「我們此回之敗，實因敵人來得突然，以致措手不及，此次既有備而戰，將完全是另一番情況。」

鹿公冷哼道：「信陵君乃足智多謀的人，當年曾破我軍於邯鄲城外，前車可鑑，右相國怎可說得這般容易。」

徐先接口道：「我軍新敗，銳氣已挫，縱是孫武復生，怕亦要暫且收斂，大王請三思。」這是他第二趟請莊襄王三思，可知他反對得多麼激烈。

呂不韋不悅道：「太原郡、三川郡、上黨郡關係我大秦霸業的盛衰，若任由無忌小兒陳兵關外，三郡一旦失守，彼長我消，更是不利，大王明察。」

莊襄王斷然道：「寡人意已決，就任命……」

在這決定性的時刻，殿外門官唱道：「魏國太子魏增到！」

呂不韋冷然道：「不殺此人，難消我心頭之恨！」

莊襄王正要下令押太子增進來，項少龍大駭撲出，下跪叩首道：「大王請聽微臣一言。」

包括莊襄王和呂不韋在內，衆人無不驚奇地看著跪伏地上的項少龍。事實上項少龍並不知自己應該說些什麼話，只知若讓太子增進殿，被莊襄王下以處死的命令，那他就有負龍陽君所托。他和龍陽君的關係非常複雜，可是只要他開口請求，便感到必須爲他辦到。只衝著他維護趙雅一事，就義不容辭。

莊襄王訝道：「少龍想說什麼？」

項少龍心中叫苦，腦際靈光一閃道：「微臣剛才聽到的，無論主攻主守，均有得失風險，所以想出一個兩全其美之法，讓大王不費一兵一卒，立可解去函谷關之危。」

衆人大訝，不知他有何妙法。

莊襄王對他最有信心，所以同意呂不韋薦他領軍出征之議，欣然道：「快說出來給寡人參詳。」

項少龍道：「這次五國之所以合縱成功，兵臨關下，關鍵處全繫於無忌公子一人身上，此人若去，聯軍之圍不戰自解，太原三郡可保安然。」

衆人無不點頭，連呂不韋都恨不得他有兩全其美之法，他雖一力主戰，其實是孤注一擲，如若再敗，就算仍能守住函谷關，他的地位亦將不保。

項少龍道：「當日微臣曾到大梁——」一五一十的，把信陵君要藉他刺殺安釐王一事說出來，然後道：「只要微臣把此事告訴太子增，讓他回國說與魏王曉得，魏王必心生懼意，怕魏無忌凱旋而歸，乘勢奪其王位，在這情況下，當會把魏無忌召返國內，奪其兵權，如此聯軍之圍，不攻自破。」

衆人聽得不住點頭稱許，信陵君魏無忌與魏王的不和，天下皆知，當年信陵君盜虎符救趙，便要滯留邯鄲，不敢回魏，只因秦人攻魏，安釐迫不得已下央信陵君回去，若說安釐不忌信陵君，是沒人肯相信的。秦人一向愛用反間之計，白起攻長平，以反間之計，中傷廉頗，使孝成王以趙括代廉頗，招來長平慘敗。小小一個反間計，有時比千軍萬馬還要厲害。

徐先皺眉道：「項太傅的提議精采之極，可是本相仍有一事不解，若這樣明著放魏增回去說出這番話來，豈非誰都知道我們在用反間計嗎？」

杜壁也道：「此計雖好，卻很難奏效。」

項少龍一點不奇怪杜壁爲何特別針對他，因他一向屬於擁秦王次子成蟜的陣營，只不知是否因他身分崇高，並不因陽泉君一事受到株連。以呂不韋趕盡殺絕的手段，當然不會因心軟而放過他，可知此人定有憑恃。

項少龍道：「三天前，魏國的龍陽君派人來遊說微臣，希望微臣爲太子增美言兩句，保他性命。假若微臣賣個人情，與龍陽君的人合作，助太子增偷離咸陽，同時又把信陵君之事詐作無意中洩露與他知道，反間之計，可望成功。」

莊襄王讚嘆道：「少龍果不負寡人期望，此計妙絕，就如你所說，由你全權去辦。」

徐先等最希望是不用出關與敵硬拚，呂不韋亦樂得不用冒險，於是皆大歡喜，轉而商量如何可令太子增不起疑心的妙計。一切商量妥當，莊襄王把太子增召進來，痛斥一頓，呂不韋提議把他處決。太子增嚇得臉青唇白，軟倒地上，項少龍出而求情，力數信陵君的不是，順勢在莊襄王詢問下，把信陵君當日的陰謀說出來。最後當然饒過太子增的小命，只令他不准踏出質子府半步，聽候處置。

莊襄王和呂不韋仍留在內廷商議，項少龍藉口要去聯絡龍陽君的人，與其他大臣一起離開內廷。諸人對他的態度大爲改善，只有杜壁在衆人讚賞項少龍時，一言不發的離開。鹿公、徐先兩人扯項少龍一道離去。

鹿公忽道：「你爲何向大王舉薦徐大將軍呢？」

項少龍想不到老將如此坦白，尷尬地道：「只因爲徐將軍乃不畏權勢的好漢子，就是這樣。」

徐先肅容道：「項少龍才是眞正的英雄好漢，我徐先至少學不到太傅視功名權位如浮雲的胸襟，當日只要你肯點頭，就是我大秦的左丞相，今天你若肯點頭，現在你已是三軍之帥。」

忽然間，項少龍知道自己贏得軍方人士的尊敬，此事突如其來，教他難以相信。

快來到停放車馬的外廣場，一個宮娥跪倒道旁，道：「項太傅請留一步說話。」

徐先兩人均知他與王后太子關係密切，還以爲王后來召他，兩人表示要約一晚和他宴會共歡後，先一步走了。項少龍也當是朱姬派人來截他，心中苦笑，宮娥遞上一個精緻的漆盒，立即告退。項少龍打開漆盒，芳香撲鼻而來，盒內有張摺疊得很有心思的絲箋，打開一看，上面疏密有致地布著幾行秀麗瀟灑的秦棣字體，下面署名琴清。

他又驚又喜，還以爲美女和他私通款曲，看畢始知琴清想約紀嫣然到她家中小住幾日。既鬆一口氣，又禁不住有點失望，心情矛盾之極。到與滕翼等會合後，腦海中仍浮動她風姿優雅，談吐溫嫻的音容玉貌。

回到烏府，立即到上房找龍陽君。

龍陽君聽他把整件事和盤說出，訝道：「既是反間之計，爲何卻要說出來給我聽？」

項少龍聳肩道：「君上這麼信任我，我怎忍心騙你。」

龍陽君道：「信陵君想刺殺大王，是否確有其事？」

項少龍點頭道：「倒是不假。」

龍陽君道：「那就成了，你雖說是反間計，卻極有可能發生，秦人既閉關不出，信陵君遲早無功而退，遲些早點，沒有分別，經此一役，天下應有一段平靜的日子，目下當務之急，是要把太子弄回大梁去，少龍你定要做得似模似樣，那你我都可立個大功。」

項少龍當然明白他的意思，龍陽君一向與信陵君勢不兩立，不是你死就是我亡，有此可扳倒信陵君的妙法，他怎肯放過。信陵君是殺害小昭諸女的幕後主持人，他恨不得捅他兩劍，唯一擔心的，是怕趙雅受到株連。

龍陽君何等精明，看穿他的心意道：「無忌公子名震六國，大王怎也不敢處死他，且亦非那麼容易，只會奪他兵權，讓他投閒置散，無論如何，我會保著趙雅。」

項少龍放下心事，與龍陽君商量行動的細節，就在當夜「無驚無險」地由龍陽君和他的人一手包辦，把太子增救出咸陽，還擁有過關的正式文書，逃返魏國去。項少龍爲躲避呂不韋重提婚事，連夜溜回牧場。他的心情開朗起來，開始與三位嬌妻和田氏姊妹兩婢回復以前有說有笑的歡樂日子。善蘭瓜熟蒂落，產下一子，如諾贈給項少龍，更是喜上添喜。

在充盈歡樂氣氛的時刻裡，牧場忽來了個不速之客，赫然是圖先。相府的大管家神情出奇地凝重，坐下後嘆氣道：「這次糟了！」

項少龍大吃一驚，暗忖以圖先這麼沉穩老到的人，也要叫糟，此事必非同小可，忙追問其詳。

圖先道：「令舅昨晚到相府找呂不韋，談了足有兩個時辰，事後呂不韋吩咐呂雄和我派人監視你的動靜，還大發脾氣，臭罵你一頓，說你不識抬舉，又舉薦徐先作左丞相，看來令舅對你必然沒有什麼好話。」

這次輪到項少龍臉青唇白，忙使人把岳父烏應元和滕翼請來，說出這件事。

烏應元拍桌大罵道：「忤逆子竟敢出賣家族，我定要以家法把他處死。」

滕翼的臉色亦變得非常難看，若呂不韋有心對付他們，確是非常頭痛的事。

圖先道：「究竟廷威少爺向呂不韋說過什麼話？假若呂不韋知道整件事情，應該會避忌我，甚或立即把我處死，不會像現在般仍著我爲他辦事。」

烏應元整個人像忽然蒼老近十年，頹然嘆道：「幸好我早防他們一手，只說呂不韋這人表面看來豁達大度，其實非常忌材，不大可靠。現在少龍得大王王后愛寵，恐會招他之忌，所以必須早作防範，留好退路。至於細節，卻沒有告訴他們。」

滕翼沉聲道：「我看廷威少爺仍沒有那麼大膽，此事或有族內其他長輩支持，所以未調查清楚，切勿輕舉妄動。」

圖先點頭道：「滕兄說得對，假若抓起廷威少爺，必會驚動呂不韋，那他就知有內鬼。」

烏應元再嘆一口氣，目泛淚光。烏廷威畢竟是他親生骨肉，故傷心欲絕。

圖先續道：「以呂不韋的精明，見少龍你出使不成回來，立即退隱牧場，又準備後路，必然猜到給你識破他的陰謀。此事若洩漏出來，對他的影響非同小可，他絕不會放過你們。」

烏應元拭掉眼淚，冷哼道：「現在秦廷上下對少龍另眼相看，我們烏家牧場又做得有聲有色，他能拿我們怎樣？」

圖先道：「新近呂不韋招納了一位著名劍手，與以前被少龍殺死的連晉同屬衛人，聽說兩人還有師兄弟的關係。此人叫管中邪，生得比少龍和滕兄還要粗壯，論氣力可比得上囂魏牟，劍法騎術則猶有過之，有以一擋百之勇。人又陰沉多智，現在成為呂不韋的心腹，負責為他訓練家將，使呂不韋更是實力倍增，此人不可小覷。」

滕翼和項少龍均感頭皮發麻，若此人比囂魏牟更厲害，恐怕他們都不是對手。當日之所以能殺死囂魏牟，皆因先用計射他一箭，否則勝負仍是難以預料。

烏應元道：「圖管家和他交過手嗎？」

圖先苦笑道：「和他玩過幾下子，雖沒有分出勝負，但圖某自知遠及不上他，否則那會把他放在心上。」

三人無不動容，要知呂府芸芸家將中，圖先一向以劍術稱冠，假若連他也自認遠及不上管中邪，可知他是如何厲害。

滕翼道：「呂不韋既得此人，說不定會在宴會的場合藉表演劍法為名，迫少龍動手，再藉失手為藉口，殺害少龍。既非私鬥，秦人在宴會比武又視同家常便飯，既成事實，恐大王難以怪他。」

烏應元倒對項少龍充滿信心，當然因他不知道囂魏牟的厲害。冷笑道：「少龍是那麼容易殺死的嗎？不過以後出入倒要小心點。」

項少龍暗忖一日未和呂不韋正式翻臉，很多事避無可避，嘆道：「呂不韋四處招攬人才，還有什麼其他像樣的人物？」

圖先道：「論文的有個叫莫傲的人，此人才智極高，見聞廣博，但心術極壞，使人假扮陽泉君偷襲你們的主意，可能是出自這人的壞心腸。他更對醫藥之道極有心得，先王之死，應是由他下手配製毒藥。」

滕翼皺眉道：「這事你也不知道嗎？」

圖先嘆道：「莫傲娶了呂雄的妹子，可算是呂不韋的親族。這種天大重要的事，除他自己的族人外，連我這跟他十多年的親信也瞞過，如今還設法削掉我的人，唉！」說到最後，露出傷痛悵惘的心情。

烏應元忍不住道：「圖管家爲何不像肖先生般一走了之？」

圖先臉容深沉下來，咬牙切齒的道：「這種無情無義的人，我怎也要看他如何收場。幸好我尙對他有很大的利用價値，只要他一天不知道我識穿他的陰謀，他仍不會對付我，表面上，他還要擺出重情重義的虛僞樣子。」

項少龍陪他嘆一口氣道：「剛才你說文的有這莫傲，那武的還有什麼人？」

圖先道：「還有三個人，雖及不上管中邪，但已是不可多得的一流好手，他們是魯殘、周子桓和嫪毒。」

項少龍劇震道：「嫪毒？」

三人同時大訝的瞪著他。

圖先奇道：「你認識他嗎？他雖是趙人，但三年前早離趙四處碰機會，後來在韓國勾引韓闖的愛妾，被韓闖派人追殺，被迫溜來咸陽，少龍理應沒有機會和他碰過頭。」

項少龍有口難言，在秦始皇那齣電影裡，嫪毒乃重要的奸角，勾搭朱姬後脫離呂不韋的控制，干擾朝政，密謀造反，這些事怎能對他們說呢？苦笑道：「沒有什麼？只是這人的名字很怪吧！」

三人仍懷疑地看他。

項少龍攤手道：「說實在的，不知爲何我聽到這個人的名字有點心驚肉跳的感覺。嘿！這是個怎麼樣的人呢？」

他這麼說，三人反而可以接受，無不心生寒意。滕翼本是一無所懼的人，但現在有了嬌妻愛兒，心情自是迥然有異。

圖先沉吟片晌道：「嫪毒很工心計，最擅逢迎吹拍之道，大得呂不韋歡心。兼之他生得一表人才，若玉樹臨風，婦人小姐見到他，就像餓蟻見到蜜糖。在咸陽裡，他是青樓姑娘最歡迎的人。」又道：「據說他天賦異稟，晚晚床第征戰仍不會力不從心，曾有連御十女的紀錄。呂不韋最愛利用他的專長，著他勾引人家妻妾，探聽消息。哼！這人是天生無情無義的人，也不知誤了多少良家婦女的終身，若不是有呂不韋維護他，早給人殺掉。」

四人沉默下來，呂不韋招攬的人裡，有著不少這類「奇人異士」，若和他公然對抗，確非一件愉快的事。

烏應元道：「圖管家這樣來找我們，不怕呂不韋起疑心嗎？」

圖先道：「這次我是奉他之命而來，邀請少龍三天後到咸陽相府赴宴。至於他爲何宴請少龍，我卻不知道，看來不會是什麼好事，烏大爺卻不在被請之列。」

項少龍想起呂不韋迫婚的事，道：「兵來將擋，水來土掩，我們走著瞧吧，有些事避都避不了的。」

烏應元道：「外憂雖可怕，內患更可慮。若不痛下決心，清理門戶，將來吃大虧，將後悔莫及。」

圖先道：「千萬不要輕舉妄動，更不可讓廷威少爺知道事情敗露，甚至不妨反過來利用他製造假象，瞞騙呂不韋。」轉向項少龍道：「呂不韋是我所見過最擅玩弄陰謀手段的人，咸陽內現在唯一能與他周旋的，只有你項少龍一人。你們烏家有廷威少爺的內憂，相府內亦有我圖先，就讓我們來與他分個高低。」

項少龍回復冷靜，微笑道：「多餘話我不說，只要我項少龍有一口氣在，終會爲各位被害死的弟兄和倩公主他們討回公道的。」

項少龍回到後院，烏廷芳、趙致、紀嫣然和田氏姊妹正在弄兒爲樂。項少龍雖心情大壞，仍抱起由紀嫣然取名寶兒的兒子，逗弄一會，看到衆女這麼興高采烈，想起危難隨時臨身，不禁百感交集。紀嫣然慧質蘭心，看出他的不安，把他拉到一旁追問原因。

項少龍把烏廷威的事說出來，同時道：「最重要的是提醒廷芳，假若這小子問及出使的事，怎也不可把祕密透露給他知道。」

紀嫣然沉吟片晌，道：「我倒想到一個方法，是由廷芳之口洩露出另一種假象，廷威必會深信不疑，還會搶著把事情告訴呂不韋，說不定我們可把他騙倒哩！」

項少龍苦惱地道：「有什麼謊話，可解釋我們要到塞外去避開呂不韋呢？」

紀嫣然道：「呂雄是個可資利用的人，只要我們說猜到呂雄和陽泉君的人暗通消息，因而懷疑是呂不韋在暗中唆使，那呂不韋最害怕的事，便沒有洩露出來。因爲呂不韋最怕人知道的，是偷襲者根本不是陽泉君的人。」

項少龍喜得在紀嫣然臉蛋吻一口，讚道：「就這麼辦！有女諸葛爲我籌畫，還用擔心什麼？」

紀嫣然愕然道：「什麼是女諸葛？」

項少龍又知說漏口，諸葛亮是三國的人，幾百年後出世，紀才女當然不知道。

幸好這時趙致走過來，怨道：「柔姊眞教人擔心，這麼久都不託人捎個信來，蘭姊更怪她不來看她哩！」

項少龍想起善柔，同時想起趙雅，剛因紀嫣然的妙計而稍爲放下的心情，沉重起來。安慰趙致兩句，項少龍對紀嫣然道：「明天我們回咸陽，琴清不是約你去她家小住嗎？我可順道送妳去。」

紀嫣然含笑答應，過去把烏廷芳拉往內軒，當然是要藉她進行計畫。項少龍不忍見烏廷芳知悉乃兄的壞事而傷心的樣子，溜去找滕翼練劍。爲了將來的危難，他必須把自己保持在最佳的狀態中。在這戰爭的年代裡，智計劍術，缺一不可。未來十年，將會是非常難熬的悠久歲月。

次日正要起程往咸陽，發覺烏應元病倒。項少龍的岳丈一向身體壯健，絕少病痛，忽然抱恙，自然是給不肖子烏廷威氣出來的。項少龍囑咐烏廷芳好好侍奉他，憂心忡忡的和紀嫣然、滕翼、荊俊及十多個精兵團頂尖好手組成的鐵衛，趕往咸陽。烏卓和一千子弟兵，離開牧場足有個多月，仍未有任何信息傳回來，不過既有王翦照顧他們，項少龍不會擔心。

次日清晨，進了城門，項少龍忍著見琴清的欲望，遣非常樂意的荊俊負責把紀嫣然送往在王宮附近的琴清府第去，自己則和滕翼返回烏府。剛踏入府門，見到烏廷威和陶方不知為什麼事爭執，烏廷威見項滕兩人來到，冷冷打個招呼，怒沖沖的走了。

陶方搖頭道：「眞拿他沒法！」

三人坐下，陶方道：「他前天向我要了五錠黃金，今天竟又迫我再給他五錠，我給他沒要緊，但大爺責怪下來，誰負責任？哼！聽說他最近幾個月迷上醉風樓的婊子單美美，難怪揮金如土。冤大頭永遠是冤大頭，他拿金子給人，人家卻拿金子去貼小白臉。」

項少龍想不到這類情況古今如一，順口問道：「哪個小白臉有這種本事，竟可讓青樓的紅阿姑倒貼他？」

陶方不屑道：「還不是呂相府的嫪哥兒，他自誇若用那條傢伙抵著車輪，騾子也沒法把車拉動，你們相信嗎？」

項少龍和滕翼對望一眼，均感內有隱情。

前者沉聲道：「是嫪毒嗎？」

陶方愕然道：「你聽過他嗎？」

陶方仍未知烏廷威出賣家族的事，項少龍藉機會說出來。

陶方聽得臉色連變，嘆道：「我早猜到有這種情況發生，自少龍你來烏家後，一直把這個自視甚高的忤逆子壓著，他怎會服氣？而且咸陽熱鬧繁華，要他離開前往塞外捱苦，更甚於要他的命。」

滕翼道：「看來呂不韋一直在利用他，否則嫪毒不會通過單美美來操縱烏廷威。我們要提高警覺，假設呂不韋害死烏爺，家業將名正言順落在不肖子手裡，加上其他長輩的支持，我們還怎能在烏家耽下去？」

陶方臉色倏地轉白，顫聲道：「少爺不致這麼大膽吧！」

項少龍冷哼道：「色迷心竅，再加利慾薰心，他什麼事做不出來。單是向呂不韋洩漏祕密，和實質的殺父沒有什麼分別。」

滕翼一震道：「記不記得圖先曾提過的莫傲，最擅用藥，害死了人，事後什麼都查不到，這一手不可不防。」

陶方的臉色更難看，站了起來，道：「讓我回牧場一趟，和大少爺談個清楚。」

項少龍點頭道：「岳丈正染恙臥榻，你順便去看看他。」

陶方與烏應元主僕情深，聞言匆匆去了。他剛出門，王宮有內侍來到，傳項少龍入宮見駕。項少龍那盞茶尚未有機會喝完，立即匆匆入宮。

甫抵王宮，禁衛統領安谷傒迎上來道：「大王正要派人往牧場找你，聽得太傅來了咸陽，倒省去不少時間。」

項少龍訝道：「什麼事找得我那麼急？」

安谷傒湊到他耳旁道：「魏人眞的退兵！」

項少龍記起此事，暗忖此回信陵君有難，不由想起趙雅。

安谷傒又道：「太傅謁見大王後，請隨末將到太子宮走一轉，李廷尉希望能和太傅敘舊。」

項少龍把李廷尉在心中暗唸幾次，終省起是李斯，欣然道：「我也很想見他哩！安統領現在一定和他相當廝熟。」

安谷傒領他踏上通往內廷的長廊，微笑道：「李先生胸懷經世之學，不但我們尊敬他，大王、王后和太子都佩服他的識見。」

項少龍心中暗笑，自己可說是當時代最有「遠見」的人，由他推薦的人怎錯得了。李斯若連這點都做不到，將來哪能坐上秦國第二把交椅的位置。這小子最管用的是法家之學，與商鞅一脈相乘，自然對正秦人的脾胃。廷尉雖職位低微，卻是太子的近臣，只要有眞材實學，又懂逢迎小盤，將來飛黃騰達，自是必然。左思右想之際，到了內廷的宏偉殿門前。

登上長階，踏入殿內，莊襄王充滿歡欣的聲音傳來道：「少龍快來，此回你爲我大秦立下天大功勞，寡人定要重重賞你。」

項少龍朝殿內望去，只見除呂不韋和徐先兩大丞相外，鹿公、賈公成、蔡澤、嬴樓、嬴傲、王陵等上次見過的原班權臣大將全來了，只欠一個對他態度惡劣的大將杜壁。

他忙趨前在龍廷前跪下，道：「爲大秦盡力，乃微臣份內之事，大王不必放在心上。」

莊襄王笑道：「快起來！如此不動干戈，便化解破關之危，最合寡人心意。」

項少龍起來後，偷望呂不韋一眼，只見他眼內殺機一閃即沒，堆起笑容道：「少龍就是這麼居功不驕的人，不過少龍尚無軍功，大王異日可差他帶兵出征，凱旋歸來，再論功行賞，不是更名正言順嗎？」

項少龍退至末位，正咀嚼呂不韋剛才眼神透露出的殺意，暗忖明天相府宴會，要小心點才成，否則說不定眞會給呂不韋藉比試爲名，活生生宰掉。不過剛才莊襄王說者無心的一番話，正顯示出他不喜妄動干戈的和平性格，實與呂不韋的野心背道而馳。

只聽鹿公呵呵笑道：「右相國的想法未免不懂變通，不費一兵一卒，立使魏人退兵，其他四國更難堅持，還不是立下軍功嗎？」

莊襄王開懷道：「鹿公此言正合孤意，各位卿家還有何提議？」

此刻只要不是聾的或盲的，均知莊襄王對項少龍萬分恩寵，誰敢反對？商議一番，決定策封項少龍為御前都統兼太子太傅，與安谷傒同級，假設秦王御駕親征，他和安谷傒將是傍侍左右的親衛將，目前仍只是個虛銜，沒有領兵的實權。衆人紛紛向他道賀，在這情況下，項少龍可說推無可推，同時也知道，莊襄王的恩寵，進一步把他推向與呂不韋鬥爭的路上。以前就算對著趙穆這麼強橫的敵人，他也沒有半丁點懼意。可是只要想起歷史上清楚寫著莊襄王死後那十年的光景，呂不韋一直權傾朝野，無人敢與其爭鋒，又自己不知會否栽在他手上，想想就頭皮發麻，苦惱難解。此正為知道部分命運的壞處。

暢談一番，莊襄王特別囑咐項少龍今晚和他共膳，欣然離去，返回後宮歇息。項少龍更是心中叫苦，因為莊襄王並沒有邀請呂不韋，擺明此回的功勞，全歸他項少龍一個人。不過他也沒有辦法，和呂不韋虛與委蛇一番，往見李斯。

李斯搬到太子宮旁的客舍居住，見到項少龍，露出曾共患難的真誠笑意，謝過安谷傒，把他領進客舍的小廳堂去。

項少龍見他一洗昔日倒楣之氣，脫胎換骨般神采飛揚，代他高興道：「李兄在這裡的生活當是非常寫意。」

李斯笑道：「全賴項兄提挈，這裡和相府是兩個完全不同的天地，若要我回到那裡去，情願死掉。」

這麼一說，項少龍立知他在相府挨過不少辛酸，例如遭人排擠侮辱的那類不愉快事件。有位俏婢奉上香茗，返回內堂。項少龍見她秀色可餐，質素極佳，禁不住多看兩眼。

李斯壓低聲音道：「是政太子給我的見面禮，還不錯吧！」

項少龍聽得心生感觸，想當年小盤常對下女無禮，被母親趙妮責怪，現在則隨手送出美女。不過這小子尚算聽教聽話，依自己的指示善待李斯，還懂得以手段籠絡人，眞不簡單。忍不住問道：「李兄認爲太子如何呢？」

李斯露出尊敬的神色，低聲道：「太子胸懷經世之志，觀察敏銳，學習的能力又高，將來必是一統天下的超卓君主，李斯有幸，能扶助明主，實拜項兄之賜。」

這回輪到項少龍對李斯肅然起敬，自己對小盤的未來秦始皇信心十足，皆因他從史書預知結果。可是李斯單憑眼光，看出小盤異日非是池中之物，當然比他高明多了。

李斯眼中再射出崇敬之色，但對象卻是項少龍而非小盤，正容道：「前天我陪太子讀書，大王和王后來探太子，說起項兄曾提議一統天下後，外則連築各國長城，內則統一幣制、立郡縣、開驛道、關運河，使書同文、行同軌，確是高瞻遠矚，李斯佩服得五體投地。」

項少龍聽得目瞪口呆，想不到自己被迫下「唸」出來的一番話，莊襄王竟拿來作對小盤的教材，異日小盤奉行不誤，豈不是自己拿歷史來反影響歷史，這筆糊塗賬該怎麼算？眞正的謙遜幾句，李斯向項少龍問起呂不韋的動靜。

項少龍說罷，李斯道：「項兄不用擔心，照我看大王對呂不韋的大動干戈，惹得五國聯軍兵臨關下，開始頗有微言，大奸賊風光的日子該不會太長久。」

項少龍心中暗嘆，任你李斯目光如炬，也不知莊襄王命不久矣。誠懇地道：「老天爺並不是每事都能如人所願，將來無論發生什麼事，李兄只須謹記盡力輔助太子，其他的事不要理會。」

李斯不悅道：「項兄當我李斯是什麼人，既是肝膽相照的朋友，自當禍福與共，以後李斯再不想聽到這種話。」

項少龍苦笑，小盤差人召他去見。兩人均感相聚的時間短促，但既是太子有命，唯有依依惜別。項少龍雖樹立很多敵人，也交到很多朋友。

第二章 秦王歸天

小盤負手傲立在窗漏前，凝望黃昏下外面御園的冬景，自有一種威凌天下的氣度，內侍報上項少龍到，退了出去，未來的秦始皇淡然道：「太傅請到我身旁來！」

項少龍感到他愈來愈「像」太子，移到他左旁稍後處站定，陪他一起看園外殘冬的景色。小盤別過頭來看他一眼，又轉回頭去，輕嘆一口氣。

項少龍訝道：「太子有什麼心事？」

小盤露出一個苦澀的笑容，道：「我有什麼心事，誰比太傅更清楚。」

項少龍微感愕然，小盤還是首次用這種「太子」的口氣和他說話，把兩人間的距離再拉遠少許，感觸下，不禁學他般嘆氣。

一陣不自然的沉默後，小盤道：「昨天呂相國對我說了一番非常奇怪的話，說世上只有三個人眞正對我好，就是父王、母后和他呂不韋。但三人中，可助我一統天下的，卻只有他一個人能辦到，教我不要相信其他人，他們只是供我成就不朽霸業鴻圖的踏腳石。唉！看來他眞把我當作是他的兒子，又以爲我也心知肚明。」倏地轉過身來，目光灼灼地瞧項少龍，低聲道：「師傅！他爲何要說這番話？是否針對你而言？我也不知什麼時候可登上王位，他卻好像已把我看成秦室之主，這事豈非奇怪之極？」

項少龍被他看得心兒狂跳，換過往日，他會責他不應稱他作師傅，可是目下爲他霸氣迫人的氣度所懾，兼之他竟能從呂不韋的話中，推斷出呂不韋和他之間有點嫌隙，顯出過人的敏銳和才智，一時間竟說不出話來。

小盤恍然，回復平常的神態道：「看太傅的神情，呂相國和太傅間必發生了一些不愉快的事？」接而神情微黯道：「太傅仍要瞞我嗎？」

項少龍這時才有空想到小盤提出的另一個問題，自己知道小盤很快會因莊襄王的逝世登上王位，皆因此乃歷史，可是呂不韋憑什麼知道？除非——我的天——想到這裡一顆心不由跳得更劇烈。

小盤訝道：「太傅的臉色為何變得如此難看？」項少龍想到的卻是歷史上所說莊襄王登基三年後因病去世根本不是事實，莊襄王是給呂不韋害死的，否則他不會在這時候向小盤說出這番奇怪的話來。自己怎可以任他行兇？他的心跳得更劇烈。自己眞蠢，盲目相信史書和電影，其實早該想到此一可能性。假設他把所有事情，和盤向莊襄王托出，他會怎樣對待這大恩人？以他和莊襄王與朱姬的關係，他的話肯定有很大的說服力，這樣能否把歷史改變？項少龍猛下決心，決定不顧一切，也要設法挽救莊襄王的性命，如此才對得住天地良心。

就在此時，一名內侍奔進來哭道：「稟上太子，大王在後廷昏倒。」

小盤立即色變。項少龍則手足冰寒，知道遲了一步，終是改變不了歷史巨輪轉動的方向。同時想起剛才廷會時呂不韋眼中閃過的殺機，明白到那竟是針對莊襄王而發的。此回他又輸一著，卻是被虛假的歷史蒙蔽。

八名御醫在莊襄王寢宮內經一晚的全力搶救，秦國君主醒轉過來，卻失去說話的能力，御醫一致認為他是中風。只有項少龍由他眼中看出痛苦和憤恨的神色。他的脈搏愈來愈弱，心臟兩次停止躍動，但不知由哪裡來的力量，卻支撐著他，使他在死神的魔爪下作垂死掙扎。當呂不韋趨前看他，他眼中射出憤怒的光芒，口唇顫震，只是說不出慫在心裡的話來。朱姬哭得像個淚人兒般，全賴一眾妃嬪攙扶，沒有倒在地上。秀麗夫人和成蟜哭得天昏地暗，前者更數度昏厥過去。小盤站在榻旁，握緊莊襄王的手，一言不發，沉默冷靜得教人吃驚。獲准進入寢宮的除呂不韋外，只有項少龍這身分特別的人，與及徐先、鹿公、蔡澤、杜壁等重臣，其他文武百官，全在宮外等候消息。莊襄王忽然甩開小盤的手，辛苦地指向項少龍。

呂不韋眼中凶光一閃，別頭向項少龍道：「大王要見你！」說罷退往一旁，只留下小盤一人在榻側。

項少龍心中悔恨交集，若他早一步想到呂不韋狼心狗肺至害死莊襄王，定會不顧一切地把他的奸謀揭露出來。可是卻鬥不過命運，終是棋差一著。移到榻前，跪了下去，握緊莊襄王的手。莊襄王辛苦地把黯淡的眼神注在他臉上，射出複雜之極的神色，其中包括憤怒、憂傷和求助。當場所有人裡，除呂不韋外，恐怕只有項少龍明白他的意思。他雖不知呂不韋用什麼手法和毒藥害到莊襄王這個樣子，但極有可能是憑著與莊襄王的親密關係，親自下手。所以莊襄王醒來後，心知肚明害他的人是呂不韋，卻苦於中毒已深，說不出話來。呂不韋的新心腹莫傲用毒之術，確是高明至極，竟沒有御醫可以看出問題。握著莊襄王顫抖的手，項少龍忍不住淚水泉湧而出。一直沒有表情的小盤，亦跪下來，開始痛泣。宮內的妃嬪宮娥受到感染，無不垂淚。

項少龍不忍莊襄王再受折磨，微湊過去，以微細得只有小盤才可聽到的聲音道：「大王放心，我項少龍定會殺掉呂不韋，為你報仇。」

小盤猛震一下，卻沒有作聲。莊襄王雙目光芒大作，露出驚異、欣慰和感激揉集的神色，旋又斂去，徐徐閉上雙目，頭無力地側往一旁，就此辭世。寢宮內立時哭聲震天，妃嬪大臣跪遍地上。小盤終於成為秦國名義上的君主。

項少龍回到烏府，已近深夜四更天。他和滕翼、荊俊都是心情沉重。沒有莊襄王，呂不韋更是勢大難制。小盤一天未滿二十一歲，便不能加冕爲王，統攬國政，呂不韋的右丞相理所當然地成爲攝政輔主的大臣。朱姬則成爲另一個最有影響力的人，可是因她在秦國始終未能生根，不得不倚賴呂不韋，好互相扶持。利害的關係，使兩人間只有合作一途。在某一程度上，項少龍知道自己實是促成呂不韋對莊襄王遽下毒手的主要因素之一。

正如李斯所言，莊襄王與呂不韋的歧見愈來愈大，加上烏廷威的洩祕，使呂不韋擔心若項少龍向莊襄王揭露此事，說不定所有榮華富貴、名位、權力，均會毀於一旦。加上又希望自己的「兒子」早點登基，本身更非善男信女，故鋌而走險，乃屬必然的事。現在秦朝的半壁江山，已落到這大奸人手裡。他唯一失算的地方，是千猜萬想，仍估不到小盤的眞正身分。三人此時在大廳坐下，雖是身疲力累，卻沒有半點睡意。

滕翼沉聲道：「是否呂不韋幹的？」

項少龍點頭道：「應該錯不了。」

荊俊年少氣盛，跳起來道：「我們去通知所有人，看他怎樣脫罪。」

待見到兩位兄長木然看他，頹然坐回蓆上

滕翼道：「不若我們立刻離開咸陽，趁現在秦君新喪，呂不韋忙於布置的時刻，離得秦國愈遠愈好。」

項少龍心中暗嘆，若沒有小盤，他說不定會這樣做。爲了嬌妻和衆兄弟的安全，什麼仇都可暫擱一旁，現在卻不可以一走了之。

滕翼道：「君子報仇，十年未晚。眼前脫身機會錯過了將永不回頭，呂不韋現在最忌的人是三弟，只要隨便找個藉口，可把我們收拾。」

項少龍嘆道：「二哥先走一步好嗎？順便把芳兒她們帶走。」

滕翼大感愕然道：「咸陽還有什麼值得三弟留戀的地方？」

荊俊則道：「三哥有姬后和太子的支持，我看呂不韋應不敢明來，若是暗來，我們怎不濟都有一拚之力。」

項少龍斷然道：「小俊你先入房休息，我有事和二哥商談。」

荊俊以爲他要獨力說服滕翼，依言去了。項少龍沉吟良久，仍說不出話來。

滕翼嘆道：「少龍！說實在的，我們間的感情，比親兄弟還要深厚，有什麼事那麼難以啓齒呢？若你不走，我也不會走，死便死在一塊兒。」

項少龍猛下決心，低聲道：「政太子實在是妮夫人的親生兒子。」

滕翼劇震道：「什麼？」

項少龍遂一五一十，把整件事說出來。

滕翼不悅道：「爲何不早對我說呢？難道怕我會洩漏出去嗎？」

項少龍誠懇道：「我怎會信不過二哥，否則現在不會說出來。只是這祕密本身便是個沉重的負擔，我只希望一個人去承受。」

滕翼容色稍緩，慨然道：「若是如此，整個形勢完全不同了，我們就留在咸陽，與呂不韋周旋到底，但卻須預留退路，必要時溜之大吉。以我們的精兵團，只要不是秦人傾力來對付我們，該有逃命的把握。」

項少龍道：「小俊說得不錯，呂不韋還不敢明刀明槍來對付我們，不過暗箭難防，我們待大王殯殮後，立即返回牧場，靜觀其變。小盤雖然還有八年才行加冕大禮，但如今終是秦王，他的話就是王命，呂不韋向天借膽，仍不敢完全不把他放在眼內。」

滕翼道：「不要低估呂不韋，他既膽大包天，又愛行險著，只是隻手遮天的害死兩代秦君，可知他的厲害，加上他手上奇人異士無數，縱不敢明來，我們也是防不勝防。」

項少龍受教地道：「二哥教訓得好，我確是有點忘形。小盤說到底仍是個孩子，希望姬后不要全靠向呂不韋就好了。」

滕翼嘆道：「這正是我最擔心的事。」

急驟的足音，由遠而近。兩人對望一眼，泛起非常不祥的感覺。

一名應是留在牧場的精兵團團員烏傑氣急敗壞地奔進來，伏地痛哭道：「大老爺逝世了！」

這句話有若晴天霹靂，震得兩人魂飛魄散。項少龍頓感整個人飄飄蕩蕩、六神無主，一時間連悲痛都忘掉。忽然間，他們明白到呂不韋請他們到咸陽赴宴，其實是不安好心，乃調虎離山之計，好由烏家的內奸，趁他們離開之時，奪過牧場的控制權。幸好誤打誤撞下，陶方全速趕回去。否則烏應元的死訊，絕不會這麼快傳到來。

荊俊跑進來，問明發生什麼事後，熱淚泉湧，一臉憤慨，往大門衝去。

滕翼暴喝道：「站著！」

荊俊再衝前幾步後，哭倒地上。

滕翼把烏傑抓起來，搖晃著他道：「陶爺有什麼話說？」

烏傑道：「陶爺命果爺和布爺率領兄弟把三老爺、四老爺和廷威少爺綁起來，請三位大爺立即趕回牧場去。」

滕翼放開手，任這因趕路耗盡氣力的烏傑軟倒地上，然後來到失魂落魄的項少龍前，抓著他肩頭道：「這是生死存亡的關頭，三弟你若不能當機立斷，整個烏族都要完蛋。」

項少龍茫然道：「我可以怎辦呢？難道要我殺了他們嗎？」

滕翼道：「正是這樣，你不殺人，別人便來殺你，這些蠢人竟然相信呂不韋，也不想想呂不韋怎會讓人知道是他害死烏大爺。若我猜得不錯，呂不韋的人正往牧場出發，以烏族內鬥作掩飾，一舉殺盡烏家的人。」又向荊俊喝道：「小俊！若我們死不了，你還有很多可以哭的機會，現在立即給我出去把風，同時備好馬匹。」

荊俊跳起來，領著擁進來的十八鐵衛旋風般去了。

項少龍清醒過來，壓下悲痛，向報訊的烏傑道：「你是否由城門進來的？」

烏傑答道：「陶爺吩咐我攀城進來，好避人耳目。」

滕項兩人對望一眼，均對陶方臨危不亂的老到週詳，感到驚異，陶方竟然厲害至此？

烏傑又道：「我們有百多人在城外等候三位大爺，備有腳程最好的快馬，三位大爺請立即起程。」

這時烏言著倉皇奔進來道：「情勢看來不妙！西南和東北兩角各有百多人摸黑潛來哩。」

滕翼斷然道：「立即放火燒宅，引得鄰人來救火，他們的人就不敢強來，並可救回宅內婢僕們之命。」

烏言著領命去了。

滕翼再向項少龍正容道：「三弟下定決心嗎？」

項少龍淒然一笑道：「我再沒有別的選擇，由今天開始，誰要對付我項少龍，只要殺不死我，都要以血來償還。」

在一切全憑武力解決的時代，這是唯一的應付方法，項少龍終徹底地體會此一眞理。

滕翼點頭道：「這才像樣，可以起程嗎？」

獵獵聲響，後園的貨倉首先起火。咸陽烏府房舍獨立，與鄰屋遠隔，際此殘冬時分，北風雖猛，火勢應該不會蔓延往鄰居去。叫喊救火的聲音，震天響起。鄰居們當然不會這麼快驚覺，叫救火的當然是放火的人。

項少龍振起精神道：「我們立即趕回去。」

就在這一刻，他知道與呂不韋的鬥爭，已由暗轉明。而直到現在，呂不韋仍是占著壓倒性的上風。他的噩夢，何時可告一段落呢？

衆人策騎往城門馳去，天際微微亮起來。項少龍在轉上出城的驛道，忽地勒馬叫停。滕翼、荊俊、十八鐵衛和報訊的烏傑，與一衆精兵團團員，慌忙隨他停下。晨早的寒風吹得各人衣衫飛揚，長道上空寂無人，一片肅殺淒涼的氣氛。風吹葉落裡，驛道旁兩排延綿無盡的楓樹，沙沙作響。

項少龍苦笑道：「我怎都要接了嫣然，方可放心離去。」

滕翼一呆皺眉道：「她在寡婦清處，安全上應該沒有問題吧。」

項少龍道：「我明白這點，但心中總像梗著一根刺，唉！對不起。」

滕翼與荊俊對望一眼，泛起無奈的表情，回牧場乃急不容緩的一回事，怎容得起時間上的延誤。

烏傑焦急道：「項爺！不若另派人去接夫人吧！」

項少龍和滕翼交換個眼色，同時心生寒意，想起當日出使魏國，臨時改道時呂雄的反應。精兵團的團員均受過訓練，被最嚴格的紀律約束，上頭說話之時，並沒有他們插嘴的餘地。爲何烏傑膽子忽然大起來？難道還怕他們不知道形勢的緊迫嗎？

項少龍既生疑心，誆他道：「就由烏傑你和荊爺去接夫人好嗎？」

烏傑愕然道：「怎麼成哩！我還要給項爺和滕爺引路，噢！」

烏言著和烏舒兩人，在滕翼的手勢下，由後催騎而上，左右兩把長劍，抵在烏傑脅下處。

項少龍雙目寒芒閃動，冷笑道：「烏傑你知否在什麼地方出錯，洩露你的奸計。」

烏傑色變道：「我沒有……啊！我不是奸細！」話出口，才知漏了嘴。

要知項少龍在烏家的子弟兵中，地位之高，有若神明。烏傑在他面前，由於有此心理的弱點，自是進退失據。

荊俊勃然大怒，喝道：「拖他下馬！」

「砰！」烏舒飛起一腳，烏傑立即跌下馬背，尚未站起來，給跳下馬去的滕翼扯著頭髮抽起來，在他小腹結結實實打一拳。烏傑痛得整個人抽搐著彎弓起身體，又給另兩名鐵衛夾持兩臂，硬迫他站立。

荊俊早到他身前，拔出匕首，架在他咽喉處，寒聲道：「只要一句謊話，匕首會割破你的喉嚨。但我將很有分寸，沒有十來天，你不會死去。」

烏傑現出魂飛魄散的神色，崩潰下來，嗚咽道：「是少爺迫我這般做的，唉！是我不好！當他侍從的時候，欠他很多錢。」

各人心中恍然，暗呼幸運，若非項少龍忽然要去接紀嫣然一起離城，這一回眞是死得不明不白，這條毒計不可謂不絕。

項少龍心中燃起希望，沉聲道：「大老爺是否眞的死了？」

烏傑搖頭道：「只是騙你的，牧場沒有發生任何事，少爺要對付的只是你們三位大爺，否則我怎也不肯做……呀！」

腰脅處中了烏舒重重一下膝撞。

項少龍心情轉佳，道：「這傢伙交給二哥問話，我和小俊到琴府去，接了嫣然後再作打算。」

約定會面的地點，與荊俊策騎往琴清的府第馳去，這時始有機會抹去一額的冷汗，頗有再世爲人的感覺。

假若呂不韋所有這些陰謀奸計，均出於呂不韋府裡那叫莫傲的人的腦袋，這人實在是他所遇過的人中，智計最高的人，且最擅以有心算無心的手段。此計如若成功，項少龍只能比莊襄王多活兩天，是條連環緊扣的毒計。

首先，呂不韋見在紅松林害不死他項少龍，轉而朝一向沉迷酒色的烏廷威下手，由嫪毐通過一個青樓名妓，加上相府的威勢，再利用他嫉恨不滿項少龍的心態，把他籠絡過去。當烏廷威以邀功的心態，把烏族準備撤走的事，洩露給呂不韋後，大奸人遂立下決心，要把他項少龍除去。毒殺莊襄王一事，可能是他早定下的計畫，唯一的條件是要待自己站穩陣腳，再付諸實行。於是呂不韋藉宴會之名，把他引來咸陽。莊襄王横死後，詐他出城，在路上置他於死地。際此新舊國君交替的時刻，秦國上下因莊襄王之死亂作一團，兼之他項少龍又是仇家遍及六國的人，誰會有閒情理會並追究這件事？這個謊稱烏應元去世、牧場形勢大亂、鬥爭一觸即發的奸謀，並非全無破綻。項少龍和滕翼便從烏傑的話中，覺得陶方厲害得異乎尋常。可是莊襄王剛被害死，成驚弓之鳥的他們，對呂不韋多害死個烏應元，絕不會感到奇怪。而事實上烏廷威雖然不肖，針對的只是項少龍，並非喪盡天良至弒父的程度。可是加上有形跡可疑的人似是要到烏府偷襲，使他們根本無暇多想，只好匆匆趕返牧場，這樣正好掉進呂不韋精心設置的陷阱裡。若非項少龍放心不下讓紀嫣然獨自留在咸陽，將會至死仍不知是怎麼一回事，須閻羅皇親自解釋。項少龍長長吁出一口氣，振起雄心，加鞭驅馬，和荊俊奔過清晨的咸陽大道，朝在望的琴清府奔去。

琴清一身素白的孝服，在主廳接見兩人。不施脂粉的顏容，更是清麗秀逸之氣迫人而來，教人不敢正視，又忍不住想飽餐秀色。荊俊看呆了眼，連侍女奉上的香茗，都捧在手上忘記去呷上兩口。

琴清神態平靜地道：「項太傅這麼早大駕光臨，是否有什麼急事呢？」

項少龍聽出她不悅之意，歉然道：「也不是什麼緊要的事，只是想把嫣然接回牧場吧！」

話畢，自己都覺得理由牽強。本說好讓紀嫣然在這裡小住一段日子，現在不到三天，卻來把她接走，還是如此匆忙冒昧，選的是人家尚未起榻的時間，實於禮不合。琴清先吩咐下人去通知紀嫣然，然後蹙起秀長的黛眉，沉吟起來。項少龍呷一口熱茶，溜目四顧。大廳的布置簡潔清逸，不含半絲俗氣，恰如其份地反映出女主人高雅的氣質和品味。

琴清淡淡道：「項太傅忽然改變主意，是否欠了琴清一個合乎情理的解釋？」

項少龍大感頭痛，無言以對。騙她吧！又不願意這麼做。

琴清輕嘆道：「不用爲難，至少你不會像其他人般，說出口是心非的話，只是大王新喪，項太傅這樣不顧而去，會惹起很多閒言閒語。」

項少龍苦笑道：「我打個轉便會回來，唉！世上有很多事都使人身不由己的。」

琴清低頭把「身不由己」唸幾遍，忽然輕輕道：「項太傅是否覺得大王的駕崩，來得太突然呢？」

項少龍心中一懍，知她對莊襄王之死起了疑心，暗忖絕不可堅定她的想法，否則她遲早會給呂不韋害死，忙道：「對這事御醫會更清楚。」

琴清驀地仰起俏臉，美目深深地凝望他，冷冷道：「琴清只是想知道太傅的想法。」

項少龍還是首次與這絕代美女毫無避忌地直接對望，強忍避開目光那種心中有鬼的自然反應，嘆道：「我的腦袋亂成一團，根本沒有想過這方面的問題。」

琴清的目光緊攫他，仍是以冰冷的語調道：「項太傅究竟在大王耳旁說了句什麼話，使大王聽完後可放心地瞑目辭世？當時只有政太子一人聽到，他卻不肯告訴我和姬后。」

項少龍立時手足冰冷，知道自己犯下一個致命的錯誤。說那句話本身並沒有錯，問題是事後他並沒有和小盤對口供。假若被人問起，他和小盤分別說出不同的搪塞之詞，會揭露出他們兩人裡，至少有一個人在說謊。當時他只顧忌呂不韋，所以背著他來說，卻忘了在榻子另一邊的朱姬、秀麗夫人和一衆妃嬪宮娥，這事最終可能會傳入呂不韋耳內去。幸好給琴清提醒，或可透過李斯作出補救。琴清見他臉色數變，正要追問，紀嫣然來了。

項少龍忙站起身來，道：「琴太傅一向生活安寧，與世無爭，項某實不願看到太傅受俗世事務的沾染。」

領紀嫣然告辭離去，琴清望著項少龍的眼神生出複雜難明的變化，直至送他們離開，除了和紀嫣然互約後會之期時說幾句話外，再不置一辭，可是項少龍反感到她開始有點了解自己。

到與滕翼會合，紀嫣然知悉事情的始末。叛徒烏傑仍騎在馬上，雙腳被幼索穿過馬腹縛著，除非是有心人，否則應看不出異樣之處。眾人策騎出城，往牧場奔去。到一處密林內，停了下來。荊俊把烏傑縛在一棵樹上，遣出十八鐵衛布防把風。

滕翼神情凝重道：「此次伏擊我們的行動，由呂不韋麾下第一高手管中邪親自主持，雖只有一百五十人上下，但無不是相府家將裡出類拔萃的劍手。圖管家竟對此一無所知，可見相府的實權，已逐漸轉移到以莫傲和管中邪一文一武的兩個人手上去。」

項少龍道：「他們準備在什麼地方偷襲我們？」

滕翼指著不遠處的梅花峽道：「選的當然是無處可逃的絕地，憑我們現在的實力，與他們硬碰，無疑是以卵擊石，最頭痛是呂不韋已由烏傑口中探知我們的情況。」

項少龍心中暗嘆，呂不韋早看穿烏廷威是他們一個可擊破的缺口，可憐他們還懵然不知，以至乎處處落在下風。

紀嫣然淡淡道：「對於我們眞正的實力，舅爺和烏傑仍是所知有限，我們不用那麼擔心好嗎？」

項少龍暗叫僥倖，在組織烏家這支五千人的子弟兵時，他把二十一世紀軍方的保密方法，用到其中。除他們幾個最高的領導人外，子弟兵只知聽命行事。對人數、實力、裝備、武器的情況，知的只是自己置身處的冰山一角，且爲掩人耳目，烏家子弟兵平時嚴禁談論有關訓練方面的任何事情。所以縱使像烏傑這種核心分子，所知仍屬有限。

滕翼點頭道：「幸好我們早有預防，但呂不韋將會因此更顧忌我們，此乃必然之事。哼！現在我們該怎辦？」

紀嫣然道：「大舅爺現在何處？」

滕翼答道：「當然是回到牧場去，等候好消息，亦使人不會懷疑他。至於烏傑，管中邪當會殺人滅口。」

紀嫣然道：「那就好辦，我們立即繞道回牧場，迫烏傑和大舅對質，弄清楚烏家除大舅外，還有沒有人參與這件事，解決內奸的問題後，再與呂不韋周旋到底。大不了只是一死吧！倩公主她們的血仇絕不能就此罷休。」

項少龍心中苦笑，呂不韋至少還可風光八年，自己往後的遭遇則茫不可知，這段日子確是難捱。點頭道：「讓管中邪再多活一會，我們回牧場去！」

一直沒作聲的荊俊發出暗號，召回十八鐵衛，押著烏傑，由密林繞往左方的山路，往牧場馳去。由於路途繞遠，到晚上離牧場仍有二十多里的途程。

衆人待要紮營，項少龍道：「且慢！圖先既說得管中邪如此智勇兼備，我們出城的時間又延誤整個時辰，他不會不生疑心，只要派出探子，不難發覺我們已經改道而行。小心駕得萬年船，我們就算高估他，總比吃虧好。」

荊俊興奮地道：「若他摸黑來襲，定要教他們栽個大跟斗。」

項少龍微笑道：「我正有此意。」

營地紮在一條小河之旁，五個營帳，圍著中間暗弱的篝火，四周用樹幹和草葉紮了十多個假人，扮作守夜的，似模似樣。他們則藏身在五百步外一座小丘的密林裡，弓矢準備在手，好給來犯者一點教訓。豈知直等到殘月昇上中天，仍是毫無動靜。

他們昨夜已沒有闔過眼，今天又趕了整日路，項少龍和滕翼這麼強壯的人，都支撐不來，頻打呵欠。

紀嫣然道：「不若我們分批睡覺，否則人要累死哩。」

項少龍醒來時，發覺紀嫣然仍在懷內酣然沉睡，晨光熹微中，雀鳥鳴叫，充滿初春的氣象。他感到心中一片寧靜，細審紀嫣然有若靈山秀嶺的輪廓。

在這空氣清新、遠離咸陽的山頭，陽光由地平處透林灑在紀嫣然動人的身體上，使他從這幾天來一直緊繃的神經和情緒上的沉重負擔裡暫且解放出來，靈台一片澄明空澈，全無半絲雜念。就像立地成佛的頓悟，他猛然醒覺到，與呂不韋交手至今，一直處在下風的原因，固因呂不韋是以有心算無心，更主要是他有著在未來八年間絕奈何不了他的宿命感覺。若他仍是如此被動，始終會飲恨收場。他或不能在八年內幹掉呂不韋，但歷史正指出呂不韋亦奈何不了小盤、李斯、王翦等人。換言之，他怎也不會連累這三個人。既是如此，何不儘量借助他們的力量，與呂不韋大幹一場，再沒有任何顧忌。莊襄王的遇害，說明沒有人能改變命運。就算他項少龍完蛋，小盤在二十一歲登基後，當會爲他討回公道。想到這裡，整個人輕鬆起來。

滕翼的聲音在後方響起道：「三弟醒來了嗎？」

項少龍試著把紀嫣然移開。

美女嬌吟一聲，醒轉過來，不好意思地由項少龍懷裡爬起來，坐在一旁睡眼惺忪道：「管中邪沒有來嗎？」

她那慵懶的動人姿態，看得兩個男人同時發怔。

紀嫣然橫他們一眼，微嗔道：「我要到小河梳洗。」

正要舉步，項少龍喝止她，道：「說不定管中邪高明至看穿是個陷阱，兼之營地設在河旁，易於逃走，假若我是他，會繞往前方設伏，又或仍守在營地旁等候天明。嫣然這麼貿然前去，正好落進敵人圈套裡。」

滕翼來到他旁，打量他兩眼，訝然道：「三弟像整個人煥然一新，自出使不成回來之後，我還是首次見到你充滿生機、鬥志和信心的樣子。」

紀嫣然欣然道：「二哥說得不錯，這才是令嫣然傾心的英雄豪傑。」

項少龍心知肚明，知是因爲剛才忽然間解開心中的死結，振起壯志豪情。遂把荊俊和十八鐵衛召來，告訴他們自己的想法。

荊俊點頭道：「這個容易，我們荊族獵人，最擅長山野追蹑之術，只要管中邪方面有人到過附近，就算現在繞到另一方去，亦瞞我們不過。」

一聲令下，十八鐵衛裡六名荊氏好手，隨他去了。項少龍和滕翼又把烏傑盤問一番，問清楚烏廷威誆他入局的細節，果然有嫪毒牽涉在內。到弄好早點，兩人與紀嫣然到小丘斜坡處，欣賞河道流過山野的美景，共進早膳。

滕翼吁出一口氣道：「情況還未太壞，聽烏傑之言，應只有烏廷威一個人投靠呂不韋。」

紀嫣然嘆道：「他終是廷芳的親兄長，可以拿他怎辦？」

項少龍冷然道：「沒有什麼人情可言，就算不幹掉他，至少要押他到塞外去，由大哥把他關起來，永不許他踏足秦境。」

滕翼欣然道：「二弟終於回復邯鄲扮董馬癡的豪氣。」

荊俊等匆匆趕回來，佩服得五體投地道：「三哥料事如神，我們在離營地兩里許處，找到馬兒吃過的草屑和糞便，跟著痕跡追蹤過去，敵人應是朝牧場北的馳馬坡去了。」

滕翼愕然道：「他倒懂揀地方，那是往牧場必經之路，除非我們回頭改採另一路線，否則就要攀山越嶺。」

項少龍凝望下方的小河，斷然道：「他應留下監視我們的人，在這等荒野中，他不必有任何顧忌，或者只是他留下來的人，已有足夠力量對付我們。」

紀嫣然道：「管中邪既是如此高明，當會如項郎所說的留有殺招，不怕我們掉頭溜走。」

荊俊又表現出他天不怕地不怕、初生之犢的性格，奮然道：「若他們分作兩組，意圖前後夾擊我們，那我們可將計就計，把他們分別擊破。」

滕翼道：「你眞是少不更事，只懂好勇鬥狠，若被敵人纏著，我們如何脫身？」

荊俊啞口無言。

項少龍仰身躺下來，望著上方樹梢末處的藍天白雲，悠然道：「讓我們先好好睡一覺，當敵人摸不準我們是否於昨夜離開，便是我們回家的好時刻。」

衆人均愕然望他，不知他究竟有何脫身妙法。

黃昏時分，天上的雲靄緩緩下降，地下的水氣則往上騰升，兩下相遇，在大地積成凝聚的春霧，一片氤氳矇矓。小丘西南三里許外一處高地，不時傳來馬嘶人聲，顯見對方失去耐性，誤以爲他們早一步回牧場去。敵我雙方直到此刻，不但仍未交手，甚至沒有看過對方的影子。可是其中卻牽涉到智慧、訓練、耐性、體力各方面的劇烈爭持。一下差錯，項少龍等在敵強我弱的情勢下，必是飲恨當場的結局。

此時趁夜色和迷霧，在摸清近處沒有偵察的敵人，荊俊等把祕密紮好的三條木筏，先放進水裡以繩子繫在岸旁，藏在水草之內，回到項少龍、滕翼和紀嫣然處，道：「現在該怎辦呢？」

項少龍回復軍人的冷靜和沉穩，道：「須看敵人的動靜，若我估計不錯，留守後方的敵人該到這裡搜索一下，求證我們有否躲起來，也好向把守前方的自己人交待，那將是我們發動攻勢的時刻。」

滕翼點頭道：「這一著非常高明，敵人遇襲，會退守後方，一面全力截斷我們的後路，同時以煙火通知前方的人，好能前後困死我們，那就是我們乘筏子迅速逃離這裡的良辰吉時。」

紀嫣然讚嘆道：「我想孫武復生，也不想出更好的妙計來。」

項少龍心中湧起強大的信心和鬥志，一聲令下，荊俊和十八鐵衛立時三、四人一組不等，分別潛往攻守均有利的戰略位置，把營地旁一帶的小河山野，全置入箭程之內。他們這批人人數雖少，但無不精擅山野夜戰之術，殺傷力不可小覷。項少龍、滕翼和紀嫣然三人留守山丘，躲在一堆亂石之後，養精蓄銳，守候敵人的大駕。

新月緩緩升離地平，夜空星光燦爛，霧氣漸退，敵人終於出現。他們分作十多組，沿河緩緩朝營地推進。河的對岸也有三組人，人數估計在十七、八個間，首先進入伏在對岸的荊俊和三名荊族獵手的射程裡。項少龍等亦發覺有十多人正向他們藏身的小丘迫來，氣氛緊張得若綳緊的弓弦。他們屏息靜氣，耐心等待。藏在河旁密林內的戰馬，在一名己方戰士的蓄意安排下，發出一聲驚碎寧靜的嘶叫。敵人的移動由緩轉速，往馬嘶聲發出處迫去。連串慘叫響起，不用說是碰著荊俊等布下可使猛獸傷死裝有尖刺的絆索上。

項少龍等知是時候，先射出十多團滲了脂油、烈火熊熊的大布球，落往敵人四週，然後箭矢齊發。在昏暗的火光裡，敵人猝不及防下亂作一團，慘叫和跌倒的聲音不住響起，狼狽之極。最厲害的是滕翼，總是箭無虛發，只要敵人露出身形，他的箭像有眼睛般尋上對方的身體，貫甲而入。由於他們藏身處散布整個河岸區，箭矢似從任何方向傳來，敵人根本不知該躲往何方。

不片晌，對方最少有十多人中箭倒地，哨聲急鳴，倉皇撤走。煙火沖天而起，爆出一朵朵的銀白光芒。

項少龍領頭衝下丘坡，啣著敵人尾巴追殺一陣子，再幹掉對方七、八人，返林內取回馬匹，押著烏傑，施施然登上三條木筏，放流而去。終於出了一口積壓心中的惡氣。

烏家牧場主宅的大堂內，烏廷威若鬥敗的公雞般，與烏傑分別跪在氣得臉色發青的烏應元座前。項少龍、滕翼、荊俊、烏果、蒲布、劉巢和陶方等分立兩旁，冷然看著兩個烏家叛徒。

烏廷威仍在強撐道：「孩兒只是爲家族著想，憑我們怎鬥得過右相國。」

烏應元怒道：「想不到我烏應元精明一世，竟生了這麼個蠢不可耐的逆子，這一次若呂不韋得手殺了少龍，首先要殺的正是你這蠢人，如此才不虞奸謀敗露。告訴我！呂府的人有沒有約你事後到某處見面？」

烏廷威愕在當場，顯然確有其事。他雖非甚有才智的人，但殺人滅口這種簡單的道理，仍能明白。另一邊的烏傑想起家法的嚴酷，全身抖震。

烏應元嘆道：「我烏應元言出必行，你不但違背我的命令，實在連禽獸也比不上，人來！立即把兩人以家法處死。」

現在輪到烏廷威崩潰下來，劇震道：「孩兒知錯，爹……」

四名家將撲到兩人身旁，把他們強扯起來。

項少龍出言道：「岳丈請聽小婿一言，不若把他們送往塞外，讓他們助大哥開墾，好將功贖罪。」

烏應元頹然道：「少龍的心意，我當然明白。可是際此家族存亡的時刻，若我因他是親兒放過他，那我烏氏族規，勢將蕩然無存，人人不服，其他族長，更會怪我心存私念。我烏應元有三個兒子，便當只生了兩個。來！給我把他押到家祠去，請來所有族內尊長，我要教所有人知道，若背叛家族，這將是唯一的下場。」

烏廷威終於知道老爹不是嚇唬他，立時癱軟如泥，痛哭求情，項少龍還想說話。

烏應元冷然道：「我意已決，誰都不能改變，若犧牲一個兒子，可換來所有人的警惕，我烏應元絕不猶豫。」

在衆人瞠目結舌下，烏廷威和烏傑被押出去。

烏應元說得不錯，他堅持處死烏廷威一著確收到震懾人心之效，族內再沒有人敢反對他與呂不韋週旋到底的心意。而這麼巧妙的計謀仍害不死項少龍，亦使他們對項少龍生出信心。他們烏家在咸陽的形勢，再不像初抵達時處處遭人冷眼。由於項少龍與軍方的關係大幅改善，和呂不韋的頭號心腹蒙驁又親若兄弟，他們的處境反比之以前任何時期更優越。

不過烏廷威之死，卻帶來令人心煩的餘波。親母烏夫人和烏廷芳先後病倒，反是烏應元出奇地堅強，如舊處理族內大小事務，又召回在外地做生意的兩個兒子，派他們到北疆開闢牧場，把勢力往接近塞外的地方擴展開去。這是莊襄王早批准的事，呂不韋都阻撓不了。項少龍等則專心訓練家兵，過了兩個月風平浪靜的日子，陶方由咸陽帶來最新的消息。聆聽概報的除烏應元、項少龍、滕翼、荊俊外，烏應元的兩位親弟烏應節和烏應恩均有參與。

陶方道：「照秦國國制，莊襄王在太廟停柩快足三個月，十五天後將進行大殯，各國均派出使節來弔唁，聽說齊國來的是田單，眞教人費解。」

項少龍一呆道：「田單親來，必有目的。我並不奇怪齊國派人來，因爲半年前合縱討秦的聯軍裡，沒有齊人的參與，其他五國不是和我大秦在交戰狀態中嗎？爲何照樣派人來呢？」

陶方道：「信陵君軍權被奪，在大梁投閒置散，無所事事，合縱之議，蕩然無存，五國先後退兵，分別與呂不韋言和，互訂和議，際此人人均深懼我大秦會拿他們動刀槍的時刻，誰敢不來討好我們？咸陽又有一番熱鬧。」

項少龍暗忖魏國來的必然是龍陽君，只不知其他幾國會派什麼人來？他眞不想見到李園和郭開這些無恥之徒。

烏應節問道：「呂不韋方面有什麼動靜？」

陶方聳肩道：「看來他暫時仍無暇理會我們，在新舊國君交替的時刻，最緊要是鞏固一己權力。聽說他在姬后的支持下，撤換一批大臣和軍方將領，但卻不敢動徐先和王齕的人，所以他的人奪得的只是些無關痛癢的位置。」

烏應恩道：「他會一步步推行他的奸謀。」

眾人均點頭同意。

滕翼向項少龍道：「假若能破壞呂不韋和姬后的關係，等若斷去呂不韋一條臂膀，三弟可在這方面想想辦法？」

見到各人都以充滿希望的眼光看自己，項少龍苦笑道：「我會看著辦的。」

陶方道：「少龍應該到咸陽去打個轉，姬后曾三次派人來找你，若你仍托病不出，恐怕不大好？」

項少龍振起精神道：「我明天回到咸陽去。」

眾人均感欣然，項少龍心中想到的卻是見到朱姬的情形。現在莊襄王已死，假設朱姬要與他續未竟之緣，怎辦好呢？他對莊襄王已生出深厚的感情，怎也不該和他的未亡人攪出曖昧事情，這是他項少龍接受不了的事。

回到隱龍別院，紀嫣然正與臥病榻上的烏廷芳密語。因親兄被家族處死的美女臉色蒼白，瘦得雙目凹陷下去，看得項少龍心如刀割。

紀嫣然見他到來，站起來道：「你來陪廷芳聊聊！」向他打個眼色，走出寢室去。

項少龍明白烏廷芳心結難解，既恨乃兄出賣自己夫郎，又怨父親不念父子之情，心情矛盾，難以排遣，鬱出病來。暗嘆一聲，坐到榻旁，輕輕握她手腕，看到几上那碗藥湯仍是完封不動，未喝過一口，柔聲道：「又不肯喝藥嗎？」

烏廷芳兩眼一紅，垂下頭去，眼睛湧出沒有泣聲的淚水。項少龍清楚她的倔強脾氣，發起性子，誰都不賣賬，湊到她耳旁道：「妳怪錯岳丈，眞正要怪的人，該是罪魁禍首呂不韋，其他人是無辜的。假若你自暴自棄，不但你娘的病好不了，你爹和我會因你心神大亂，應付不了奸人的迫害，你明白我的話嗎？」

烏廷芳思索一會，微微點頭。

項少龍爲她拭掉淚漬，乘機把藥湯捧來，餵她喝掉，道：「這才是個聽話的好孩子，妳定要快點痊癒，好侍候妳娘。」

烏廷芳輕輕道：「藥很苦哩！」

項少龍吻她臉蛋，爲她蓋好繡被，服侍她睡後，離房到廳子去。趙致、紀嫣然和田氏姊妹正逗弄兒子項寶兒，若非少了烏廷芳，應是樂也融融。他把寶兒接過來，看他甜甜的笑容，心中湧起強烈的鬥志。呂不韋既可不擇手段來害他，他亦應以同樣的方式回報。第一個要殺死的人不是呂不韋，而是他的首席智囊莫傲。此人一天不死，他們終有一天會被他害了。

接著下來烏廷芳精神轉佳，到第三天已能離開纏綿多時的病榻，探望親娘。她變得沉默，不太願說話和見外人，但雙目透出前所沒有的堅強神色，顯見因夫郎的話，解開心結，把怨恨的對象，轉移到呂不韋身上。見她好轉過來，項少龍放心離開牧場，與滕翼、荊俊踏上往咸陽的路途。鐵衛的人數增至八十人，加強實力。一行人浩浩蕩蕩，打醒十二個精神，翌晨抵達咸陽。項少龍逕赴王宮，謁見成為太后的朱姬和將登上秦王寶座的小盤。朱姬明顯地消瘦，小盤卻是神采飛揚、容光煥發，與身披的孝服絕不相襯。

兩人見他到來，非常歡喜，揮退下人，朱姬劈頭道：「少龍你搞什麼鬼的，忽然溜回牧場去，害得我想找個人說話都沒有著落。」

項少龍心中暗驚，死了王夫的朱姬，就像脫離囚籠的彩雀，再沒有東西可把她拴縛。先向與朱姬並坐內廷台階上的小盤行過君臣之禮，恭坐下首道：「太后請勿見怪，微臣實有說不出來的苦衷。」

小盤垂下頭去，明白他話內的含意。

朱姬嗔道：「不想說也要說出來，否則我不會放過你。」

只聽她口氣，就知她沒有把項少龍當作臣子。

小盤插嘴道：「母后饒過項太傅吧！若果可以告訴母后，他會說的。」

朱姬大嗔道：「你們兩個人串連起來對付我嗎？」

小盤向項少龍打個曖昧的眼色，道：「王兒告退，母后和項太傅好好聊一會。」

看著小盤的背影，項少龍差點想把他扯回來，他目下最不想的事，是與朱姬單獨相對。剩下他們兩個人，朱姬反沉默下來，好一會輕嘆道：「你和不韋間是否發生事情哩？」

項少龍頹然無語。

朱姬美目深深地看他好一會，緩緩道：「當日你出使受挫回來後，我早看出你很不是味兒，不似你一向的爲人，看不韋時的眼神很奇怪。我太清楚不韋，爲求成功，不擇手段，當年把我送給大王，不正是最好的例子嗎？白天對我說過永不分離，晚上我便屬於另一個男人。」忽又沒頭沒尾地低聲道：「少龍是在怪人家恩怨不分嗎？」

這句話怕只有項少龍明白，現在朱姬、小盤和呂不韋三人的命運可說是掛上了鉤，缺一不可。呂不韋固然要倚靠朱姬和小盤這王位的繼承者，俾可名正言順總攬朝政；但朱姬母子亦要藉呂不韋對抗秦國內反對她們母子的大臣和重將。更因小盤乃呂不韋兒子的謠言滿天亂飛，假若朱姬誅除呂不韋，由於她母子兩人在秦廷根基薄弱，沒有呂不韋，小盤又未正式登上帝位，她兩母子的地位實是危如巢卵，隨時有覆碎之厄。

項少龍俯頭道：「我怎會怪太后？」

朱姬露出一絲苦澀的笑容，柔聲道：「還記得離開邯鄲烏家堡，我曾對烏老爺說過只要我朱姬一天還有命在，定保你們烏家一天的富貴榮華。這句話我朱姬永遠不會忘記，少龍放心。」

項少龍心中感動，難得朱姬在這情況下仍眷念舊情，一時說不出話來。

朱姬忽地振奮起來，道：「前天徐先、鹿公和王齕三位大臣聯署上奏，請王兒策封你爲御前都騎統領，統率咸陽的一萬鐵騎城衛，負責王城的安全，但因不韋的反對不了了之。我又不知你的心意，所以未敢堅持。想不到軍方最有權勢的三個人，竟對你如此支持。少龍啊！你再不可躲起來，我和小政須要你在身旁哩！」

項少龍大感愕然，難道徐先他們收到他和呂不韋不和的消息？

朱姬又微嗔道：「你這人哩！難道不把烏家的存亡放在心上嗎？」

項少龍當然明白她的意思，朱姬言下之意，是若要在呂不韋和他之間只可作出一個選擇，寧願揀選他。若他能代替呂不韋去鞏固她母子倆的權位，呂不韋自是可有可無。只恨他知道呂不韋絕不會這麼容易被推倒，那早寫在中國的所有史書上。猛然點頭道：「多謝太后垂注！」

朱姬俏臉忽然紅起來，垂頭道：「只要你不把我當作外人，朱姬便心滿意足。」

項少龍苦笑道：「我從沒有把你當作過外人，只是大王對我君恩深重，我怎可以……唉！」

朱姬眼中射出幽怨之色，哀然道：「人家又能有片刻忘記他的恩寵嗎？少龍那天在大王臨終前說的話，我已猜到一點，但請勿告訴我，我現在還不想知道，希望少龍體諒我這苦命的人。」

項少龍愈來愈發覺朱姬的不簡單，想起嫪毒，暗忖應否再向命運挑戰，預先向她作出警告之時，門衛傳報道：「右相國呂不韋，求見太后。」

項少龍差點想溜之夭夭，怎會這麼冤家路窄的？

一身官服的呂不韋神采飛揚、龍行虎步地走進朱姬的慈和殿，項少龍忙起立致禮。

呂不韋比以前更神氣，閃閃有神的眼睛上下掃射項少龍一遍，微笑點頭，欣然道：「眞高興又見到少龍。」

雖是普通一句話，但卻是內藏可傷人的針刺，暗責項少龍不告而別，不把朝廷放在眼內，並暗諷他仍留得住性命，說罷向朱姬致禮，卻沒有下跪，顯是自恃與朱姬關係特別，淵源深厚，不當自己是臣子。

呂不韋坐在項少龍對席，笑道：「現時我大秦正值非常時期，無恥之輩，蠢蠢欲動，意圖不軌。少龍若沒有什麼特別緊急的事，留在咸陽好了，我或者有用得上你的地方。」

項少龍點頭應諾，暗忖呂不韋果然懂得玩手段，利用危機作壓力，令朱姬母子無法不倚重他。

呂不韋轉向朱姬道：「太后和少龍談什麼談得這麼高興哩？」

隨便一句話，盡顯呂不韋驕橫的心態。若論尊卑上下，那到他的右丞相來管太后的事。

朱姬卻沒有不悅之色，淡淡道：「只是問問少龍的近況。」

呂不韋眼中閃過怒意，冷冷道：「少龍你先退避一會，我和太后有要事商量。」

項少龍亦是心中暗怒，分明是向自己施下馬威，明指他沒有資格參與他和朱姬的密議。

正要退下，朱姬道：「少龍不用走，呂相怎可把少龍當作外人？」

呂不韋錯愕一下，堆起笑容道：「我怎會把少龍當作外人，只是他無心朝政，怕他心煩。」

朱姬若無其事道：「呂相等一會的耐性也沒有，究竟有什麼天大重要的事？」

這時呂不韋和項少龍都知朱姬在發脾氣，而且明顯站在項少龍一方。

呂不韋尚未愚蠢至反唇相譏，陪笑道：「太后請勿見怪，今天老臣來晉謁太后，是要舉薦一個最適合的人選，擔當都騎統領的重要職位，好負起王城安全的重任。」

都騎統領，實在是禁衛統領安谷傒外最接近王室的職位。咸陽城的防務，主要由三大系統負責，分別是守衛王宮的禁衛，負責城防的都騎和都衛兩軍，前者是騎兵，後者是步兵。都騎統領和都衛統領合起來等若以前項少龍在邯鄲時的城守一職，只不過把步兵和騎兵分開。步兵人數達三萬，比騎兵多出三倍，但若論榮耀和地位，負責騎兵的都騎統領，自然勝過統領步兵的都衛將軍。

朱姬冷然道：「呂相不用提出任何人，我決定任用少龍作都騎統領，除他外，沒有人可使我放心。」

呂不韋想不到一向對他言聽計從的朱姬，在此事上如此斬釘截鐵，完全沒有商量的餘地，臉色微變，訝然往項少龍望來道：「少龍改變主意了嗎？」

項少龍當然明白朱姬的心態，她也是極端厲害的人，更不想永遠活在呂不韋的暗影下，現在項少龍大得軍方歡心，有他作都騎統領，不但可對抗呂不韋，使他心存顧忌，不敢不把她母子放在眼內，亦可通過項少龍維繫軍方，不致被迫與呂不韋站在同一陣線，毫無轉寰的餘地。

項少龍知呂不韋表面雖像對他關懷備致，其實只是暗迫他推掉任命，那他可振振有詞，舉薦他心中的人選。微笑道：「正如呂相所言，我大秦正值非常時期，少龍只好把個人的事，擱在一旁，勉任艱鉅。」

呂不韋眼中閃過怒色，又泛起笑容，呵呵地道：「那就最好不過，難得太后這麼賞識你，千萬不要令她失望。」

朱姬淡淡道：「呂相還有什麼急事？」

呂不韋雖心中大怒，但哪敢與朱姬衝突，亦知自己剛才的說話態度過火，陪笑道：「齊相田單、楚國舅李園、趙將龐煖均於昨天抵達咸陽，望能在先王大殯前，向太后和儲君問好請安。」

朱姬冷冷道：「未亡人孝服在身，有什麼好見的，一切待大王入土爲安再說。」

呂不韋還是第一次見朱姬以這種態度對待他，心知問題出在項少龍身上。他城府極深，並不表露心意，應對兩句，告辭離開。

慈和殿內一片沉默。

良久後朱姬嘆道：「我曾嚴命所有看到你和大王說那句話的人，不准把此事傳出去，違令者斬，不韋應該尚未曉得。」

項少龍感激道：「多謝太后！」

朱姬頹然道：「少龍！我很累，似現在般又如何呢？爲何我總不能快樂起來。」

項少龍知道她是以另一種方式迫自己慰藉她，嘆道：「太后至緊要振作，儲君還需要妳的引導和照顧。」

在這種情況下，他愈是不能提起嫪毒的事。首先他很難解釋爲何可未卜先知嫪毒會來勾引她，更可慮是朱姬若要他代替「未來的」嫪毒，他更頭痛。可知歷史是根本不可改變的。

朱姬沉默一會，輕輕道：「你要小心趙國的龐煖，他是韓晶一手提拔出來的人，乃著名的縱橫家，口若懸河，現在當上邯鄲的城守，是廉頗、李牧外趙國最負盛名的將領，他此次來秦，只是要探察我們的虛實。唉！我眞不知不韋有何居心，忽然又和六國稱兄道弟，好像沒有發生過任何事。」

項少龍倒沒有把未聽過的龐煖放在心上，若非郭開與朱姬關係曖昧，不宜親來，應該是不會輪到這個人的。兩人不知該說什麼話好。東拉西扯幾句，項少龍告辭離去，朱姬雖不甘願，可是怕人閒言，只好放他走。

步出太后宮，安谷傒迎上來道：「儲君要見太傅。」

項少龍隨他往太子宮走去。

此禁衛的大頭領低聲道：「太傅見過儲君後，可否到鹿公的將軍府打個轉。」

項少龍心中明白，點頭應好。安谷傒再沒有說話，把他送到太子宮的書軒內，自行離去。

小盤坐在設於書軒北端的龍墊處，臉容陰沉，免去他君臣之禮，囑項少龍坐在下首，狠狠道：「太傅！我要殺呂不韋！」

項少龍大吃一驚，失聲道：「什麼？」

小盤壓低聲音道：「此人性格暴戾，不念王父恩情，比豺狼更要陰毒，又以開國功臣自居，還暗擺出我是他兒子的格局，此人一日不除，我休想順當地行使君權。」

項少龍本有意思聯結小盤、李斯和王翦等與呂不韋大鬥一場，沒料小盤的想法比他還走遠了幾條街，又使他猶豫起來，沉吟道：「這事儲君和太后說過沒有？」

小盤道：「太后對呂不韋始終有割捨不掉的深厚感情，和她說只會給她教訓一頓。太傅啊！憑你的絕世劍術和智計，要殺他應不是太困難吧！」

項少龍想起管中邪，暗忖你太看得起我，話當然不能這樣說，嘆道：「問題是若驟然殺他，會帶來什麼後果？」

小盤表現出超越他年紀的深思熟慮，道：「所以我首先要任命太傅爲都騎統領，再挑幾個人出來，負起朝廷重要的職務。只要我鞏固手上的王權，有沒有這賊子都不是問題。就是怕母后反對，若她與呂不韋聯手，我將很難應付。」

項少龍問道：「儲君疼愛母后嗎？」

小盤頹然一嘆，點點頭。恐怕只有項少龍明白他的心態，這時的小盤，已把對妮夫人的感情，轉移到朱姬身上。小盤說得不錯，朱姬明知莊襄王被呂不韋害死，仍只是給呂不韋一點臉色看看算數了事。

項少龍道：「我比你更想幹掉老賊，想儲君也該猜到倩公主是被他害死的吧？可是一天我們仍未建立強大的實力，絕不可輕舉妄動，尤其秦國軍方系統複雜，方向難測，又有擁立成蟜的一系正陰謀不軌，在這種形勢下，我們須忍一時之氣。」

小盤精神大振道：「這麼說，太傅是肯擔當都騎統領一職。」

項少龍苦笑道：「剛應承你母后。」

小盤大喜道：「有師傅在身旁，我就放心。」

在這一刻，他又變回以前的小孩子。

接著露出沉思的神色，道：「太傅相人的眼光天下無雙，廷衛李斯先生是最好的例子，他的想法和識見與別人不同，向我指出若能把握機會，憑仗我大秦的強大力量，奮勇進取，終可一統天下。所以我不可任呂不韋此狼心狗肺的人把持政局，影響我的春秋大業。」

項少龍到這時才明白李斯對小盤的影響多麼巨大，他再難當小盤是個不懂事的孩子。在秦宮氣氛的感染下，他脫胎換骨地變作另一個人，將來就是由他一手建立起強大的中國。

小盤又冷然問道：「我還要等多久？」

項少龍平靜地道：「到儲君二十一歲行加冕禮，將是儲君發動的時刻。」

絕錯不了，因爲這是歷史。

小盤愕然道：「豈非還要等八年嗎？呂不韋不是更勢大難制？」

項少龍道：「在這段時間內，我們可以雙管齊下，一方面利用呂不韋去對付想動搖儲君王位的人；另一方面卻培植儲君的班底，換言之則是在削弱呂不韋的影響力。」頓了頓加重語氣道：「在政務上，儲君大可放手讓呂不韋施爲，但必須以徐先對他作出制衡，並且盡力籠絡軍方的將領。即壞事由呂不韋去做，而我們則儘作好人。只要抓牢軍權，任呂不韋有三頭六臂，最終也飛不出儲君的手掌心。槍桿子出政權，此乃千古不移的眞理。」

小盤渾身一震，喃喃唸道：「槍桿子出政權。」

他想到的槍桿子，自然是刀槍的槍桿，而不是自動機槍的槍桿。

項少龍暗責自己口不擇言，續道：「眼前可提拔的有兩個人，就是王翦王賁父子，兩人均是任何君主夢寐難求的絕代猛將，有他們助你打天下，何懼區區一個呂不韋。」

小盤一呆道：「那麼你呢？」

項少龍道：「我當然會全力助你，但我始終是外來人，你要鞏固秦國軍心，必須以他們的人才爲主力方成。」

小盤皺眉道：「可是現在呂不韋正力捧蒙驁，又把他兩個兒子蒙武蒙恬任命爲偏將，好隨蒙驁南征北討，我如何應付？」

項少龍道：「此正是呂不韋急欲把我除去的原因之一，若被蒙驁知道他兩個兒子差點喪命在老賊的奸謀下，你說他會有什麼感受。蒙武兩兄弟終會靠向我們，你大可將計就計，重用兩人，亦可使呂不韋不生疑心。」

小盤興奮起來道：「沒有人比太傅更厲害，我知怎樣做的。」

兩人又再商量好些行事的細節，項少龍告退離開。

到了鹿公與秦宮為鄰，遙對呂不韋正動工興建新邸的將軍府，鹿公把項少龍請到幽靜的內軒，下人奉上香茗退下，鹿公微笑道：「聽說你是秦人的後代，不過項姓在我大秦從未聽過，不知你是哪一族的人？」

項少龍心中叫苦，胡謅道：「我的姓氏是由娘親那裡來的，不要說是什麼族，連我父親是誰娘也弄不清楚，只知他是來自大秦的兵士，唉！確是筆糊塗賬。」

鹿公的「大秦主義者」倒沒有懷疑，點頭道：「趙人少有生得你那麼軒昂威武的，太傅這種體型，我大秦人裡也百不一見，應屬異種，我最擅相人，嘿！當日第一眼見到你，立知你是忠義之輩。」

項少龍逐漸摸清他的性格，心中暗笑，道：「鹿公眼光如炬，什麼都瞞你不過。」

鹿公道：「若真是什麼都瞞不過我就好，但很多事情我仍是看漏眼，想不到先王如此短命，唉！」

項少龍默然下來。

鹿公兩眼一瞪，射出銳利的光芒，語調卻相當平靜，緩緩道：「少龍和呂不韋究竟是什麼關係？」

項少龍想不到他問得如此直接，愕然道：「鹿公何有此言？」

鹿公淡淡道：「少龍不用瞞我，你和呂不韋絕不像表面般融洽，否則烏家就不用終日躲在咸陽外的牧場裡。放心說吧！烏族乃我大秦貴胄之後，對我們來說，絕不能和呂不韋這些外人相提並論。」

項少龍來咸陽這麼久，還是首次直接領受到秦人排外的種族主義，道：「此事一言難盡，自我向先王提出以徐大將軍為相，呂相國自此與我頗有芥蒂。」

鹿公微笑道：「怎會如此簡單，在咸陽城內，呂不韋最忌的人正是你，這種事不須我解釋吧！」接著眼中射出思索的神情，緩緩道：「一直以來，均有謠傳說儲君非是大王骨肉，而是出自呂不韋的。本來我們還不太相信這事，只當作是心懷不軌之徒中傷呂不韋和太后的暗箭，但現在先王正值壯年之時，忽然不明不白的死去，我們自然不能漠然視之。」

項少龍聽得頭大如斗，鹿公乃秦國軍方德高望重的人，他的話可說代表秦國最重要將領的心意。假設他們把小盤當作是呂不韋魚目混珠的野種，轉而扶助成蟜，那呂不韋和小盤都要一起完蛋。

鹿公又道：「此事我們必須查證清楚，始可決定下一步的行動。正如我們本來還弄不清楚少龍和呂不韋的關係，所以聯名上書，請儲君任命你為都騎統領，好試探呂不韋的反應，哪知一試便試出來，因為呂不韋是唯一反對的人。」

項少龍猛然驚覺政治是如何複雜的一回事，初聞此事，他還以為鹿公等特別看得起他，原來背後有著另外的原因和目的。

鹿公搖頭苦笑道：「話說回來，那種事除當事人外，實在非常難以求證的，不過亦非全無辦法，只是很難做到。」

項少龍大感懍然，道：「有什麼好方法？」心中卻在奇怪，自己可以說是朱姬和儲君的人，難道不會維護他們嗎？怎麼鹿公偏要找自己來商量這件事？

鹿公道：「這事有一半要靠少龍幫手才成。」

項少龍大訝，忽地記起朱姬的話，恍然道：「你們是要用滴血認親的方法？」

鹿公肅容道：「這是唯一能令我們安心的方法，只要在純銀的碗裡，把兩人的血滴進特製的藥液中，眞僞立判，屢應不爽。」

驀地裡，項少龍高懸的心放下來，輕鬆得像在太空中逍遙，點頭道：「儲君那一滴血可包在我身上，不過鹿公最好派出證人，親眼看我由儲君身上取血，那就誰都不能弄虛作假。」

這次輪到鹿公發起怔來，他此回找項少龍來商量，皆因知他是朱姬除呂不韋外最親近的人，又是他一手由邯鄲把她們兩母子救出來，多多少少應知道朱姬母子和呂不韋間的關係。假若他對滴血認親的方法左推右拒，可證實其中必有不可告人之事，那時鹿公當然知道在兩個太子間如何取捨。怎知項少龍欣然答應，還自己提出要人監視他沒有作弊，自是大出他意料之外。

兩人呆瞪一會，鹿公斷然道：「好！呂不韋那一滴血由我們想辦法，但假若證實儲君眞是呂不韋所出，少龍你如何自處？」

項少龍淡淡道：「我深信儲君是先王貨眞價實的親生骨肉，事實將會證明一切。」

忽然間，最令他頭痛的事，就這麼解決。滴血當然「認不了親」，於是那時秦國以鹿公爲首的將領，將對小盤作出全面的支持，形勢自然和現在是兩回事。但由於朱姬的關係，呂不韋仍可繼續擴展勢力，操縱朝政。現在項少龍反擔心古老辨認父子血緣的方法不靈光，細想又覺得是杞人憂天，歷史早說明小盤日後將會是一統天下的始皇帝。

第三章 都騎統領

項少龍回到烏府。那晚的火災，只燒掉一個糧倉便被救熄，對主宅的幾組建築群，沒有任何影響。在過去的十多天內，兩個精兵團的戰士共二千人，分別進入咸陽，以增加烏府的實力。騎著疾風，與滕翼、荊俊和衆鐵衛進入外牆的大閘，立時傳來戰士們忙著建蓋哨樓的噪音，非常熱鬧。

項少龍心情開朗，跳下馬來，正要去看熱鬧，陶方迎上來道：「龍陽君在大廳等你。」

滕翼一望主宅前的大廣場，不見任何馬車隨從，奇道：「他只是一個人來嗎？」

陶方點頭應是。項少龍亦有點想見故友，問問各方面的情況，當然包括雅夫人在內，隨陶方到大廳見龍陽君。這次他雖沒有黏鬍子，但卻穿著普通民服，避人耳目。到剩下兩人，龍陽君欣然道：「項兄別來無恙，奴家欣悅非常。」

項少龍笑道：「聽君上的語氣，好像我能夠活著，已是非常難得。」

龍陽君幽幽嘆道：「無論在秦國內外，想要你項上人頭的人，可說數不勝數，近日更有傳言，說你與呂不韋臉和心不和。現在呂不韋勢力日盛，自是教人爲你擔心。」

項少龍早習慣他的「深情款款」，苦笑道：「這叫紙包不住火，沒有事可瞞人。」

龍陽君愕然問道：「什麼是『紙』？」

項少龍暗罵自己糊塗，紙是到漢代才通行的東西，自己卻一時口快說出來，道：「這是我家鄉話，指的是帛書那類東西。」

龍陽君「終於明白」，道：「此回我是出使來祭奠你們先王，眞是奇怪，四年內連死兩個秦君，現在人人疑團滿腹，呂不韋也算膽大包天。」

項少龍知他在探聽口風，岔開話題道：「信陵君的境況如何？」

龍陽君冷冷道：「這是背叛我王應得的下場，此回他再難有復起的機會，聽說他轉而縱情酒色，又解散大批家將，在這種情形下，大王應不會再拿他怎樣。」壓低聲音道：「趙雅病倒了！」

項少龍一震道：「什麼？」

龍陽君嘆道：「聽說她病矒時，只是喚你的名字，氣得信陵君自此不再踏入她寢室半步。」

項少龍聽得神傷魂斷，不能自已，恨不得脅生雙翼，立即飛往大梁去。

龍陽君道：「項兄放心，我已奏請大王，藉爲她治病爲名，把夫人接入宮裡去，使人悉心照料她。假若項兄願意，我可以把她送來咸陽，不過須待她病況好一點才成。」

項少龍劇震道：「她病得這麼重嗎？」

龍陽君淒然道：「心病最是難治嘛！」

項少龍哪還有餘暇去咀嚼他話裡語帶雙關的含意，心焦如焚道：「不！我要到大梁去把她接回來。」

龍陽君柔聲道：「項兄萬勿感情用事，咸陽現在龍虎交會，風急雲盪，你若貿然離開，回來後發覺人事全非，必悔之已晚。」

項少龍冷靜少許，道：「我派人去接她，君上可否遣個辦得事的人隨行？」

龍陽君道：「當然沒有問題，敝國增太子對你印象極佳，只要知道是你的事，定會幫忙到底。大王亦知道增太子回國一事，全賴你在背後出力，否則也不肯照顧趙雅。」

項少龍壓下對趙雅的思念，問道：「除了田單、李園和龐煖外，六國還來了什麼人？」

龍陽君道：「燕國來的應是太子丹，韓國是你的老朋友韓闖，現在人人爭著巴結呂不韋，你要小心點。在咸陽他們當然不敢怎樣，但若呂不韋把你差往別國，自有人會對付你。」

項少龍正猶豫應否告訴龍陽君，當日在邯鄲外偷襲他們的人是燕國太子丹派去的徐夷亂，龍陽君又道：「李園此回到咸陽，帶來楚國的小公主，希望能作政儲君的王妃，聽說呂不韋已口頭答應了。但秦國軍方的鹿公、徐先、杜壁等人無不大力反對，假若此事不成，呂不韋的面子便不知應放在哪裡。」

項少龍道：「此事成敗，關鍵處仍在乎太后的意向，不過呂不韋手段厲害，會有方法令太后順從他的提議。」

龍陽君壓低聲音道：「聽說姬太后對你很有好感，你可否在她身上做些工夫，好使李園好夢成空？」

項少龍這時最怕的事是見朱姬，一個不好，弄出事來，不但良心要受譴責，對自己的聲譽和形象亦有很大的打擊。頹然道：「正因爲她對我有好感，我更難說話。」

龍陽君知他性格，道：「我是祕密來找你，故不宜久留，明早我派人來找你，這人叫寧加，是我的心腹，非常精明能幹，有他陪你的人去大梁，一切妥當。」

項少龍道謝後，把他送出門外。回來後立即找滕翼和陶方商量。他本想派荊俊出馬去接趙雅，但由於咸陽正值用人之時，最後終決定由烏果率五百精兵去辦理此事。商量停當，琴清竟派人來找他。

三人大感愕然，難道以貞潔名著天下的美女，終於動了春心？

項少龍、滕翼、荊俊和十八鐵衛趕到琴府，天已全黑，更添事情的曖昧性。衆人在布置清雅的大廳坐下，兩名美婢奉上香茗，已見過的管家方二叔把項少龍、滕翼和荊俊同時請入內廳。荊俊見動人的寡婦當他是個人物，自是喜出望外。項少龍則有點失望，知道事情與男女之私全無關係。男人就是這樣，就算沒有什麼野心，也絕不介意給多個女人愛上，只要不帶來麻煩就成。琴清仍是一身素服，神情肅穆，禮貌地道過寒暄，與三人分賓主坐下，依足禮數。及知衆人尚未進膳，遂令婢女捧出糕點，招待他們和在外廳等候的諸衛享用。項少龍等毫不客氣，伏案大嚼，只覺美味之極，荊俊更是讚不絕口。

項少龍見她眉頭深鎖，忍不住道：「琴太傅召我等來此，不知有何見教？」

琴清幽幽嘆氣，道：「不知是否我多疑，今天發生一些事，我覺得大不尋常。」

三人大訝，放下手上糕點，六隻眼睛全盯在她勝比嬌花的玉容。

琴清顯然有點不慣給這麼三個男人平視，尤其是荊俊那對貪婪的「賊眼」，垂頭道：「今天我到太廟爲先王的靈柩更換香花，離開時遇上相府的食客嫪毒，被他攔著去路——」

三人一齊色變。

荊俊大怒道：「好膽！我定要狠狠教訓這狂徒一頓，管誰是他的靠山。」

滕翼道：「琴太傅沒有家將隨行嗎？」

琴清道：「不但有家將隨行，當時徐左丞相和呂相也在太廟處，聽到喧鬧聲，趕了出來。」

荊俊冷笑道：「我倒要看呂不韋怎麼處置……哎喲！」

當然是給旁邊的滕翼踢一腳。

琴清望向滕翼，秀眸射出坦誠的神色，柔聲道：「滕大哥不要把琴清看作外人好嗎？我和嫣然妹一見如故，情同姊妹。所以今晚不避嫌疑，把各位請到寒舍來商量。」

滕翼老臉一紅，尷尬地道：「好吧！呂不韋怎樣處置此事。」

琴清臉上憂色更重，緩緩道：「呂不韋做得漂亮之極，當著我和徐相，命嫪毒先叩頭認錯，再當眾宣布對他的懲罰。」

項少龍心知肚明是怎麼一回事，那是早寫在史冊上，頹然嘆道：「是否把他閹了後送入王宮當太監？」

琴清駭然道：「你怎會猜得到？」

滕翼和荊俊更是瞠目相對，今天他們整日和項少龍同行同坐，項少龍知道的事他們自該知道。這麼特別的懲罰，縱使聖人復生，絕猜不中。項少龍心中叫糟，知說漏口、洩天機。而且此回無論怎麼解釋，也不會有人肯相信的。

琴清以為早有線眼把事情告訴他，待看到滕荊兩人目瞪口呆的怪模樣，大吃一驚，不能相信地道：「項太傅真只是猜出來的！」

項少龍「驚魂甫定」，自顧自道：「並非太難猜哩，現在呂不韋最要巴結的人是姬太后，眼下在咸陽，沒有人比他更清楚太后的弱點，嫪毒則是他最厲害的一隻棋子，只有詐作把他變成太監，棋子才可放進王宮，發揮妙用，說到玩手段，我們比起呂不韋，確是瞠乎其後。」

滕翼和荊俊開始明白過來，但對項少龍超水準及神乎其技的推斷，仍是震驚得未可回復過來。

琴清狠盯項少龍，好一會後不服氣地道：「我是事後思索良久，得出同一結論。但項太傅事情尚未聽畢，便有如目睹般知道一切，琴清看太傅智慧之高，呂不韋亦有所不及，難怪他這麼忌你。」

項少龍暗叫慚愧，同時亦在發愁。朱姬和嫪毒是乾柴烈火，誰都阻止不來，該怎樣應付好呢？

荊俊牙癢癢道：「讓我摸入宮去給他痛快的一刀，那他只好永遠當眞太監。」

琴清終受不住他露骨的言詞，俏臉微紅，不悅道：「荊兄！我們是在商量正事啊！」

滕翼怒瞪荊俊一眼，後者卻是心中不忿，爲何項少龍說得比他更粗俗，俏寡婦卻不怪他。

項少龍知胡混過去，放下心來，腦筋立變靈活，道：「琴太傅太看得起項某人，只可惜此事無法阻止。」

琴清愕然道：「可是太后最肯聽太傅的意見。」

項少龍坦然苦笑道：「問題是我不能代替嫪毒，所以失去進言的資格。」

琴清一時仍未明白他的意思，思量片晌，忽然霞生玉頰，垂下頭去，咬唇皮輕輕道：「琴清明白，但這事非同小可，不但牽涉到王室的尊嚴，還可使呂不韋更專橫難制，項太傅難道不擔心嗎？」

項少龍語重心長的柔聲道：「琴太傅何不去巴蜀，陪華陽夫人過些眼不見爲淨的清靜日子？」

琴清嬌軀一顫，往他望來，射出複雜難言的神色，欲言又止，最後垂下螓首，低聲道：「琴清有自己的主意，不勞項太傅操心，夜了！三位請吧！」

三人想不到她忽然下逐客令，大感沒趣，怏怏然離開，琴清並沒有起身送客。

離開琴清府，晚風迎面吹來。

滕翼忍不住道：「三弟不打算向姬后揭破呂不韋的陰謀嗎？」

項少龍嘆道：「問題是對姬后來說，那正是令她久旱逢甘露的一份大禮，試問誰可阻攔？」

荊俊讚嘆道：「久旱逢甘露，呂不韋這一手眞厲害。」

滕翼策著馬兒，深吸一口氣道：「若給嫪毒控制姬太后，我們還有立足的地方嗎？」

項少龍冷笑道：「首先姬太后並非那麼容易被人擺布，其次我們大可將計就計，儘量捧起嫪毒，使他脫離呂不韋的控制，那時最頭痛的，應是呂不韋而非我們。」

滕翼和荊俊大感愕然，項少龍已策疾風領頭往長街另一端衝去。在這刹那，他充滿與呂不韋鬥爭的信心。因為根本沒有人可改寫歷史，包括呂不韋在內。所以大惡人注定是玩火自焚的可笑下場，誰都改變不了。他無法知道的，只是自己未來的際遇。

次日清晨，天尚未亮，李斯率領大批內侍，帶王詔，到烏府代表小盤正式任命項少龍作都騎統領將軍，滕翼和荊俊分任左右都騎裨將，授以虎符文書，弓箭、寶劍、軍服甲冑，還可擁有五百親衛，可說王恩浩蕩。項少龍心知肚明這些安排，是出自李斯這個自己人的腦袋，故而如此完美。跪領王命後，由滕翼立即挑出五百人，全體換上軍服，馳往王宮。到達主殿前的大廣場，小盤剛結束早朝，在朱姬陪同下，領左右丞相和一眾文武百官，登壇拜將，儀式隆重。

這天項少龍等忙得不亦樂乎，既要接收設在城東的都騎衙署，又要檢閱都騎士卒，與其他官署辦妥聯絡事務，更要準備明天莊襄王的事宜，數以百計的事堆在一起辦理。幸好項少龍目下和軍方關係大佳，呂不韋則暫時仍要擺出支持他的姿態，故而順風順水，沒有遇到困難和阻力。最神氣的是荊俊，正式當上都騎副將，八面威風，意氣飛揚。

同日由陶方安排下，烏果偕同龍陽君遣來的寧加，率五百精兵團戰士匆匆上路，往大梁迎趙雅回來。

到了晚上，小盤使人把他召入王宮，在內廷單獨見他，劈臉忿然道：「你知否嫪毒的事？」

項少龍道：「太后和他已混在一起嗎？」

小盤怒憤交集道：「先王屍骨尚未入土，呂不韋就使個小白臉來假扮太監，勾引母后，我恨不得把他碎屍萬段。」

項少龍暗忖嫪毒對女人果然很有手段，這麼快搭上朱姬，心中既酸且澀，更怪朱姬太不檢點。可是回心一想，朱姬的確寂寞多年，以她的多情，當然受不了嫪毒這情場高手的挑逗和引誘。小盤氣得在殿心來回踱步，項少龍只好陪立一旁。

小盤忽地停下來，瞪著他怨道：「那天我留下你與母后單獨相處，是希望你好好慰藉她，天下男人裡，我只可接受你一個人和她相好。」

項少龍唯有以苦笑報之。他當然明白小盤的心態，正如以前覺得只有他配得上做妮夫人的情人，現在既把朱姬當作母親，自然也希望由他作朱姬的男人。在某一程度上，自己正是小盤心中的理想父親。

項少龍道：「若我可以這樣做，我就不是項少龍。」

小盤呆了一呆，點頭道：「我是明白的，可是現在我內心充滿憤恨，很想闖進後宮拿嫪毒痛打一頓。」又道：「唉！現在該怎麼辦？一天我尚未正式加冕，事事均要母后點頭才成。若給呂不韋控制母后，我將更受制肘，今午太后把我召去，要我以呂不韋的家將管中邪代替安谷傒將軍作禁衛統領，我當然據理力爭，鬧了整個時辰，母后始肯收回成命，轉把管中邪任爲都衛統領，我無奈下只好答應。」再嘆道：「你說我該怎麼辦呢？」

看他仍未脫稚氣的臉孔，項少龍道：「這是你母后的手段，明知你不肯答應撤換安將軍，退而求其次下，你只好屈服。」

小盤呆了起來，思索半晌，頹然道：「當時的情況確是這樣，我是鬥不過母后的。」

項少龍安慰道：「不要洩氣，一來因你年紀仍小，又敬愛母后，故拗她不過。來！我們先坐下靜心想想，看看該怎樣應付呂不韋的奸謀。」

小盤像洩氣的皮球，坐回台階上的龍席處，看著學他剛才般來回踱方步的項少龍。

項少龍沉聲問道：「太子怎知嫪毒的事？」

小盤憤然道：「昨天早上，呂不韋的人把嫪毒五花大綁押進宮內，當著我和母后的面前，宣讀嫪毒的罪狀，說已行刑把他變作太監，罰他在王宮服役，當時我已覺得不妥，怎會剛給人割掉那話兒，仍可像他般神氣，只是臉色蒼白些兒。接著呂不韋和母后說了一番私話，之後母后把嫪毒收入太后宮，我心感不妙，派人偵查究竟，母后當晚竟和嫪毒攪在一起。」

項少龍問道：「嫪毒究竟有什麼吸引力？」

小盤一掌拍在龍几上，怒道：「還不過是小白臉一名。」旋又頹然道：「說實在的，他長得高俊威武，頗有英雄氣概，形神有點像師傅你，只是皮膚白晳多了，難怪母后著迷。」

「唉！我該怎辦呢？」

這是他今晚第三次說這句話，由此可知朱姬的行爲，使他如何六神無主。

項少龍來到階前，低聲道：「此事儲君有沒有與李斯商量。」

小盤苦笑道：「除師傅外，我怎敢告訴其他人，還要盡力爲太后隱瞞。」

項少龍心中暗嘆，這正是小盤的困難，在眼前人人虎視眈眈的時刻，一旦失去太后和呂不韋的支持，只有十多歲的大孩子，立即變得孤立無援，所以一天羽翼未豐，他總要設法保著朱姬和呂不韋，以免王位不穩，箇中形勢，非常複雜。

項少龍挪到一旁首席處的長几坐下，仰望殿頂橫伸的主樑，吁出一口氣道：「有一個雙管齊下的良策，必可助太子度過難關，日後穩登王座。」

小盤像在迷途的荒野見到指路的明燈，大喜道：「師傅快說出來！」

項少龍見他精神大振，心中歡喜，欣然道：「首先，仍是要籠絡軍心，現在秦國軍方，大約可分作四幫人。勢力最大的是中立派，這批人以鹿公、徐先、王齕爲首，他們擁護合法的正統，但亦數他們最危險，若他們掉轉頭來對付我們，誰都招架他們不住。可以說只要他們傾向哪一方，哪一方可穩穩勝出。」

小盤皺眉道：「這個我明白，另外的三個派系，分別是擁呂不韋、高陵君和成蟜的三夥人，可是有什麼方法把鹿公他們爭取過來？」

項少龍啞然失笑道：「方法簡單易行，只要讓他們驗明正身就行。」

於是把鹿公想要滴血認親的事說出來，小盤先是呆了一呆，和項少龍交換個古怪的眼神，兩人同時掩口狂笑，完全控制不了那既荒謬又可笑的怪異感覺。

未來的秦始皇連淚水都嗆出來，喘氣道：「另一管的方法又是什麼？」

項少龍苦忍著笑道：「就是把呂不韋都爭取過來。」

小盤失聲道：「什麼？」

項少龍分析道：「陽泉君雖已授首，但擁立成蟜的力量仍非常龐大，還有在旁虎視的高陵君，均有問鼎王座的實力。假若我們貿然對付呂不韋，只會兩敗俱傷，讓另兩系人馬有可乘之機。說不定兩系人會聯合起來，迫你退位，那就更是不妙。假設呂不韋既當你是他的兒子，而鹿公等卻知道另一個完全不同的眞相，那你自可左右逢源，待剷除另兩系的勢力，再掉轉頭來對付呂不韋，那時誰還敢不聽你的話。」

小盤拍案道：「確是最可行的方法，可是呂不韋賦性專橫，若事事從他，最終還不是大權落到他的手上，到他在軍方的重要位置全安插他的人，我們拿什麼來和他較量。」

項少龍嘴角飄出一絲笑意，淡然道：「這招叫以子之矛，攻子之盾，由今天開始，我們不但不去管你母后的事，還要大力栽培嫪毒。」

小盤失聲道：「什麼？」

項少龍道：「嫪毒出名是無情無義的人，這樣的人必生性自私，事事以己利爲重，只要他發覺有可乘之機，定會不受呂不韋控制，由於他出身相府，勢將分薄呂不韋的部分實力，你母后會因戀姦情熱轉而支持他，使他變成與呂不韋抗衡的力量，那時你可從中得利。」然後續道：「若我猜得不錯，待你王父入土後，嫪毒必會纏你母后給他弄個一官半職，那時你應知怎麼做吧！」

小盤聽得目瞪口呆，最後深吸一口氣道：「人世之間，還有比師傅手段更高明的人嗎？」

就在這一刻，項少龍知道小盤的心智已趨成熟，再不是個只懂鬧情緒的孩子。

次日天尚未亮，在小盤和朱姬的主持下，王親國戚，文武百官，各國來的使節，在太廟舉行隆重莊嚴的儀式，把莊襄王的遺體運往咸陽以西埋葬秦室歷代君主的「園寢」。禁衛軍全體出動，運載陪葬物品的騾車達千乘之衆，送葬的隊伍連綿十多里。咸陽城的子民披麻戴孝，跪在道旁哭著哀送這位罕有施行仁政的君主。小盤和朱姬哭得死去活來，聞者心酸。呂不韋當然懂得做戲，恰到好處地發揮他悲傷的演技。

項少龍策馬與安谷傒和尚未被管中邪替換的都衛統領兼身爲王族的昌平君爲靈車開道。邯鄲事後，他還是第一次見到田單、李園、韓闖等人，他們雖對他特別留神，但看來並沒有認出他是董馬癡。

龐煖只是中等身材，方面大耳，看來性格沉穩，但一對眼非常精靈，屬機智多變的人，難怪能成爲憑口才雄辯而當時得令的縱橫家。太子丹年紀最輕，頂多二十歲許，臉如冠玉，身材適中，舉止均極有風度，很易令人心生好感，但對項少龍來說卻是另一回事。趙倩等可說間接死在他手上，若有機會，項少龍亦不會輕易放過他。琴清雜在妃嬪和王族貴婦的行列裡，項少龍曾和她打過照面，她卻裝作看不到項少龍。

在肅穆悲沉的氣氛下，送殯隊伍走了幾個時辰，在午後時分抵達「園寢」。秦君的陵墓分內外兩重城垣，呈現爲一個南北較長的「回」字形，於東南西北各洞闢一門，四角建有碉樓，守衛森嚴，由陵官打理。通往陵園的主道兩旁排列陶俑瓦當等守墓飾物，進入陵內，重要的人物來到墓旁的寢廟裡，先把莊襄王的衣冠、牌位安奉妥當，由呂不韋宣讀祭文，舉行葬禮。項少龍想起莊襄王生前對自己的恩寵，不由黯然神傷，灑下英雄的熱淚。

把靈柩移入王陵的墓室之時，朱姬哭得暈了過去，可是只要項少龍想起她近兩晚和嫪毒在一起，感到很難原諒她。但在某一程度上，他卻體會到，正因她失去這個使她變成秦后恩深義重的男人，又明知是由舊情人呂不韋下的毒，偏是自己有仇難報，無可宣洩下，致有這種失控的異常行爲。想是這麼想，但他仍是不能對朱姬釋然。那晚返回咸陽烏府，徹夜難眠，次日起來，立即遣人把紀嫣然諸女接來，他實在需要有她們在身旁，滕翼當然亦同樣希望接得善蘭來此。只要一天他仍坐穩都騎統領的位置，呂不韋便不敢公然動他。

三天後，咸陽城軍民脫下孝服焚掉，一切回復正常。小盤雖未正式加冕，但已是秦國的一國之主。除項少龍和像李斯那麼有遠見的人外，沒有人預覺到正是這個孩子，打破數百年來群雄割據的僵局，帶領秦人走上統一天下的勝利大道。

這天回到東門的都騎衙署，正和滕翼、荊俊兩人商量事務，鹿公來了。

要知身為將軍者，都屬軍方的高級要員。將軍亦有多種等級，像項少龍的都騎將，只屬較低的一級，領兵不可超越五萬，但由於是負責王城安全，故身分較為特別。最高的一級是上將軍，在秦朝只鹿公一人有此尊崇地位，其他王齕、徐先、蒙驁、杜壁等只屬大將軍的級數，由此可見鹿公在秦國軍方的舉足輕重。

滕翼、荊俊退下，鹿公在上首欣然安坐，捋鬚笑道：「此回老夫來此，固是有事商量，但亦為給少龍助威，好教人人知有我支持少龍，以後對你尊敬聽命。」

項少龍連忙道謝，表示感激。

鹿公肅容道：「你知否今天早朝，呂不韋又作出新的人事安排。」

項少龍仍未有資格參與朝政，茫然道：「有什麼新調動？」

鹿公忿然道：「呂不韋竟破格提拔自己一名叫管中邪的家將，代昌平君出任都衛統領一職，我和徐先大力反對，均被太后和呂不韋駁回來。幸好政儲君把安谷傒調守函谷關，改以昌平君和乃弟昌文君共負禁衛統領之責，才沒有擾動軍心。哼！呂不韋愈來愈放肆，不斷起用外人，視我大秦無人耶！」

項少龍心叫僥倖，看來鹿公已把他這眞正的「外來人」當作秦人。沒有安谷傒這熟人在宮，實在有點惋惜。但小盤此著，確是沒有辦法中的最佳辦法，又多提拔秦國軍方的一個人，看來應是李斯爲他想出來的妙計。至少鹿公覺得小盤非是向太后和呂不韋一面倒的言聽計從。

鹿公壓低聲音道：「我與徐先、王齕商量過，滴血認親是唯一的方法，你看！」由懷裡掏出一管頭尖尾闊的銀針，得意地道：「這是特製的傢伙，尖鋒處開有小孔，只要刺入血肉裡，血液會流到尾部的血囊中，而刺破皮膚時，只像給蚊子叮一口，事後不會流血，若手腳夠快，被刺者甚至不會察覺」。

項少龍接過細看，暗忖這就是古代的抽血工具，讚了兩句，道：「什麼時候動手？」

鹿公道：「依我大秦禮法，先王葬禮後十天，要舉行田獵和園遊會，以表奮發進取之意。屆時王室後代，至乎文臣武將，與各國來使，均會參加，連尙未有官職的年輕兒郎，亦會參與。」

項少龍身爲都騎統領，自然知道此事，只想不到如此隆重，奇道：「這般熱鬧嗎？」

鹿公道：「當然哩！人人爭著一顯身手，好得新君賞識，當年我便是給先王在田獵時挑選出來，那時沒有人比我有更豐富的收穫。」

項少龍渾身不舒服起來，殘殺可愛的動物，又非爲果腹，他自己怎也辦不到。

鹿公續道：「沒有比此更佳的機會，呂不韋那滴血包在我們身上，儲君方面要勞煩你。昌平和昌文兩個小子和徐先會作人證。嘿！只有少龍一人有膽量去取儲君的血，安谷傒怎都沒那膽子，調走他也好！」

項少龍心中暗笑，與他商量細節，恭送他離去。鹿公所料不差，原本對他不大順服的下屬，立即態度大改，恭敬非常，省去他和滕翼等不少工夫。當天黃昏，朱姬忽然下詔命他入宮。項少龍明知不妥，亦唯有硬著頭皮去了。

朱姬容色平靜，不見有任何特異處，對項少龍仍是那麼柔情似水，關懷備至，先問他當上都騎統領的情況，微笑道：「我向不韋發出警告，說你項少龍乃我朱姬的人，若有半根毫毛的損失，我定不會放過他。唉！人死不能復生，少龍你可否安心做你的都騎統領，保護政兒，其他事再不要費心去管？」

項少龍當然明白她說話背後的含意，暗嘆只是她一廂情願的想法，呂不韋豈是這麼好對付的。同時亦看出朱姬心態上的轉變，若非她滿足於現狀，絕不會希望一切照目前的情況繼續下去。微微一笑道：「太后的話，微臣怎敢不聽？」

朱姬嗔道：「不要擺出一副卑躬屈膝的模樣好嗎！人家只有對著你，才會說眞心的話。」

項少龍苦笑道：「若我不守尊卑上下之禮，有人會說閒話的。」

朱姬不悅道：「又沒有別的人在，理得別人說什麼？誰敢來管我朱姬的事？」

項少龍道：「別忘記宮內還有秀麗夫人，如此單獨相對，事後若傳出去，怕會變成咸陽城的閒言閒語。」

朱姬嬌笑道：「你可放心。成嶠已被封爲長安君，明天便要與秀麗那賤人往長安封邑去，免去在宮內碰口撞面的場面。現在宮內全是我的人，這點手段，我還是有的。」

項少龍心想怕是恐與嫪毒的事傳出去而施用的手段居多，自不說破，淡淡道：「太后當然是手段高明的人。」

朱姬微感愕然，美目深深地凝視他一會，聲音轉柔道：「少龍你還是首次以這種語帶諷刺的口氣和我說話，是否不滿我縱容不韋呢？可是每個人都有他的苦衷，有時要做些無可奈何的事，我在邯鄲時早深切體會到這方面的苦況。」

項少龍有點弄不清楚她是爲呂不韋解釋，還是爲自己開脫，沉吟片晌，道：「太后說得好，微臣現在便有無可奈何的感覺。」

朱姬幽幽一嘆，盈盈而起。

項少龍忙站起來，還以爲她要送客，充滿誘惑力的美婦人移到他身前，仰頭情深款款地看他，意亂情迷地道：「朱姬最歡喜的項少龍，就是在邯鄲質子府初遇時那充滿英雄氣概、風流瀟灑，不將任何困難放在心上，使我弱質女子可全心全意倚靠的大丈夫。少龍啊！現在朱姬回復自由，爲何仍要爲虛假的名份浪擲年華，讓我們回復到那時光好嗎？」

看著她起伏著的酥胸，如花玉容，香澤可聞下，項少龍差點要把她擁入懷裡，然後瘋狂地和她抵死纏綿，忘掉外面的世界，只餘下男女最親密的愛戀。說自己對她沒有感情，又或毫不動心，實是最大的謊言。

可是莊襄王的音容仍緊纏他的心神，唯有抑制強烈的衝動，正要說話，急遽的足音由正門處傳來。

兩人嚇了一跳，各自退開兩步。

朱姬怒喝道：「誰？」

一名身穿內侍袍服的年輕壯漢撲進來，跪下叩頭道：「嫪毒來服侍太后！」

項少龍心中一震，朝這出名的美男子看去，剛好嫪毒抬起頭來望他，眼中射出嫉恨悲憤的神色。縱使鄙屑此人，項少龍亦不由暗讚一聲。若論英俊，像安谷傒、連晉、齊雨、李園那類美男子，絕對可比得上他，可是若說整體的感覺，都要給嫪毒比下去。他整個人就像一頭獵豹，每一寸肌肉充盈力量，完美的體型、白晢的皮膚，黑得發亮的頭髮，確和自己有點相似。但他最吸引女人的地方，是他那種浪子般野性的特質，眼神充滿熾烈的火燄，似有情若無情，使任何女性覺得若可把他馴服，將是最大的驕傲，難怪朱姬一見心動。

朱姬顯然爲他的闖入亂了方寸，又怕項少龍知道兩人的事，氣得俏臉煞白，怒喝道：「你進來幹什麼？」

嫪毒垂下頭去，以出奇平靜的語調道：「小人知太后沒有人在旁侍候，故大膽進來。」

朱姬顯然極爲寵他，但在項少龍面前卻不敢表現出來，色變道：「立即給我滾出去。」

若換過是另一個人，早喚來守衛把他推出去斬頭。嫪毒擺明是來和項少龍爭風吃醋的，可知他必有所恃。例如朱姬對他的榻上功夫全面投降，故不怕朱姬拿他怎樣。只聽他謙卑恭敬地道：「太后息怒，小人只希望能盡心盡意侍奉太后。」竟不聽朱姬的命令。

朱姬哪掛得住面子，偷看項少龍一眼，嬌喝道：「人來！」

兩名宮衛搶入來。

項少龍知是時候了，閃身攔著兩人，伸手扶起嫪毒，欣然道：「這位內侍生得一表人才，又對太后忠心不二，我一見便心中歡喜，太后請勿怪他。」

幾句話一出，朱姬和嫪毒均大感愕然。

項少龍心中好笑，繼續吹捧道：「我看人絕不會看錯，嫪毒內侍乃人中之龍，將來必非池中物，讓我們異日好好合作，共爲大秦出力。」

朱姬見那兩名侍衛進退不得，呆頭鳥般站在那裡，沒好氣地道：「還不出去！」

兩人如獲王恩大赦，滾了出去。

嫪毒一向都把自己當作人中之龍，只是從沒有人肯這麼讚他而已！對項少龍的嫉妒立時減半，事實上亦是呂不韋派給他的任務，務要破壞朱姬和項少龍的好事，否則他怎也不敢闖進來，尷尬地道：「項大人過獎！」

朱姬呆看項少龍，後者乘機告退。朱姬怎還有顏面留他，反是嫪毒把他送出太后宮。

到宮門處，項少龍像對著相識十多年的老朋友般道：「嫪毒內侍，日後我們應好好親近。」

嫪毒汗顏道：「項大人客氣，小人不敢當此抬舉，在宮內我只是個奴才吧！」

項少龍故作忿慨道：「以嫪兄這等人才，怎會是居於人下之輩，不行！我現在就向儲君進言，爲嫪兄弄個一官半職，只要太后不反對就行。」

嫪毒給他弄得糊塗起來，愕然道：「項大人爲何如此對我另眼相看？嘿！其實我本是相府的人，項大人理應聽過我的名字，只是因獲罪給遣到宮中服役。」

項少龍故作愕然道：「原來嫪兄竟是相府的名人，難怪我一見嫪兄，即覺非是平凡之輩。唉！嫪兄不知犯了什麼事呢？不過也不用告訴我。像嫪兄這等人才，呂相怎容你有得志的一朝？我項少龍言出必行，這就領你去謁見儲君。如此人才，豈可埋沒。」

嫪毒聽得心中懍然，但仔細一想，知道項少龍亦非虛言，呂不韋正是妒才嫉能的人。現在呂不韋是利用他去破壞項少龍和朱姬的關係，異日若太后愛寵自己，說不定呂不韋又會想辦法來對付自己。若能與項少龍和儲君打好關係，將來他也有點憑恃。遂欣然點頭道：「多謝項大人提拔。」旋又惶恐道：

「儲君會否不高興見我這微不足道的奴才？」

他現在的身分乃是職位最低的宮監，勉強說也只是太后的玩物，難怪他這麼自卑。項少龍差點忍不住笑，拉著他去了。

回到烏府，不但紀嫣然等全在那裡，烏應元亦來了。烏廷威被處死一事，似已成爲被忘記的過去。衆人知道他當上地位尊崇的都騎統領，雀躍不已。

烏應元拉著愛婿到後園私語，道：「全賴少龍的面子，現在只要是我們烏家的事，處處通行，以前過關的文書，不等上十天半月，休想拿到，現在這邊遞入申請，那邊批出來，比在邯鄲時更要風光。」

項少龍苦笑道：「岳丈最好有點心理準備，將來呂不韋勢力日盛，恐怕就不會這麼風光了。」

烏應元笑道：「那時恐怕我們早溜走，烏卓有消息傳回來，在塞外呼兒魯安山旁找到一幅廣達數千里的沃原，水草肥茂，河湖交接，更難得附近沒有強大的蠻族，只要幾年工夫，可在那裡確立根基。我準備再遣送一批人到那裡開墾繁衍，想起能建立自己的家國，在咸陽的些微家業，實在不値一顧。」

項少龍替他高興，問起岳母的病況，烏應元嘆道：「過些時該沒事。」想起烏廷威，欷歔不已。項少龍想不到安慰他的話。當晚項少龍和三位嬌妻秉燭歡敘，把這些天來的事娓娓道出，說到小盤把嫪毒提拔作內侍官，衆女爲之絕倒。小別勝新婚，四人如魚得水，恩愛纏綿。忽然間，項少龍隱約感到苦纏他整年的噩運，終成過去，因爲他比以前任何時間，更有信心和呂不韋週旋到底。

項少龍、滕翼和荊俊三人，經過對都騎軍的深入了解之後，開始清楚它的結構和運作的情況，於是著手整頓改革。都騎軍人數在一萬之間，分作五軍，每軍二千人，全是由秦軍挑出來擅於騎射的精銳，僅次於保護秦王禁宮的禁衛軍。兵員大多來自王族朝臣的後代，身家清白，餉銀優厚，故此人人以當上都騎軍爲榮。平時都騎軍分駐在咸陽城外四個形勢險要的衛星城堡，負責王城外的巡邏偵察等一般防務。城內事務交由都衛軍處理，職權清楚分明。

若有事發生，都衛統領要受都騎統領的調配，所以兩個系統裡，以都騎爲正，都衛爲副。每三個月兩個系統的兵馬，聯合操練，好能配合無間。都衛統領更要每月向都騎統領述職一次，再由後者直接報上秦君。由此可見都騎統領一職，等若城守，必由秦君親自點封、選取最信得過的負責人。對朱姬和小盤來說，自是沒有人比項少龍更理想。難得是由以鹿公爲首的軍方重臣提出，以呂不韋的專橫，亦反對無效，唯有退而求其次，把管中邪安插到都衛統領這次一級的重要位置去。禁衛、都騎、都衛三大系統，構成王城防務的骨幹。

這天早上，在王宮主殿的廣場上，進行封任儀式。安谷傒榮升大將，負責東方函谷關、虎牢關和殽塞三關的防務，無論權力和地位均有增無減，所以安谷傒並沒有失意的感覺。他的職務改由昌平君嬴傒和昌文君嬴越這對年輕的王族兄弟負責，分統禁衛的騎兵、戰車部隊和步兵，統領之職一分爲二，成禁騎將和禁衛將。

任用王族貴胄出任禁軍統領，乃秦室傳統，呂不韋在這事上難以干預。管中邪則榮登都衛統領一職，以呂不韋另一個心腹呂雄爲副手。都衛軍雖次於都騎軍，但卻確實負責王城的防務和治安，乃現代軍隊和警察的混合體。秦國由於民風強悍，這個職位並不易爲。

項少龍還是首次見到管中邪。果如圖先所言，生得比項少龍還要高少許，樣子遠及不上乃師弟連晉的俊俏，但面相粗獷，肩寬膊厚，腰細腿長，只是那充滿男子氣概的體型，便使人覺得他有著難以形容充滿野性的吸引力，年紀在三十許間。難得他粗眉如劍，鼻高眼深，一對眸珠的精光有若電閃，舉步登台接受詔令軍符時舉止從容，虎步龍行，縱是不滿他封任此職位的秦國軍方，亦受他的大將之風和氣勢震懾，難怪他能在高手如雲的相府食客中脫穎而出，成爲呂不韋最看得起的人之一。

荊俊教項滕兩人注意正在觀禮的呂不韋旁邊那幾個人，道：「穿黃衣的是滿腹奸計的莫傲，他後面的兩名武士，是管中邪外最厲害的魯殘和周子桓。」

項滕聞言忙用神打量。

莫傲身量高頎，生就一副馬臉，帶著不健康的青白色，年紀約三十五、六，長著一撮濃密的山羊鬚，頗爲斯文秀氣，一對眼半開半闔，瞪大時精光閃閃，非常陰沉難測。

項少龍湊到滕翼耳旁道：「若不殺此人，早晚我們要在他手上再吃大虧。」

滕翼肯定地點頭，表示絕對同意。

那魯殘和周子桓一高一矮，都是力士型的人物，神態冷靜，只看外表，便知是可怕的劍手。田單等外國使節不見出現，由於乃秦人的自家事，又是關於王城的防務，自然不會邀請外人參與。

小盤本身乃趙國貴族，長於宮廷之內，來秦後的兩年，每天都接受當儲君的訓練，加上他實際的年齡，要比別人知道的長上兩歲多，故儘管在這種氣氛莊嚴，萬人仰視的場合裡仍是揮灑自如，從容得體，看得各大臣重將點頭稱許。呂不韋看著「愛兒」更是老懷大慰，覺得沒有白費工夫。

禮成，群臣散去，但安谷傒、昌平昌文兩君、管中邪、項少龍等則須留下陪太后儲君午宴。呂不韋和徐先的左右丞相，軍方的重臣鹿公、王齕、杜壁、蒙驁，大臣蔡澤、左監侯王綰、右監侯賈公成被邀作陪。可說是人事調動後的迎新宴。

午膳在內廷舉行。趁太后儲君回後宮更衣，各人聚在內廷的台階下互祝閒聊。安谷傒扯著昌文君和昌平君這對兄弟，介紹與項少龍認識。兩兄弟面貌身材相當酷肖，只有二十來歲，方面大耳，高大威武，精明得來又不予人狡詐的感覺。可能因安谷傒等下過工夫，兩人對項少龍表現得相當友善。

一番客氣話，昌平君嬴侯道：「項大人的武功確是神乎其技，王翦仍勝不過你，事後還對你的人品劍術推崇備至，找天有空定要請大人到寒舍好好親近，順便教訓一下我們的刁蠻妹子，當日她賭你會輸給王翦，連看一眼的工夫都省卻。」

昌文君笑道：「記得把紀才女帶來讓我們一開眼界，不過卻要保持最高度的機密，否則咸陽的男人會擁到我們府內來，擠得插針難下。」

安谷傒吐舌道：「項大人要小心點嬴盈小姐，千萬不要輕敵，我便曾在她劍下差點吃大虧。嘿！這妮子快十八歲，仍不肯嫁人，累得咸陽的公子哥兒苦候得不知多麼心焦。」旋又壓低聲音道：「咸陽除寡婦清外，數她最美。」

項少龍聞言心驚，暗忖既是如此，他絕不會到昌平君的府宅去，免得惹來情絲。在這步步心驚膽跳的時刻，又飽歷滄桑，何來拈花惹草的獵艷情懷？

敷衍之時，呂不韋領管中邪往他們走來，隔遠呵呵笑道：「中邪！讓我來給你引見諸位同僚兄弟！」

安谷傒等三人閃過不屑神色，施禮相見。呂不韋正式把管中邪引介諸人，後者臉帶親切笑容，得體地應對，只是望向項少龍時精芒一閃，露出殺機。

項少龍被他出奇厲害的眼神看得心中懍然，更覺荒謬。兩人事實上在暗中交過手，這刻卻要擺出欣然初遇的模樣。

呂不韋對項少龍神態如昔，道：「找天讓本相把各位全請到舍下來，好好喝酒閒聊，新近燕人送來一批歌姬，都是不可多得的精品，且仍屬處子之身，若看得上眼，挑兩個回去，閒來聽她們彈琴歌舞，亦是一樂。」

美女怎會嫌多，昌平君兩兄弟立時給打動色心，連忙道謝。

反是安谷傒立場堅定，推辭道：「呂相好意，末將心領，後天末將出發往東疆去。」

管中邪搶白道：「趁今晚安將軍仍在咸陽，大家歡聚一下，順便可爲安將軍餞行。」

只聽他敢在這種情況下發話作主張，可知他在呂不韋前的身分地位。安谷傒推無可推，唯有答應。

呂不韋望向項少龍道：「少龍定要參與，就當作那晚不辭而別的懲罰好了。」

項少龍無奈下只好點頭應諾。

趁管中邪和昌平君等攀交情，呂不韋把項少龍扯到一旁，低聲道：「近日謠傳我和你之間暗裡不和，你知否有這種事？」

項少龍心中暗罵，表面卻裝出驚奇的表情道：「竟有此事，我倒沒有聽過。」

呂不韋皺眉道：「少龍不用瞞我，自出使回來後，我覺得少龍對我的態度異樣。事後詳細盤問蒙武兄弟，才知你誤會呂雄與陽泉君暗通消息，害得倩公主慘死，實情卻完全是另一回事。出賣你的是呂雄的副將屈斗祁，所以他事後畏罪潛逃，不敢回來咸陽。」

項少龍心中叫妙，他本以爲烏廷威來不及把紀嫣然想出來的假消息傳達予呂不韋，誰知這小子邀功心切，轉眼完成任務。卻又知如此容易表示相信，反會使呂不韋起疑，仍沉著臉道：「呂相請恕我直腸直肚，先王駕崩那晚，有人收買我的家將，把我誆出城外伏擊，幸好我發覺得早，沒有上當，不知呂相知否有此一事？」

呂不韋正容道：「那叛徒給拿下來沒有？」

烏廷威之死，乃烏家的祕密，對外只宣稱把他派到外地辦事，所以項少龍胡扯道：「就是他說是受相府的人指使，我們於是把他當場處決，其後幾經辛苦溜回牧場。」

呂不韋「誠懇」地道：「難怪少龍誤會，你是我的心腹親信，我怎會做出如此損人損己的事。這事交由我去調查，我想定是與杜壁有關，他一心擁立成蟜，必是藉此事來破壞太后、太子和你我間的關係。」

項少龍立知他下一個要對付的是杜壁和成蟜，看來自己可暫時與他相安無事，不過亦難說得很，裝作恍然道：「我倒沒把事情想得那麼遠。」

此時鐘聲響起，入席的時間到。

呂不韋匆匆道：「現在雨過天青，誤會冰釋。少龍你好好與中邪理好王城防務，勿要辜負我對你的期望。」

項少龍表面唯唯諾諾，心內卻把他祖宗十八代全罵遍。

午宴的氣氛大致融洽。管中邪不但說話得體，恰如其份，最厲害處是捧托起人來時不露絲毫痕跡，是那種你可在背後罵他，但面對面傾談時令你永不會沉悶生厭的人。鹿公等亦覺得這人不錯，只是錯跟呂不韋。朱姬表現出她老到的應對手腕，對群臣關懷備致，使人如沐春風，與呂不韋、蔡澤三人一唱一和，使得宴會生色不少。

項少龍逐漸看出左監侯王綰和右監侯賈公成都傾向呂不韋，成爲他那一黨的人。當然，這只是當呂不韋得勢時的情況，若呂不韋倒下，這些大臣可能會心中高興。

蒙驁雖然吃了敗仗，但卻是由他和王齕一手打下了三川、太原、上黨三郡，使秦人的國土往東方大幅擴展，建立東進的基地，立了大功在軍方吐氣揚眉。一手提拔他的呂不韋地位當然更爲穩固。至於敗給信陵君所率的五國聯軍，可說是非戰之罪，換任何人去，都非吃敗仗不可。

秦國三虎將裡，王齕在呂不韋的悉心籠絡下，與他關係大有改善，對項少龍的態度，反沒有鹿公與徐先般友善親切。只有杜壁不時與呂不韋唇槍舌劍，擺出壁壘分明的格局，對儲君太后亦不賣賬。可是由於他乃軍方重臣，呂不韋一時間莫奈他何。

此時蔡澤侃侃而論道：「自呂相主政，令我大秦驟增三郡，除原本的巴、蜀、漢中、上、北地、河東、隴西、南、黔中、南陽十郡外，又多了三川、太原、上黨共十三郡，是我大秦前所未有的盛況，全國人口達一千二百萬之眾，帶甲之士百餘萬，車千乘，騎萬計。東方諸國，則勢力日蹙，強弱之勢，不言可知。」

這番話當然是力捧呂不韋。呂不韋聽得眉開眼笑，表面謙讓，把功勞歸於先王和眼前的小盤，心實喜之。其他人啞口無言，蓋因確是不移的事實。

大將軍杜壁眉頭一皺，朝與朱姬同居上座的小盤道：「我大秦聲勢如日中天，不知儲君有何大計？」

此言一出，人人皺起眉頭。問題非關乎他只是個十三歲許的孩子。要知身為儲君者，自幼有專人教導經國之略，但問題是小盤「長於平常百姓之家」，來咸陽不及兩年登上王座，憑這樣的「資歷」，哪能給出什麼令人滿意的答案？杜壁是擺明看不起他，蓄意為難。

出乎眾人料外，小盤微微一笑，以他還未脫童稚語調的聲音從容道：「若論聲威之盛，莫有過於我大秦先君穆公，其不能一統天下者，皆因周德未衰，諸侯仍眾。自孝公以還，眾國相兼，而我大秦卻因而得到休養生息，日漸強大，此是彼弱我自強之勢。故現今乃萬世一時之機，假若任東方諸國汰弱留強，又或相聚約從，縱使黃帝復生，也休想能兼併六國。」

眾人聽得目瞪口呆，想不到小小孩兒，竟如此有見地。只有項少龍知道是來自李斯的見地，但小盤能加以消化，再靈活說出來，實在非常難得。杜壁啞口無言，呆看尚未加冕的秦國君主。就是這番話，奠定小盤在臣將心中的地位。

呂不韋呵呵笑道：「儲君高見，不枉老臣編寫《呂氏春秋》的苦心，但致勝之道，仍在自強不息，以仁義治國，不可一時或忘。」

他不但把功勞全攬在自己身上，又擺出慈父訓子的姿態，教眾人眉頭大皺。

朱姬嬌笑道：「政兒仍是年幼，還得靠呂相和各位卿家多加匡助。」

這麼一說，其他人自然更沒有話說。

呂不韋又道：「新近敝府得一舍人，乃來自韓國的鄭國，此人精通河渠之務，提出若能開鑿一條溝通涇水和洛水的大渠，可多闢良田達百萬頃，此事對我國大大有利，請太后和儲君能准不韋所請。」

只此一項，可知呂不韋如何專橫。開鑿這樣長達百里的大渠，沒有十來年工夫，休想完工，其中自是牽涉到整個秦國的人力物力。由於此事由呂不韋主理，如若批准，等若把秦國的物資人力全交予呂不韋調度，當然使他權力更增。如此重大的事，該當在早朝時提出，供群臣研究，他卻在此刻輕描淡寫說出來，蔡澤、王綰、賈公成三位大臣又擺明支持他，顯是早有預謀。

朱姬欣然道：「呂相認爲對我大秦有利的事，絕錯不了。諸位卿家有何意見？」

蔡澤等立即附和。

徐先尙未有機會說話，朱姬宣告道：「這事交由呂相主持，擬好計畫，遞上王兒審閱，若沒有問題，立即動工。」

就幾句話，呂不韋手上的權力立時激增數倍。項少龍心中想到的是莫傲，這種兵不血刃的奪權妙計，只有此諸葛亮式的人物的壞腦袋才想得出來。一天不殺此人，休想鬥垮呂不韋。而在朱姬和呂不韋互唱對台的場合，不用說其他臣子，小盤也沒有說話的餘地。唯一可破去太后權相合成的堅強陣營，就是嫪毐。

小盤在項少龍和李斯兩人前，大發呂不韋的脾氣，怒道：「我要看他的《呂氏春秋》？滿口仁義道德，他又是什麼料子，李廷尉你來給我說，他的什麼以仁義治國，什麼『天下非一人之天下也，天下人之天下也』，究竟道理何在？不若把我廢了，由他來當家。」

項少龍和李斯面面相覷，想不到大孩子發起怒來如斯霸氣迫人。宴後項少龍尙未踏出宮門，便給小盤召來書齋說話。朱姬終日與嫪毐此一新升任的內侍官如膠似漆，倒沒餘暇來管教自己不斷成長的王兒。不過小盤始終疼愛假母親，剩是罵呂不韋，對朱姬尙沒有半句惡言。

李斯嚇得跪下來，叩頭道：「儲君息怒！」

小盤喝道：「快站起來給我評理。」

李斯起立恭敬道：「秦四世興盛，兵強海內，威行諸侯，非仁義爲之也。致勝之道，唯有以武力打天下，以法治國，民以吏爲師，捨此再無他途。」

小盤冷靜下來，道：「爲君之道又如何？」

李斯對答如流道：「據微臣多年周遊天下，研究各國政治，觀察其興衰變化，首要之務是王命通行，權力必須集中到君主手裡，再由君主以法治國，達致上下歸心，國富兵強。像呂相所說的『爲天下之國，莫如以德、莫如以義。以德以義，不賞而民動，不罰而邪止』，只是重複孔丘不切實際的一套，說來好聽，施行起來完全行不通。」

對項少龍這來自二十一世紀法治社會的人來說，李斯立論正確，說的乃針對人性千古不移的眞理。唯一的問題是君權凌駕於法律之上，不過現實如此，沒有二千多年的進步，誰都改變不了這情況。小盤來秦後，接受的教育都是商鞅君權武力至上的一套，加上自幼在趙宮長大，深明權力凌駕一切的重要性，自然與呂不韋對他的期望背道而馳。這些日來他接觸小盤多了，愈發覺這小子開始建立他自己的一套想法，尤其有外人在旁，更是舉手投足，流露出未來秦始皇的氣魄和威勢。

小盤顯然對李斯的答案非常滿意，點頭道：「由今天開始，李卿家就當我的長史官，主管內廷一切的文書工作，每天到朝聽政。」

李斯大喜謝恩。項少龍看得目瞪口呆，終有點認同小盤成爲大秦一國之主的感覺。對於宮內的人事任命，目下只有朱姬有資格發言，但她當然不會爲區區一個長史官與兒子不和，何況寶貝兒子還剛提拔她的祕密情人。

小盤揮手道：「我還有事和項太傅商議。」

李斯知趣告退。

小盤坐下來，狠狠道：「你也看到，母后和那奸賊聯成一氣，根本沒有我這小小儲君發話的餘地。」

項少龍搖頭道：「不！儲君今天表現得很好，使人刮目相看。現在儲君只是欠點耐性。」

小盤道：「呂不韋將一切功勞攬在自己身上，既要爭勢，又要爭威，最後不過是想自己登台吧！」又不忿道：「《呂氏春秋》裡的所謂君主，要『誅暴而不私，以封天下之賢者』。那個賢者，指的正是他自己。正正是他以權謀私，由藍田的十二縣食邑，到今天的十萬戶，而君主反應節衣縮食，以作天下之模範。」

項少龍知道小盤年事日長，對呂不韋的不滿日漸增加，一旦小盤掌權，呂不韋哪還有立身之所。

小盤道：「你看過李斯的同門韓非的著作沒有？他說『秦自商鞅變法以來，國富而兵強，然而無術以知奸，則以其富強也資人臣而已。又說『穰侯越韓、魏而東攻齊，五年而秦不益尺寸之地，乃成其陶邑之封。應侯攻韓八年，成其汝南之封。自此以來，諸用秦者，皆應、穰之類也。戰勝則大臣尊，益地則私封立，主無術以知奸也』。如此灼見，真恨不得立與此人相會。」

項少龍當然未看過韓非的著作，想不到他文字如此精警，思想這般一針見血，訝道：「是否李斯介紹儲君看的？」

小盤搖頭道：「是琴太傅教我看的。」

項少龍暗忖這才是道理，李斯雖是他好友，但他卻知道李斯功利心重，非是胸懷若海，闊可容物的人。沉默一會，項少龍道：「我們已挑起嫪毒的野心，只要有機會再給他多嘗點甜頭，保證他會背叛呂不韋，自立門戶。那時只要太后站在他那方與呂不韋對抗，我們將有可乘之機。」

小盤沉吟道：「還有什麼可以做的？我眞不想批准他建渠的事，如此一來，我國大部分的軍民物力，都要落入他手內。」

項少龍淡淡道：「這些計策，應是一個叫莫傲的人爲他籌畫出來，只要除去此人，呂不韋等若沒了半邊腦袋，對付起來容易多了。」

小盤喜道：「師傅終肯出手嗎？」

項少龍眼中閃過森寒的殺機，冷然道：「呂不韋的詭計既是出自此人，那他就是我另一個大仇人，倩公主他們的血仇怎能不報？我保證他過不了那三天西郊田獵之期。」

項少龍正要離開太子宮，後面傳來女子甜美的嬌呼道：「項太傅！」

項少龍心中一顫，轉過頭去，怯生生的寡婦清出現眼簾裡。

她迎了上來，神情肅穆道：「琴清失禮，應稱項先生都騎統領才對。」

項少龍苦笑道：「琴太傅語帶嘲諷，是否仍在怪我那晚說錯話呢？」

琴清想不到他如此坦白直接，微感愕然，那種小吃一驚的表情，眞是有多麼動人就那麼動人，看得項少龍這見慣絕色的人，也泛起飽餐秀色的滿足感。可是她的態度卻絲毫不改，冷冷道：「怎敢呢？項太傅說的話定錯不了。男人都是那樣子的了，總認爲說出來的就是聖旨，普天下的人都該同意。」

項少龍想不到她發起怒來詞鋒如此厲害，不過她既肯來和自己說話，則應仍有機會與她維持某一種微妙的關係。舉手投降道：「小人甘拜下風，就此扯起白旗，希望琴太傅肯收納我這微不足道、絕不敢事事認第一的小降卒。」

開始的幾刻，琴清仍成功地堅持冰冷的表情，但捱不到半晌，終忍不住若由烏雲後冒出陽光似的笑意，低頭嗔道：「眞拿你這人沒辦法。」

項少龍叫了聲「天啊」！暗忖若她繼續以這種似有情若無情的姿態待他，可能他眞要再次沒頂在那他不願涉足的情海裡。

幸好琴清旋又回復她招牌式的冷若冰霜，輕嘆道：「我最難原諒你的，是你不肯去向太后揭破呂不韋的陰謀。不過想想也難怪，現在人人在巴結呂不韋，多你一個何須奇怪？」

項少龍心叫冤枉，更是啞子吃黃連。難道告訴她因自己知道改變不了「已發生的歷史」，所以不去作徒勞無功的事嗎？

啞口無言時，琴清不屑地道：「我眞爲嫣然妹不値，嫁的夫君原來只是趨炎附勢之徒。」轉身便去。

項少龍向著她天鵝般優美的背影怒喝道：「站著！」

守在宮殿門口處的守衛均聞聲望來，見到一個是儲君最尊敬的太傅，咸陽的首席美女，另一個則是當時得令的都騎統領，唯有裝聾扮盲，不聞不見。

琴清悠然止步，冷笑道：「是否要把我拿下來呢？現在你有權有勢，背後又有幾座大靠山，自然不須受氣。」

項少龍差點給氣炸肺，搶到她背後怒道：「妳！」

琴清淡淡道：「你是否想把整座王宮的人吵出來看熱鬧？」

項少龍無名火已過，洩氣道：「算了！別要這麼看我項少龍，但也任憑妳怎麼看吧！只要我自己知道在幹什麼就行。」

琴清輕輕道：「你不是呂不韋的走狗嗎？」

項少龍祇覺若被這美女誤會他是卑鄙小人，實是世上最令人難以忍受的事情之一，衝口而出道：「我恨不得把他——嘿！沒什麼。」

琴清旋風般轉回來，欣然道：「終於把你的眞心話激出來，爲何項先生明知呂不韋借嫪毒迷惑太后，仍只是袖手旁觀？」

項少龍這才知道她剛才的情態，全是迫他表露心意的手段，不由愕在當場，不能相信地呆瞪她只有紀嫣然始可匹敵的絕世嬌容。

琴清出奇地沒因他的注目禮而像以前般的不悅，露出雪白整齊的皓齒，淺笑道：「請恕琴清用上心計，可是你這視女人如無物的男子漢大丈夫，事事不肯告訴人家，例如那天大王臨終前，你究竟和他說過什麼話呢？」

項少龍把心一橫，壓低聲音，湊近她白璧無瑕的完美香頰，看著她晶瑩如玉的小耳珠和巧緻的掛飾，沙啞聲音道：「大王放心離去，終有一天，我要教呂不韋死無葬身之地，爲你報仇。」

琴清熱淚狂湧而出，在模糊的淚影裡，項少龍雄偉的背影迅速遠去。

為了晚上要到相府赴宴，項少龍離開王宮，立即趕回家中，沐浴更衣。田氏姊妹自是細心侍候，後園處隱約傳來紀嫣然弄簫的天籟，曲音淒婉，低迴處如龍潛深海，悲沉鬱結，悠揚處如泣如訴，若斷若續，了無止境。項少龍心中奇怪，匆匆趕到後園見愛妻。紀嫣然奏罷呆立園中小亭，手握玉簫，若有所思。

項少龍來到她身後，手往前箍，把她摟入懷內，吻她香氣醉人的粉臉道：「嫣然為何簫音內充滿感觸？」

紀嫣然幽幽道：「今天是故國亡國的忌日，想起滄海桑田，人事全非，嫣然難以排遣。國有國爭，人有人爭，何時出現大同的理想天地？」

項少龍道：「這種情況，幾千年後仍不會變，每一個人都是個別的利益中心，由此推之，無論團體、派系、國家，均各有各的利益，一天只要有分異存在，利益永患不均，你爭我奪更不能避免。例如紀才女只有一個，我項少龍得到，便沒其他人的份兒，你說別人要不要巧取豪奪。」

紀嫣然給他引得啞然失笑，伸手探後愛憐地撫他臉頰，搖頭苦笑。

項少龍道：「今天有沒有作午間小睡呢？我第一次在大梁見你時，才女剛剛睡醒，幽香四溢。」

紀嫣然終給愛郎逗得「噗哧」嬌笑，道：「怎麼啦？今天夫君的心情挺不錯哩？」

這回輪到項少龍苦笑道：「不用提了，我給你的閨友琴清耍弄得暈頭轉向，舞得團團轉，還有什麼愉快心情可言？」

紀嫣然訝道：「怎會呢？你是心高氣傲的她少有看得起的男人之一，加上我和她的交情，她怎也該留點顏面給你啊！」

項少龍摟她到亭欄擁坐，把事情說出來。紀嫣然聽得嬌笑連連，花枝亂顫，那迷人嫵媚的神態，縱使是見慣見熟，項少龍仍是心醉神蕩，忍不住不規矩起來。

才女執著他作惡的手，嗔道：「轉眼你又要拋下人家到相府赴宴，仍要胡鬧嗎？」

項少龍心中同意，停止在她嬌軀上的活動，道：「琴清如何會變成寡婦呢？你知否她的出身和背景？」

紀嫣然輕輕一嘆道：「清姊是王族的人，自幼以才學名動宮廷，十六歲時，遵照父母之命，嫁與一位年輕有爲的猛將，可恨在新婚之夜，她夫婿臨時接到軍令，趕赴戰場，從此沒有回來。」

項少龍嘆道：「她眞可憐！」

紀嫣然道：「我倒不覺得她可憐，清姊極懂生活情趣，最愛盆栽，我曾看她用整天時間去修剪一盆香芍，那種自得其樂的專注和沉醉，嫣然自問辦不到，除非對著的是項少龍哩！」

項少龍嘆道：「我剛聽到最甜蜜的諛媚話兒，不過你說得對，琴清確是心如皓月，情懷高雅的難得淑女。」

紀嫣然笑道：「可是她平靜的心境給你這壞人擾亂，原本聞說她平時絕不談論男人，偏偏忍不住數次在我面前問起你的事，告訴她時眼睛在發亮，可知我紀嫣然並沒有挑錯夫郎。」

項少龍一呆道：「你這樣把她的心底祕密洩漏我知，是否含有鼓勵成份？」

紀嫣然肅容道：「恰恰相反，清姊身分特別，在秦國婦女裡有至高無上的地位，乃貞潔的化身，除非你帶她遠走高飛，否則若給人知道你破她的貞戒，會惹來很多不必要的煩惱，對你對她均沒有好處。」

項少龍愕了一愕，頹然道：「自倩公主和春盈等慘遭不幸，我已是曾經滄海難爲水，除我的嬌妻愛婢外，再不願作他求。」

紀嫣然嬌軀輕顫，唸道：「曾經滄海難爲水，唉！爲何夫君隨口的一句話，可教嫣然情難自禁，低迴不已？」

項少龍心叫慚愧，自己知道所以能把絕世佳人追到手上，又例如把冰清玉潔的琴清打動，憑的是比她們多擁有二千多年的歷史文化經驗。那也是他與呂不韋週旋的最大本錢，否則早就捲鋪蓋往閻皇爺處報到。帶著項寶兒往外玩耍的烏廷芳和趙致剛好回來，項少龍陪她們戲耍一會，直至黃昏，匆匆出門，到都騎衛所與滕荊兩人會合，齊赴呂不韋的宴會。

第四章 相府晚宴

抵達相府，在府門處恭候迎賓的是大管家圖先。老朋友覷空向他們說出一個密約的時間地點，然後著人把他們引進舉行晚宴的東廳去。

他們是最遲抵達的人，昌平君、昌文君、安谷傒全到了，出乎料外是尚有田單、李園和他們的隨從，前者的心腹大將旦楚也有出席。

呂不韋擺出好客的主人身分，逐一把三人引介給田單等人認識。項少龍等當然裝出初次相見的模樣，田單雖很留心打量他，卻沒有異樣表情。不過此人智謀過人，城府深沉，就算心裡有感覺，外表亦不會教人看破。

呂不韋又介紹他認識呂府出席的陪客，當然少不了咸陽的新貴管中邪和呂雄，其他還有莫傲、魯殘、周子桓和幾個呂氏一族有身分的人。莫傲似是沉默寡言的人，態度低調，若非早得圖先點破，肯定不知道他是呂不韋的智囊。李園神采尤勝往昔，對項少龍等非常客氣有禮，沒有表現出被他得到紀嫣然的嫉忌心態，至少表面如此。項少龍心中想到的卻是嫁與他的郭秀兒，不知壞傢伙有否善待她呢？感情確是使人神傷的負擔。

只看宴會的客人裡，沒有包括三晉在內，可知呂不韋仍是堅持連齊楚攻三晉的遠交近攻策略。既是如此，賓客裡理應包括燕人，可能由於倩公主之死燕人難辭其咎，呂不韋爲免項少龍難堪，自然須避諱。

各人分賓主入席。只看座席安排，已見心思。席位分設大廳左右兩旁，田單和李園分居上首，前者由呂不韋陪席，後者則以安谷傒作陪，接著下來是項少龍與管中邪，昌平君兩兄弟則分別與旦楚和呂雄共席，打下是滕翼、荊俊，田李的隨員和呂府的圖先、莫傲等人。

田單首先笑道：「假設宴會是在十天後舉行，地點應是對著王宮的新相府。」

呂不韋以一陣神舒意暢的大笑回答他，到現在項少龍仍不明白呂不韋與田單的關係，看來暗中應有勾結，否則剛來犯秦的聯軍，不應獨缺齊國。又或者如李斯所評，齊人只好空言清談，對戰爭沒有多大興趣。

至於李園來自有份參戰的楚國，卻仍受呂不韋厚待，不過由於項少龍對情況了解，故大約有點眉目。說到底，楚國現在最有權勢的人仍是春申君，此人雖好酒色，但總是知悉大體的人，與信陵君份屬至交，故必在出兵一事費了很多的唇舌。呂不韋爲進行他分化齊楚、打擊三晉的策略，當然要籠絡李園，最好他能由春申君處把權柄奪過來，那他更可放心東侵，不怕齊楚的阻撓。

田單當然不是會輕易上當的人，所以呂不韋與他之間應有祕密協議，可讓田單得到甜頭。政治就是這麼一回事，檯底的交易，比戰場上的勝敗更影響深遠。對項少龍這知道戰國結果的人來說，田單李園現在的作爲當然不智。但對陷身這時代的人來說，能看到幾年後的發展已大不簡單。群雄割據的局面延續數百年，很易予人一個錯覺是如此情況會永無休止地持續下去。最好是秦國因與三晉交戰，致幾敗俱傷，那齊楚可坐收漁人之利。

田單湊過去，與呂不韋交頭接耳地說起私話，看兩人神態，關係大不簡單。其他同席者趁菜餚端上來的空間，閒聊起來。項少龍實不願與管中邪說話，可是一席五、六尺的地方，卻是避無可避。只聽對方道：「項大人劍術名震大秦，他日定要指點末將這視武如命的人，就當兄弟間切磋較量。」

項少龍知他說得好聽，其實只是想折辱自己，好增加他的威望。不過高手就是高手，只看他的體型氣度，腳步的有力和下盤穩若泰山的感覺，項少龍知道來到這時代後所遇的人裡，除元宗、滕翼、王翦外，要數他最厲害。假若他的臂力眞比得上囂魏牟，那除非他項少龍有奇招克敵，否則還是敗面居多。那回他能勝過連晉，主要是戰略正確，又憑墨子劍占盡重量上的便宜，把他壓得透不過氣來，終於落敗慘死。這一套顯然在管中邪身上派不上用場。微微一笑道：「管大人可能還不知這裡的規矩，軍中禁止任何形式的私鬥，否則是有違王命。」

管中邪啞然失笑道：「項大人誤會，末將怎會有與大人爭雄鬥勝之心，只是自家人來研玩一下擊劍之術吧。」

項少龍從容道：「是我多心。」

管中邪欣然道：「聽說儲君酷愛劍術，呂相恐怕項大人抽不出時間，有意讓末將侍候太子，卻忘記末將亦是俗務纏身。不要看相爺大事精明，小事上卻非常糊塗。」

項少龍心中懍然，呂不韋的攻勢是一浪接一浪攻來。先是以嫪毒取代他在朱姬芳心中的位置，接著以管中邪來爭取小盤。呂不韋由於不知眞相，故以爲小盤對他的好感，衍生於小孩對英雄的崇拜。所以若管中邪擊敗他，小盤自然對他「變心」。幾可預見的是，呂不韋必會安排一個機會，讓小盤親眼目睹管中邪挫敗他，又或只要迫得他落在下風，便足夠了。假若全是莫傲想出來的陰謀，這人實在太可怕。

不由往莫傲望去，見他正陪荊俊談笑，禁不住有點擔心，希望荊俊不要被他套出祕密，便可酬神作福。

一連串清越的鐘聲響徹大廳，十多人組成的樂隊不知何時來到大門左旁，吹奏起來。衆人停止交談，往正門望去。

項少龍還是首次在秦國宴會上見到有人奏樂，對六國來說是宴會的例行慣事，但在秦國卻非常罕見。可知呂不韋越來越無顧忌，把自己歡喜的一套，搬到秦國來。在衆人的期待下，一群近三十名的歌舞姬，在樂音下穿花蝴蝶般踏著輕盈和充滿節奏感的步子，走到廳心，載歌載舞。這批燕女人人中上之姿，在色彩繽紛的輕紗裹體裡，玲瓏浮凸的曲線若隱若現，加上柔媚表情和甜美的歌聲，極盡誘人之能事。

昌平君和昌文君終是血氣方剛之輩，看呆了眼。想起呂不韋任他們挑選的承諾，不由落足眼力，以免挑錯次貨。項少龍最不喜這種以女性爲財貨的作風，皺眉不語。

管中邪忽然湊過來低聲道：「大好閨女，落到任人攀折的田地，確是我見猶憐。但想想能把她們收入私房，再好好對待她們，應算是善行吧！」

項少龍大感愕然，想不到他竟說出這樣的「人話」來，不由對他有點改觀。燕女舞罷，分作兩組，同時向左右席施禮。廳內采聲掌聲，如雷響起。

她們沒有立即離開，排在廳心處，任這些男人評頭品足。

呂不韋呵呵笑道：「人說天下絕色，莫過於越女，照我周遊天下的經歷，燕女一點不遜色呢。」

那批燕女可能眞如呂不韋所說，全是黃花閨女，紛紛露出羞赧神色。

田單以專家的身分道：「齊女多情，楚女善飾，燕柔趙嬌，魏纖韓豐，多事者聊聊數語，實道盡天下美女短長。」

昌平君抗議道：「爲何我秦女沒有上榜。」

李園笑語道：「秦女出名刁蠻，田相在此作客，故不敢說出來。不過得睹寡婦清的絕世容色，恐怕該有秦越絕色之定論，誰可與項大人家中嬌嬈和清寡婦相媲美。」話裡言間，終流露出神傷酸澀之意。

管中邪插嘴道：「難怪昌平君有此抗議，據聞君上有妹名盈，不但劍術高明，還生得美賽西子，換了我也要爲好妹子大抱不平。」

昌文君苦笑道：「不過秦女刁蠻一語，用在她身上卻絕不爲過，我兩兄弟不知吃盡她多少苦頭。」

這幾句話一出，登時惹來哄堂大笑。項少龍愈來愈覺得管中邪不簡單，說話得體，很容易爭取到別人的好感，比之囂魏牟的只知以勇力勝人，又或連晉不可一世的驕傲自負，不知高明多少倍，難怪呂不韋選他來剋制自己。

呂不韋笑得喘氣道：「此回太子丹送來的大禮，共有燕女百名，經我細心挑選，剩下眼前的二十八人，儘管你們閉目挑揀，都錯不了，稍後我會派人送往各位府上。如今諸燕女給本相國退下去。」

諸女跪倒施禮，瞬即退走。昌平君等至此魂魄歸位。呂不韋生性豪爽，對須籠絡者出手大方，難怪他在咸陽勢力日盛，至乎膽敢害死莊襄王。酒過三巡，磬音再起。眾人大感奇怪，不知又有什麼節目。

忽然一朵紅雲飄進廳來，在滾動閃爍的劍影裡，一位體態無限誘人的年輕佳麗，手舞雙劍，作出種種既是美觀悅目，又是難度極高的招式動作。她身穿黃白相雜的緊身武士服，卻披上大紅披風，威風凜然，甫進場便吸引所有人的眼光。披風像火燄般燃燒閃動，使她宛若天上下凡的女戰神，演盡女性的嬌媚和雌姿赳赳的威風。劍光一圈一圈地由她一對纖手爆發出來，充滿活力和動感，連項少龍也看呆眼。管中邪雙目透出迷醉之色，眨都不眨一下。

美人兒以劍護身，凌空彈起，連作七次翻騰，才在眾人的喝采聲中，再灑出重重劍影，似欲退下，忽移近項少龍和管中邪的一席前。在眾人驚異莫名間，兩把寶劍矯若遊龍般，往項管兩人畫去。兩人穩坐不動，眼也不霎一下，任由劍鋒在鼻端前掠過。少女狠狠盯項少龍一眼，收劍施禮，旋風般去了。項少龍和管中邪對視一笑，均爲對方的鎭靜和眼力生出警惕之心。衆人的眼光全投往呂不韋，想知道這劍法既好，模樣又美的俏嬌娃究竟是何方神聖。

呂不韋欣然道：「誰若能教我送出野丫頭，誰就要作我呂不韋的快婿。」

項少龍記起她臨別時的忿恨眼神，立時知她是誰，當然是被他拒婚的三小姐呂娘蓉。

宴罷回府，呂不韋早一步送來三個燕女俏歌姬。

項少龍與滕翼商量一會，對荊俊道：「小俊可接受其中一個，記緊善待她，不准視作奴婢。」荊俊大喜，不迭點頭答應，項少龍尚未說完，他早溜去著意挑揀。項少龍與滕翼對視苦笑，同時想起昌平君昌文君兩人，以呂不韋這種手段，他們哪能不對他歸心。

項少龍向候命一旁的劉巢和蒲布道：「另兩女分歸你們所有，她們是落難無依的人，我要你們兩人照顧她們一生一世，令她們幸福快樂。」

劉巢兩人自是喜出望外，如此質素的燕女，百聞不如一見，她們應是侍候其他權貴，那輪得到他們染指，只有項少龍這種主人，才會這樣慷慨大方，自是感激不已。處置了燕女的事，項滕兩人坐下說話。

滕翼道：「管中邪此人非常不簡單，我看他很快打進最重英雄好漢的秦國軍方裡，比起六國，秦人較單純，易被矇騙。」

項少龍嘆道：「縱以我來說，明知他心懷不軌，仍忍不住有點歡喜他，此回是遇上對手。」

滕翼道：「莫傲才厲害，不露形跡，若非有圖先點醒，誰想得到他在相府這麼有份量，這種甘於斂藏的人，最是可怕。記著圖管家約你明天在鳳凰橋密會，應有要事。」

項少龍點頭表示記住，沉聲道：「我要在田獵時布局把莫傲殺死。」

滕翼皺眉道：「他定會參與此會嗎？」

項少龍肯定地道：「那是認識咸陽王族大臣的最好機會，呂不韋還要藉助他的眼力，對各人作出評估，故此他必參與其事。而我們最大的優勢，是莫傲仍不知已暴露底細。」

滕翼道：「這事交由我辦，首先我們要先對西郊原野作最精細的勘察和研究，荊族的人最擅山林戰術，只要製造一個令莫傲落單的機會，便可布置得莫傲像被毒蛇咬死的樣子，那時呂不韋只可怨老天爺。」

項少龍大喜道：「這事全賴二哥。」

滕翼傷感地道：「難道二哥對倩公主她們沒有感情嗎？只要可以爲她們盡點心力，二哥才可睡得安寢。」

兩人分頭回房，烏廷芳等仍撐著眼皮子在候他回來，項寶兒則在奶娘服侍下熟睡。

項少龍勞碌一天，身疲力累，田貞田鳳侍候他更衣，紀嫣然低聲道：「清姊想見你，明天你找個時間去拜候她好嗎？她還希望我和廷芳致致三人，到她處小住幾天哩！」

項少龍聳肩道：「妳們願意便成，只不過我不知明天可否抽出時間。」

紀嫣然道：「你看著辦吧！」

另一邊的烏廷芳道：「你看嫣然姐今天心情多麼好！」

項少龍奇道：「發生什麼事？」

愈發標緻的趙致道：「她乾爹使人送來一個精美的芭蕉型五弦琴，嫣然姐自是喜翻心兒哩！」

項少龍喜道：「有鄒先生的新消息嗎？」

紀嫣然欣然道：「乾爹到巴蜀探訪華陽夫人，見那裡風光如畫，留下來專心著作他的《五德終始說》，以乾爹學養，定是經世之作。」

烏廷芳笑道：「我們項家的才女，何時肯動筆著書呢？」

紀嫣然橫他一眼道：「以前我確有此意，但自遇到項少龍這命中剋星，發覺自以爲是的見解，比起他便像螢火和皓月之爭，所以早死去這條心，要寫書的應是他才對。」

項少龍心叫慚愧，扯著嬌妻，睡覺去也。

那晚他夢到自己到了美得像仙境的巴蜀，同行的竟還有動人的寡婦清，在那裡過著與世無爭的生活。轉眼又夢到病得不似人形的趙雅，渾身冒汗醒來，老天早大放光明。

當紀嫣然諸女往訪琴清，項少龍解下從不離身的佩劍，換上平民服飾，在家將掩護下，溜往城北的鳳凰橋會晤圖先。自到邯鄲後，他一直與權貴拉上關係，到咸陽後更是過著高高在上的生活，與平民百姓隔開一道鴻溝，出入時前呼後擁，甚少似今天一般回復自由身，變成平民的一份子，分享他們平實中見真趣的生活。他故意擠入市集，瀏覽各種售賣菜蔬、雜貨和工藝品的攤肆。

無論鐵器、銅器、陶器、木漆器、皮革，以及紡織、雕刻等手工藝，均有著二十一世紀同類玩意所欠缺的古樸天趣。忍不住買了一堆易於攜帶的飾物玩意，好贈給妻婢，哄她們開心。市集裡人頭湧湧，占大半是女子，見到項少龍軒昂英偉，把四周的男人比下去，忍不住貪婪地多盯他幾眼。賣手環給他的少女更對他眉目傳情，笑靨如花。

項少龍大感有趣，想起若換了三年多前初到貴境的心情，定會把這裡最看得入眼的閨女勾引到床上去。秦國女子的開放大膽，實是東南各國所不及。

項少龍硬起心腸，不理少女期待的眼光，轉身欲去，人群一陣騷動，原來是幾名大漢，正追著一個小伙子拳打腳踢，另有一位看來像是他妹妹或妻子的嬌俏女郎，哭著要阻止那群惡漢，卻給推倒地上。小伙子身手倒硬朗，雖落在下風，卻沒有滾倒地上，咬緊牙齦拚死邊退邊頑抗。

其中一名惡漢隨手由旁邊的攤販拿到一桿擔挑，正要對小伙子迎頭痛打，項少龍來到小伙子前，一掌把打得最兇的惡漢推得跌退幾步，張開手道：「好！到此爲止，不要再動手動腳，若弄出人命，誰擔當得起。」

俏女郎乘機趕過來，擁著被打得臉青唇白的小伙子哭道：「周郎！你沒事吧！」

項少龍知道對方是對小夫妻，更是心生憐惜。惡漢共有七、八人，乃橫行市井的惡棍，雖弄翻幾個攤販，卻沒有人敢出言怪責他們，見到有人多管閒事，勃然大怒，總算他們打鬥經驗豐富，見項少龍高大威猛，氣定神閑，不敢怠慢，紛紛搶來屠刀擔挑等物，聲勢洶洶地包圍項少龍。

其中最粗壯的帶頭者暴喝道：「小子何人？看你面生得很，定是未聽過我們咸陽十虎的威名，識相的跪下叩三個頭，否則要你的好看。」

項少龍沒好氣地看他一眼，懶得理他，別過頭去看後面的小夫妻，微笑道：「小兄弟沒事吧？」

小伙子仍未有機會回答，他的嬌妻尖叫道：「壯士小心！」

項少龍露出瀟灑的笑容，反手奪過照後腦打來的擔挑，一腳撐在偷襲者的小腹。那人發出驚天動地的慘嘶，鬆開擔挑，飛跌開去，再爬不起來。

項少龍另一手也握到擔挑處，張開馬步，擔挑左右掃擊，兩個衝上來的大漢左右耳分被擊中，打轉翻跌兩側。耳鼓乃人身最脆弱處，他們的痛苦完全反映在表情上。其他漢子都嚇呆了，哪還敢動手，扶起傷者以最敏捷的方式狼狽溜掉。圍觀者立時歡聲雷動。

項少龍身有要事，不能久留，由懷裡掏出一串足可買幾匹馬的銀子，塞入小伙子手裡，誠懇地道：「找個大夫看看傷勢，趕快離開這裡。」

小伙子堅決推辭道：「無功不受祿，壯士已有大恩於我，我周良還怎可再受壯士恩賜。」他的妻子不住點頭，表示同意夫郎的話。

項少龍心中歡喜，柔聲道：「若換了我們易地而處，你又是手頭寬裕，會否做同一樣的事呢？」

周良昂然道：「當然會哩！」

項少龍笑道：「那就是了！」把銀子硬塞入他手裡，大笑而去。

在眾人讚嘆聲中，他匆匆走出市集，正要橫過車水馬龍的大道，後面有人喚道：「壯士留步！」

項少龍訝然轉身，見到一個衣服光鮮、腰佩長劍，似屬家將身分的大漢趕上來道：「壯士剛才的義行，我家小姐恰好路過，非常欣賞，動了愛才之心，請壯士過去一見。」

項少龍啼笑皆非，不過見此人談吐高雅，顯是在大貴人家執事。婉言拒絕道：「小弟生性疏狂，只愛閒雲野鶴的生涯，請回覆貴家小姐，多謝她的賞識。」言罷飄然去了。

家將喃喃的把「閒雲野鶴」這新鮮詞句唸了幾遍，記牢腦內，悵然而回。

圖先把項少龍領進表面看去毫不起眼、在橋頭附近一所布置簡陋的民房內，道：「這是我特別安排供我們見面的地點，以後若有事商量，到這裡來。」

項少龍知他精明老到，自有方法使人不會對房子起疑心，坐下後道：「呂不韋近來對圖兄態度如何？」

圖先淡淡道：「有很多事他仍要靠我為他打點，其中有些他更不願讓別人知道，像那批燕女便是由我向燕國的太子丹勒索回來。說來好笑，太子丹本是要自己大做人情，好巴結咸陽的權貴，不幸給呂不韋知道，只向我暗示幾句，我便去做醜人給他完成心願。還裝作是與他全無關係，你說好笑嗎？」

項少龍聽得啞然失笑，對太子丹的仇恨立時轉淡。想起他將來會遣荊軻來行刺小盤這秦始皇，事敗後成為亡國之奴，感覺他不外是一條可憐蟲吧！當然！他太子丹現在絕不知道未來的命運如此淒慘的。

圖先的聲音在他耳內響起道：「有月潭的消息。」

項少龍從未來的馳想驚醒過來，喜道：「肖兒在哪裡？」

圖先道：「他改名換姓，暫時棲身在韓國權臣南梁君府中作舍人，我已派人送五十兩黃金予他，韓國始終非是久留之地。」

項少龍同意道：「秦人若要對東方用兵，首當其衝是三晉，其中又以韓國最危險，絲毫沒有反抗之力。」

圖先笑道：「韓國雖是積弱，卻非全無還手之力。你該知鄭國的事，此人並不簡單。」

項少龍凝神一想，憶起鄭國是韓國來的水利工程師，要為秦國開鑿一條貫通涇洛兩水的大渠，好灌溉沿途的農田，訝道：「有什麼問題？」

圖先道：「我認識鄭國這人，機巧多智。由於韓王有大恩於他，故對韓國忠誠不貳，他來求見呂不韋，說出大計之時，我還以爲他是想來行刺呂不韋的，故意不點醒這奸賊，豈知鄭國眞是一本正經地陳說築渠的方法、路線和諸般好處。莫傲知道此乃增加呂不韋權力的良機，大力慫恿下，才有鄭國渠的計畫。」

項少龍不解道：「既是如此，對呂不韋應是有利無害才對。」

圖先分析道：「或者確對呂不韋和秦人都有好處，但對東征大業卻絕對不利，沒有十年八年工夫，尚要動員過百萬軍民，才可建成這麼一條大渠。在這樣的損耗下，秦國哪還有餘力發動東侵，充其量是由三晉多搶幾幅就手的土地吧，你說鄭國這一招夠不夠陰辣呢？」

項少龍恍然大悟，不過他雖是特種部隊出身，卻絕非好戰份子，暗忖趁小盤未正式登基前，大家歇歇邊爭該是好事。點頭道：「今天圖管家約我來見，就是爲這兩件事。」

圖先沉聲道：「當然不是這些小事，呂不韋定下計畫，準備在三天田獵期間，把你殺死。烏廷威的失蹤，惹起他的警覺，知道你和他勢成水火，再沒有合作的可能性。除非你肯娶呂娘蓉，以此方式表示屈服，否則呂不韋定不會容你這心腹大患留在世上，沒有人比他更清楚你的本領。」

項少龍暗叫好險，原來呂不韋昨天那一番話和贈送燕女，擺出與他「誤會冰釋」的格局，只是爲安他的心，教他不會提防，自己差點上當。苦笑道：「眞巧！我湊巧也想趁田獵時幹掉莫傲。」

圖先笑道：「我早知你不是好對付的。少龍看得眞準，若除去此人，等若斬掉呂不韋一條臂膀。」

項少龍奇道：「如許機密，圖兄是如何探悉的呢？」

圖先傲然道：「有很多事他還得通過我的人去做，而且他絕想不到我知道紅松林事件的眞相。更猜不到一向對他忠心的手下會和外人串通，有心算無心之下，當然給我看穿他們的陰謀。」

項少龍點頭道：「若能弄清楚他對付我的手段，我可將計就計。」

圖先搖頭道：「此事由莫傲和管中邪一手包辦，故難知其詳。最熱心殺你的人是管中邪，一來他想取你而代之，更主要是他不想心中的玉人呂娘蓉嫁給你，若他能成為呂府快婿，身價更是不同。」

項少龍嘆道：「他太多心，你應看到呂三小姐昨晚對我恨之入骨的神情。」

圖先笑道：「女人的心理最奇怪，最初她並不願嫁你，可是你拒絕呂不韋的提婚後，她反對你刮目相看。無論愛也好，恨也好，不服氣也好，總之對你的態度不同。那天的舞劍，是她自己向呂不韋提出來的，我看她是想讓你看看她是多麼美麗動人，好教你後悔。」

項少龍不知好氣還是好笑，嘆道：「要我娶仇人的女兒，那是殺了小弟都辦不到的事。」

圖先笑道：「呂娘蓉是呂不韋的心肝，若非政太子可能是他的兒子，他早把她嫁入王宮去。」看到項少龍詢問的眼光，圖先聳肩道：「不要問我政太子究竟是誰的兒子，恐怕連朱姬都不清楚。因為她在有孕前，兩個男人她都輪番相陪。」

項少龍心中暗笑，天下間，現在除他項少龍、滕翼和烏廷芳外，再沒有人知道小盤的眞正身分。項少龍前腳踏進都騎衛所，接到儲君召見的訊息，匆匆趕赴王宮，小盤正在書齋內和改穿長史官服的李斯在密議。

見項少龍至，小盤道：「將軍的說話對嫪毒果然大有影響，今早母后把我召去，說這傢伙實乃難得人才，理該重用，問我有何合適位置，不用說母后是給他纏得沒有辦法，須做點事來討好他。」

項少龍心中嘆息，知道朱姬陷溺日深，不能自拔。不過也很難怪她，這美女一向重情，否則不會容忍呂不韋的惡行。而莊襄王之死，對她心理造成強烈的打擊，使她內心既痛苦又矛盾，失去平衡，加上心靈空虛，又知和自己搭上一事沒有希望，在種種情況下，對女人最有辦法的嫪毒自然有機會乘虛而入。她需要的是肉慾的補償和刺激！

小盤嘆道：「這傢伙終是急進之徒，當內侍官不到幾天，已不感滿足，剛才我和李卿商量，看看該弄個什麼官兒給他。」

說到最後，嘴角逸出一絲笑意。

成為小盤心腹的李斯道：「照微臣看，定要弄個大得可令呂不韋嫉忌的職位給他，最好是能使呂不韋忍不住出言反對，那就更堅定嫪毒要背叛呂不韋的決心。」

項少龍終有機會坐下來，啞然失笑道：「恐怕任天下人想破腦袋，也猜不到我們和儲君商議的竟是這種事。嘿！有什麼職位是可由宦官擔當，又在權力上可與呂不韋或他的手下發生正面衝突的呢？」

李斯靈機一動道：「何不把他提升為內史，此職專責宮廷與城防兩大系統都騎和都衛的聯繫，有關兩方面的文書和政令，均先由內史審批，然後呈上儲君定奪，權力極大，等若王城的城守，管轄城衛的廷官。」

小盤皺眉道：「這職位一向由騰勝負責，此人德望頗高，備受軍方尊敬，如若動他，恐軍方有反對的聲音。」

李斯道：「儲君可再用升調的手法，以安騰勝之心。」

小盤煞費思量道：「現時內廷最重要的職位，首推禁衛統領，已由昌平君兄弟擔當，其次是李卿的長史，負責一切奏章政令的草議，接著是內史官。其他掌管田獵的佐戈官，負責禮儀的佐禮官，主理賓客宴會的佐宴官等諸職位，均低幾級，我倒想不到有什麼位置可令騰勝滿意。」
在這些事上項少龍沒有插口的資格，因對於內廷的職權，他是一竅不通。尙幸聽到這裡，他突然想起包公，靈光一現道：「旣有內史，自然也應有外史，新職等若王廷對外的耳目，專責巡視各郡的情況，遇有失職或不當的事，可直接反映給太子知曉，使下情上達，騰勝當對此新肥缺大感興趣。」
小盤拍案叫絕道：「就如此辦，此事必得母后支持，呂不韋亦難以說話，不過他若是反對將更爲理想。」
李斯讚嘆道：「項大人思捷如飛，下官佩服。」
項少龍道：「最好能在王宮內撥出一間官署，作嫪毐辦事之所，讓他聚衆結黨，與呂不韋打對台。」
小盤失笑道：「不如在新相府對面找個好地方，打對台自然須面對面才成。」
三人對望一眼，終忍不住捧腹笑起來。呂不韋這回可說是作法自斃，他想出以嫪毐控制朱姬的詭謀，怎知不但使朱姬對他「變心」，還培養個新對頭出來。
內侍入稟，琴太傅來了，正在外間等候。
小盤露出歡喜神色，先吩咐李斯如剛才商議的去準備一切，待李斯退下，長身而起，向項少龍低聲說心事道：「不知如何，自王父過世後，我特別歡喜見到琴太傅，看她的音容顏貌，心中一片平寧，有時給她罵罵，還不知多麼舒服，奇怪是以前我並沒有這種感覺。」又再壓低聲音道：「除師傅和琴太傅外，再沒有人敢罵我，先王和母后從不罵我。」
項少龍忍不住緊擁他長得相當粗厚的肩頭，低嘆道：「孩子！因爲你需要的是一位像妮夫人般值得尊敬的娘親。」

小盤身軀劇震，兩眼紅起來，有點軟弱地靠入他懷裡，像小孩要躲進父親的保護之下。項少龍明白他的心態，自充當嬴政的角色，孤苦的小孩很自然地把疼愛他的父王母后當作父母，對朱姬更特別依戀。可是莊襄王之死，卻使幻覺破滅。朱姬終是重實際的人，並不肯爲莊襄王與呂不韋反目，再加上嫪毒的介入，使小盤知道朱姬代替不了正氣凜然的生母妮夫人。而琴清則成了他最新寄托這種思母情結的理想人選。

項少龍亦因想起趙妮而心若刀剜，低聲道：「等心情平復，該出去讀書。」

小盤堅強地點頭應是。項少龍放開他，步出門外。

項少龍穿過連廊，來到外堂，琴清修長玉立的優美嬌軀，正憑窗而立，凝視外面的園林，若有所思。

項少龍忍不住來到她身後，輕輕道：「琴太傅在想什麼呢？」

琴清應早知他會路經此處，沒有絲毫驚奇的表現，亦沒有別過身來，淡淡道：「項大人有興趣想知道嗎？」

只是這句話，可見她對項少龍非是無情，因語意已超越一般男女的對話界限。尤其在一向對異性拒諸千里的她來說，情況更不尋常。

項少龍暗吃一驚，但勢不能就此打退堂鼓，兼之心內實在喜歡與她接近，硬著頭皮道：「嘿！若沒有興趣也不會問。」

琴清倏地轉過嬌軀，冰冷的俏臉就在項少龍伸手可觸處，美眸射出銳利的神色，淡然自若道：「琴清正在想，當項大人知道琴清在這裡，會不會繞道而走？」

項少龍登時招架不住，乾笑道：「太傅太多心，唔！你見著嫣然她們沒有？」

性子剛烈執著的美女寸步不讓道：「不要顧左右而言他，琴清最恨的當然是害主欺君的奸佞之徒。其次就是你這種自以爲是，又以保護女性爲己任作幌子之輩，其實卻是視我們女子如無物的男人，我有說錯你嗎？」

項少龍早領教過她的厲害，苦笑道：「看來在琴太傅心中，小弟比呂不韋好不了多少。唉！我早道歉，只是說錯一句請太傅到巴蜀陪華陽夫人的話吧！到現在仍不肯放過小人嗎？」

琴清在項少龍前，不知是否打開始那次養成條件反射式的習慣，份外忍不住笑，俏臉堅持不到眨幾下眼的工夫，玉容解凍，「噗哧」失笑，狠狠白他一眼道：「是的！我不服氣，你怎麼賠罪都補償不了。」

項少龍還是首次遇上她肯打情罵俏的機會，心中一熱，正要說話，足音傳來。兩人知是儲君駕臨，慌忙分開。項少龍施禮告退，但剛才琴清那似是向情郎撒嬌的神態，已深深鐫刻在心底裡，再抹不掉。

在十八鐵衛擁持下，項少龍策騎馳上通往外宮門的御道，剛巧昌平君正在調遣負責守護宮門的一營禁衛，把他截住一旁，低聲道：「燕女確是精采！」

項少龍含糊應過。

昌平君年輕好事，問道：「呂相的三小姐生得非常標緻，想不到還使得一手好劍法。我到今朝醒來腦袋裡仍閃現她那條水蛇腰肢。嘿！她與你是什麼關係？竟有以虛招來試探你的反應之舉？」

項少龍湧起親切的感覺，就像以前在二十一世紀時和隊友的閒聊，總離不開女人、打架和罵長官的話題，笑道：「這恐怕叫樹大招風吧！」

昌平君哈的一笑，道：「說得好，你這新發明的詞語兒對項大人你貼切之極。所以我的刁蠻妹子知我們和你稔熟，硬纏我們要把你擒回去讓她過目。」

項少龍大感頭痛道：「這事遲些再說好嗎？你也該知我最近有多忙。」

昌平君笑道：「你怎也逃不出她的魔掌的，讓她顯點威風便行，當作是給我們這兩個可憐的哥哥面子。否則田獵時，她會教你好看。」

項少龍訝道：「她也參加田獵嗎？」

昌平君道：「那是她的大日子，到時她領導的娘子軍會傾巢而出，鶯飛燕走，不知多麼威風。」

項少龍愕然道：「娘子軍！」

昌平君嘆道：「那是咸陽城像舍妹那種嬌嬌女組成的團隊，平時專去找劍術好的人比試，連王翦都給她們纏怕。我看這小子溜去守北疆，主要還是爲此原因。若非你整天躲在牧場，怕也會有你好受的。」

項少龍有點明白，啼笑皆非，昌平君道：「谷傒小鬼明天去守東關，我兩兄弟與他份屬至交，定了今晚爲他餞行，你也一道來吧！順便敷衍一下嬴盈。」

項少龍一來對昌平君這完全沒有架子、年紀又相近的軍方要人大有好感，二來亦好應爲安谷傒送行，微笑答應。昌平君欣然放他離去。

回到都騎衛所，給荊俊截著，拉到一旁道：「有三件事！啊！」打個呵欠。

項少龍瞪著他道：「忙足整晚嗎？」

荊俊若無其事道：「我依足三哥吩咐，用半晚來哄慰她，下半晚則善待她，當然有點疲倦。」

項少龍爲之氣結，拿他沒法，道：「快說！是哪三件事？」

荊俊煞有介事道：「首要之事，是三位嫂子著你若抽得出空閒，請到琴府陪她們吃午飯，項寶兒很掛念你，我看最好你今晚到那裡陪她們睡覺。」

項少龍失笑道：「小俊你爲何今天說話特別貧嘴？」

荊俊裝出謙虛的樣子道：「小俊怎敢，只是這些天來見三哥笑容多了，忍不住想再多看一點。」說到最後，兩眼一紅，垂下頭去。

項少龍深切感受到兩人間深厚的兄弟之情，摟他肩頭，欲語無言。可能是因莊襄王之死，全面激起他的鬥志，所以趙倩諸女慘死所帶來的嚴重創傷，也被置諸腦後，畢竟那是一年前的事。

荊俊道：「另外兩件事，是龍陽君正在大堂候你和田單派人來說有急事請你到他的賓館一晤。」

項少龍心中打個疙瘩。田單爲何要見他呢？以他的神通廣大，該聽到自己與呂不韋不和的傳言。若他想與呂不韋保持良好關係，對自己應避不見面才對。想到這裡，一顆心不由劇烈地抖動幾下。

與龍陽君在類似休息室的小偏廳坐下，龍陽君祝賀道：「恭喜項兄，坐上人人艷羡的都騎統領之職。」又神色一黯道：「只是想到有一天或會和少龍你對陣沙場，便有神傷魂斷的感覺，人生爲何總有這麼多令人無奈的事？」

項少龍誠懇地道：「我會儘量迴避那種情況，際此群雄割據的時代，父子兄弟都可大動干戈，君上看開點吧。」

龍陽君滿懷感觸道：「回想當年在大梁初遇，我倆勢若水火之不相容，現在少龍反成奴家最肝膽相照的好友。想起明天要離開，可能永無再見的一日，便鬱結難解，千情萬緒，無以排遣。」

項少龍一呆道：「君上不待田獵後走嗎？」

龍陽君眼中閃過殺機，不屑道：「呂不韋現在擺明連結齊楚來對付我們三晉，多留幾天只是多受點白眼，我沒有那麼愚蠢。」

項少龍心知此乃實情，更不願以假話哄他。想起鄭國築渠的事，道：「君上暫時不用那麼擔心，沒有十年八年，秦國亦沒有能力大舉東侵，只要你們能繼續合縱之策，期間內應可安然無事，最多也是在疆土上小有損失吧。」

龍陽君眼中射出銳利的光芒，道：「少龍憑何說出此言？」

項少龍嘆一口氣，忍不住把鄭國築渠一事說出來。

龍陽君感動地道：「少龍竟肯把天大祕密告訴奴家，奴家會守口如瓶，連大王都瞞過，以示對少龍的感激。」旋又恍然道：「難怪韓闖如此春風得意，我憂慮得茶飯不思，他卻去花天酒地，夜夜笙歌，戀而不去，原來是胸有成竹。」再壓低聲音道：「少龍爲何不點醒秦儲君，不但可立一個大功，還可使呂不韋顏面掃地。」

項少龍苦笑道：「我也不想秦人這麼快打到大梁去啊！」

龍陽君凝神想一會，道：「有一件事，我本不打算告訴你，可是見少龍對奴家如此推心置腹，令我心生慚愧。」又咬牙切齒道：「韓晶那賤人完全不顧大體，我亦不必爲她守祕。」

項少龍訝道：「什麼事？」

龍陽君沉聲道：「你見過那龐煖，此子乃韓晶的面首和心腹，極懂權謀之術，口才了得。這次他來秦，實居心不良。最近他頻與高陵君嬴傒接觸，你大可猜到不會是好事吧！」

高陵君就是王位給莊襄王由手內奪走的子傒，他一直不服此事，有心謀反是必然的，只不過想不到會與趙人勾結。項少龍明白到龍陽君知道韓人的陰謀後，又放下秦國大舉進攻的顧慮，兼之痛恨趙國太后韓晶，遂在背後射她一記暗箭。若龐煖失陷咸陽，最受打擊的當然是韓晶。

政治就是這麼錯綜複雜和黑暗的。明有明爭，暗有暗鬥。各展奇謀，未到最後，不知鹿死誰手。雖然此定律對項少龍這預知未來的人不生全效，但個人的鬥爭，其結局如何，仍是撲朔迷離，無從預知，比如他就不知道自己會否敗在呂不韋手上。

項少龍道：「田單要見我，君上知否所因何事？」

龍陽君愕然道：「有這種事？照我看田單和呂不韋間應有密約，三晉歸秦，燕國歸齊，重履當年西東二帝瓜分天下的大計。雖然誰都知道是互相欺騙，但短時間內對雙方均是有利，故而兩人現在如膠似漆，他要見你實在令人費解。」

項少龍知不能在他處問出個所以然來，依依話別之餘，把他送出衛所，帶同十八鐵衛，往見田單。

賓館守衛森嚴，且楚在正門處迎接他，神情肅穆，只說禮貌上的門面話，然後把他引進田單所在的內廳，這齊國的超卓政治家正在專心彈奏古琴。「仙翁」之聲有如淙淙流水，塡滿整個廳堂。那對與他形影不離的劉氏兄弟，虎視眈眈的瞪著項少龍。旦楚退後兩步，卻沒有離開。項少龍知道不對勁，但任田單如何大膽，絕不敢在咸陽暗算他。不過若田單是奉呂不韋之命，眞要殺他，他和十八鐵衛休想有一人可以活著離開。

田單忽然半途而止，大笑道：「董馬癡別來無恙。」

接著起立轉身，一對鷹隼般的利目箭般往他射來。項少龍早知瞞他不過，亦知他因不能肯定，詐他一句。無論呂不韋和他如何親密，前者當不致蠢得把祕密告訴他，因爲這正是由呂不韋一手策畫，累得田單陰謀不成，還損兵折將，顏面無光的狼狽溜回齊國。裝作愕然道：「田相的話，請恕末將不明白。」

田單胸有成竹地過來，到近處道：「想不到威名震天下的項少龍，竟沒膽量承認所做過的事，你雖可瞞過其他人，怎瞞得過我田單？」嘴角逸出一絲莫測高深的笑意，右手一揮道：「讓我給你看一件精采的東西。」

旦楚應命來到兩人之側，由懷中掏出一卷帛畫，左右開展。劉氏兄弟同時移到田單兩旁稍前處，擺出防備項少龍出手突襲的姿勢，氣氛登時緊張起來。項少龍往帛畫瞧去，登時手足冰冷，有若掉進萬丈冰淵，渾身劇震。帛畫上赫然是善柔的臉容，有七、八分相像，只是眼神有點奇怪，予人一種柔弱的感覺，與她一向的堅強截然有異。

田單冷笑道：「不用說，項兄該知此女是誰，竟敢來行刺田某，被我所擒，聽聞她曾當過董馬癡的夫人，項兄是否仍要推說不知此事？」

項少龍感到落在絕對下風，隱隱又感到有點不對勁，只是想起善柔已入敵手，早心亂如麻，腦筋不能有效運作。

田單淡淡道：「區區一個女人，田某就算把她送回給項兄也沒有什麼關係，只要項兄肯爲田某做一件事，此女可立即回到項兄懷抱裡。」

項少龍腦際靈光一閃，忽然把握到問題關鍵處，一股無可抗拒的悲傷狂湧心頭。他猜到善柔是因行刺不成，自殺殉死，所以畫者無法把一對死人的眼睛傳神地表達出來。

項少龍眼中射出仇恨的火燄，狂喝道：「不用說，若田單你能活著返回齊國，我項少龍三個字從今以後倒轉來寫。」

在田單四人的目瞪口呆下，項少龍滿腔悲憤，不顧而去。現在他終於有殺死田單的最好理由。

滕翼聽罷，整個人呆若木雞，良久說不出話來。面對善柔，確是沒有人不頭痛，可是自她離開，又沒有人不苦苦牽掛她，她卻在芳華正茂的時間慘遭不幸。善柔是這時代罕有獨立自主的女性，堅強勇敢，只要她想做的事，不達目的誓不干休，而她正是爲自己的心願而犧牲。項少龍雙手捧臉，默默流下英雄熱淚，卻沒有哭出聲來。有手下要進來報告，給滕翼喝出去，吩咐鐵衛不許放任何人進來。

滕翼伸手拍項少龍肩頭，沉痛地道：「死者已矣，現在我們最重要是如何爲她報仇！我的親族等若死在田單手裡，這兩筆賬一起和他算吧！」

當項少龍冷靜下來，滕翼道：「你猜田單會否把事情告知呂不韋，又或直接向儲君投訴，所謂兩國相爭，不斬來使，秦人勢不會坐視田單被人襲殺。」

項少龍悲慼地道：「不知是否善柔在天有靈，在我想到她自殺之時，腦筋忽地變得無比清晰，在剎那間想及所有問題，故有此豪語。」頓了頓續道：「秦人就算派兵護送田單離去，只是限於秦境，一出秦境，就是我們動手的良機。問題是我們先要弄清楚田單的實力，在秦境外有沒有接應他的軍隊，這事只要我找龍陽君一問，立可盡悉詳情。」沉吟半晌後，嘆道：「田單可說是自作孽，他獨善其身，沒有參加最近一次的合縱。趙人固因上回他密謀推翻孝成而對他恨之刺骨，韓人則因與趙國太后關係密切，不會對他特別優待。種種情況下，他只有取魏境或楚國兩途，前者較近，卻不及楚境安全，若我猜得不錯，他會偕同李園一起離開，那麼我的安排應萬無一失。」

滕翼愕然道：「若他在秦境有秦人保護，楚境有楚人接應，我們哪還有下手之機？」

項少龍露出一個冷酷的笑容，淡淡道：「為善柔和二哥的深仇，我將會不擇手段去對付惡人，首先我要設法把李園迫離咸陽，田單總不能未和呂不韋談妥便匆匆溜走。」

滕翼皺眉道：「先不說你有什麼方法迫走李園，你是如何知道呂不韋和田單尚未談妥呢？」

項少龍道：「是一種直覺，一來昨晚宴會時兩人仍不斷交頭接耳，又因他想借善柔威脅我去為他做事，凡此種種，均顯示他仍有事未曾辦妥。現在多想無益，讓我們去分頭行事，二哥負責查清楚田單身邊有多少人，我則去找龍陽君和太子丹，說不定會有意外收穫。」

滕翼愕然道：「太子丹？」

項少龍道：「在咸陽城內，沒有人比他更該關心田單的生死，不找他找誰？」再輕輕道：「派人告訴致致，今天我實在難以抽出任何時間。」在這一刻，他下決心永遠不把善柔的遇害告訴趙致。

龍陽君見項少龍來找他，喜出望外，把他引到行府幽靜的東軒，聽畢後很為他感到難過，安慰幾句，知是於事無補，轉入正題道：「齊國最近發生馬瘟，我看他只是想你給他一、二千匹上等戰馬，以濟燃眉之急吧！當然，他也有可能要你做些損害呂不韋的事，對呂不韋，他比對秦人更顧忌。只看呂不韋上場不到三年，竟爲秦人多取得三個具有高度戰略性的郡縣，可知道呂不韋的本領，若秦國變爲呂家天下，誰都要飲恨收場。」

項少龍沉聲道：「君上會否反對我殺死田單？」

龍陽君搖頭道：「不但不會，高興還來不及。你猜得對，田單將取道楚境返齊。有支一萬人的軍隊，由他的心腹田榮率領，正在那裡等他。你須在他們會合之前，發動襲擊。除秦國外，對我們最大的威脅是齊人，若可除去田單，三晉無人不額手稱慶。上回獨他不加入合縱軍，早惹起公憤，他分明是想坐收漁人之利。」旋又嘆道：「只恨我們現在的兵力集中防守魏秦邊境，實難抽調人手助你，大王更未必答應。不過我可使人偵查楚境齊軍和楚人的虛實，保證準確妥當。」

項少龍感激道：「你已幫我很大的忙，我有把握憑自己手上的力量教他死無葬身之地，不知田單這次多少人來？」

龍陽君道：「在城內約有三百許人，城外駐有一支齊國騎兵，人數在千人之間，是齊軍的精銳，若加上李園的人，總兵力將超過三千人。少龍萬勿輕敵，尤其你在他們離開秦境始能動手，一個不好，會給田單反噬一口。」

項少龍道：「我當然知道田單的厲害，但我也有些能耐是他夢想難及的。」

龍陽君怎知他指的是二十一世紀的戰術和技術，還以爲他有足夠實力，順口道：「少龍你有王命在身，怎可隨便溜開幾個月？」

項少龍道：「我有辦法的。」

商量妥聯絡的方法，項少龍告辭離去，把疾風和鐵衛留在龍陽君處，徒步走往隔鄰太子丹寄住的行府，向門衛報上官銜名字，不到片刻功夫，太子丹在幾名從人簇擁下，親身出迎。

項少龍暫時擱下徐夷亂兩次偷襲他的恩怨，施禮道：「丹太子你好，請恕項少龍遲來問候之罪。」見到他不由想起荊軻，若沒有刺秦一事，恐怕自己不會知道有太子丹這麼一號人物。

風度絕佳的太子丹欣然施禮，道：「項將軍乃名震宇內的人物，燕丹早有拜會之心，只恐將軍新拜要職，事務繁忙，故擬苦待至田獵之後，始登門造訪，將軍現在來了，燕丹只有倒屣相迎。」搶前拉起他的手，壓低聲音道：「說句眞心話，燕丹對紀才女花歸項府，實在妒忌得要命。」

言罷哈哈大笑起來，項少龍陪他大笑，心中有點明白，爲何荊軻會甘心爲他賣命。能名垂千古的人物，均非簡單的人。太子丹又把身旁諸人介紹他認識。

其中印象特別深刻的有三個人。第一個是大夫冷亭，此君年在四十許間，樣貌清瞿，一對長目閃動智慧的光芒，身量高頎，只比項少龍矮上寸許，手足特長，予人靜如處子，動若脫兔的感覺，應是文武兼資的人物。接著是大將徐夷則，只聽名字，當是徐夷亂的兄弟，三十來歲，五短身材，但頭顱特大，骨骼粗橫，是擅於徒手搏擊者最顧忌的那種體型。兼之氣度沉凝，使人不敢對他稍生輕忽之心。另一個則是像太子丹般風度翩翩公子哥兒模樣的尤之，介紹時燕丹尊之爲先生，此人只比太子丹大上兩三歲，臉掛親切的笑容，給人極佳印像，項少龍看穿他是太子丹的首席智囊。

客氣話後，太子丹把他引進大廳內。分賓主坐下，兩名質素還勝呂不韋送出的燕國歌姬的美女，到來侍候各人，奉上香茗。隨太子丹陪坐廳內的除剛才三人外，還有燕闖和燕軍兩個屬燕國王族的將軍，侍從撤往廳外。

項少龍喝一口熱茶，開門見山道：「小將想和太子說幾句密話。」

太子丹微感愕然，揮退兩名美女，誠懇地道：「這些全是燕丹絕對信任的人，項將軍無論說的是什麼事，可以放心。」

項少龍心中再讚太子丹用人勿疑的態度，在六對眼睛注視下，若無其事道：「我想殺死田單！」

太子丹等無不駭然一震，目瞪口呆，只有尤之仍是從容自若的態度。項少龍凝視著太子丹，細察他的反應。

太子丹眼中射出銳利的光芒，與他對視一會，驚魂甫定地道：「將軍有此意不足爲奇，只是爲何特別來告訴我。」

項少龍虎目環掃衆人，緩緩道：「在解釋之前，先讓我項少龍把太子兩次派徐夷亂偷襲小將的事一筆勾銷，俾可衷誠合作，不須互相隱瞞。」

這幾句話更如石破天驚，六人中最冷靜的尤之亦禁不住露出震駭神情，其他人更不用說。到此刻太子丹等當然知道董匡和項少龍二而爲一，是同一個人。雙方間籠罩一種奇異的氣氛。好一會，燕丹一聲長嘆，站起來一揖道：「項兄勿怪燕丹，爲敝國存亡，燕丹做過很多違心之事。」

項少龍慌忙起身還禮，心慶沒有挑錯人。假若太子丹矢口否認，他以後不用理這個人。兩人坐下，氣氛大是不同。

冷亭眼中閃過欣賞之色，點頭道：「到這刻我終明白，爲何將軍縱橫趙魏，在秦又能與呂不韋分庭抗禮。」

尤之淡然道：「項將軍知否要殺田單，實乃難比登天的事，且將軍身爲秦將，此事不無顧忌。」

項少龍知道他在試探自己的底細，若他只是想借燕人之手去除掉田單，自己則躲在背後，自然會教六個人看不起他。

說到底仍是一宗交易，事成與否完全關乎利益的大小。

項少龍微笑道：「現在李園和田單狼狽爲奸，前者通過乃妹李嫣嫣，生下王儲，若孝烈歸天，李園這新紥之人，不得不借助齊人之力，對付在楚國根深柢固的春申君；田單則要借助李園之力，拖著三晉，好讓他向鄰邦拓展勢力。故要對付田單，不得不把李園計算在內。至於秦國軍方，除呂不韋外，我均有妙法疏通，各位可以放心。」

太子丹吁出一口氣道：「到現在燕丹親身體會到項兄的手段，對各國形勢洞察無遺。我不再說多餘話，請問項兄如何解決楚人的問題。要知田單若與李園同行，實力大增，到楚境時又有雙方大軍接應，可說是無懈可擊，我們縱有此心，恐怕亦難達致目的。」

項少龍露出一絲高深莫測的笑意，從容自若道：「李園的事，包在小將身上，我會教他在田獵之前，離秦返楚，破去兩人聯陣之勢，李園乃天性自私的人，自顧不暇之時，哪還有空去理會自己的拍檔。」

各人聽得一頭霧水。

徐夷亂則忍不住道：「項將軍有什麼錦囊妙計？」

項少龍油然道：「請恕我賣個關子，不過此事在兩天內可見分曉，若我連這點小事都辦不到，也無顏來見諸位。」

太子丹斷然道：「好！不愧是項少龍，假若李園果然於田獵前溜回楚國，我們便攜手合作，令田單老賊永遠都回不了齊境。」

項少龍早知結果。燕齊相鄰，一向水火不容，互謀對方土地，加上燕人曾入侵齊國，被田單所破，致功敗垂成，自對田單恨之入骨，若有除去田單的機會，哪肯放過。對他們來說，最顧忌的人是李園。若把李園一併殺死，等若同時開罪齊楚兩個比燕人強大的國家，可不是說著玩的一回事。現在若少了對楚人的顧慮，事後又可把責任全推在項少龍身上，此事何樂而不為。項少龍與太子丹握手立誓，接著匆匆趕往找鹿公，推行下一步的大計。自出使歸來，他還是如此積極的去辦一件事。至此他終明白自己是如何深愛善柔。

項少龍沉聲道：「我要殺死田單。」

鹿公駭然道：「你說什麼？」

這是項少龍今天第五次說要殺死田單。第一次是當著田單本人說，接著是對滕翼、龍陽君、太子丹，現在則在鹿公的內軒向秦國軍方第一把交椅的上將軍說出來。如此明目張膽去殺一個像田單般名震天下的人物，若非絕後，也應是空前。

項少龍以充滿信心和說服力的語調道：「這是唯一破去秦廷變成呂家天下的手段。」

鹿公大惑不解道：「與田單有什麼關係？」

項少龍淡淡道：「東方諸國最近一趟合縱來攻我大秦，為何獨缺齊國？」

鹿公露出思索的神色，好一會道：「少龍是否指呂不韋和田單兩人互相勾結？」

項少龍胸有成竹道：「以前呂不韋最怕沒有軍功，現在先後建立東方三郡，功勳蓋天，陣腳已穩，又受到五國聯軍的深刻教訓，故眼前要務，再非往東征伐，而是要鞏固在我大秦的勢力，鄭國渠的事只是他朝目標邁出的第一步。」

鹿公聞言動容。這兩天他曾多次在徐先和王齕等軍方將領前發牢騷，大罵呂不韋居心叵測，爲建渠之事如此勞民傷財，損耗國力，阻延統一大業。

項少龍知他意動，鼓其如簧之舌道：「現在呂不韋連楚結齊，孤立三晉和燕人，爲的是由外轉內，專心在國內建立他的勢力，如若成功，那時我大秦將會落入異國外姓人手裡。」

這一番話，沒有比最後一句能對鹿公的大秦主義者造成更大的震撼。

鹿公沉吟半晌，抬起頭來，雙目精芒閃動，眨也不眨地瞪開銅鈴巨目看項少龍，沉聲道：「在談此事前，我想先要少龍你解開我一個心結，爲何你那麼有把握認爲政儲君不是呂不韋的野種？」

項少龍心中暗喜，知道鹿公被自己打動，所以須在此刻弄清楚最關鍵的問題，方可決定應否繼續談下去。坦誠地道：「道理很簡單，因爲我對此事亦有懷疑，故在呂不韋的心腹肖月潭臨終前問起此事，他誓言政儲君千眞萬確是先王骨肉，在那段成孕的日子裡，姬后只侍候先王一人。」

鹿公皺眉道：「我知肖月潭是誰，他應是知情者之一，只是他既爲呂不韋心腹，至死爲他瞞著眞相，乃毫不稀奇的事。」

項少龍兩眼一紅，淒然道：「肖月潭臨死前不但不是呂不韋的心腹，還恨他入骨，因爲害死他的人正是呂不韋。」

鹿公並沒有多大震駭的神情，探出一手，抓著項少龍的肩頭，緊張地道：「這事你有否人證物證？」

項少龍悲憤搖頭。

鹿公放開他，頹然道：「我們曾對此事作過深入調查，可是由於活著返來的對此事均一無所知，屈斗祁和他的人則不知所蹤，所以雖是疑點重重，我們仍奈何不了呂不韋。不過只看你回來後立即退隱牧場，便知不對勁。」嘆一口氣後續道：「我深信少龍之言不假，看來再不須滴血認親。」

項少龍堅決地搖頭道：「不！此事必須照計畫進行，只有這樣，方可肯定儲君乃先王的骨肉。」

鹿公深深地看他道：「我喜歡少龍這種態度，昨天杜壁來找我，說你在先王臨終前，曾在他耳旁說一句話，先王就去了，當時少龍說的是什麼？」

項少龍心知肚明杜壁是由秀麗夫人處得知此事，毫不猶豫道：「我告訴先王，假若他是被人害死的，我就算赴湯蹈火，亦要爲他報仇。」

原本的話當然不是這樣，項少龍故意扭曲少許，避了呂不韋的名字，又變成只是「假設」。

鹿公霍地立起，兩眼射出凌厲的光芒，跺足仰天一陣悲嘯，歇下來時暴喝道：「好！少龍，你須我鹿公如何助你。」

項少龍忙陪他站起來，恭敬地道：「呂不韋現在權勢大增，爲避免內亂，首先要破他勾引外人的陰謀，若殺死田單，不但對我大秦統一天下大大有利，還可迫使呂不韋窮於應付外患，以保東方三郡，那時我們遂可逐步削除他在國內的勢力。」

鹿公顯然心中憤恨，抓緊項少龍的手臂，來到後花園裡，緊繃老臉，咬牙切齒道：「我們何不召來大軍，直接攻入呂不韋的老巢，殺他一個片甲不留？只要儲君點頭，我可輕易辦到此事。」

項少龍低聲道：「千萬不可，現在呂不韋頗得人心，若漏出風聲，給他先發制人，就大事不妙，說不定儲君太后都給害了。其次儘管成功，成蟜和高陵君兩系人馬必乘勢爭奪王位，秦室若陷此局，再加東南六國煽風點火，大秦說不定分崩離析，三家分晉，正是可鑑的前車。」

鹿公容色數變，有點軟弱地按在項少龍肩頭上，低聲道：「說吧！要我怎樣助你？」

項少龍湧起狂喜，知道鹿公這麼的點點頭，田單至少有半條命落入自己的掌握之內。

第五章 秦女刁蠻

離開上將軍府，項少龍馬不停蹄，幸好琴清府在同一條的王宮御道上，只隔二十多座王侯將相的府第。由於不想那麼惹人注目，鐵衛們早被他遣回都騎衛所，疾風也隨之回去。為方便走路，他脫下笨重的戰甲，改穿一般的武士服，不過他的體型異於常人，說不惹人注目只是笑話，但在心理上總安心一點。

太陽逐漸往西山落下去，道上行人車馬疏落，項少龍想起善柔，不由湧起淒涼悲痛。只有不斷地去為她的大仇努力奔走布置，始能舒緩心中的悲鬱苦楚。

蹄聲驟響，一隊十多騎，由前方疾馳而至。項少龍警覺性極高，定睛一看，立時愕然。原來竟是一隊全女班的騎士，五顏六色、爭妍鬥麗的武士服，把這批美娘子襯得像一團彩雲，由長街遠處飄過來。她們像在比拚馬速騎術，逢車過車，遇騎過騎，轉瞬間來至近前。

項少龍想起昌平君說起以乃妹嬴盈為首的女兒軍，禁不住好奇心，用神打量。一馬當先的是位身穿黃白色夾雜武士服的少女，生得美賽天仙，比之呂娘蓉亦毫不遜色。策馬疾馳，盡顯她的青春活力。她有一雙趙致般的長腿，嬌美處可與烏廷芳爭一日之短長，膚色雪白晶瑩有如紀嫣然。腰身纖幼美好，但胸脯脹鼓豐腴，非常誘人，活色生香，是擁有魔鬼身材的美麗天使。

項少龍不由心中喝采。隨行的女兒軍隊員，比起她來大為遜色。最特別處是她秀美的俏容常掛著一絲既驕傲又自得的笑意，像是世上所有男人，只配給她作踏腳的馬蹬，引人之極。不過街上的男人看到她，紛紛垂下目光，不敢行注目之禮。

項少龍差不多可肯定眼前使人矚目的美女是嬴盈，她也看到他，一對亮如夜空星辰的點漆美眸，立時亮起來。項少龍嚇得垂下頭去，避開她的眼光。

嬴盈一聲嬌叱，整隊十五人的女兒軍如斯響應，一起勒馬停定，整齊一致，比訓練有素的軍隊不遑多讓。項少龍心知不妙，低頭疾走，同時頗感茫然，難道女兒軍凶惡至隨街挑選像樣的男人尋釁嗎？這想法仍在腦海中盤旋，風聲響起，嬴盈的馬鞭在頭上旋轉一圈，蓄滿力道，照他的厚背揮打過來。項少龍心中大怒，刁蠻女太過霸道，自己與她不但無怨無仇，還互不相識，竟見人便打。聽準鞭勢，反手一抓，鞭端落在手上。若對方是男子，他會用力反拉，讓對方翻跌馬下，當場出醜。但對方是如此嬌美動人的青春玉女，憐香惜玉之心使他手下留情。

嬴盈嬌呼一聲，用力回扯。項少龍轉過身來，用力相抵。這美嬌娃的力道可不賴，馬鞭挺得筆直，兩人打個照面，目光交擊，相隔只有丈許，是馬鞭加上兩條手臂的長度。街上行人紛紛避難似的逃開去。

那批女兒軍嬌叱聲中，散開扇形圍上來，把項少龍迫在牆角。嬴盈嘴角露出一絲滿足的甜美笑容，另手一抽馬韁，戰馬如臂使指，往後退去。項少龍心中暗讚，放開鞭梢。

「鏗鏘」聲中，眾女同時拔劍，在馬背上遙指項少龍，嬌呼叱罵，其中竟夾雜幾聲「狗雜種」「你的娘」那類只有市井之徒才說的粗話。項少龍大感頭痛，醒悟遇上古時代的「飛女黨」。

嬴盈收回馬鞭，大感得意，又衝前少許，向眾女喝道：「想殺人嗎？快把劍收起來！」

項少龍和眾女同時大惑不解，後者們聽話得很，長劍回到鞘內去。

嬴盈發出一陣銀鈴般的嬌笑道：「果然了得！好傢伙！乖乖的隨本姑娘來，讓我試試你的劍法。」

項少龍愕然道：「姑娘知我是誰嗎？」

嬴盈不耐煩地道：「你又沒有告訴我，誰知道你是哪裡來不識抬舉的狂妄之徒？」

眾女看清楚他的英偉模樣，見他傻楞楞的樣子，敵意大減，開始對他品頭論足。

項少龍聽她口氣，似是曾與自己有點瓜葛，可是遍搜枯腸，卻想不起任何事，歉然道：「對不起，在下身有要事，請恕不能奉陪。」

嬴盈不屑地翹起可愛驕傲、稜角分明的小嘴，冷笑道：「敬酒不吃吃罰酒，人來！給我把他拿下！」

項少龍對這刁蠻女哭笑不得，眾女兒軍已奉命出手，其中兩女揮手一揚，兩張捕獸網當頭罩下，其他諸女劍再出鞘，迫了過來。遠處雖有圍觀的人，不過可能平時領教慣刁蠻女們的霸道手段，又不清楚項少龍是誰，沒人敢干涉。

項少龍哈哈一笑，滾倒地上，恰恰在網沿外逸去，來到嬴盈的戰馬蹄前。戰馬受驚下跳起前蹄，眼看再踏下時要蹬在項少龍身上，項少龍一個前翻，到了馬側處。嬴盈反應神速，手中馬鞭兜頭兜腦的往項少龍抽下來。項少龍大喝一聲，彈起來，移到馬尾位置，避過鞭抽。豈知嬴盈穿上長靴的美腿由馬蹬處脫出來，往後一伸，撐往項少龍胸口。項少龍哪想得到她如此了得，一時輕敵下，勉強側退少許，左肩已給她的靴底擦過，留下一小片污漬。其他女兒軍大爲興奮，呼嘯追來。

項少龍見勢不妙，搶過車道，擠入了對面正四散「逃命」的看熱鬧人群中，由一條橫巷趁「兵荒馬亂」之際溜走。到了琴清的府第，項少龍仍有啼笑皆非的感覺，開始有點明白昌平君兩兄弟的感受。管家方叔來到廳中，把他領往內軒去。琴清和紀嫣然兩人正在廳中撫琴弄簫，樂也融融。

烏廷芳、趙致、田貞田鳳等和琴府的十多個婢女，聚在軒外的大花園裡，在夕陽的餘暉下，輪流抱已能走上幾步的項寶兒蕩鞦韆，不時傳來歡樂的笑聲。只恨項少龍想到的卻是善柔，眼前歡樂的情景，適足使他更添創痛。他先到園裡與烏廷芳和趙致打個招呼，抱項寶兒溫幾下鞦韆，回到軒內，逕自坐到兩女同一蓆上，只隔了張長几，免去一切禮數。

琴清欣然道：「寶兒玩了整天，不肯睡午覺，眞奇怪他撐得住。」

項少龍凝望窗外的夕照，聽諸女逗玩寶兒的嬌笑聲，有感而發道：「孩童的想像力最是豐富，什麼東西落到他們眼裡，都通過想像把它們轉化成多采多姿、妙境無窮的事物。所以在我們大人看來平平無奇的東西，他們卻可樂而不疲。只恨日後長大，想像會被殘酷的現實代替，那或者就是認識到現實必須付出的代價。」

兩女對望一眼，均被他這番發人深省的話深深打動，一時說不出話來。項少龍收回目光，移到兩女處，立時看呆眼。她們宛若兩朵爭妍鬥麗的鮮花，誰都不能壓倒對方。紀嫣然的嬌艷，與琴清的雅秀，確是人間極品。

琴清俏臉微紅，垂下螓首，輕柔溫婉地道：「項先生終找到時間來探看妻兒嗎？」話畢才知出語病，玉臉更紅了。

紀嫣然向項少龍使個曖昧的眼色，低聲道：「項郎為何滿懷感觸？」

項少龍欲言又止，琴清識趣的藉口溜出花園，讓他們說話。

項少龍沉聲道：「還記得春申君寫給趙穆的那封信嗎？你能否著你的家將照筆跡弄一封出來呢？」

紀嫣然道：「這個沒有問題，他們中有此能手，內容寫什麼呢？」

項少龍道：「那是春申君給李園的密函，通知他楚王病危，請他立即趕返楚都，卻千萬要瞞過秦人，以免秦人知道楚政不穩，其他詞語，由你斟酌吧！」

紀嫣然愕然道：「發生什麼事？」

項少龍的熱淚不受控制的湧出眼角，沉痛地道：「善柔死了！」

小盤在寢宮接見他，訝道：「發生什麼事？」

項少龍把對鹿公說的那一套搬出來，特別強調呂不韋勾結齊楚的害處。

小盤沉吟半晌，皺眉道：「可是遠交近攻的政策，一向是我大秦的國策，呂不韋只是依循這條路線發展，理應沒有不妥當的地方。」

項少龍清楚體會到小盤再不是個任人擺布的孩子，點頭道：「儲君說得不錯，但問題是呂不韋另有居心，若讓他穩住國外的形勢，他便可以專心國內，誅除異己，若有一天鹿公、徐先等大臣都給他害死，那時我們還憑什麼和他鬥爭呢？」

小盤一震道：「最怕師傅都給他害死。」

項少龍倒沒想過自己，雖說他要殺死田單，主要因善柔而起。但他對呂不韋的懷疑，卻不是無的放矢。試過五國合縱軍迫關之禍後，呂不韋調整策略，轉而謀求鞏固在國內的勢力。莊襄王對他已失去利用價值，反成爲障礙，這無情無義的人遂下毒手把他除去，好扶植以爲是親生子的小盤。現在他需要的是喘一口氣的時間，若與東方六國仍處在交戰的狀態，他絕不敢動搖秦國軍方的根本，例如撤換大批將領，改爲起用無論聲望或資歷經驗全部欠缺的自己人。可是若能穩住東方六國，只要有幾年時間，他可培植出心中理想的人選，在文武兩方面把秦國控制手內。那時他就算要把秦國變作呂家的天下，亦非沒有可能的事。而對東方六國，三晉由於有切膚之痛，呂不韋不論用哪種懷柔手段，均不會生效。所以他索性置諸不理，只聯齊結楚，訂立例如燕歸齊、魏歸楚，而趙韓歸秦一類的密約，那他可放心對付國內所有反對勢力。

經過一番解說，小盤終於幡然大悟。由此看出，項少龍和小盤的關係出現變化。換過以前，無論項少龍說什麼，小盤只有聽命的份兒。現在他開始以君主的角度，去考慮和決定。他愈來愈像歷史上的「秦始皇」。

項少龍趕到昌平君兄弟的將軍府，比約定時間遲近半個時辰，卻是無可奈何，在他現在的心情下，肯來赴約已對他們兄弟相當不錯。他抱著醜婦必須見贏盈的心情，帶著肩膊那點許她靴底留下的污漬，在下人引領下，舉步進入正舉行晚宴的大廳，立時嚇個一跳。

那不是人多人少的問題，而是廳內左右兩旁的十席裡，只有昌平君、昌文君和安谷傒三個男人，其他是清一色的女將。門衛宣布「都騎統領項少龍到」時，原本吵得像把墟市搬來的大廳，立時靜至落針可聞。

昌平君跳起來，迎出大門，先把項少龍扯出去，愁眉不展道：「我也想不到舍妹竟召來大批女兒軍，把其他的客人都嚇得逃命去也，只有小安還算老友。唉！若非他是今天的主賓，恐怕也溜掉。幸好你今晚來了，否則……唉！來！進去再說。」

這次輪到項少龍一把扯著他，吁出一口涼氣道：「她們來幹什麼？」

昌平君道：「還不是要見你這紅人。」

項少龍囁嚅道：「她們是誰？」

昌平君低聲道：「都是未出嫁的閨女，沒有一個年紀超過十八歲的，最厲害的是舍妹嬴盈和鹿公的寶貝孫女鹿丹兒。若不能教她們滿意，今晚你休想脫身。」

項少龍正想問怎樣可以教她們滿意，嬴盈嬌甜的聲音在昌平君身後響起道：「大哥啊！你不是想教項統領臨陣逃走吧？」

她的視線被昌平君擋隔，一時間看不清楚項少龍模樣，說完這句話，與項少龍打個照面，一對美目立時亮起來，嬌叱道：「原來是你！」

項少龍微笑道：「不就是小將嗎？」

昌平君訝道：「你們認識的嗎？」

嬴盈跺足道：「他是那個在市集出手抱不平，後來又不肯留步一見的可惡傢伙。」

項少龍這才恍然大悟，那天來請他去見主人的家將，口中的小姐原來是刁蠻貴女，尚幸沒有見到自己和圖先在一起，否則可要糟透，難怪今天一見自己即動手拿人。

昌平君倒沒有懷疑，笑道：「好極哩，舍妹回來後，雖惱你不肯見她，可是……」

嬴盈扠起蠻腰，大怒道：「你敢說下去！」

昌平君嚇了一跳，陪笑道：「不說不說。來！我們進去喝杯酒，以前的事，全是誤會。」

嬴盈雀躍道：「快來！」喜孜孜的在前領路。

項少龍看她美麗的背影，特別是這時代罕有的修長玉腿，禁不住有點意亂情迷。忽然間，他再不感到要應付這批女兒軍是件苦差事。在某一程度上，他有點怕回到家裡，見到任何與善柔有關的人和事。自知道善柔凶多吉少，他不住找事情來做，目的是要麻醉自己，以最刺激的方式來令自己沒閒情傷心痛苦。直至善柔遇害，他終於清楚她在他心中占去多麼重要的一個席位。那是趙倩之死後，對他最嚴重的打擊！

在近百位少女注目禮的迎接下，項少龍與昌平君隨在嬴盈粉背之後，進入大廳。項少龍那堪稱是當代最完美的體型，一身素淡瀟逸的武士服，偏是肩頭處有小片礙眼的污漬，右手握在劍柄，左手隨意在另一旁擺動，就像是首席模特兒正步過天橋，吸引在場所有人的目光。今天有份對他動粗的，見到原來他就是打動咸陽城所有女性芳心的項少龍，都看呆了眼。嬴盈逕自往自己的席位走去，與她同席另一位絕色美女，不待她回席便奔出來，拉她邊耳語，邊歸席。

項少龍與昌平君，先來到昌文君、安谷傒擺滿酒食的長几前，昌平君嘆道：「少龍終於來了，我們這兩個做哥哥的終於可以交差。」

昌文君失望地道：「少龍為何不帶紀才女來給我們一開眼界，大兄又說曾提醒過你的。」

安谷傒失笑道：「少龍！現在你該知這兩個傢伙的煩厭，幸好小弟遠行在即，忍受他兩兄弟的責任，唯有卸在項兄的肩頭上，十二萬分的抱歉。」

項少龍縱有千般煩惱，萬種傷心，在這充盈火熱青春的地方，面對眼前三位相識未久，但已瀰漫真誠味兒的朋友，耳聽後方有若搗破蜂巢的嗡嗡少女耳語聲，整天緬緊的神經，倏地放鬆，隨手抓起個酒壺，後面傳來嬴盈的嬌笑道：「千萬別喝酒！否則項統領輸掉比賽，會硬不認賬。」

項少龍愕然凝住，拿著酒壺，轉過身去，大惑不解道：「喝酒和輸贏有何關係？」

大廳靜下來，嬴盈和與她同席的美麗少女，並肩來到項少龍身前，一副挑釁惹事的刁蠻樣兒。

安谷傒在後面嘆道：「少龍現在該知道這群丫頭的厲害，若她們明刀明槍的來，勝敗分明，要宰要搶，小弟認命。偏是這麼多古靈精怪的主意，教人防不勝防。」

美麗的少女杏目一瞪，接而又笑靨如花，嘴角掛著一絲得意洋洋的表情，淡淡道：「剛陞官發財的安將軍啊！我們本來也當你在咸陽城是個人物！哼！從小到大都是那樣，輸了便賴賬，項統領才不會學你那樣，欠缺接受評選的勇氣。」

項少龍別回頭去，與安谷傒對視無奈苦笑，昌平君湊到他耳旁低聲道：「她們自封為內王廷，舉凡外王廷，嘿！即不是她們鬧著玩的那個王廷封出來的將軍，須經她們作一度評選，以決定是否有資格。」

嬴盈不耐煩地道：「少說廢話，項少龍你快出來和丹兒比拚誰好酒量。」說到「丹兒」時，神氣地翹起拇指，朝身旁的美少女指點。

項少龍的眼睛不由落到鹿丹兒的俏臉上，首次凝神打量鹿公的刁蠻孫女兒。鹿丹兒亦瞇起眼睛對他行注目禮，嘴角笑吟吟的，美目則閃動興奮、愛鬧和驕傲的神色。不過她確生得很美，年紀絕不超過十六歲，在這時代來說，剛到出嫁的年齡，可是只要看到她野在骨子裡的厲害樣兒，少點斤兩的丈夫休想制得住她。比起嬴盈，她矮了小半個頭，可是身段均勻，腰肢因大量運動的關係，沒有半點多餘脂肪，見到她的男人若不湧起摟上手溫存一下的衝動，就不是正常的。她和嬴盈渾身青春火熱、活力無限，皮膚吹彈得破，白裡透出嬌艷健康的酡紅，誘人至極。比對下嬴盈稍勝秀氣，她卻多一份艷媚。看戲看全套，項少龍慣性地目光下移，落在她傲然聳挺的酥胸。正暗讚「秦女豐隆」時，鹿丹兒粉臉微紅，垂下目光。

安谷傒正籌謀反擊之法，見狀大笑道：「哈！丹兒害羞臉紅，確是咸陽最罕有的異事。」

嬴盈愕然往身旁的拍檔望去，跺足嗔道：「丹兒！」

鹿丹兒狠狠瞪了令她失態的項少龍一眼，昂然道：「誰臉紅？只是天氣太熱吧！拿酒來！」

項少龍終摸清楚這批女兒軍只是咸陽城愛玩鬧事來自各王族大臣的貴女團，由於她們身分均非同小可，又被寵縱慣，故能「橫行無忌」，弄得人人頭痛。

當下擁出十多個嘻嘻哈哈的女孩子，搬來長几酒罎，準備戰場。

安谷傒來到項少龍旁，笑道：「你的酒量如何？這妮子的酒量可不是說著玩的。」

項少龍奇道：「為什麼要鬥酒？」

嬴盈踏前兩步，興奮地道：「凡你們男人自以為勝過我們女子的，我們都要和你拚個高低，明白沒有？」

安谷傒發出一連串嘲弄的「啐啐」聲，哂道：「神氣什麼？不過是想灌醉項統領後，再趁他醉醺醺時迫他比試，勝了便可到處宣揚，這種詭計，我安谷傒大把的有得出賣。」

鹿丹兒正心嗔安谷傒揭破她失態的事，以令人恨得牙癢癢的揶揄神態笑嘻嘻道：「敗軍之將，何足言勇？那趟射箭比輸了，不怪自己學藝不精，只懂賴在別人身上，沒有出息。」

安谷傒向項少龍苦笑道：「現在你該明白哩。」

項少龍唯有以苦笑回報。

嬴盈威風凜凜地指揮道：「除比試者外，其他人全給回席。」帶頭領著手下女兒兵們，返回席位去。

昌平君在項少龍耳旁道：「好自爲之！」與昌文君和安谷傒返席去也。

鹿丹兒有點怕項少龍的眼光，坐下來，取起放在她那方的酒罎道：「我們先喝掉一罎酒，然後到後園在月色下比箭術，快點啊！究竟你是不是男人，扭扭擰擰的！」

女兒軍那裡立時爆出一陣哄笑，交頭接耳，吵成一團。

項少龍摸摸肚皮，暗忖自己由今早到現在，沒有吃過半點東西，空肚子喝酒乃是大忌，自己又非豪飲之人，比試下必敗無疑，把心一横道：「女娃兒這麼沒有耐性，只是這項，已輸給我。」故意狠狠盯她胸脯一眼，往獨占一席的嬴盈走去，在她對面坐下，踞几大嚼起來。

嬴盈蹙起黛眉道：「你餓了多少天哩？」

衆女孩又是一陣震天嬌笑。

項少龍懶得理會她，自顧自狼吞虎嚥，同時心中奇怪，安谷傒乃好酒量的人，爲何竟喝不過一個年輕女娃兒。忽地靈機一觸，想起二十一世紀的酒吧女郎，喝的是混了水的酒，既可避免喝醉，又可多賺點錢。想到這裡，長身而起，回到「戰場」，在鹿丹兒對面坐下來，順手把身旁那罎酒拿起放到刁蠻女身前几上，指指她抱著的那罎道：「我喝你那罎酒，你喝我這罎！」全場立時變得鴉雀無聲。

鹿丹兒方寸大亂，嬌嗔道：「哪一罎都是一樣，快給本小姐喝！」

安谷傒哈哈大笑跳起來，捧腹道：「原來如此！原來如此！難怪我上次竟比輸了！」

鹿丹兒氣得俏臉通紅，怨懟地横項少龍一眼，旋又「噗哧」嬌笑，放下罎子，溜了開去。昌平君等一聲歡呼，擁出來把項少龍當作大英雄般迎回席內，比打了場勝仗更興高采烈。衆女全笑彎了腰，一點沒有因被揭破奸謀感到羞愧。

嬴盈與鹿丹兒一輪耳語後，走過來道：「這個算兩下扯平！」

昌文君奇道：「明明是少龍贏了，怎來個兩下扯平？」

嬴盈不屑地道：「二哥有眼無珠，看不到統領肩上被本小姐的靴底印下的泥漬，怎麼不是兩下扯平？要定勝負，還須重新比過。」

安谷傒奇道：「怎麼一回事！」

嬴盈橫蠻地道：「是好漢的不准賴賬，來！我們現在比力氣。」

項少龍愕然道：「比力氣！」

嬴盈嬌笑道：「當然什麼都要比，看你們還敢否整天說『弱質女流』這類不自量力的氣人話兒。」言罷返回己方去。

昌平君向項少龍道：「千萬不要輕敵，男婆子天生蠻力，咸陽城沒有多少人鬥得贏她。」

項少龍看到對席走出個生得比男人還要粗壯的女子，另有人取出長索，又畫地為界，顯是要來一次拔河競賽。項少龍心中奇怪，無論女人生得如何粗壯，總受先天所限，或可勝過一般男人，但怎都不能壓倒像昌平君這類武技強橫之輩，不由朝她的鞋子望去，又見地上有層滑粉一類的粉末狀東西，登時心中有數，昂然步出場心，向男婆子道：「為防範舞弊營私，我提議雙方脫掉鞋子，才作比拚！」

眾娘子軍靜下去，無不露出古怪神色。

嬴盈像首次認識到他般，呆瞪一回後，跺足嗔道：「又給你這傢伙看破，你讓讓人家不可以嗎？」那種嬌憨刁蠻的少女神態，連她兩個兄長都看呆眼。

話尚未完，眾女笑作一團，嘻哈絕倒，充滿遊戲的氣氛。項少龍啼笑皆非的回到席上，三位老朋友早笑得東翻西倒。

安谷傒喘著氣辛苦地道：「今晚的餞行宴眞是精采，什麼氣都出掉。」

鹿丹兒在那邊嬌呼道：「不准笑！」

雙方依言靜下來。

昌平君道：「看你們還有什麼法寶？」

這批女兒兵，只是一群愛鬧的少女，終日千方百計的去挫折男人的威風，其實並無惡意，故此人人都對她們愛憐備致，任她們胡爲。

鹿丹兒道：「假功夫比過，算項少龍你過關，現在我們來比眞功夫。」

安谷傒哂道：「還有什麼好比，你們能贏得王翦嗎？少龍至少可與老翦平分秋色，你們還是省點功夫。來！丹兒先唱一曲我安大哥聽聽，看看有沒有進步？」

鹿丹兒扮個鬼臉，不屑道：「我們剛才只是要試試項統領是否像你那般是個大蠢蛋吧！現在卻是來眞的。」

安谷傒爲之氣結。

項少龍笑道：「比什麼都可以，但題目要由我來出，否則拉倒算了。」

鹿丹兒嬌媚地道：「先說來聽聽！」

嬴盈再不敢小覷項少龍，扯扯鹿丹兒的衣袖。

鹿丹兒低聲道：「不用怕他！」

這次輪到安谷傒等爆出一陣哄笑，氣氛熱鬧之極。項少龍取起酒盅，喝了兩大口，火辣的酒灌入喉嘴裡，不由又想起善柔，心中一痛，嘆一口氣。

昌文君湊到他耳旁道：「少龍是否有心事呢？」

項少龍搖搖頭，勉力振起精神，朝鹿丹兒道：「首先我要弄清楚，妳們派何人出戰，不過無論是誰，我都當她代表妳們全體，輸是妳們全體輸，以後不准來纏我比這比那的。」

衆女聚在一起，低聲商議起來，對項少龍再不敢掉以輕心。

項少龍向擠在他那席的三人道：「射人先射馬，擒賊先擒王，你們看著吧！」

安谷傒讚嘆道：「少龍眞行，爲我們咸陽城受盡欺壓的男兒漢吐氣揚眉。」

衆女這時已有定計，嬴盈站起來，昂然道：「若是動手過招，由本小姐一應接過。不過你只可以設法打掉我的劍，不可以碰到我身體，免得傷我時，你負擔不起罪責。」

項少龍早領教夠她們爲求得勝、不講道理和公平的蠻來手段，不以爲怪道：「由你來與我動手過招嗎？好極了！讓我們先摔個跤玩兒看！」

衆女一起嘩然。

嬴盈氣得臉也紅了，怒道：「哪有這般野蠻的。」

昌平君等則鼓掌叫好。

安谷傒顯然與她們「怨隙甚深」，大笑道：「摔完跤後，盈妹子恐要退出女兒兵團，嫁入項家，否則那麼多不能碰的地方給人碰過，少龍不娶妳，怕才眞承擔不起罪責呢？」

項少龍切身體會到秦人男女間言笑不禁的開放風氣，禁不住有點悔意，若如此挑動嬴盈的芳心，日後將會有一番頭痛。另一方面卻大感刺激，似是回到了二十一世紀，與浪女們調笑挑逗的狂野日子裡。

鹿丹兒「仗義執言」道：「若是征戰沙場，自是刀來劍往，拚個死活，但眼前是席前比試，難道大夥兒互相廝扭摔角嗎？當然要比別的哩！」

眾女嘩然起，自然是幫著嬴盈，亂成一片，吵得比墟市更厲害。

項少龍一陣長笑，吸引所有人的注意力，從容道：「戰場之上，無所不用其極，例如要擒下敵酋，有時自然要借助其他手段，難道告訴對方，指明不准摔跤才動手嗎？」

眾女聽得好笑，一時忘了敵我，哄堂嬌笑，氣得鹿丹兒跺腳嬌嗔，才止住笑聲，不過偶爾忍俊不住的「噗哧」失笑，卻是在所難免。

項少龍步步進迫道：「給我拿蓆子來，你們既說男人能做到的，妳們女兒家都可做到，便莫要推三推四，徒教人笑掉牙齒。」

嬴盈先忍不住笑起來，白他一眼道：「算你厲害，不過此事尚未完結，我們暫時鳴金收兵，遲些兒再給你見識我們大秦女兒家的厲害。撤退！」

在四人目瞪口呆中，眾女轉瞬走得一乾二淨，不過沒有人泛上半點不愉之色，都是嘻嘻哈哈的，顯是對項少龍大感滿意。四人大樂，把酒談心。直至兩更天，依依不捨地結束歡聚。

項少龍與安谷傒一道離開，走在街上，項少龍收拾情懷後正容道：「有一事想請安兄幫忙！」

與他在夜靜的街道上並騎而行的安谷傒笑道：「我和少龍一見如故，喚我作谷傒便成，說出來吧！只要力所能及，我定會為少龍辦妥。」

項少龍見前後侍衛相隔不遠，壓低聲音道：「我想谷傒你為我封鎖與楚境連接的邊防，任何想與那邊通信的齊人，都給我扣留起來。」

安谷傒微震道：「少龍想對付田單嗎？」

只此一個反應迅捷的推斷，就知安谷傒能當上禁軍統領，絕非僥倖。

項少龍低聲道：「正是如此，但眞正要對付的人卻是呂不韋。儲君和鹿公均知此事，不過此乃天大祕密，有機會安兄不妨向他們求個證實。」

安谷傒道：「何須多此一舉，少龍難道陷害我嗎？這事可包在我身上。」沉吟片晌又道：「我有方法可令現時駐於楚國邊疆的齊楚兩軍，後撤十多里，這樣做會否有用處呢？」

項少龍奇道：「谷傒怎能做到此事？」

安谷傒胸有成竹道：「我們和楚人的邊境，是山野連綿的無人地帶，誰都弄不清楚邊界在那裡，大約以河道山川作分野。只要我泡製幾起意外衝突，再找來齊楚將領談判，各往後撤，那田單離開我境後，仍要走上大段道路方可與己方人馬會合，那時縱使楚境的齊人收到風聲，迫近邊界，我仍可藉他們違約之實，把他們圍起來或加以驅趕，方便少龍行事。嘿！我們大秦怕過誰來？」

項少龍大喜，與他擬定行事細則，依依分手。

回府途中，項少龍又生出來到這時代那種夢境和眞實難以分辨的感覺。想起自己由一個潦倒街頭的落魄者，變成秦始皇身邊的首席紅人，又與權傾大秦的呂不韋形成分庭抗禮之勢，現在還用盡手上籌碼，與名震千古的田單展開生死之爭，不由百感叢生。命運像一隻無形之手，引導他以與史書上的事實吻合無間的方式，創造歷史。可是史書上明明沒有他項少龍這號人物，這筆賬又該怎麼算？他的下場又是如何？他禁不住糊塗起來。

回到烏府，滕翼仍未睡覺，一個人在廳中獨自喝悶酒，沒有點燈。項少龍知他仍在傷痛善柔的噩耗，坐到他身旁，默然無語。

滕翼把酒壺遞給他道：「田單今天到相府找呂不韋，直至午飯後離開，應是向呂不韋告你的狀。後來田單又找李園，三弟一句話，嚇得田單屁滾尿流。」

項少龍灌一口酒下肚，淚水又不受控制地淌下來，沉聲道：「那就最好不過，呂不韋為安他的心，必然告訴他會在田獵時把我除去，那樣縱使李園先一步回楚，田單亦不會離開，因為他怎也要待我被害身亡，才放心經楚返齊。」

滕翼酒氣薰天地道：「我倒沒有想到這點，可見柔兒在天之靈，正在冥冥中向奸賊索命。」

項少龍問道：「嫣然那封假信起草了嗎？」

滕翼點頭道：「收到了，我立即以飛鴿傳書，寄返牧場，據嫣然說。只須一晚工夫，清叔等便能依據那封春申君給趙穆的舊信，假冒一封出來，保證李園看不出任何破綻。」

飛鴿傳書，是項少龍引進到烏家兵團的祕密武器之一，使訊息能在牧場和咸陽烏府間傳遞，最近才實際應用。

項少龍默默再喝兩口酒，抹掉眼淚沉聲道：「告訴荊俊嗎？」

滕翼道：「明天吧！總要給他知道的，他得了燕女後心情大佳，讓他多快樂一天。」旋又問道：「李園接信後，眞的會立即趕返楚國嗎？」

項少龍冷笑道：「李園之所以拿美麗的妹子出來左送右送，是為效法呂不韋女色奪權，異曲同工。若聞得考烈垂危，哪還有空理會田單，呂不韋更會慫恿他立即趕回去，進行奸謀，不過這次他要殺的卻是自以爲是第二個呂不韋的春申君，此君既可憐復可笑。」

滕翼嘆道：「三弟你愈來愈厲害，每一個環節照顧周到，絲毫不漏。」

項少龍冷笑道：「爲了善柔和二哥的血仇，我縱然粉身碎骨，也要和田單分出生死。而能否殺死莫傲，乃事情關鍵所在。否則若有此人出主意，我們可能會一敗塗地，被呂不韋藉田單來反咬我們一口。」

滕翼道：「你說的正是我擔心的問題，若呂不韋派出人馬，護送田單往楚境與齊軍會合，事情勢將非常棘手。」

項少龍胸有成竹道：「記得我和二哥說過高陵君嬴傒與趙將龐煖暗中勾結嗎？若我猜得不錯，這兩人應會在田獵這段時間內發動叛變，那時呂不韋自顧不暇，怎還有空去理會田單，只要我們令田單覺得咸陽是天下間最危險的地方，他唯有立即溜往楚境，那時我們的機會到了。」

說到這裡，天色逐漸亮起來，兩人卻半點睡意都沒有。

項少龍長身而起道：「不知如何？我心中很記掛嫣然她們，趁天色尚早，我到琴府去探望她們，二哥好應回去陪嫂子。」

滕翼哂道：「你去便去吧！我還想思索一些事情。」

琴清在園內修理花草，見項少龍天尚未全亮，摸上門來，訝異地把工具小心翼翼地放入一個精緻的銅盒子裡，著下人拿回屋內，淡然道：「她們尚未起榻，聽說項統領有夜睡的習慣，累得然妹等都慣了遲登榻，不若陪我走兩步好嗎？」

項少龍難道可說不行嗎？唯有陪她在花香滿溢、處處奇花異卉的大花園裡，漫步於穿林渡溪、連亭貫榭、縱橫交錯的小道上。鳥鳴蟬叫中，園內充滿生機。

琴清神色漠然地領路，帶點責怪的口氣道：「項統領頭髮蓬亂、衣冠不整、肩帶污漬，又兩眼通紅，滿身酒氣，是否昨晚沒有闔過眼呢？」

項少龍倒沒有想過這些問題，愕然道：「妳只偷瞥我一眼，竟能看出這麼多事來？」

琴清別過俏臉，白他一眼道：「你這人用詞既無禮又難聽，誰偷瞥你？」

項少龍聽她嗔中帶喜，知她並非眞的怪責自己，苦笑道：「我現在的頭腦仍不大清醒，唉！我這樣子實不配來見琴太傅，免得我的酒臭，污染太傅的幽香。」

琴清倏地止步，轉過身來，尙未有機會說話，宿酒未消，失魂落魄的項少龍撞入她懷裡。兩人齊聲驚呼，往後退開。

看俏臉火炙的琴清，項少龍手足無措道：「唉！眞的對不起！是我糊塗！有沒有撞痛妳呢？」說這些話時，琴清酥胸充滿彈跳力和軟如綿絮的感覺，仍清晰未褪地留在他胸膛上。

琴清狠狠橫他一眼，回復淡然的樣兒，輕輕道：「大家是無心之失，算了吧！不過舊帳卻要和你計較，一個守禮的君子，怎能隨便提及女兒家的體香呢？」

項少龍搔頭道：「我根本不是什麼君子，亦沒有興趣做君子，坦白說！我眞有點怕見琴太傅，因怕犯了無禮之罪，自己還不知道哩！」

琴清俏臉沉下來，冷冷道：「是否因爲怕見我，所以勸琴清到巴蜀去，好來個眼不見爲淨？」

項少龍大感頭痛，投降道：「只是說錯一句話吧！琴太傅到現在仍不肯放過在下嗎？不若我跪下叩頭謝罪好了。」

琴清大吃一驚，忙阻止道：「男兒膝下有黃金，哼！你在耍無賴。」

項少龍伸個懶腰，深吸一口氣，離開小路，越過花叢，到附近一條小橋下的溪流旁，跪下來，用手掬起清水，痛快地敷上臉孔。

琴清來到他身後，皺起眉頭看他粗放豪邁的動作，俏目卻閃耀大感有趣的光芒。

項少龍又用水拍濕頭髮，胡亂撥幾下，精神大振地站起來，仰望天上的藍天白雲，舉手嚷道：「今天是我項少龍餘下那半生開始的第一天，我定不可辜負它。」

琴清細唸兩遍，終把握到他的意思，嬌軀輕顫道：「難怪嫣然常說你是個深不可測的人，隨口的一句話，都可啓人深思，回味無窮。」

項少龍灼灼的目光打量她一會，笑道：「想不到無意中竟得到與琴太傅一席話的機會，可惜我有要事趕去辦，不過已心滿意足。」

琴清綻出一個罕有清甜親切的笑容，柔聲道：「是琴清的榮幸才對，其實我是有事想和項統領商量，統領可否再撥一些時間給琴清呢？」

項少龍其實並沒有什麼迫切的事，只是怕對她久了，忍不住出言挑逗，惹來煩惱。琴清魅力之大，可不是說笑的一回事。現在看到她似有情若無情的動人神態，心中一熱，衝口而出逗她道：「原來是另有正事，我還以爲琴太傅對我是特別一點。」

琴清立時玉臉生霞，杏目圓瞪，嬌嗔道：「項統領！你怎可以對琴清說輕薄話兒哩？」

嬌羞中的琴清，更是使人心動。項少龍雖有點悔意，又大感刺激。換了以前的琴清，聽到這番話，必會掩耳疾走，以後不會再見他，但現在琴清似嗔還喜的神態，適足以挑起因昨夜的情緒波動和失眠，仍是如在夢中的感覺。幸好尚有一絲理智，項少龍苦笑道：「琴太傅請勿生氣，是我糊塗，致口沒遮攔吧！」

琴清平靜下來，低聲道：「昨天太后向我提及儲妃的人選問題，還詢問我意見。」

項少龍清醒過來，微震道：「太后有什麼想法？」

琴清移前少許，到離他探手可及處俏生生立定，美目深注地道：「她說呂不韋力陳儲君迎娶楚國小公主的諸般好處，可破東方六國合縱之勢，只是因以鹿公徐先等爲首諸大臣的反對，才使她有點猶豫難決。」

項少龍不自覺地朝她移近點，俯頭細審她像不食人間煙火的清麗容顏，沉聲道：「琴太傅給她什麼意見呢？」

琴清顯然受不住他「侵略性」的距離，挪後小半步，垂頭輕輕道：「琴清對她說，政儲君年紀雖小，但很有主意和見地，何不直接問他？」

項少龍鼻端處滿是由她嬌軀傳過來的芳香，神魂顛倒地再踏前半步，柔聲道：「我猜太后定會拒絕去詢問儲君的意見。」

琴清再退後少許，訝道：「你怎猜得到的？」

項少龍忽然很想看到她受窘的羞嗔樣子，不能控制地迫前少許，使兩人間達致呼吸可聞的近距離，有點放肆地巡逡她因低垂頭，由後衣領似天鵝般探出來優美修長的粉頸，輕輕道：「這叫作賊心虛，這些天來，她儘量避免面對政儲君。」

這回琴清再沒有移後躲避，耳根卻紅透，低聲道：「琴清最怕酒氣哩！」

項少龍一震下醒過來，抹一額冷汗，知道自己差點情不自禁侵犯她，歉然退後兩步，頹然道：「我還是告退好。」

琴清抬起霞燒雙頰的玉臉，美目閃動前所未有的異采，默默地凝視他，沒有說話。

項少龍立時招架不住，手足無措道：「嘿！琴太傅為何這樣看我？」

琴清「噗哧」嬌笑道：「我想看看你為何話尚未說完，又像以前般嚷著要走？是否也是作賊心虛哩！」

項少龍暗叫聲「我的媽啊！」這與紀嫣然齊名的美女，不但丰姿獨特、高貴優雅，最引人的卻是她的內涵，每與她多接觸一次，愈覺得她美麗誘人，難以自持。他今天晨早到這裡來，是要藉紀嫣然等的魅力來沖淡心中的傷痛，而潛意識中亦有點希望見到琴清，那是一種非常複雜和矛盾的心態。正如紀嫣然所說，琴清乃秦人高高在上的一個美麗的典範、玉潔冰清的象徵，是沾惹不得的絕世佳人。但偏是她特別的地位和身分，卻使他有著偷吃禁果那無與倫比的興奮和刺激。對一個二十一世紀的人來說，那並不存在道德上的問題。琴清並非屬於秦人，而是屬於她自己。

項少龍勉強壓下內心的衝動，口上仍忍不住展開反擊，瀟灑地聳肩攤手道：「我尚未偷過任何東西，何來心虛的問題哩？」

琴清顯是控制情緒的絕頂高手，回復止水不波的雅淡，若無其事道：「項統領問心無愧便成，怎樣哩？你仍未表示對秦楚聯婚的意見啊！」

項少龍苦惱地道：「對這種事我不大在行，琴太傅可否點醒末將其中關鍵所在？」

琴清嗔道：「你這人有時精明厲害得教人害怕，像是有先見之明的異能，有時卻糊塗得可以。儲妃的問題，自是關係重大，徐先王齕均屬意鹿公的孫女鹿丹兒，好使未來的太子有純正的血統，而呂不韋則蓄意破壞他們的願望，因爲他本身並非秦人，故望能藉此事來擊破我們秦人心態上的堤防，項統領明白嗎？」

項少龍恍然大悟，說到底這仍是來自大秦的種族主義和排外的微妙情緒，對他這「外人」來說，自是沒有相干。但對秦人來說，卻是代表秦族的堅持，及與呂不韋的鬥爭，一個不好，會使小盤陷進非常不利的處境。

琴清嘆道：「我勸太后切勿倉卒決定，至少要待一段日子，看清形勢，方可以定下儲妃的人選。」

項少龍道：「這是沒有辦法中的辦法，鹿丹兒確長得很美，卻是頭雌老虎，非常厲害。」

琴清失笑道：「你終於遇上那批紅粉兵團了。」

項少龍苦笑道：「昨晚的事。」

琴清白他一眼道：「你不是陪她們通宵達旦吧！」

項少龍淡淡道：「我哪來的閒情？」

琴清低聲道：「究竟發生什麼事故，昨夜嫣然獨自一人在園內弄簫，簫音淒怨激憤，令人聞之欲淚。是否仍把琴清當作外人，不肯說出來讓人家爲你們分憂？」

項少龍淒然道：「是因剛接到故人的噩耗，不過此事只有嫣然知曉，琴太傅──」

琴清點頭道：「明白！項統領要不要去看看嫣然她們呢？該起來了吧！」

項少龍搖頭道：「我想先回衙署打個轉，若有時間再來看她們。」

琴清道：「統領最好和政儲君談談關於儲妃的事，我相信他有能力作出最好的決定。」

項少龍點頭答應，告辭去了。心中卻多添沒法說出來的悵惘，其中又隱隱然夾雜難以形容的刺激和興奮。

無論是他自己又或琴清，均曉得兩人正在一條「非常危險」的路上偷偷的走著，而雙方都快沒有自制的能力。

項少龍回到都騎衙署，腦際仍充滿對琴清的甜美回憶。亦在生著自己的氣，不是打定主意再不涉足情關嗎？但偏在善柔噩耗傳來，心情惡劣、徹夜無眠、宿酒未醒這種最不適當的時候，反情不自禁，有意無意地挑惹琴清，沒來由之極。人確是難解的動物，他對自己的行爲感到莫名其妙。假若琴清擺起一向的架子，直斥己非，那倒「相安無事」，偏是以貞潔美行名著天下的絕代佳人，也是神態曖昧。似嗔還喜、欲迎還拒。

兩人間現在那種微妙的關係，本身已具有最強大的誘惑力。

神思恍惚間，在大門處撞上荊俊，小子神祕地道：「三哥！昨夜釣到一條大魚！」

項少龍一呆道：「什麼大魚？」

荊俊得意洋洋道：「你聽過呂邦這人嗎？」

項少龍清醒了點，低聲道：「是否呂不韋的人？」

荊俊道：「不但是呂家賊子之一，還是呂雄的寶貝兒子，這傢伙不知如何，看上人家美麗的嬌妻，竟當街調戲，剛好徐先路過，才解了圍。哪知這小子心有不甘，人家小夫妻已離城避開他，色鬼仍鍥而不捨，漏夜率領十多名家將追出城去，截著人家，打傷了男的，正要對女的行淫，給我及時趕到，將他和一衆從犯當場逮捕。哈！你說這條魚夠大嗎？」

項少龍訝道：「你怎能去得那樣及時？」

荊俊更是眉飛色舞，笑道：「全賴陶公的情報組，知道此事立即通知小弟。我最清楚呂邦的性格，他看上的東西，從不肯罷休。於是乎監視他，這小子果然給逮個正著。這回確是萬分精采，秦人對奸淫之徒，刑法嚴峻，只要將呂邦解送都律所，他怎樣都逃不了刑罰，最好給他來個閹刑，只要想想呂雄心痛的樣子，可爲倩公主她們稍出一口惡氣。」

項少龍思索半晌，問道：「現在呂邦等人被扣押在那裡，相國府的人知道這件事嗎？」

荊俊拉著他穿過衙堂，往後堂走去，興奮地道：「昨夜我把有關人等，包括那對年輕夫婦，全部祕密送到這裡來，呂邦和他的人給關在牢裡。唉！不過卻有個頭痛的問題，這小子當然矢口不認，推得一乾二淨，最糟糕是那對受害的小夫妻，知道呂邦是相國府的人，慌了起來，不肯挺身作證，只是求我放他們走，說以後再不想踏足咸陽城。」

項少龍立即頭痛起來，若沒有人證，給呂邦反咬一口，可能會弄到得不償失。問道：「二哥呢？」

荊俊嘆道：「他今早的心情看來不佳，問呂邦沒夠兩句，賞他一個耳光，現在去向小夫妻軟硬兼施，眞怕他忍不住揍人。」

項少龍最明白滕翼現時的心情，忙道：「先去看二哥。」

加快腳步，隨荊俊往扣押小夫妻的內堂走去。尙未跨過門檻，傳來滕翼悶雷般的喝罵聲，守在入門處的烏言著等人，一臉無奈的神色，不用說是到現在尙沒有結果。項少龍步進等若辦公室的內堂，與那對呆立在滕翼跟前的年輕夫婦打個照面，同時愕然。

兩人叫道：「恩公！」

項少龍暗忖又會這麼巧的，原來是那天赴圖先約會，在市集遇到給惡漢追打的夫婦，當時項少龍不但給他們解圍，還義贈他們一筆錢財。

滕翼愕然道：「你們認識項大人嗎？」

項少龍誠懇地道：「這事遲點再說！賢夫婦差點為奸人所害，何故卻不肯指證他們？豈非任由惡人逍遙法外，說不定很快又有別的人遭他們的毒手。」

周良和嬌妻對望一眼後，毅然道：「只要是恩公吩咐，愚夫婦縱使為此事送命，亦不會有半點猶豫。」

滕翼大喜道：「兩位放心，事後我們會派人送兩位離去，保證沒有人可以傷害你們。」

項少龍淡然道：「最遲明天早上，賢伉儷應可遠離險境。」

就在這刻，他擬好對付呂雄的整個計畫。趙倩等人之死，呂雄是主要幫兇之一，現既有此千載一時的報復良機，他肯放過嗎？

小盤聽畢整件事，皺眉道：「犯事的只是呂邦，況且他又沒有眞的姦淫那婦女，只可將他重重打幾杖，很難眞的拿他怎樣。」

李斯笑道：「微臣看項統領胸內早有奇謀妙計！」

項少龍失笑道：「想瞞過李大人確是難比登天，我現正安排把消息巧妙地傳入他爹呂雄的耳內，騙呂雄說他的寶貝兒子犯了姦殺良家婦女的頭等大罪，只要他情急下闖進都騎衙署來要人，我或有方法教他入彀。」

小盤深思熟慮地緩緩道：「呂雄究竟是怎樣的一個人？」

項少龍和李斯對望一眼，交換心中驚異之意。這政儲君愈發不簡單，開始有自己的思考方式和見地。

項少龍從容道：「此人是個急功近利、好大喜功的庸材，自到秦國，以呂不韋之下呂族中的第二號人物自居，氣燄迫人，據聞這次他雖當上都衛副統領，卻是非常不服氣給管中邪騎在頭上，見到他也不肯致敬施禮。」

小盤訝道：「項卿竟對相府的事如此清楚？」

項少龍當然不會把與圖先的關係抖露出來，輕描淡寫道：「呂不韋可以收買我的人，臣下自不會對他客氣。」

小盤沉吟片晌，思索著道：「呂雄若是這麼一個人，確是可以利用。」轉向李斯道：「李卿家立即使人把呂不韋、鹿公、徐先、王齕、蒙驁、蔡澤、王綰等數人召入宮來議事，寡人務要令呂雄求助無門，好教他魯莽行事。」

李斯欣然領命去了。

小盤待書齋內剩下他和項少龍，露出興奮之色道：「此事鬧得愈大愈好，我可藉此事立威，一殺呂不韋的氣燄，奸賊最近得到太后的支持，趾高氣揚，竟向太后進言，要正式把他策封爲攝政大臣，確是無恥之尤。」

項少龍皺眉道：「太后怎麼說呢？」

小盤忿然道：「太后給嫪毒迷得神魂顚倒，除在師傅的事上不肯讓步外，對他總是言聽計從，曾兩次找我去說話，唉！爲了這事，我兩晚睡不安寢。」

項少龍想起在電影裡的呂不韋，人稱「仲父」。「仲」喻指的是春秋時齊國的一代賢相管仲，又含有是另一個父親的意思，乃呂不韋自比賢如管仲、又儼然以儲君父親身分自居之意。忍不住笑起來道：「那不如給他打個折扣，只封他爲仲父，順便害害他。」

小盤精神大振，連忙追問。

項少龍道：「此事必須在滴血認親後方可進行，否則會招來反效果。」

於是把「仲父」的喻意說出來，又解釋稱謂的另一個意思。

小盤皺眉道：「我豈非認賊作父嗎？」

項少龍輕鬆地道：「不外是個虛銜，全無實質的權力，卻有兩個好處。首先是安奸賊的心，教他難以提出更狂妄的要求；另一方面卻可使鹿公等對他更是不滿，由於有滴血認親如山鐵證，鹿公等大臣只會認爲是呂不韋硬把自己捧作『假王父』，使他更是位高勢危，沒有好日子過。」

小盤大訝道：「師傅爲何竟能隨意想出這麼特別的名銜？」

項少龍有點尷尬地道：「我也不知道，只是腦海裡忽然冒出這個名詞。」

小盤看他好一會，徐徐道：「此事待我想想，師傅啊！我並非不採納你的意見，只因事關重大，還該聽聽李斯的想法。」

項少龍欣然道：「儲君開始有自己的灼見，我高興還來不及，怎會不高興？看著你長大成人，已是我最大的欣慰。」起立告退道：「呂雄應接到消息，我該回去應付他。」

小盤站起來，有點難以啓齒地低聲道：「師傅可否見見母后，只有你可使母后脫離嫪毒的控制。」

項少龍苦笑道：「看看怎辦吧！」

剛離開書齋，立即給昌文君截著，這傢伙道：「少龍先原諒我洩露你行蹤的過錯，舍妹正在宮門處候你，嘿！你該知她不會有什麼好事做出來的。」

項少龍急著趕回都騎署對付呂雄，聞言嚇一跳，道：「我只好由別處溜走。」

這次輪到昌文君吃驚，道：「萬勿如此，那樣她會知是我洩露她的事，你還是去敷衍敷衍她吧！當是賣個人情給我，今晚我來找你去喝酒，以作贖罪。」

項少龍失笑道：「我聽過有對子女二十四孝的老爹，似你般對妹子二十四孝的親兄，從所未聞也。」

昌文君以苦笑回報，低聲道：「我看舍妹對少龍很有好感，當然哩！她嘴上不肯承認，但只要看到她昨晚見過你後興奮雀躍的樣子，便瞞不過她哥哥我一對銳利的眼睛。哈！她算不錯吧！」

項少龍搖頭苦笑道：「莫要說笑，先讓我去看她又有什麼耍弄我的手段。」

兩人談笑著往正宮門走去，穿廊過殿，轉入正門廣場前，昌文君溜掉。項少龍硬起頭皮往正守待他的十八鐵衛走過去，隔遠看到嬴盈和鹿丹兒兩個刁蠻秦女，正在試騎他的愛騎疾風，旁邊烏舒等鐵衛拿她們沒有半點辦法。

嬴盈隔遠看到他，一抽馬韁，朝他奔來，笑意盈盈地道：「項將軍你好，我們姊妹不服氣，又來找你較量。」

看她刁蠻可愛、充滿青春活力的誘人樣兒，項少龍眞想跳上馬背，箍著她的小蠻腰，靠貼香背，繞城痛快地馳上一個大圈，可惜此事只可在腦中想想，苦笑道：「這事何時才完結呢？」

疾風在他旁停下，伸長馬頸，把頭湊過來和他親熱。

項少龍愛憐地摟拍疾風，拉著牠和馬上的嬴盈朝鹿丹兒等人走去，苦笑道：「我認輸投降好了，大小姐可否高抬貴手，放過在下。」

嬴盈不悅道：「哪有這麼無賴的，項少龍你是否男子漢大丈夫？我不管你，快隨我們到城外去先比騎術，再比其他的。」

鹿丹兒笑著迎上來道：「是否又多個膽怯沒用的傢伙哩！」

項少龍爲之氣結，忽地心中一動道：「算我怕妳們，比什麼都可以，但我要先返衙署，處理一些事後，才陪妳們玩耍。」

嬴盈矯捷地跳下馬來，嗔道：「誰要和你玩耍？只是見你還勉強像點樣兒，本姑娘才有興趣秤秤你的斤兩。」

鹿丹兒接口道：「男人都是這樣，給點顏色當作大紅，嘿！臭美的！」

項少龍擺出毫不在乎的高姿態道：「不讓我回去衙署便拉倒，妳們不稀罕就算。」

兩女失聲道：「稀罕？」

大笑聲中，項少龍躍上馬背，大嚷道：「不管妳們要怎樣也好！弟兄們，我們回署去了。」

輕夾疾風，箭般往大門馳去。

項少龍和兩個刁蠻女跳下馬來，無不感受到衙署內有股特別的氣氛。

大堂處擠滿都騎軍，人人臉露憤慨之色，堂內隱約傳來喝罵的吵聲。

項少龍心中暗喜，領兩女往大門舉步走去，擠在入口處往裡望的都騎軍，見項少龍回來，忙讓出路來，有人低聲道：「統領，都衛的人來鬧事。」

「統領大人到」的聲音響起，項少龍在開始感到有趣的兩女陪伴下，昂然進入大堂。堂內壁壘分明。一端是以滕荊兩人爲首的十多個都騎軍高級將領，另一邊則是呂雄和二十多名都衛親兵。

項少龍使個眼色，烏舒等十八鐵衛扇形散開，堵截呂雄等人的後方。

呂雄頭也不回，冷笑道：「可以說話的人終於回來。」

這句話配合呂雄的神態姿勢，可看出他不但不將項少龍當作高上兩級的上司，甚至乎根本不把他放在眼內。

嬴盈對秦國軍制相當熟知，把小嘴湊到項少龍耳旁低聲道：「都衛不是你轄下的人嗎？」

給她如蘭的芳香口氣吹進耳內，又癢又舒服，項少龍柔聲道：「妳兩個乖乖留在這裡，不要讓他們知道，好給我作個見證。」

兩女更是興奮，並不計較項少龍吩咐的口吻，擠在入門處看熱鬧。布置妥當，項少龍來到滕荊兩人中間，對著臉如火炭般的呂雄故作驚奇道：「呂大人口中那個『可以說話的人』，未知指的是何人？」

滕翼和荊俊爲挑起他的怒火，故意哄笑起來，其他都騎軍應聲附和。

呂雄眼中閃過充滿殺機的怒火，一字一字地道：「指的當然是項統領，你不是可以話事的人嗎？」

項少龍目光一凝，毫不留情喝道：「好大膽！」

堂內的細語和笑聲，立時斂去，變得鴉雀無聲，氣氛更趨緊張。呂雄想不到項少龍竟敢對自己這個相府紅人如此不客氣，臉色大變，但又知自己確是說錯話，逾越身分，一時間失去方寸，不知如何應付。

項少龍淡淡道：「呂雄你見到本將軍，不施軍禮，已是不敬，還口出狂言，沒有上下尊卑，是否知罪？」

呂雄自有他的一套，傲然冷笑道：「統領若認爲我呂雄犯錯，大可向呂相投訴。」

在場的都騎將士，全體嘩然。

荊俊嬉皮笑臉道：「異日呂雄你若被派往沙場，是否亦只聽呂相一人的話，只有他才能管你呢？或事事派人回咸陽找呂相評理？」

都騎軍又發出一陣哄笑，夾雜嬴盈和鹿丹兒的嬌笑聲。

呂雄被人連翻哂笑，面子哪掛得住，勃然大怒道：「荊俊你算什麼東西，竟敢——」

滕翼截斷他哂道：「他若不算東西，你更不算東西，大家是副統領，說起來荊副統領還比你要高上半級。」

這些話出來，登時又是哄堂大笑，兩女竟然鼓掌叫好，一副唯恐天下不亂的樣子。呂雄和他的手下們的臉色更難看。

項少龍不容他有喘息定神的機會，大喝道：「呂雄你太放肆，給我跪下！」

堂內外處雙方近七十人，立時靜下來，屏息以待。

呂雄愕然退後一步，聲色俱厲道：「項少龍你莫要迫人太甚？」

滕翼知是時候，下令道：「人來，給項統領把違令狂徒拿下！」

衆都騎軍早摩拳擦掌，登時撲出十多人來。

呂雄目的本是來要回被扣押的寶貝兒子，豈知在項少龍等蓄意挑惹下，陷入進退維谷的境地裡，兼又一向恃著大靠山呂不韋，看不起任何人，此時怎容給人當犯人般拿著，「鏘！」的一聲拔出佩劍，失理智的狂嚷道：「誰敢動手？」

他的隨從都是來自呂族的親兵，平時橫行霸道，心想有呂不韋作後盾，哪怕你小小一個都騎統領，全體亮出兵器，布陣環護呂雄。

項少龍與滕荊兩人交換個眼色，先喝止不知應否動手的都騎兵，搖頭嘆道：「呂副統領若不立刻放下手中兵器，跪地受縛，休怪我手下不留情。」

呂雄獰笑道：「你能拿我怎樣？」

項少龍從容一笑，打出手勢。十八鐵衛敏捷一致地解下背上的弩弓，裝上勁箭，搶往戰略性的位置，瞄準敵人，把呂雄一衆硬迫往一邊牆壁。

到退無可退，呂雄醒覺過來，喝止手下們示弱的行爲，厲聲道：「項少龍！你是什麼意思？」

荊俊怪笑道：「你手上的長劍是什麼意思，我們手上的弩箭就是那種意思，你說是什麼意思？」

由於氣氛有若箭在弦上，一觸即發，沒有人敢弄出任何聲音來，只有嬴盈和鹿丹兒兩女哪理得這麼多，給荊俊的語調說話逗得「噗哧」嬌笑。

現在呂雄當然察覺到她們的存在，往入門處望去，沉聲道：「兩個女娃兒是誰？」

其中一個都騎軍的校尉官叱喝道：「竟不識兩位鼎鼎有名的女英雄嬴盈小姐和鹿丹兒小姐芳駕，呂雄你當什麼都衛副統領。」

呂雄總算有點小聰明，聞言臉色劇變，大感不對勁。若沒有都騎軍以外的人在場，無論他犯什麼錯誤，事後總可推個一乾二淨，現在當然不是那麼一回事。

項少龍鑑貌辨色，知他生出退縮之意，豈容他有反悔機會，大喝道：「呂雄你若不立即棄劍下跪，我會教你後悔莫及！」

他始終堅持呂雄下跪認錯，是要教他難以接受。

呂雄猶豫片晌，尚未有機會答話，項少龍下令道：「射腳！」

機括聲響，十八枝弩箭電射而出。

在這種距離和室內的環境裡，根本避無可避，呂雄的手下登時倒下十八個人，給勁箭透穿大腿。弩箭再次上弦架好。

呂雄雖沒有受傷，不過銳氣全消，更怕項少龍公報私仇，憤然擲下長劍，厲聲道：「算你狠！我倒要看你怎樣向呂相交待。」

他身後七名尚未受傷的手下，紛紛棄劍投降。嬴盈和鹿丹兒想不到項少龍眞敢痛下辣手，看呆美麗的大眼睛。項少龍打個手勢，都騎軍擁上去，把呂雄等八個沒有受傷的人綁個結實，硬迫他們跪下來。在咸陽城裡，都騎軍一向自視高於都衛軍，怎受得閒氣。項少龍這種敢作敢爲的手段，正大快他們心懷。

項少龍不理倒在血泊裡呻吟的人，來到呂雄面前，淡淡道：「呂副統領，這是何苦來由？令郎只不過是打傷個人，爲何要鬧得動刀動槍的？」

呂雄劇震抬頭，失聲道：「什麼？」

項少龍柔聲道：「你聽不清楚嗎？不過什麼都沒有關係。現在我和你到呂相處評評理，看看是誰不分尊卑？是誰以下犯上？」

呂雄臉上血色盡退，剎那間，他知道一時不愼下，掉進項少龍精心設計的陷阱裡。

第六章 始皇立威

咸陽宮西殿議政廳，小盤高踞三級台階最上一層的龍席，負責文書紀錄的李斯的席位設於他後側。次一層坐著太后朱姬，其他大臣分列兩旁，席地而坐。一邊是呂不韋、蔡澤、王綰和蒙驁，另一邊是徐先、鹿公、王齕三人。當討論到鄭國渠一事，昌平君神色凝重地進來稟告，說項少龍有急事求見，眾人大感愕然。小盤自然心中有數，立即命昌平君傳召項少龍。

項少龍昂然進廳，行過君臣之禮，把整件事陳說始末，然後道：「此事本屬臣下職權範圍內的事，可是呂雄口口聲聲請呂相評理，由於事關呂相清譽，臣下不敢私自處理，故報上來望由儲君、太后和呂相定奪。」

呂不韋氣得臉色發青，大怒道：「混賬傢伙現在哪裡？」

只聽這麼一句話，可知呂不韋的專橫。在眼前情況下，理該在身為儲君的小盤表示意見，方輪得到其他人說話，呂不韋如此霸氣迫人地發言，已犯不分尊卑先後之罪。而他雖然表示出對呂雄的不滿，卻仍是以家長責怪下輩的口氣，非秉公處理的態度。

小盤早有準備，從容道：「右相國請勿動氣，首先讓我們把事情弄個一清二楚。」轉向朱姬道：「太后！王兒這麼做對嗎？」

朱姬望著階下傲然挺立的項少龍，鳳目射出無比複雜的神情，又瞥了正瞪著她打眼色的呂不韋，幽幽嘆道：「照王兒的意思辦。」

在這種情況下，她只有支持自己的愛兒。鹿公徐先等露出訝異之色，想不到年輕的儲君，竟有應付複雜危機的大將之風。任何明眼人都可看出，此事牽涉到呂不韋和項少龍的鬥爭，事情可大可小。

小盤壓下心中興奮，不理呂不韋，向項少龍平靜地道：「呂邦所以尚未犯下淫行，是因及時被人揭發，故尚未得手，此乃嚴重罪行，不知項卿家是否有人證？」

項少龍道：「受害夫婦正在廳外候命，可立即召來，讓儲君問話。」

蔡澤插入道：「儲君明鑑，此等小事，儘可發往都律所處理，不用勞神。微臣認為當前急務，應是弄清楚呂副統領是否出於誤會，一時意氣下與項統領發生衝撞，致冒犯項統領。都騎都衛兩軍，乃城防兩大支柱，最重要是以和為貴，化干戈為玉帛，請儲君明察。」

這番話擺明幫呂雄，蔡澤乃前任宰相，地位尊崇，換過在一般情況，小盤會給他一點情面，但現在當然不會就此了事。本要發言的徐先和鹿公，一時間只好把到咽喉的話吞回肚內去。

呂不韋容色轉緩，當其他人除李斯和項少龍外，均以為小盤會接受蔡澤的提議，未來的秦始皇一拍龍几，昂然長身而起，負手步下龍階，直抵朱姬席前，冷然道：「蔡卿家此言差矣！我大秦自商鞅變法，將兵謹遵軍法，稟守尊卑之序，故能上令下行，士卒用命，使我軍縱橫無敵，稱雄天下。」再移前步下最低一級的台階，銳目環視眾臣，從容自若道：「若有人違反軍法，公然以下犯上，而我等卻視若罔見，此事傳開去，對軍心影響之大，誰能估計？故對此事寡人絕不會得過且過，如證實呂副統領確有犯下此等重罪，定須依軍法處置，不可輕饒。」

廳內人人聽得目瞪口呆，想不到仍是個大孩子的儲君，如此侃侃而論，言之成理，充滿一代霸主的氣概。呂不韋和朱姬像首次認識小盤般，愕然聽著。只有俯頭作卑微狀的李斯眉飛色舞，因為兩番話的撰稿人是他。

鹿公振臂喝道：「好！不愧我大秦儲君，軍令如山，賞罰分明，此正為我大秦軍屢戰不敗的憑依。」

小盤微微一笑，見人人目光全投在自己身上，不由一陣心怯，忙回到龍席坐下，稍有點洩氣地道：「眾卿有何意見？」

蔡澤被他間接臭罵一頓，怎敢作聲？噤若寒蟬地垂下頭。呂不韋雖心中大怒，對「兒子」又愛又恨，終還是不敢當眾人公然頂撞他，而事實上他亦心知肚明小儲君言之有理，唯有往朱姬望去，希望由她解圍。

朱姬明知呂不韋在求她相幫，若換過不是項少龍，她會毫不猶豫地這麼做，現在只好詐作視如不見。

蒙驁乾咳一聲，發言道：「少龍和呂副統領，均是微臣深悉的人，本不應有此事發生。照微臣猜估，其中可能牽涉到都騎都衛兩軍一向的嫌隙，而由於兩位均上任未久，一時不察，致生誤會，望儲君明鑑。」

朱姬終於點頭道：「蒙大將軍之言有理，王兒不可魯妄行事，致傷軍中和氣。」

呂不韋見朱姬終肯為他說話，鬆一口氣道：「這事可交由本相處理，保證不會輕饒有違軍法的人，儲君放心。」

小盤、項少龍和李斯三人聽得大叫不妙，一直沒有作聲的徐先長身而起，走到項少龍身旁，淡然道：「微臣想和少龍到外面走一轉，回來後始說出心中的想法，請儲君賜准！」

除項少龍三人外，其他人大為錯愕，不知他葫蘆裡賣的是什麼藥。

項少龍欣然隨徐先去後，王綰待要趁機說話，給小盤揮手阻止道：「待左相國回來再說。」

王綰想不到小盤如此威霸，只好把說話吞回肚內去。議政廳在奇異的靜默裡，眾人不由把眼光投到未來的秦始皇小盤身上，首次認識他般打量。他仍帶童稚的方臉露出冷靜自信的神色，坐得穩如泰山，龍目生芒，教人摸不透他心內的想法。朱姬首先想到的是自己的兒子長大了，這些天來，她正如項少龍久旱逢甘露的形容般，與嫪毒如膠似漆，旦旦而伐，極盡男歡女愛，好藉情慾痲醉自己，避開冷酷的現實。在她傳奇性的生命裡，最重要的四個男人是莊襄王、呂不韋、項少龍和眼前的愛兒，命運卻使她與他們形成複雜難言的關係。尤其是呂不韋下毒手害死莊襄王，使她不知如何自處，令她愧對小盤和項少龍。最要命的是切身的利益迫得她不得不與呂不韋聯成一氣，力保自己母子的地位。只有嫪毒能令她忘掉一切。在這剎那，她直覺感到與兒子間多了一道往日並不存在的鴻溝，使她再難以明白自己的儲君兒子。

呂不韋則更是矛盾，一直以來，他和小盤的「兒子」保持非常親密的關係，對他戳力栽培，望他成材，好由父子兩人統治大秦，至乎一統天下，建立萬世不朽的霸業。這亦是他要不擇手段置項少龍於死地的原因，他絕不容任何人瓜分了小盤對他的敬愛。可是他卻從未想過小盤會因王權而與他發生衝突，在這一刻，他卻清楚地感覺到。他此時仍未看破整件事是個精心設計的布局，只以為小盤在秉公處理突發的事件。呂雄的無能和愚蠢，他早心中有數，否則不會以管中邪為主，呂雄為副。諸萌命喪於項少龍之手，對他的實力造成嚴重的打擊，使他在人手上的安排上陣腳大亂，現在終給呂雄攪出個難以收拾的局面來。他此際心中想到唯一的事，是殺死項少龍，那他的霸業之夢，再不受干擾。

至於蔡澤和王綰兩個傾向呂不韋的趨炎附勢之徒，則有如給當頭棒喝，首次認識到小盤手上操縱的王權，始終凌駕於呂不韋之上，不是任由太后和權相操縱。隨著他的成長，終有一天他會成為主事的君王。

蒙驁的想法卻較為單純，他之所以有今天，全拜呂不韋所賜，對呂不韋死心塌地，現時他手中兵權之大，比之王齕有過之無不及，成為呂不韋手上最大的籌碼。無論發生什麼事，他只會向呂不韋效忠。

王齕的想法則比他複雜多了，這位秦國的大將軍是個擴張主義者和好戰的軍人，只有南征北討，方可使他感到生命的意義。此令他逐漸靠向呂不韋，因為在呂不韋膽大包天的冒險精神下，使他可以盡展所長，東侵六國。但忽然間，他體會到尚未成年的儲君，已隱焉表現出胸懷壯志、豪情蓋天的魄力和氣概，使他不得不重新考慮自己的立場。

鹿公乃軍方最德高望重的人，是個擁護正統的大秦主義者，打開始便不喜歡外人呂不韋。且由於項少龍的關係，使他釋去懷疑，深信小盤乃莊襄王的骨肉，現在見到小盤表現出色，更是打定主意，決定全力扶助未來的明主。

殿內眾人各想各的，一時間鴉雀無聲，形成怪異的氣氛和山雨欲來前的張力。頃刻後徐先和項少龍回來，項少龍到了王齕旁止立不前，剩下徐先一人直抵龍階之下。

徐項兩人施禮後，徐先朗朗發言道：「稟告儲君太后，微臣可以保證，此事非關乎都騎都衛兩軍的派系鬥爭，致生誤會衝突。」

呂不韋不悅道：「左相國憑何說得這麼有把握？」

徐先以他一向不亢不卑、瀟灑從容，令人易生好感的神態道：「呂邦在咸陽街頭，曾當眾調戲人家妻子，為微臣路過阻止，還把呂邦訓斥一頓，當時已覺呂邦心中不服。剛才微臣往外走上一轉，是要看看那對小夫妻是否微臣見過的人，現經證實無誤，可知此事有其前因後果，不是都騎裡有人誣害呂邦，製造事端。至於呂雄硬闖都騎衙署，強索兒子，先拔刀劍，以下犯上一事，更是人證俱在，不容抵賴。」

眾人至此方明白他往外走一轉的原因，蒙驁也啞口無言。呂不韋則恨不得親手捏死呂邦，經徐先的警告，這小子仍是色膽包天，幹出蠢事。

小盤冷哼一聲道：「呂邦是要在事後殺人滅口，故敢如此不把左相國的話放在心上。」

眾人心中一寒，知道年輕儲君動了殺機。此正是整個布局最微妙的地方，由於有徐先的指證，誰都不會懷疑是荊俊蓄意對付呂雄父子。

朱姬蹙起黛眉，沉聲道：「呂邦是蓄意行事，應無疑問，可是左相國憑什麼肯定呂雄確是首先拔劍，以下犯上？」

徐先淡淡道：「因爲當時嬴盈和鹿丹兒均在場，可作見證。」

鹿公一呆道：「小丹兒怎會到那裡去？」

呂不韋冷笑一聲道：「確是奇怪之極，不知少龍有何解釋？」

眾人的眼光，全集中到立於左列之末的項少龍身上。

徐先道：「微臣早問過少龍，不若把昌文君召來，由他解說最是恰當。」

小盤下令道：「召昌文君！」

守門的禁衛立時將上諭傳達。候命廳外的昌文君走進殿來，下跪稟告，把嬴盈和鹿丹兒守在宮門，苦纏項少龍比鬥一事說出來。

呂不韋的臉色變得難看之極，撲將出來，下跪道：「儲君明鑑，呂雄如此不分尊卑上下，違抗上級命令，微臣難辭罪責，請儲君一併處分。」

項少龍見呂不韋把事情攬到身上，不知如何應付，朱姬是不會容許小盤令呂不韋難以下台的。朱姬果然道：「相國請起，先讓哀家與王兒說幾句話，才決定如何處理此事。」

呂不韋心知肚明朱姬不會讓小盤降罪於他，仍跪在地上，「痛心疾首」地道：「太后請頒布處分，微臣甘心受罰！」

朱姬見他恃寵生驕，心中暗罵，偏拿他沒法，低聲對小盤道：「右相國於我大秦勞苦功高，更由於日理萬機，有時難免管不到下面的人，王兒務要看在相國臉上，從寬處理此事。」

小盤臉無表情的默然不語，好一會後在衆人期待下道：「既有右相國出面求情，呂雄父子死罪可免。但此事關係到我大秦軍心，凡有關人等，包括呂雄在內，全部革職，永不准加入軍伍。呂邦則須當衆受杖五十，以儆效尤。管中邪身為呂雄上級，治下無方，降官一級，至於統領一位，則由項卿家兼任，右相國請起。」

朱姬固是聽得目瞪口呆，呂不韋亦失了方寸，茫然站起來，一時忘掉謝恩。項少龍趨前跪倒受命，暗忖這招連消帶打，使自己直接管治都衛的妙計，必是出自李斯的腦袋。

小盤猛地立起，冷喝道：「就如此決定，退廷！」

衆人忙跪倒地上。小盤把朱姬請起來，在禁衛和李斯簇擁下高視闊步的離開。項少龍心中湧起怪異無倫的感覺，同時知道廳內一衆秦國的重臣大將，如他般終於體會到「秦始皇」睥睨天下的氣魄和手段，而他卻只還是個未成年的大孩子。

項少龍為怕給鹿丹兒和嬴盈再次糾纏，故意與鹿公、徐先、王齕等一道離開。

踏出殿門，呂不韋和蒙驁在門外候著，見到項少龍出來，迎過來道：「今天的事，全因呂雄而起，儲君雖赦他的死罪，本相卻不會對他輕饒，少龍切勿把此事放在心上。」

鹿公等大爲訝異，想不到呂不韋如此有度量。只有項少龍心知肚明因呂不韋決意在由後天開始的三天田獵期內，務要殺死自己，故意在衆人前向他示好，好讓別人不會懷疑他的陰謀。當然，那個由莫傲和管中邪兩人想出來的殺局，必定是天衣無縫，毫無破綻痕跡可尋。

項少龍裝出不好意思的樣兒，歉然道：「小將是別無他法，呂相萬勿見怪。」

呂不韋哈哈一笑，與鹿公等閒聊兩句，親熱地扯著項少龍一道離宮，氣得守在門外的鹿丹兒和嬴盈只有乾瞪眼的份兒。看著呂不韋談笑自若，像沒有發生過什麼事的神態表情，項少龍不由心中佩服。笑裡藏刀最是難防！

呂不韋堅持送項少龍一程，後者欲拒無從下，唯有坐上他的豪華座駕。

車子經過大致完成，只欠些修飾的新相國府，呂不韋躊躇志滿地指點道：「田獵大典後，我會遷到這風水福地來，此爲咸陽地運的穴眼，不過鄒老師卻說由於天星轉移，八年後地氣將會移進咸陽宮去，哈！正是儲君加冕的時刻，多麼巧！」

項少龍對風水一竅不通，對歷史卻有「未卜先知」的能耐，聞言呆起來，對鄒衍的學究天人，更是驚嘆。

呂不韋伸個懶腰，笑道：「有八年當頭的鴻運，可給我完成很多事。」

項少龍不由心中佩服，呂不韋剛打了一場敗仗，眼下卻像個沒事人般，一副生意人的本色，不怕賠本的生意，只要能從別處賺回來就行。

呂不韋忽然探手親切地摟他的肩頭，微笑道：「新相府萬事俱備，只欠位好女婿，少龍明白我的意思吧！現在你見過娘蓉，還不錯吧！我呂不韋最疼惜是這寶貝女兒。」

項少龍心中暗嘆，這將是最後一次與呂不韋修好的機會。以大商家出身的秦室權相，最初是因利益與他拉上關係，亦因利益而要以辣手對付他，現在再次把他拉攏，仍是「利益」兩個字。他可說是徹頭徹尾的功利主義者，只論利害關係，其他的可以擺在一旁。換過別人，遭到剛才的挫折，多少會有點意氣用事，他卻毫不計較，反立即對項少龍示好。以此類推，即使成爲他的女婿，又或像小盤的「親生骨肉」，在利害關係下，他均可斷然犧牲，呂雄正是個例子。項少龍直覺感到，呂不韋不但要通過小盤把秦國變成他呂家的天下，說不定還會由自己來過過做君主的癮兒。

呂不韋見他沒有斷然拒絕，只是沉吟不語，還以爲他已心動，拍拍他肩頭道：「少龍考慮一下，下回給我一個肯定的答案。無論如何，呂雄的事不用放在心上。」

馬車停下來，原來已抵達衙署正門。項少龍道謝後走下馬車，心裡明白，呂不韋將會於田獵時再問他一次，若答案是「否」的話，會按照原定計畫在田獵時對付自己。

回到衙署，人人對他肅然致敬，項少龍想到這回不但小盤立威，自己亦在都騎軍內立威，以後指揮起這些出身高貴的都騎，試問誰敢不服？滕翼和荊俊早回到署內，三人相見，禁不住大笑一番，暢快至極。呂雄的政治前途就此完蛋，實比殺他更令這滿懷野心的人難過。

滕翼笑罷，正容道：「這次連帶將管中邪都給害了，管小兒必定心中大恨。」

項少龍苦笑道：「有一事將會使我和他更是勢成水火，因爲呂不韋剛向我重提婚事，限我在下次見他時答覆。」

荊俊眨眼道：「呂娘蓉可算美人胚子，不若把她娶過來玩玩，先報點仇。」

滕翼怒喝道：「你當你三哥是什麼人？」

荊俊立時閉口。

項少龍嘆道：「這事確令人頭痛，坦言拒絕的話，呂不韋可能受不了，不過亦顧不得那麼多。」

滕翼待要說話，近衛來報，嬴盈和鹿丹兒又找上門來。

項少龍與兩女放騎馳出城門，沿官道奔下山坡，來到一望無際的平原，際此仲春時節，漫野翠綠，又有兩位刁蠻的美女作伴，不由煩憂盡去，心懷大放。

嬴盈興奮地來到他旁，指著地平處一座小山巒道：「那是著名的『歇馬坡』，山上有株參天古柏，旁有清泉，我們以那裡爲目標，誰先抵達算誰贏，以後見面，要執下屬之禮，爲期三個月。」

另一邊的鹿丹兒嬌笑道：「當然不止是比賽馬力那麼簡單，比賽者可以用任何方法，阻止對手得勝，但可不准傷害對手或馬兒，明白嗎？」

項少龍愕然道：「馬兒跑得那麼快，哪來餘暇對付別人？」

嬴盈橫他媚態橫生的一眼，長腿一夾馬腹，馳了開去，嬌笑像春風般吹回來道：「那我們便不知道哩！」

鹿丹兒同時馳出。項少龍慣了她們的「不擇手段」，更沒有時間計較兩女「偷步」，策著疾風，箭般追去。說到騎術，項少龍屬半途出家，比起王翦似可在馬背上吃飯睡覺的人，當然萬萬不及。但若只比速度，憑著疾風，應該不會輸於任何人，問題是念在兩女在倒呂雄一事上幫了個大忙，今天好應讓她們贏回一仗，好哄兩位小姐開心。在美女前認認輸，可視為一種樂趣。有這想法，再無爭雄鬥勝之心，作個樣子，遠遠吊著兩女的馬尾，朝目的地輕鬆馳去，草原山野在蹄起蹄落間往後方退去。項少龍不由想起趙雅，假若成功殺田單為善柔報仇，回來時她應抵達咸陽。經過這麼多波折，他要好好待她，使她下半生過點舒適幸福的日子。

前方兩女沒進一片疏林裡，項少龍的思索又來到琴清身上，感情是一種很奇怪的東西，往往愈是克制，誘惑力愈強大，他和琴清間的情況正是這樣。根本不用男歡女愛，只要兩人相對時那種微妙的感覺，已有偷吃禁果的動人滋味。假設永遠不逾越那道無形的界限，這種形而上之的精神偷情，實在更是美麗。問題是若有某一剎那忽然一發不可收拾，就糟糕透頂。假若仍在二十一世紀，有人告訴他自己會在美色當前時苦苦克制，他絕不會相信，現在終於發生，可知他的轉變是多麼厲害。神思飛越中，林木掩映間，人馬闖進疏林。

兩女的背影在疏林深處時隱時現，這時代的女子出奇地早熟，或者是由於十四歲已可嫁人的關係，風氣如此，像嬴盈和鹿丹兒不過十五、六歲，已是盛放的鮮花，更因自少學習騎射劍術，體態健美，比之別國美女，多添一份矯捷輕盈的味兒，要說她們不誘人，只是捫著良心說謊話。但項少龍卻絕不想招惹她們，一來是因既無暇亦無心於搞新的男女關係，尤其是鹿丹兒，更是儲妃人選之一，若他拈手，便是與小盤爭風，是他絕不肯做的事。現下並非二十一世紀，一夕之緣後可各散東西。特別是有身分地位的貴女，弄上手必須負上責任，而他項少龍現在最怕的是對美女負責任，只是個琴清，已使他手足無措，不知如何善處。

正思索間，忽感不妥。眼角黑影一閃，項少龍警覺望去，一面網子似的東西迎頭罩來，撒網的人卻躲在一叢矮樹後。項少龍本能地拔出血浪，一劍劈去。豈知網子倏地收緊，把血浪纏個結實，還往外猛扯。項少龍心中暗笑，儘管兩女加起上來，恐仍難敵自己的神力。想也不想，用力抽劍，還使下巧勁，欲順勢把特製的怪網割斷。豈知一股無可抗拒的大力狂扯而來，項少龍大惑不解時，連人帶劍給拉下馬去，跌個四腳朝天。疾風空馬馳出十多步後，停下來，回頭奇怪地瞪他。對方扯力不斷，項少龍無奈下唯有放手，任由從未脫手的佩劍被人奪走。兩女的嬌笑聲立時由草叢後傳來。

項少龍心中明白，對方藉馬兒之力，以巧計奪劍，爲之氣結，索性躺在草地上，看樹頂上的藍天白雲。不旋踵，兩女的如花玉容出現上方，俯頭往他這敗將看下來，笑得花枝亂顫，得意洋洋。

嬴盈雀躍道：「原來你這般不中用，以後我們再沒有興趣理會你。」

項少龍感受著疲倦的脊骨平躺地上舒服入心的滋味，微笑道：「不再理我嗎？小弟求之不得。」

鹿丹兒把奪得的血浪插在他臉旁，不屑道：「臭美的男人，人家稀罕你嗎？眞不明白紀嫣然爲何要嫁你，竟保不住佩劍。」

嬴盈跺足嗔道：「丹兒！你還要和他說話嗎？你是否耳朵聾了，聽不到他說恨不得我們不理睬他。走吧！以後我不要再見到他。」

鹿丹兒略作猶豫，早給氣苦的嬴盈硬扯著去了。待蹄聲遠去，疾風馳回來，低頭察看主人。項少龍苦笑坐起來，暗忖也好，怕只怕兩個刁蠻女仍不肯放過他。

嬴盈這麼受不得他的說笑，其實正因是稀罕和看重他，故份外下不了氣。就在此時，疾風露出警覺的神色，豎起兩隻耳朵。

完全基於戰士的直覺，項少龍一掌拍在疾風的馬股上，大喝道：「走！」

疾風與他心意相通，放開四蹄，往前奔去。同一時間，項少龍取劍撲地滾入剛才兩女藏身的矮樹叢中。機括聲響，十多支弩箭勁射入樹叢裡。項少龍已由另一邊滾出來，橫移到一棵大樹後，順手由腰內拔出兩枚飛針。對方應是一直跟在他們身後，俟兩女離開，現身施襲。他沒有防範之心，皆因呂不韋理該不會在這種微妙的時刻使人襲擊自己。因爲若他遇襲身亡，最大的兇嫌非他莫屬。

風聲響起，一支弩箭由左側樹後電射而來。項少龍猛一閃身，弩箭貼臉而過，插在身後樹上，其險至極。他一個翻騰，就地向箭發處滾過去。樹後的蒙面敵人正要裝上第二支弩箭，項少龍的血浪透腹而入。眼角人影閃掠，項少龍轉頭看一眼的時間也沒有，揮手擲出飛針，兩聲慘叫，先後響起。

項少龍知道不可停下來，就勢滾往一堆草叢裡，剛才立身處掠過四支弩箭，可見敵人的兇狠和置他於死地的決心。足音後方響起，來犯者不會少於二十人。項少龍收起長劍，左右手各握兩枚飛針，憑聲往後連珠擲出，又橫滾開去。一聲淒厲的慘叫由後方傳來，四枚飛針，只一枚建功。敵人紛紛找尋隱起身形的戰略地點。直到此刻，敵人仍只是以弩箭對付他，幸好敵人對他的飛針非常顧忌，不敢強攻，否則他早已送命。不過這並非辦法，敵衆我寡下，只要敵人完成包圍網，他必死無疑。他唯一的優點，是召來疾風，只要翻上馬背，便有希望逃生。

項少龍再往前滾去，快要來到另一株大樹，大腿火辣般劇痛，一枝弩箭擦腿而過，連褲子帶走大片皮肉，鮮血立時涔涔淌下。他悶哼一聲，移到樹後。步聲驟響，項少龍探頭後望，一個蒙面大漢，正持弩弓往他撲來，忙擲出飛針。那人面門中針，仰後翻倒，弩箭射到半空。三枝弩箭由樹後疾射而至，幸好他及時縮回來。鮮血不受控制地狂流出來，劇痛攻心。項少龍知道此是關鍵性的時刻，振起求生的意志，勉力往前滾去，躲到一堆亂石之後，頭腦一陣暈眩，知是失血過多的現象，忙拔出匕首，割下一截衣袖，紮緊傷腿。

敵人處傳來移動時帶動草葉的響聲。項少龍心中大愁，現在他的行動力因腿傷大打折扣，更無力在偷襲者完成包圍網前，逃出去與疾風會合。就在此時，他看到前方兩樹間連接著一條絆馬索。

項少龍心念電轉，明白是嬴盈和鹿丹兒兩女布下對付他的第二重機關。再環目一掃，竟發現另外還有兩條絆馬索，把前方去路攔著。足音再次迫來，項少龍又氣又喜，暗忖幸好疾風沒有經過此處，更知道是目下唯一的逃生機會，精神大振，跳了起來，往前狂奔而去，同時撮唇發出尖銳呼喚疾風的哨聲。風聲勁起，項少龍飛身撲過絆馬索，翻滾而去。勁箭在頭頂呼嘯而過。他再彈起來，疾風的蹄聲由遠而近。

後方一聲呼嘯，敵人再顧不得隱起身形，扇形般狂追而來。項少龍在樹叢間左穿右插，把速度提至極限，引誘敵人發放弩箭。要知爲弩弓裝上弩箭，既費力又耗時，很多時還要借助腳力，所以發放一箭，敵人若不想讓他溜走，必須暫時放棄裝上弩箭，好全力追趕他。少去弩箭的威脅，比的就是腳力。疾風此時出現在左前方百丈許外，全速奔來。項少龍由於腿傷的關係，走得一拐拐的，愈來愈慢，幸好不出所料，弩箭攻勢停下來，只餘下敵人急驟的奔跑聲。接著是驚呼倒地的叫響，當然是給絆馬索摔倒。

項少龍趁機大叫道：「敵人中伏！快動手！」

後方一陣混亂，疾風奔至身前，項少龍撲上馬背，打橫衝出。

順勢回頭瞥一眼，只見蒙面敵人翻倒七、八個在地上，未倒下的仍有六、七人，其中一人的身形非常眼熟，正擲出手中長劍，往疾風插來，手勁與準繩，均無懈可擊。

項少龍揮劍橫格，同時大笑道：「旦楚將軍不愧田相手下第一猛將！」一夾疾風，一片雲般飛離險境。

烏府內，滕翼親自爲他包紮傷口，駭然道：「箭只要歪上一寸，三弟莫想逃回來。」

荊俊此時回來道：「查過了！旦楚仍沒有回來，兩位刁蠻小姐安全歸家。」

項少龍皺眉苦思道：「我敢肯定今日有份與會的大臣裡，必有人與田單暗通消息，否則他怎能把握到這麼好的時機。」

一旁的陶方點頭道：「假若少龍遇害，人人以爲是呂不韋下的手，那時秦國就有難。」

荊俊插口道：「會不會眞是呂不韋通過田單向三哥下毒手，事後大可推說是別人陷害他。」

滕翼道：「應該不會，對方擺明不放過嬴盈和鹿丹兒，只因她們走早一步，沒遇上旦楚和他的人吧！」

項少龍暗吁出一口涼氣，剛才情況的凶險，乃平生僅遇，若非因兩女布下的絆馬索，再詐得敵人陣腳大亂，現在休想安坐在此。

陶方道：「幸好箭上沒有淬毒，可見由於事起倉卒，旦楚等準備不足，否則結果完全兩樣。」頓了頓又道：「只要我們查出有哪位大臣，離開議政廳後立即找田單，當知是誰與田單暗中勾結。一天找不出這人，始終是心腹之患。」

項少龍道：「我看不會那麼容易查出來，爲掩人耳目，他們會有一套祕密的聯絡手法，不愁被人看破。」

滕翼接入道：「只憑他猜到嬴盈和鹿丹兒會纏你到城外較量，可知此人不但深悉咸陽城的事，還須是與嬴盈等相當接近的人。若立論正確，呂不韋和蒙驁均該與此事無關。」

荊俊正想發表高見，烏舒奔進來道：「牧場有信到！」

項少龍大喜，取過竹筒，拔開蓋子，把一封帛書掏出來，果然是那封冒充春申君寫給李園的僞信。

衆人看過，嘆爲觀止。

陶方道：「少龍準備怎樣把僞信交到李園手上？」

項少龍微笑道：「備車，今天要由你們扶我去見鹿公。」

步下馬車，項少龍領教到滋味，當受傷的左腿踏到地上去，傷口像裂開來般痛入心脾。烏言著和另一鐵衛荊別離，忙左右扶持，朝鹿公將軍府的主宅走去。門衛訝然看他，項少龍報以苦笑，登上門階，到廳內坐下，令兩人到門外等候他。俏婢兒奉上香茗，瞪著好奇的大眼偷瞥他，有點欲言又止的樣兒。

項少龍心中奇怪，想問她時，一團黃影，旋風般由內進處衝出來，到他几前坐下，得意洋洋地看他，原來是聞風而至的鹿丹兒。

只見她小嘴一翹，神氣地道：「想不到堂堂都騎大統領，只不過摔一跤，就那麼跌斷狗腿子，眞是笑死天下人。」

項少龍看她嬌俏的模樣，苦笑道：「妳們不是打定主意不理睬沒用的手下敗將嗎？爲何丹兒小姐還這麼有興致？」

鹿丹兒微一愕然，接著大發嬌嗔道：「誰理睬你，只是你摸上門來！還要說這種話？」

項少龍微笑道：「算我不對，丹兒小姐請勿動氣。」

鹿丹兒氣鼓鼓地瞪他，向身旁掩嘴偷笑的美婢道：「看什麼！給滾進去！」

嚇得小俏婢慌忙溜掉。

此時氣氛頗爲微妙，兩人不知說些什麼話好，刁蠻美麗的少女更是進退兩難，項少龍心中一軟，爲她解圍道：「後天是田獵大典，丹兒小姐作好準備嗎？」

鹿丹兒愛理不理地道：「誰要你來管我的事。哼！你這人最不識抬舉，累得盈姐哭了，我絕不會放過你的。」

項少龍失聲道：「什麼？」

鹿丹兒愈想愈氣，怒道：「什麼什麼的？你當自己是什麼東西？我們要來求你嗎？我恨不得一劍把你殺了。」

項少龍暗自心驚，眼前的鹿丹兒，乃咸陽琴清外絕對碰不得的美女，因爲她是儲妃人選之一。愛的反面是恨，像嬴盈和鹿丹兒這種心高氣傲的貴女，份外受不起別人的冷淡，尤其這人是她們看得上眼的人。正不知說什麼好，鹿公來了。

鹿丹兒低聲道：「項少龍！我們走著瞧。」一陣風般溜掉。

鹿公在上首坐下，搖頭嘆道：「小娃子很難侍候，我也拿她沒法兒。」

項少龍唯有以苦笑回報。

鹿公正容道：「你的腿是怎麼回事？不是給丹兒弄傷吧。」

項少龍低聲把遇襲的事說出來。

鹿公勃然大怒道：「田單好膽，到這裡仍敢行兇，欺我秦國無人耶？」

項少龍道：「此事很難追究，呂不韋亦會護著他。」由懷裡掏出僞造的書信，交給鹿公過目。

鹿公看後，點頭道：「我今晚把信送到李園手上，最近有位原本在春申君府作食客的人來投靠我，就由他作信使，保證李園不會起疑心。」

項少龍大喜道：「最好哩！」

鹿公沉吟片晌，有點難以啓齒地道：「小丹眞令我心煩！」

項少龍訝道：「孫小姐有什麼問題呢？」

鹿公道：「你不知道了，近幾天小丹除你外，還找上管中邪，對他的劍法和人品氣度讚不絕口，這小子又懂討女兒家的歡心，你說我應否心煩？」

項少龍聽得心中一沉，皺眉道：「婚嫁之事，不是由你老人家作主嗎？」

鹿公搖頭道：「我大秦族自古以來，一直聚族而居，逐水草以爲生計。男女自幼習武，更有挑婿的風俗，任由女子選取配得上自己的情郎，有了孩子才論婚嫁。自商鞅變法後，情況雖有改變，但很多習慣仍保留下來，所以若丹兒眞的看上管中邪，老夫很難阻止。」

這次輪到項少龍大感頭痛。此乃管中邪打進秦人圈子的最佳方法，若給他把鹿丹兒弄上手，成爲鹿公的孫女婿，鹿丹兒固當不成儲妃，他的身分地位將大是不同，對付起來困難多了。這種男女間的事，外人無權過問。管中邪無疑是很有魅力的人，自己沒有把握在這方面勝得過他。苦笑道：「鹿公不是有意把孫小姐嫁入王宮嗎？」

鹿公嘆道：「是徐先和騰勝的主意吧，丹兒往時也有入宮陪儲君讀書，這兩天纏上管中邪，失去興致。呂不韋此招很辣，使我再不敢向太后提出丹兒的婚事。」跟著雙目閃過殺機，沉聲道：「我派人警告管中邪，若他眞的敢碰丹兒，就算有呂不韋作他靠山，我也要找人把他生剮，問題是幾乎每次都是丹兒自己送上門去，教我無計可施。」頓了頓忽道：「少龍和他交過手嗎？」

項少龍搖頭表示尙未交手。

鹿公道：「此人劍術非常厲害，昨晚在送別龍陽君的宴會上，大展神威，連敗各國著名劍手，連田單的貼身衛劉中夏都敗在他手上，大大的露了一手。現在咸陽已有傳言，說他的劍法在你和王翦之上，嘿！好小子！」

項少龍動容道：「鹿公看過他出手，覺得怎樣？」

鹿公沉聲道：「他的劍法非常怪異，以緩制快，以拙剋巧，比起你的劍法，可說各擅勝場，但我卻怕你在膂力上遜他一籌。」

項少龍開始感到管中邪對他的威脅，這種形勢極可能是莫傲一手營造出來的，此人不除，確是大患。假若嬴盈和鹿丹兒兩位咸陽城的天之驕女，給他弄上手，那他將融入秦人的權力圈子裡，對他項少龍更是不利。只要呂不韋派他再打兩場勝仗，立下軍功，更加不得了。想深一層，如果自己拒絕呂娘蓉的婚事，肯定呂不韋會把愛女嫁給管中邪，而此君將會成爲呂不韋手下的第二號人物。

是否該把他幹掉呢？那會是非常困難和危險的事，或者要和他來一趟公平的決戰，不過只是想起他比得上囂魏牟的神力，勝過連晉的劍法，項少龍便心中打鼓，難以堅持「解決」的方法。離開上將軍府，他強烈地思念妻兒和愛婢，不過礙於枴行的左腳，怕她們擔心，不得不放棄衝動。而他心深處，隱隱知道自己其實很想再見到琴清，縱使沒有肉體的接觸，只要看到她的音容笑貌，雅致的丰姿，已是最大的享受。

回到烏府，項少龍告知滕荊兩人鹿公府之行的情況，提到鹿丹兒和管中邪的事，嘆道：「呂不韋這一招實令人難以招架，男女間的事誰都插手不得，最糟是秦女風氣開放，又可自選嬌婿，父母都管她不著。」

荊俊聽得心癢癢地道：「鹿丹兒和嬴盈均為不可多得的美女，若全被管中邪弄上手，令人想起心中不服氣，唉！我說起來總是個堂堂副統領，為何她們不來尋我開心？」

滕翼沉聲道：「不要說無聊話，現時來說，我們根本沒有餘暇去理會這方面的事，亦不到我們理會，還有一天是田獵大典，我們要擬好計畫，對付莫傲，同時要應付呂不韋的陰謀。」

項少龍道：「小俊摸清楚田獵場的環境嗎？」

荊俊興奮起來，取出一卷帛圖，攤在几上，陶方剛好返來，加入他們的密議。

荊俊解釋道：「田獵場占地近百里，介於咸陽和梁山之間，一半是草原和縱橫交錯的河流，其他是山巒丘谷，營地設在田獵場最接近咸陽城東端一處高地上，涇水由東而來，橫過北方，檢閱台位於營地下方的大草原，分早獵和晚獵，如要動手，當然是在有夜色掩護時最佳。」

陶方擔心道：「少龍的腿傷，多少會有些影響。」

項少龍道：「我們是鬥智而非鬥力，而且坐在馬背上，腿傷應沒有太大影響。」

滕翼道：「田獵有田獵的規矩，首先是禁止使用弩弓，亦不准因爭逐獵物而進行私鬥，人數方面也有限制。最受人注目是第三天的晚獵，由狩獵最豐的多個單位派出人選，到西狩山行獵較量，該處盛產虎豹等猛獸，誰能取回最多的獸耳，就是勝利者。」

所謂單位，指的是軍中的單位，例如禁衛軍、都騎軍、都衛軍是三個獨立的單位，其他如上將軍府、左右丞相府，是不同的單位，用意在提拔人才，像一場比拚騎射的考試。爲展示實力和激勵鬥志，像田單這些外人亦會被邀參加，好比拚高低。

荊俊道：「布置陷阱並不困難，問題是如何把莫傲引到那裡去，這傢伙的壞心術最多，恐怕很難令他上當。」

項少龍道：「有些什麼陷阱，可否說來聽聽？」

荊俊精神大振道：「其中一著，是把一種取自蜂后的藥液沾點在莫傲身上，只要他經過蜂巢附近，保證可要他的命。」

陶方皺眉道：「若他穿上甲冑，恐怕只手臉有被螫的可能，未必致他於死。」

滕翼道：「陶公有所不知，在西狩山一處斜坡旁的叢林裡，有十多巢劇毒的地蜂，只要叮上十來口，人就要昏迷，多幾口的話，神仙難救，問題就是怎樣誆他到那裡去，因爲他只是文官，不會直接參與狩獵，此計對付管中邪反容易一點。」

陶方色變道：「這麼說，呂不韋對付少龍亦應不是太困難。」

項少龍苦笑道：「只要想想毒計是由莫傲的腦袋裡鑽出來，便知不是容易對付的，看來我應暫且拖著呂娘蓉的婚事，待殺掉莫傲，才與他計較，始是聰明的做法。」

滕翼嘆道：「三弟肯這樣做嗎？」

項少龍雙目神光一閃道：「兵不厭詐，否則就要吃大虧，或者佯作答應後我們再利用管中邪，破壞呂不韋的如意算盤，此事隨機應變好了。」

陶方省起一事道：「我差點忘了，圖先著你明天黃昏時分去會他，應有新的消息。」

滕翼長身而起道：「夜了！少龍早點休息！若仍走得一楞一楞的，怎樣去與圖先會面。」

項少龍在兩人扶持下，朝寢室走去，心中一片茫然。由與呂不韋鬥爭到現在，雖然不斷落在下風，但從沒有像這刻般的心亂如麻，無論是呂娘蓉、鹿丹兒又或嬴盈，每個都令他大感頭痛，有力難施。他清楚地感覺到，即使成功除去莫傲，管中邪仍有可能使他一敗塗地。這刻他只希望能摟著紀嫣然她們好好睡一覺，自己未來的命運實太難以逆料。

翌日起床，腿傷疼痛大減，傷口消腫。

項少龍大讚滕翼的山草藥了得，滕翼警告道：「這兩天你絕不可作激烈的動作，否則傷口爆裂，恢復期就要拖得很長了。」

項少龍心中一動道：「我想到最佳應付莫傲和管中邪陰謀的方法，是因傷退出狩獵，橫豎說起打獵，我比你們差遠了。」

滕翼笑道：「那會使很多人失望。」

又道：「牧場有消息傳來，方叔已依你的方法，製成你提議的摺疊弩弓，可收藏於衣服內不被覺察，目下仍須改良，要十多天時間始可大功告成。」

項少龍大喜，摺疊弓威力不遜於一般弩弓，卻易於收藏，是由他二十一世紀的靈活腦袋想出來的厲害玩意之一，憑仗越匠的手藝，乃改善精兵團裝備一個努力的方向，現在終告初步有成。

吃早點時，呂不韋忽然派人召他往見。項少龍想起呂娘蓉的事，大感頭痛，無奈下匆匆趕往相府。在府門處遇上前往南門都衛衙署的管中邪，後者全無異樣神態地向他執下屬之禮，笑道：「這幾天很想找項大人喝酒聊天，只恨公私兩忙，抽不出時間，今天出門遇貴人，相請不若偶遇，不如今晚由我請客，加上昌文君兄弟，大家歡敘一夜。」

由於兩人間微妙的關係，反使項少龍難以拒絕，無奈答應，裝出抱歉的神態道：「因呂雄的事，害得管大人降官一級，我……」

管中邪哈哈一笑，拉著他走到一旁低聲道：「項大人勿將此等小事放在心上，呂雄是自取其咎，怨不得任何人，小弟降職是難卸罪責。」

項少龍聽得心中生寒，此人城府之深，確教人心中懍然。定下今晚見面的時間和地點，項少龍往書齋拜見呂不韋。

呂不韋正在吃早點，著項少龍坐下與他共進早膳，肅容道：「聽城衛的報告，少龍昨天黃昏在城外遇襲，受了箭傷，究竟是怎麼一回事，知否是誰做的？」

項少龍道：「他們蒙著頭臉，不過假若我沒有猜錯，其中一人應是田單手下的猛將旦楚。」

呂不韋臉色微變，藉吃糕點掩飾心中的震盪。項少龍明白他動容的原因，因為假設田單成功，最大的嫌疑者將是他呂不韋本人，等若田單在陷害呂不韋。

項少龍索性坦然道：「田單已識破我董馬癡的身分，由於我有位好朋友落到他手上，他竟以此威脅我，幸好當時給我看穿那位朋友早給他害死，所以一時氣憤下，當著他的臉說要殺他報仇，他自然要先發制人。」

呂不韋沉吟不語，好一會道：「他怎能把時間拿捏得如此天衣無縫，就像我爲呂雄這蠢材的事，心懷不忿，派人去找你算賬的模樣。幸好當時我是和你一道離開，在時間上趕不及遣人吊著你和兩個刁蠻女，否則我也脫不掉嫌疑。」

項少龍心中佩服，呂不韋無論氣魄風度，均有使人爲之懾服、甘心向他賣命的魅力，像眼前這番話，充滿推心置腹的坦誠味道。

項少龍道：「當日在邯鄲，田單曾暗示在咸陽有與他勾結的人，還表示鱉有對付我的把握，那人當然不應是指呂相，該是昨天與會的其他六位大臣之一。」

呂不韋點頭道：「鹿公、徐先、王齕和蒙驁四人應該沒有問題，餘下的只有蔡澤和王綰兩人，其中以蔡澤嫌疑最大，說到底他仍是因我而掉了宰相之位，哼！竟然擺出一副依附於我的模樣，看我如何收拾他。」

項少龍吃了一驚道：「還是查清楚一點再作決定。」

呂不韋冷笑道：「我自有分寸，是了！娘蓉的事你決定好嗎？」

項少龍想起「無毒不丈夫」這句話，把心一橫道：「呂相如此看得起我項少龍，我怎敢不識抬舉，此事……」

就在此時，窗外傳來一聲嬌叱道：「且慢！」

兩人同時嚇一跳，愛穿紅衣的呂娘蓉像一團烈燄般推門而入，先對呂不韋道：「爹不要怪守衛有疏職守，是我不准他們出聲的。」

項少龍忙站起來行禮。

呂不韋皺眉道：「爹和項統領有密事商量，蓉兒怎可在外面偷聽？」

呂娘蓉在兩人之前亭亭玉立，嬌憨地道：「只要是有關娘蓉的終身，娘蓉就有權來聽，入鄉隨俗，秦人既有挑婿的風俗，娘蓉身為堂堂右相國之女，自應享有權利，娘蓉有逾禮嗎？」

呂不韋和項少龍面面相覷，不知應如何應付這另一個刁蠻女。

呂娘蓉眼神移到項少龍臉上，露出不屑的神情，傲然道：「若想娶我呂娘蓉為妻，首先要在各方面勝得過我，才可成為我呂娘蓉的選婿對象之一。」

呂不韋不悅道：「蓉兒！」

呂娘蓉跺足嗔道：「爹！你究竟是否疼惜女兒？」

呂不韋向項少龍攤攤手，表示無奈之意，柔聲道：「少龍人品劍術，均無可挑剔，還說爹不疼愛你嗎？」

項少龍卻是心中暗笑，剛才他並非要答應婚事，只是希望以詐語把事情拖到田獵後再說，亦好使呂不韋不疑心是他殺死莫傲，豈知曾被他拒婚的三小姐竟躲在窗外偷聽，現在到來一鬧，反正中他下懷。

呂娘蓉蓮步輕搖，婀娜多姿地來到項少龍身前，仰起美麗的俏臉打量他道：「我並沒有說一點也不喜歡他呀！只是有人更合女兒心意，除非他證明給我看他是更好的，否則休想女兒挑他為婿。」

她對著項少龍，卻是只與她爹說話，只是這態度，就知她在有冤報冤，向項少龍討回曾被拒婚的屈辱。

她雖是明媚動人，但由於與呂不韋的深仇，項少龍對她並沒有愛的感覺，微微一笑道：「三小姐心中的理想人選是誰？」

呂娘蓉小嘴微翹，惱恨地白他一眼道：「我的事哪到你來管，先讓我看看你在田獵的表現吧！」

項少龍向呂不韋苦笑道：「恐怕要教小姐失望。」

呂不韋皺眉道：「蓉兒不要胡鬧，少龍受人暗算，傷了大腿，明天……」

呂娘蓉不屑地道：「連自己都保護不了，有什麼資格作女兒的丈夫，爹！以後不可再提這檔婚事了，女兒寧死不會答應。」

嬌哼一聲，旋風般去了。項少龍心中大喜，表面當然裝出失望的神態。

呂不韋著他坐下後嘆道：「這女兒是寵壞了，少龍不須放在心上，過幾天我再和她說說看。」

項少龍忙道：「一切聽呂相吩咐！」心中卻在想要設法使管中邪知道此事，他會有方法使呂娘蓉不對他「變心」，例如把生米煮成熟飯那類手段，那自己可化解呂不韋這一招。

呂不韋沉吟片晌，低聲道：「少龍是否眞要殺死田單？」

項少龍苦笑道：「想得要命，只是相當困難，當時是氣憤衝口而出，事後才知太莽撞。」

呂不韋點點頭，苦思頃刻，待要說話，下人來報，李園有急事求見。

呂不韋大感愕然，長身而起道：「此事容我想想，然後找你商議，我要先去看看李園有什麼事？」

項少龍忍住心中喜意，站起來，李園終於中計。

離開相府，項少龍立即入宮謁見小盤，大秦的小儲君在寢宮的大廳接見他。侍候他的宮女年輕貌美，有兩三個年紀比小盤還要小，但眉目如畫，已見美人兒的坯形。

小盤和他分君臣坐好，見他對她們留神，低笑道：「是各國精挑來送給我的美人兒，全都是未經人道的上等貨色，統領若有興趣，可挑幾個回去侍候你。」

項少龍想起當日自己制止他非禮妮夫人的侍女，不禁感觸叢生，搖頭道：「儲君誤會，我只是怕你沉迷女色，有傷身體。」

小盤肯定地道：「統領放心。」伸手揮退眾宮娥，淒然道：「自娘受辱慘死，我立誓把心神全放在復仇之上，再不會把精神荒廢在女人身上。」

項少龍暗忖這或許是小盤能成爲一統天下的霸主原因之一，環顧其他六國君主王太子，誰不耽於酒色逸樂，只有小盤因母親妮夫人之死，立下復仇壯志，視身旁美女如無物。點頭道：「女人有時可調劑身心，最重要的是有節制。」

小盤道：「受教了，琴太傅常提醒我這方面的事。」又道：「聽昌文君說你受了箭傷，去探你時師傅卻早睡覺，害得我擔心一晚，究竟是怎麼一回事？」

項少龍把事情說出來，小盤亦想到呂不韋指出的問題，動容道：「這事必有內奸，否則不會曉得兩個女娃子會纏你出城比鬥？」

項少龍道：「此事交由呂不韋去煩惱。是了！昨天你擺明不聽你母后的話，事後她有沒有責怪你。」

小盤冷笑道：「她自搭上嫪毒，有點怕我，教訓是教訓幾句，還著我藉田獵的機會，把管中邪升回原職，我已答應，犯不著在小事上和她爭拗。」

提起管中邪，項少龍記起鹿丹兒的事，說了出來。

小盤眼中閃過森寒的殺機，冷然道：「呂不韋膽大包天，竟敢派人來和我爭女人，看他日後有什麼好下場。」

項少龍暗忖當然是給你迫死。順口問道：「你歡喜鹿丹兒嗎？」

小盤笑道：「她是個相當難服侍的丫頭，若論美麗，我身邊的女人比得上她的大有人在，只不過不是鹿公的孫女吧！哼！我不歡喜任人安排我的婚姻，主事的人該是我這儲君才對。」

項少龍皺眉道：「我看太后是不會由你自己拿主意的。」

小盤得意地道：「我早有應付之策。」

項少龍待要追問，李斯捧著大疊卷宗公文來奉駕。

行禮後，李斯將文件恭敬地放到几上，道：「儲君在上，微君幸不辱命，趕了兩晚夜，終弄好外史的職權，請儲君過目。」

項少龍想起外史是自己根據包公想出來給內史騰勝的新職位，想不到牽涉到這麼繁重複雜的文書工作。

小盤欣賞地望著李斯道：「那個燕國美女是否仍是完璧？」

李斯偷看項少龍一眼，尷尬地道：「微臣這兩天找不到看她一眼的時間。」

項少龍聽得一頭霧水，小盤欣然道：「大前天呂不韋送了個燕女來給寡人，寡人遂轉贈李卿家，哪知李卿家爲了公事，竟可視美色如無物，寡人非常欣賞。」

李斯忙下跪謝小盤的讚語，感動之情，逸於言表。至此項少龍明白有明君才有明臣的道理，換過別人，怎會從這種地方看出李斯的好處。

坐定後，小盤伸手按著几上的卷宗道：「此爲寡人和太后的交易，我送她的姦夫一個大官，且附贈大屋，她自然要在寡人的婚事上作出讓步。那個楚國小公主，寡人可收之爲妃嬪，至於誰作儲妃，則要待寡人正式加冕再作決定。」

項少龍心叫厲害，秦始皇加上李斯所產生的化學作用，確是擋者披靡，至少歷史已證明這是「天下無敵」的組合。

李斯關心地道：「聽說項大人受了箭傷哩！現在見到你才安心點。」

小盤插入道：「項卿不若由御醫檢視傷口好嗎？」

項少龍婉言拒絕，正要說話，昌文君來報，呂不韋偕李園求見。三人心知肚明是怎麼一回事，項少龍遂與昌文君一道離開，李斯則留下陪小盤見客。

溜出後殿門，來到御園，昌文君把項少龍拉到一角，不安道：「是我妹子不好，扯你到城外，害少龍遭人暗算。」

項少龍笑道：「怎可錯怪令妹，誰都想不到呀！」

昌文君道：「我本想找你去逛青樓，但你受傷後提早就寢。今晚由我請客，管大人說你已答應。哼！若讓我找出是誰做的，保證他人頭落地。」

項少龍道：「話不要說得這麼滿，敢對付我的人不會是善男信女，嘿！你的好妹子怎樣了？」

昌文君嘆道：「昨天由城外回來後，關上門大發脾氣，又不肯吃飯，你也知我們兄弟倆公務繁忙，爹娘又早死，我們哪來這麼多時間去哄她。」接著有點難以啓齒道：「究竟發生什麼事？」

項少龍苦笑道：「我只是承認被打敗，請她們高抬貴手再不要理會我，令妹大發嬌嗔，扯著鹿丹兒走了。」

昌平君喜上眉梢道：「看來她眞的喜歡上你，嘿！你對她有意思嗎？」

項少龍嘆道：「自倩公主慘遭不幸，我已心如死水，只希望專心爲儲君辦事，再不願有感情上的風波。」

昌平君同情地道：「三年前我的一名小妾因病過世，我也有你這種心情，不過男人是男人，很快會復原過來，或者少龍需要多點的時間，只要你不是對她全無意思就成。不過我最明白嬴盈的性格，報復心重，她定會弄些事出來，使你難過，唉！我也不知該怎麼說。」

這回輪到項少龍來安慰他，昌平君把項少龍送至宮門，兩人分手。

項少龍返回衙署，滕荊兩人均到西郊去，聯同昌文君布置明天田獵大典的事宜。

他處理一些文書工作後，有人來報，周良夫婦求見。項少龍還以爲他們今早被送離咸陽，此時知道他們仍留在衙署裡，忙著人把他們請進來。坐定後，項少龍訝道：「賢夫婦爲何仍留此不去呢？」

周良不好意思地道：「小人和內人商量過，希望追隨項爺辦事，我家三代都是以造船爲業，不知項爺有沒有用得上小人的地方？」

項少龍凝神打量兩人，見他們氣質高雅，不似普通百姓，禁不住問道：「賢夫婦因何來到咸陽？」

周良道：「實不相瞞，我們原是宋國的王族，國亡後流離失所，她……」看乃妻一眼後，赧然道：「她並非小人妻子，而是小人的親妹，爲旅途方便，故報稱夫婦。這次到咸陽來是碰碰運氣，希望可以弄個戶籍，幹點事情，安居下來。」

項少龍爲之愕然。

周良的妹子垂首道：「小女子周薇，願隨項爺爲奴爲婢，只希望大哥有出頭的日子。」

項少龍細審她的如花玉容，雖是不施脂粉、荊釵布裙，仍不掩她清秀雅逸的氣質，難怪呂邦不肯放過她，心中憐意大起，點頭道：「賢兄妹既有此意思，項某人自會一力成全，噢！快起來！折煞我也。」

兩人早拜跪地上，叩頭謝恩。項少龍這二十一世紀的人最不慣這一套，忙把他們扶起來。深談一會，手下來報，太子丹來了，項少龍命人把周良兄妹送返烏府，由陶方安置他們，到大堂見太子丹。與太子丹同來的還有大夫冷亭、大將徐夷則和風度翩翩的軍師尤之。

親衛退下後，項少龍微笑道：「太子是否接到消息？」

太子丹佩服地道：「項統領果有驚人本領，李園眞個要立即趕返楚國，不知統領使出什麼奇謀妙計？」

項少龍避而不答道：「些微小事，何足掛齒，只不知太子是否決定與項某共進退？」

太子丹識趣地沒有尋根究柢，把手遞至他身前。項少龍伸手和他緊握好一會，齊聲暢笑，兩對眼神緊鎖在一起，一切盡在不言之中。對太子丹來說，眼前最大的威脅，並非秦國，而是田單這充滿亡燕野心的強鄰。

放開手，太子丹道：「此事我不宜出面，若我把徐夷亂的五千軍馬，交與統領全權調度，未知統領是否覺得足夠？」

尤之接入道：「鄙人會追隨統領，以免出現調度不靈的情況。」

項少龍喜出望外，想不到太子丹這麼乾脆和信任自己，欣然道：「若是如此，田單休想保著項上人頭。」

又商量行事的細節，太子丹等告辭離去。項少龍心情大佳，忽然強烈地思念嬌妻愛兒和田氏姊妹，遂離開衙署，往琴府去也。

第七章　東郡民變

趕到琴府，寡婦清在大廳接待他，道：「嫣然妹她們到城外試馬，準備明天田獵時大顯身手，我有點不舒服，沒有陪她們去。」

項少龍關心地道：「琴太傅沒有事吧？」表面看來，她只是有點倦容。

琴清垂首輕搖道：「沒有什麼！只是昨夜睡不好。」抬起頭來，清澈若神的美目深深注視他道：「我有點擔心，昨天黃昏時我由王宮返來，遇上到咸陽來參加田獵的高陽君，打個招呼，他表現得很神氣，眞怕他會弄出事來。」

高陵君就是那位因華陽夫人看上莊襄王，致王位被奪的子傒。項少龍暗吃一驚，知道由於自己忙於對付田單，忽略此人。龍陽君曾說高陵君與趙使龐煖有密謀，當時並不太放在心上，究其原因，皆因沒有把龐煖當是個人物，現在給琴清提醒，不由擔心起來。

琴清道：「或者是琴清多疑，有你保護儲君，我還有什麼不放心的。」

項少龍暗忖高陵君若要公然起兵叛變，怎也過不了自己這一關，最怕是陰謀詭計，防不勝防。唔！此事應該通知呂不韋，分分他的心神，對自己亦是有利無害。他應比自己更緊張小盤的安危。

琴清見他沉吟不語，幽幽一嘆道：「昨天陪太后共膳，嫪毒整天在身旁團團轉，惡形惡狀，眞不明白太后爲何視他如珠如寶。」

項少龍苦笑道：「他是名副其實的金玉其外，敗絮其中，可惜沒有多少人像琴太傅般，可看穿其中的敗絮。」

琴清嬌軀微顫，秀眸亮起來，訝然道：「難怪嫣然妹說和你交談，永遠有新鮮和發人深省的話題兒，永遠不會聽得厭倦哩！」

項少龍心中一熱，忍不住道：「琴太傅是否有同感？」

琴清俏臉一紅，赧然白他一眼，垂下螓首，微微點頭。成熟美女的情態，動人至極。項少龍的心神被她完全吸引，又有點後悔，一時間無以爲繼，不知說什麼話好。

琴清低聲道：「項統領吃過午點嗎？」

項少龍衝口而出道：「吃過！」

琴清「噗哧」嬌笑，橫他風情萬種的一眼道：「終給我抓著統領說的謊話，現在是巳時，哪有這麼早開午膳的？不想陪琴清共膳，找個什麼公務繁忙的藉口，便不用給琴清當場揭破。」

項少龍大感尷尬，期期艾艾，一張老臉火燒般紅起來。

琴清出奇地沒有絲毫不悅，盈盈而起道：「我沒時間理你，現在琴清要把膳食送往城外給你的衆嬌妻們，項統領當然沒有空一道去吧！」

項少龍愈來愈領教到她厲害起來時咄咄逼人的滋味，囁嚅道：「確是有此事——嘿！琴太傅請見諒則個。」

琴清綻出個含蓄但大有深意的笑容，看得大開眼界的項少龍失魂落魄，又回復一貫清冷的神情，淡淡道：「項統領請！」竟是對他下逐客令。

項少龍隨著她手勢的指示，往大門走去，琴清亦步亦趨地跟在他身後，默不作聲。項少龍湧起惡作劇的念頭，倏地停下來，琴清哪想到一向謹守禮數的人有此一著，嬌呼一聲，整個嬌軀撞在他背上，那感覺要怎樣動人就那麼動人。

項少龍在這剎那間回復初到貴境時的情懷，瀟灑地回身探手挽著她不盈一捻的小蠻腰，湊到她耳旁低聲道：「琴太傅！小心走路。」

琴清不知多久沒有給男人的手探到身上來，渾體發軟，玉頰霞燒，像受驚的小鳥般抖顫，兩手伸來推他。

項少龍不敢太過份，乘機放開她，一揖到地說：「請恕項少龍無禮，琴太傅不用送客。」

在琴清一臉嬌嗔、又惱又恨的表情相送下，項少龍心懷大暢的離開。在這一刻，他恢復浪子的心情。由於縛手縛腳的關係，這些日子來他給琴清、嬴盈、鹿丹兒諸女弄得左支右絀、暈頭轉向、反擊無力，到現在終有出一口氣的感覺。想起剛才摟著她纖柔腰肢的享受，一顆心登時躍動起來。這或者就是情不自禁。忽然湧起的衝動，最是難以控制啊。

項少龍來到相府，接見他的是圖先，後者道：「平原郡發生民變，相國接到消息，立即趕入王宮見太后和儲君。」

項少龍心中一懍，平原郡是由趙國搶回來的土地，在這時候發生事情，極可能是龐煖一手策畫的，其中有什麼陰謀？呂不韋的反應，當然是立即派出大軍，趕往維護自己一手建立的郡縣，否則說不定毗鄰的上黨和三川兩郡，有樣學樣，同時叛變，若再有韓趙等國介入，形勢可能一發不可收拾，那東方三個戰略重鎮，將要化爲烏有，白費心血。爲應付這種情況，呂不韋必須把可以調動的軍隊全部派往平原郡鎮壓民變，那時咸陽將只剩下禁衛、都騎、都衛三軍。

在一般的情況下，只是三軍已有足夠力量把守咸陽城，但若在田獵之時，朱姬和小盤移駕無城可恃的西郊，勢是另一回事。假設高陵君能布下一支萬人以上的伏兵，又清楚兵力的分布和小盤的位置，進行突襲，並非沒有成功的機會。愈想愈心寒，又不便與圖先說話，遂起身告辭。圖先把他送出府門，低聲提醒他到那間民房見面，項少龍忙朝王宮趕去。

快到王宮，一隊人馬迎面而至，其中最觸目是嬴盈和鹿丹兒兩女，左右伴著管中邪。項少龍雖對兩女沒有野心，仍禁不住有點酸溜溜的感覺。兩女若論美色，可說各有千秋，但嬴盈的長腿、纖幼的腰肢和豐挺的酥胸，卻使她更爲出衆，誘人之極。兩女見到項少龍，裝出與管中邪親熱的神態，言笑甚歡，對項少龍當然是視若無睹。管中邪自不能學她們的態度，隔遠領十多名手下向他行禮致敬。

項少龍回禮後，管中邪勒馬停定，道：「平原郡出事，儲君、太后正和呂相等舉行緊急會議。」兩女隨管中邪停下來，擺出愛理不理的惱人少女神態，不屑地瞪項少龍。

項少龍心中好笑，先向她們請安，說：「管大人要到哪裡去？」

管中邪從容瀟灑地道：「兩位小姐要到西郊視察場地，下屬陪她們去打個轉，順道探訪昌文君他們，天氣和暖，出城走走是樂事。」

項少龍哈哈笑道：「有美相伴，自然是樂事。」不待兩女有所反應，策騎去了。

唉！若非與呂不韋如此關係，管中邪應是個値得結交的朋友，那時他只會爲朋友有美垂青而高興。但現在卻感到棋差一著，給管中邪占盡上風，而他則是束手無策。

抵達王宮，會議仍在議政廳內進行。

昌平君把項少龍拉到一角道：「你見到嬴盈嗎？」

項少龍點點頭。

昌平君道：「是否和管大人在一起。」

項少龍再點頭，道：「聽說是要到西郊視察田獵場的地勢。」

昌平君嘆道：「今早我給左相國徐大將軍找去訓話，要我管教妹子，不要和呂不韋的人親近，這回我是左右做人難，項大人能否救救我？」

項少龍當然明白他的意思，苦笑道：「你該知管中邪是個對女人很有辦法的人，本身條件又好，無論體魄外貌劍術談吐，均無可挑剔，明刀明槍我亦未必勝得過他，何況現在貴妹子視我如大仇人，還是聽天由命罷。」

昌平君愕然道：「怎能聽天由命，我們一輩的年輕將領，最佩服是徐先的眼光，他看的事絕錯不了，若嬴盈嫁了給管中邪，將來受到株連怎辦好。呂不韋現在的地位還及不上以前的商鞅君，他不是也要給人在鬧市中分屍嗎？外人在我大秦沒多少個有好收場的，官愈大，死得愈慘。」

項少龍倒沒從這個角度去想問題，一時間啞口無言。兩兄弟之中，以昌平君較爲穩重多智。昌文君則胸無城府，比較愛鬧事。

昌平君嘆道：「現在你該明白我擔心什麼，問題是與管中邪總算是談得來的朋友，難道去揪著他胸口，警告他不可碰嬴盈，又交代不出理由嗎。」

項少龍爲之啞然失笑，昌平君說得不錯，難道告訴管中邪，說因怕他將來和呂不韋死在一塊兒，所以不想妹子和他好？

昌平君怨道：「枉你還可以笑出來，不知我多麼煩惱。」

項少龍歉然道：「只是聽你說得有趣吧！說到婚嫁，總要你們兩位兄長點頭才能成事，管中邪膽子還沒有那麼大。」

昌平君忿然道：「像你說得那麼簡單就好，假若呂不韋為管中邪來說親，甚或出動太后，我們兩個小卒兒可以說不嗎？」

項少龍一想也是道理，無奈道：「你說這麼多話，都是想我去追求令妹吧！何不試試先行巧妙及婉轉點地警告管中邪，鹿公已這麼做了。」

昌平君苦笑道：「鹿公可倚老賣老，不講道理，四十年後我或者可學他的一套，現在卻是十萬個行不通。嘿！難道你對我妹子沒有點意思嗎？在咸陽，寡婦清外就輪到她，當然，還有我們尚未得一見的紀才女。」

項少龍失笑道：「你倒懂得算賬。」

昌平君伸手拉著他手臂道：「不要顧左右而言他，怎麼樣？」又看著他手臂道：「少龍你長得非常粗壯。」

項少龍心中實在喜歡昌平君這朋友，無奈道：「我試試看！卻不敢保證會成功。」

昌平君大喜，此時會議結束，呂不韋和蒙驁、王齕神色凝重地步下殿門，邊行邊說話。呂不韋見到項少龍，伸手召他過去。

項少龍走到一半，呂不韋與蒙王兩人分手，迎過來扯他往御園走去，低聲道：「少龍該知發生什麼事，現經商議，決定由蒙驁率兵到平原郡平定民變。王齕則另領大軍，陳兵東疆，一方面向其他三川、上黨兩郡的人示威，亦可警告三晉的人不可妄動。」再道：「這事來得真巧，倉卒間駐在咸陽的大軍都給抽空，又碰上田獵大典，少龍你有什麼想法？」

項少龍淡淡道：「高陵君謀反！」

呂不韋劇震道：「什麼？」

項少龍重複一次。

呂不韋回過神來，沉吟頃刻，來到御園內一條小橋的石欄坐下來，示意他坐在對面，皺眉道：「高陵君憑什麼策反平原郡的亂民呢？」

項少龍坐在另一邊的石欄，別過頭去看下面人工小河涓涓流過的水，隱見游魚，平靜地道：「高陵君當然沒有本領，但若勾結趙將龐煖，可做到他能力以外的事。」

呂不韋一拍大腿道：「難怪龐煖葬禮後匆匆溜掉，原來有此一著。」雙目閃過森寒的殺機，一字一字緩緩道：「高陵君！我看你是活得不耐煩。」再轉向項少龍道：「他若要動手，必趁田獵的大好良機，這事交給少龍去處置，若我猜得不錯，高陵君的人將會趁今明兩天四周兵馬調動的混亂形勢，潛到咸陽附近來，高陵君身邊的人亦不可不防，那可交給中邪應付。」

項少龍心中暗笑，想不到高陵君竟無意中幫自己一個大忙，呂不韋怎麼蠢也不會在這微妙的形勢下對付自己，這當然亦因他似是答應呂娘蓉的親事有關係。

呂不韋站起來道：「我要見太后和儲君，少龍要不時向我報告，使我清楚情況的發展。」

項少龍扮出恭敬的樣子，直至他離開，策馬出城，往西郊趕去。項少龍偕十八鐵衛抵達西門，剛好遇上紀嫣然等回城的車隊。馬車在寬敞的西門大道一旁停下，項少龍跳下馬來，先到烏廷芳、趙致、田氏姊妹和項寶兒所乘坐的馬車前問好。

烏廷芳等俏臉紅撲撲的，使項少龍感覺到她們因大量運動帶來的活力。項寶兒見到項少龍，揮小手喚爹。

趙致怨道：「你很忙嗎？」

項少龍陪笑道：「田獵後我找幾天來陪妳們。」

烏廷芳嬌憨道：「致姐莫要管他，我們和清姐遊山玩水，不知多麼寫意。」

項少龍伸手入窗擰她和項寶兒兩張同樣嫩滑的臉蛋，又關心地與田氏姊妹說幾句話，然後往另一輛馬車走去。簾子掀起來，露出紀嫣然和琴清的絕世容姿，後者俏臉微紅，狠狠的盯他，似嗔還喜，項少龍看得心跳加速。

紀嫣然露出一個千嬌百媚的甜蜜笑容，柔聲道：「你到西郊去嗎？」

項少龍點頭應是，順口向琴清道：「平原郡發生民變，平亂大軍將於明天出發，此事極可能與高陵君有關，現在呂不韋已知此事，著我全權處理，琴太傅可以放心。」

琴清抵敵不住他的目光，垂下俏臉，情況非常微妙，充滿男女間的張力。

紀嫣然嬌軀微顫，低聲道：「呂不韋近幾天是否不斷對你示好！」

項少龍想起他重提婚事，點點頭。

紀嫣然湊到他耳旁以僅可耳聞的聲音道：「他真的要殺你！所以作出種種姿態，使人不會懷疑到他身上，你若不信，可向太后和政儲君試探，當會發覺呂不韋清楚地給他們這種錯覺，唉！夫君你太易相信別人。」

項少龍心中一懍，仍有點不太相信，茫然點點頭。

紀嫣然伸手重重在他手臂捏一把，嗔道：「想想吧！以呂不韋的精明，怎會不密切監視高陵君，何須你去提醒他？高陵君如果造反，最高興的人是他哩！」

這幾句話琴清亦聽到，露出注意關懷的神色。

項少龍虎軀一震，終於醒覺過來，施禮道：「多謝賢妻指點，項少龍受教。」

紀嫣然望往琴清，後者正怔望著項少龍，被紀嫣然似能透視人心的清澈眼神射過來，作賊心虛的再次粉臉低垂。

紀嫣然嗔怪地白項少龍一眼，深情地道：「小心！」

待車隊遠去，項少龍收拾情懷，往西郊趕去，心情與剛才已是完全不同的兩回事。

出城後，項少龍策騎疾風，領十八鐵衛，沿官道往田獵場馳去。運送物資到獵場的車隊絡繹不絕，非常熱鬧。道旁是原始林區，數百年樹齡的老松、樺樹聳立遠近。離城三里許，地勢開始起伏不平，每登上丘巒，可見到涇水在東南方流過，隱見伐下的木材順水漂往下游的田獵場，以供搭建臨時營地之用。際此春夏之交，長風陣陣，拂過草原山野，令項少龍頓覺神清氣爽，耳聽樹葉對風聲的應和，心頭一片澄明。

涇河兩岸沃野千里，小河清溪，縱橫交錯。森森莽莽、草原遼闊，珍禽異獸，出沒其中。穿過一個兩邊斜坡滿布雲杉的谷地，眼前豁然開朗，涇水在前方奔流而過，林木蔥蔥鬱鬱，松樹的尖頂像無數直指天空的劍刃。在如茵的綠草坪上，搭起大大小小的營帳，井然有序，以千計的都騎和禁衛軍，正在河旁忙碌，兩道木橋，橫跨涇水。項少龍在一座小丘上停下來，縱目四顧。草浪隨風起伏，疏密有致的樹林東一遍西一塊，不時冒起丘巒，一群群的鹿、馬、羚羊等野生動物，聚在岸旁處蹓躂，不時發出鳴叫，一點不知道明天將會成為被追逐的獵物。太陽移向地西，山巒層疊高起，那就是盛產猛獸的西狩山。

項少龍暗忖若要在這種地方隱藏一支軍隊，由於有丘谷樹木的掩護，該是輕而易舉的一回事。他以專家的眼光，默默審視地勢，到心中有點把握，馳下山坡，往近河高地的主營方向奔去。犬吠馬嘶之聲，在空中蕩漾。繡有「秦」字的大纛，正隨風飄揚，與天上的浮雲爭妍鬥勝。工作中的人員，見到統領大人，均肅然致敬。與眾鐵衛旋風般馳過一座座旗幟分明，屬各有身分地位重將大臣的營房，來到高起於正中處的主營。昌文君正監督手下在四周斜坡頂設立高達兩丈的木柵，加強對主營的保護。在這平頂的小丘上，設置十多個營帳，除小盤和朱姬外，其他均是供王族之用。

項少龍跳下馬來，道：「為何現在忽然加上高木柵？時間不是緊迫點嗎？」

昌文君道：「是呂相的意思，今早接到平原郡民變的消息後，他下令我督建木柵，限我明早前完成。」

項少龍暗叫好險，紀嫣然說得不錯，呂不韋對高陵君的陰謀早智珠在握，還裝模作樣來騙他，好教他失去防備之心，以為呂不韋仍倚重他。

昌文君指著近河處的一堆人道：「兩位副統領正在那裡與獵犬戲耍為樂，我的刁蠻妹子也在該處，穿白色滾綠邊武士衣的就是她，黃紫相間的是鹿丹兒。」接著低聲道：「大哥和少龍說了嗎？」

項少龍微一點頭，道：「咸陽多年青俊彥，令妹沒一個看得上眼嗎？安谷傒是個比我更理想的人選。」

昌文君嘆道：「谷傒確是個人才，與少龍各有千秋，問題是他們自幼一起玩耍，像兄妹多過像情侶，所以從沒涉及男女之事。」頓頓續道：「我們大秦和東方諸國很不相同，婚娶前男女歡好是很平常的事，贏盈亦和不少年青小子好過，沒有一段關係是長久的，到遇上你後才認眞起來。」

項少龍哂道：「她對管中邪認眞才對，你兩兄弟硬把我架上場，做吃力不討好的事。」

昌文君陪笑道：「我兩兄弟欣賞你吧！嘿！我們都不知多麼寶貝這妹子。其實老管也不錯，看他的身手多麼矯捷，他只是錯跟呂不韋。」

遠處傳來喝采聲，管中邪戴起甲製的護臂，閃動如神地與其中一頭獵犬戲耍。

項少龍召來疾風，道：「我去了！」

昌平君忙教人牽馬來，陪他往眾人圍聚處馳去，在大隊親衛追隨下，兩人在人堆外圍處下馬。

滕翼正聚精會神觀察管中邪蹤躍的步法，見到項少龍，神色凝重地走過來，與昌文君打個招呼，示意項少龍隨他遠遠走開去，來到河邊一堆亂石旁，道：「這傢伙城府極深，在這種情況下仍可把眞正的實力收藏起來，非常可怕。」

項少龍回頭望去，點頭同意道：「他是我們所遇的劍手中最危險的人物，使人莫測高深，我從未見過他動氣或有任何震驚的表情，只是沉著的修養，我已自問不及。」

滕翼微笑道：「但你的長處卻是不會輕敵，換是荊俊，怎都不信有人可勝過他。」

項少龍笑道：「是了！這小子到哪裡去了。」

滕翼道：「探場地去了，愈能把握田獵場的形勢，愈有對付莫傲的把握，你的腿傷如何？」

項少龍道：「好多哩，仍是不宜奔走，否則會爆裂流血。」

滕翼道：「今早我給你換藥，見已消腫，以你的體質，過兩天該好的。」

項少龍欣然道：「現在我倒要多謝齊人一箭，呂不韋要殺我，怕沒那麼輕易。」

滕翼愕然道：「三弟不是說呂不韋想與你修好嗎？」

項少龍嘆一口氣，把紀嫣然的話說出來，順帶告訴他東郡民變和高陵君的事。

滕翼沉吟片晌道：「高陵君的事交由我去辦，必要時可動用我們的精兵團，這個功勞絕不能讓管中邪搶去。」

說時兩人眼角瞥見管中邪、昌文君、鹿丹兒和嬴盈等朝他們走過來，滕翼向他打個眼色，低聲道：「我去找小俊！」先一步脫身去了。

昌文君隔遠向他擠眉弄眼大聲道：「項大人，我們到箭場去試靶看，管大人有把鐵弓，聽說少點力氣都拉不開來。」

項少龍心中叫苦，昌文君當然是想製造機會，好讓他在兩女前一殺管中邪的威風，只是他卻有自知之明，他的箭術雖可列入高手之林，但實遜於王翦或滕翼，甚至及不上死鬼連晉。管中邪只要差不過連晉，出醜的會是自己。

管中邪瀟灑地舉手以示清白道：「我絕無爭勝之心，只是兩位小姐和嬴大人興致勃勃，亦想項兄給小將一開眼界。」

項少龍心中暗罵，裝出抱歉的表情道：「怕要教管大人失望，我腿上的傷口仍未復原，不宜用力，還是由管大人表演身手。」

管中邪愕然道：「請恕小將魯莽，小將見大人行走如常，還以為沒有什麼大礙。」

嬴盈俏臉一寒道：「項大人不是砌詞推搪吧！」

鹿丹兒則低聲吐出「膽小鬼！」三個字，拉著嬴盈，不屑地掉頭而去，並向管中邪嬌聲道：「管大人！我們自己去玩耍。」

管中邪謙然施禮，隨兩女去了，剩下項少龍和昌文君兩人對視苦笑。項少龍想起圖先的約會，乘機告辭，返咸陽城去。在路上想起兩女不留情面的冷嘲熱諷，並不覺得難受，只奇怪自己變了很多。以前在二十一世紀混日子，什麼都爭強鬥勝，酒要喝最多，打架從不肯認第二。現在好勝心已大大減弱，事事均從大局著想，不會計較一時的成敗得失。所以兩女雖對他態度惡劣，仍不覺得是什麼一回事。或者這就是成熟吧！

回到咸陽，趁尚有點時間，先返烏府，向陶方問得周良兄妹住處，往見兩人。他們給陶方安置在東園供鐵衛住宿的一列房舍其中之一內，環境相當不錯。項少龍舉步進入小廳，秀美的周薇正在一角踏著紡布機在織布，周良則坐在一張小几旁把弄一個似是手鐲的奇怪鐵器，見他進來，兄妹忙起立施禮。不知是否出於同情心，項少龍特別關懷他們，先向周薇笑道：「周小姐是否爲令兄織新衣哩！」

周薇俏臉倏地紅起來，垂頭「嗯！」的一聲。

項少龍大感奇怪，卻不好意思追問她畏羞的原因，坐到几子的另一邊，著兩人坐下，向周良問道：「周兄把弄的是什麼寶貝。」

周良把鐵器遞給他，道：「是供獵鷹抓立的護腕，你看！」

捋起衣袖，把左腕送至他眼下，上面縱橫交錯十多道疤痕。

項少龍大感有趣道：「原來周兄除造船外，還是養鷹的專家。只是既有護腕，爲何仍會給鷹兒抓傷了？」

周良道：「護腕是訓練新鷹時用的，到最後練得鷹兒懂得用力輕重，才算高手，這些疤痕是十五歲前給抓下來的，此後再沒有失手。」

項少龍道：「這麼說，周兄是此中高手。」

周良頹然道：「是以前的事，現在我有點愧對鷹兒，在牠們迫人的目光下，我再不敢作牠們的主人。」

項少龍思忖一會道：「由今天起，周兄再不用爲牲口奔波，更不怕被人欺負，應繼續在這方面加以發展，說不定會對我有很大幫助。」

周良興奮起來，雙目發光道：「項爺吩咐，小人無不遵從，嘿！以後喚我作小良便成，小人不敢擔當給項爺喚作周兄哩！」

項少龍正容道：「我從沒有把周兄視作外人，你不該叫我作項爺才對。敢問養鷹有什麼祕訣，要多久可培養出一隻獵鷹來，牠們可幹些什麼事？」

周良整個人立時神氣起來，傲然道：「首要之事是相鷹，只有挑得鷹中王者，能通人性，不致事倍功半。接著是耐性和苦心，養鷹必須由幼鷹養起，至少一年的時間方成。嘿！使牠打獵只是一般的小道，養鷹的最高境界，是培育出通靈的戰鷹，不但可在高空追蹤敵人，偵察虛實，還可攻擊偷襲，成爲厲害的武器。」

這回輪到項少龍興奮起來，道：「事不宜遲，周兄明天立即去尋找鷹王，我派幾個人陪你，使你行事上方便一點。」

周良欣然領命。

項少龍見時間差不多，道別離去，剛步出門口，周薇追上來道：「項大人！」

項少龍轉身微笑道：「周小姐有何指教？」

周薇垂著俏臉來至他身前，赧然道：「大哥有著落，周薇做些什麼事好哩？」

項少龍柔聲道：「令兄是養鷹高手，小姐是第一流的織女，不是各司其職嗎？」

周薇的粉臉更紅，幽幽道：「妾身希望侍候大人，請大人恩准。」

只看她神態，就知不是侍候那麼簡單，而是以身侍君，這也難怪她，自己確是她理想的對象，加上她又有感恩圖報的心意。

項少龍微微一笑道：「太委屈妳，讓我想想吧，明天再和妳說。」

周薇倔強地搖頭道：「除非項大人眞的嫌棄我，怕妾身粗手粗腳，否則妾身決意終身爲大人作牛作馬，侍候大人。」

給這樣秀色可餐的女孩子不顧一切地表示以身相許，要說不心動，實在是騙人的事，項少龍大感頭痛，暗忖暫時答應她吧！以後再看著辦。輕嘆一聲道：「眞的折煞我項少龍了，暫時照妳的話辦！不過……」

話尙未說完，周薇喜孜孜地截斷他道：「謝大人恩准！」盈盈一福，轉身跑回屋內，項少龍唯有苦笑著出門去。

到達會面的民居，圖先早在恭候，兩人見面，自是歡喜，經過大段共歷憂患的日子，他們間建立起眞正的信任和生死與共的交情。若非有圖先不時揭呂不韋的底牌，項少龍恐怕已死於非命。

圖先笑道：「少龍你對付呂雄的一手確是漂亮，使呂不韋全無還手餘地，又大失面子。回府後，老賊大發雷霆，把莫傲召去商量整個時辰，不用說是要重新部署對付你的方法。」

項少龍道：「呂雄父子如何？」

圖先道：「呂雄雖沒像兒子般皮開肉裂，卻被呂不韋當衆掌摑，臭罵一番，顏臉無存。現在給呂不韋派去負責造大渠的工作，助他搜刮民脂。最高興的人是管中邪，呂雄一向不服從他的調度，與他不和，呂雄去了，他的重要性相應提高，只要再有點表現，呂娘蓉該屬他的。」

項少龍心中一動道：「管中邪不過是求權求利，圖兄認爲有沒有可能把他爭取過來？」

圖先正容道：「千萬不要有這種想法，此人城府之深、野心之大，絕對比得上呂不韋，而且他清楚自己始終不是秦人，只有依附呂不韋，才可出人頭地。且由於連晉的事，他與你之間仇怨甚深，該沒有化解的可能，少龍還是不要在這方面白費心思。」

項少龍點頭答應，圖先乃老江湖，他的看法當然不會錯。

圖先道：「近日我密切注視莫傲的動靜，發現他使人造了一批水靠和能伸出水面換氣的銅管子，我看是要來對付你的工具。」

項少龍心中懍然，這一著確是他沒有想及的，在田獵場中，河湖密布，除涇水跨設木橋外，其他河道要靠木筏或涉水而行，若有人由水底施以暗算，以莫傲製造的特別毒器，如毒針一類的事物，確是防不勝防。深吸一口氣道：「幸好我的腿受箭傷，什麼地方都不去就成。」

圖先失笑道：「確是沒有方法中的辦法，不過卻要小心，他要對付的人裡，包括滕兄和小俊在內，若他兩人遇上不測，對你的打擊將會非常巨大。」又續道：「我雖然不知他們如何行事，但以莫傲的才智，應可製造出某種形勢，使他們有下手的機會，此事不可不防。」

項少龍暗抹一把冷汗，他倒沒有想過滕荊兩人會成爲對方刺殺的目標，現在得圖先提醒，暗責自己粗心大意。

圖先沉聲道：「莫傲最可怕的地方，是躲在背後無聲無息的暗箭傷人，又懂得保護自己，不貪虛名小利，眞乃做大事的人。」

項少龍道：「他難道沒有缺點嗎？」

圖先答道：「唯一的缺點是好色，聽說他見到寡婦清後，神魂顛倒，不過在此事上呂不韋無計可施，否則呂不韋自己早把寡婦清收入私房。我尚未告訴你，呂不韋對少龍得到紀才女，非常妒忌，不止一次說你配不上她。」又道：「比較起來，管中邪的自制力強多了，從不碰呂府的歌姬美婢，每天大部分時間用來練習騎射劍術，又廣閱兵書，日日如是，此人意志的堅定，教人吃驚。最厲害是從沒有人知道他渴望什麼，心中有何想法。他或者是比莫傲更難應付的勁敵，若有機會把他也幹掉，如此你我睡可安席。」

項少龍聽得心驚肉跳，比較起來，自己是好色和懶惰多了。像管中邪這種天生冷酷無情的人，是最可怕的對手。莫傲至少還有個弱點，是寡婦清，或者足以使他喪命。

圖先嘆道：「呂不韋的勢力膨脹得又快又厲害，每日上門拍他馬屁的官員絡繹不絕，兼之通過嫪毒間接控制太后，如此下去，秦國終有一天會成爲他呂家的天下。若非他防範甚嚴，我眞想以其人之道，還治其人之身，一杯毒酒把他殺掉。」

項少龍笑道：「嫪毐這一著，未必是好事哩！」遂把捧嫪毐以抗呂不韋的妙計說出來。

圖先聽得目瞪口呆，好一會道：「少龍你可能比莫傲更懂耍手段，嫪毐確是只顧自己、無情無義的人。」

項少龍心叫慚愧，問起呂娘蓉。

圖先道：「在呂府內，我唯一還有點好感的是這妮子，呂不韋另外的三個兒子沒有什麼用，只懂花天酒地，其他兩個女兒又貌醜失寵，只有呂娘蓉最得呂不韋歡心，誰能娶得她，等若成爲呂不韋的繼承人，若你能令她喜歡上你，將會教呂不韋非常頭痛。」

項少龍苦笑道：「縱是仇人之女，我亦不能玩弄她的感情，何況我根本爭不過管中邪，連我都覺得他很有吸引人的魅力。」

圖先道：「管中邪若想謀取一樣東西，無論是人是物，有他一套的手段，最難得是他謙恭有禮，從不擺架子，不像莫傲般難以使人接近，故甚得人心，呂娘蓉身邊的人盡給他收買，呂娘蓉更不用說，給他迷得神魂顛倒，你確是沒有機會。」旋又皺眉苦思道：「實情又似不全是這樣，自你拒婚後，三小姐反而對你因不服氣而生出興趣，她最愛劍術高明的人物，若你在這方面壓倒管中邪，說不定她會移情別戀。」

項少龍嘆道：「那可能比由他手上奪得呂娘蓉更困難，他們間是否有親密的關係。」

圖先道：「管中邪絕不會幹這種會令呂不韋不快的蠢事。」看看窗外漸暗的天色，道：「少龍這三天田獵之期，最重要的是打起精神做人，首要自保，莫要教呂不韋陰謀得逞，現在呂不韋前程最大的障礙是你，千萬別對他有任何僥倖之心。」

項少龍點頭受教，兩人分別離開。

項少龍走到街上，剛是華燈初上的時刻，咸陽城的夜生活及不上邯鄲、大梁的熱鬧，但街上仍是行人熙攘，尤其是城中青樓酒館林立的幾條大街，行人比白天還要多。約會的地點是咸陽城最大的醉風樓，是間私營的高級妓院，項少龍雖不清楚老闆是何許人，想必然是非常吃得開的人物。項少龍以前雖常到酒吧和娛樂場所混日子，但在這時代還是首次逛民營的青樓，不由泛起新鮮的感覺。穿著普通的武士服，徜徉於古代的繁華大道，既是自由寫意，又有種醉生夢死的不眞實。四年哩！小盤的秦始皇由一個只知玩樂的無知小孩，變成胸懷一統天下壯志的十七歲年輕儲君。現時東方六國沒有人把他放在眼內，注意的是呂不韋又或他項少龍，但再過十年，他們將發現是錯得多麼厲害。思索間，來到醉風樓的高牆外，內裡隱見馬車人影。守門的大漢立時把他這大紅人認出來，打躬作揖地迎他進去。

尚未登上堂階，有把熟悉的聲音在後方叫嚷道：「項大人請留步！」

項少龍認得是韓闖的聲音，訝然轉身，只見韓闖剛下馬車，朝他大步走來，到他身旁，一把扯著他衣袖往門內走去，低聲道：「好個董馬癡，把我騙苦了。」

項少龍喪失否認的氣力，暗忖自己假扮董馬癡的事，現在可能天下皆知，苦笑道：「是誰告訴你的？」

韓闖待要說話，一名衣著華麗的中年漢子，在兩位風韻極佳，打扮冶艷的年輕美女陪伴下，迎上來施禮道：「項大人首次大駕光臨，還有韓侯賞光，小人伍孚榮幸之至。」

右邊的艷女笑語如珠道：「賤妾歸燕，我們樓內的小姐聽到項大人要來的消息，人人特別裝扮，好得大人青睞。」

韓闖失聲道：「那我來竟沒有人理會嗎？」

另一位艷姝顯然和韓闖混得相當稔熟，「哎唷！」一聲，先飛兩人一個媚眼，嗔聲道：「韓侯眞懂吃醋，讓妾身來陪你好嗎？」又橫項少龍一眼道：「賤妾白蕾，項大人多多指教。」

韓闖乃花叢老手，怎肯放過口舌便宜，一拍項少龍道：「蕾娘在向項大人畫下道兒哩！否則何須大人指教？」

兩女連忙恰到好處的大發嬌嗔。伍孚大笑聲中，引兩人穿過大廳，到內進坐下，美婢忙奉上香茗，兩女則分別坐到兩人身旁。

項少龍有點摸不著頭腦爲何要坐在這裡，伍孚一拍手掌，笑道：「項大人初臨敝樓，小人特別預備一點有趣的東西，小小禮物，不成敬意。」

項少龍心中好笑，暗忖貪污賄賂之事，古今如一，自己身爲都騎大統領，等若咸陽城的治安防務首長，這些風月場所的大阿哥，自然要孝敬自己，好在有事時得到特別照顧。

韓闖笑道：「伍老闆知情識趣，項大人怎可錯失你這麼一個朋友。」

白蕾半邊身壓到韓闖背上，撒嬌地嗲聲道：「韓侯才是眞的知情識趣，我們老闆望塵莫及。」

另一邊的歸燕挨小半邊身到項少龍懷裡道：「項大人要多來坐坐，否則奴家和樓內的姑娘不會放過你呢。」

溫柔鄉是英雄塚，項少龍深切地體會到其中滋味。他這兩年來對妻妾以外的美女退避三舍，一方面固是心感滿足，更主要是怕負上感情的承擔和責任。野花最吸引人的地方，是即食的方式。大家擺明車馬，事後拍拍屁股即可走人，沒有任何負擔，確可作爲生活的調劑。只是項少龍初抵邯鄲，給人扯去官妓院，第一趟遇上素女的慘劇，在他心裡留下深刻的傷痕，使他對青樓有種敬而遠之的下意識抗拒，更怕知道樓內姑娘們淒慘的身世。不過這刻看來，私營的妓院與官妓院大不相同，充滿你情我願、明買明賣的交易氣氛。記起當年落魄的苦況，若非得陶方收留，無論是殺手或男妓，可能都要被迫去做。

歸燕湊到他耳邊道：「項大人爲何總像心不在焉的樣子，讓我找美美陪你，男人見到她，魂魄都溜了。」

項少龍暗忖爲何「美美」的名字如此耳熟，腦筋一轉，記起是嫪毒的老相好單美美，就是她把烏廷威迷住，害得他出賣家族，慘被處死，心中一陣討厭，哂道：「有隻美燕子陪我便夠，何須什麼美美醜呢？」

白蕾嬌笑道：「原來項大人也是風流人物，哄我們女兒家的手段，比得上韓侯哩！」

韓闖笑道：「項大人眞正的厲害手段，你兩個美人兒嘗到時才眞知了得哩！不用像現在般生硬的吹捧。」

接著當然是一陣笑罵。

伍孚奇道：「原來韓侯和項大人這麼熟絡的。」

項少龍和韓闖交換個會心的微笑，這時四個美婢，兩人一組，分別捧著一把長達丈半的長槍和一個高及五尺，上平下尖的鐵盾，走進內廳。項少龍大感意外，本以爲他送的必是價值連城的珍玩，誰知卻是副兵器。伍孚站起來，右手接過長槍，左手拿起護盾，吐氣揚聲，演幾個功架，倒也似模似樣，虎虎生威，神氣之極。

歸燕湊在項少龍耳旁道：「這是我們醉風樓鎮邪辟魔的寶物，三年前一個客人送贈給我們的，老闆知項大人要來，苦思良久，最後才想起來。」

項少龍暗忖哪有客人會送這種東西給青樓的，定是千金散盡，只好以兵器作抵押。在這時代裡，寶刀一類的東西，可像黃金般使用，有錢未必可買到。

韓闖起身由伍孚手中接過槍盾，秤秤斤兩，動容道：「這對傢伙最少可值十金，想不到伍老闆竟私藏寶物。」

項少龍暗讚伍孚，以兵器送贈自己，既不落於行賄的痕跡，又使自己難以拒絕，欣然站起來，接過長槍一看，只見槍身筆挺，光澤照人，隱見螺旋紋樣，槍尖處鋒利之極，鋼質特佳，這麼好的槍，還是首次得睹。

伍孚湊過來，指著槍身道：「項大人請看這裡，刻的是槍的定名。」

項少龍注意到近槍柄盡端處鑄著兩個古字，他當然看不懂。

幸好韓闖湊過頭來讀道：「飛龍！哈！好意頭！項大人得此槍後，定可飛黃騰達。」

伍孚恭敬地道：「小小意思，不成敬意。」

歸燕倚著項少龍道：「項大人啊！讓奴家親手爲你縫製一個槍袋好嗎？」

項少龍取起鐵盾，舉了兩記，試出盾質極薄，偏又堅硬非常，拿久亦不會累，心中歡喜，向伍孚道謝。

歸燕撒嬌道：「項大人仍未答奴家哩！」

伍孚笑道：「項大人又沒有拒絕，限你三天內製出槍囊，那時載著飛龍槍一併送到項大人府上去。」

歸燕緊挨項少龍一下，神情歡喜。

伍孚歉然道：「耽誤兩位大人不少時間，兩位君上和管大人正在後園雅座等候項大人，韓侯是否和項大人一道的。」

韓闖道：「我約太子丹來喝酒的，伍老闆若不介意，我想和項大人說上兩句私話。」又湊到白蕾耳旁道：「待會輪到你。」伸手到她臀部重重拍一記。

白蕾誇張地哎唷一聲。

歸燕則偎入項少龍懷裡，暱聲道：「待會記緊要奴家陪你哪！」橫他一記媚眼，和伍孚、白蕾去了，還為兩人關上門。

項少龍重新坐下，仍有點暈浪的感覺，儘使對方是虛情假意，但一個這麼懂討男人歡心的美女曲意逢迎，沒有男人不動心的。

韓闖低笑道：「伍孚這傢伙眞有手段，弄了兩個醉風樓最有騷勁的娘兒來向你灌迷湯，雖明知他在討好你，我們也要全盤受落。」

項少龍心有同感，想做清官確非易事，點頭道：「韓兄還未說為何知我是董馬癡哩！」

韓闖道：「有人見到你去見田單，若還猜不到你是誰，我也不用出來混。聽說你見完他後臉色很難看，田單則匆匆往相府找呂不韋，是否出事呢？」

項少龍對韓闖自不會像對龍陽君般信任，淡淡道：「只是言語上有點衝突吧！沒有什麼的。」

韓闖誠懇地道：「若項兄要對付田單或李園，切勿漏我的一份。」

項少龍道：「若有需要，定找侯爺幫手。」

韓闖忽地狠聲道：「項兄認識嫪毒嗎？」

項少龍記起嫪毒因偷他的小妾，迫著逃亡到咸陽來，點頭表示認識。

韓闖咬牙切齒道：「這狗雜種忘恩負義、禽獸不如，我以上賓之禮待之，哪知他不但和我最心愛的小妾夾帶私逃，還把我的小妾在途中勒死，免她成爲累贅，如此狼心狗肺的人，我恨不得將他碎屍萬段，只是他終日躲在相府，使我無從下手。」

項少龍知他仍未得悉嫪毒搭上朱姬的事，看來他在醉風樓出入，是醉翁之意不在酒，而是志在嫪毒。嘆道：「侯爺怕要死去這條心，現在嫪毒到了宮內辦事，甚得太后寵愛，你若動他半根毫毛，休想安返韓國。」

韓闖劇震一下，雙目紅起來，射出悲憤神色，好一會頹然道：「兄弟明白，明天我便返回韓國，項兄異日若有什麼用得上兄弟的地方，只要能力所及，定不會教你失望。」又低聲道：「在邯鄲時項兄已有大恩於我，到現在兄弟仍是心中感激。」

項少龍想不到他會有眞情流露的時候，忍不住道：「韓兄放心，我敢以項上人頭擔保，不出七年，嫪毒必死無葬身之地，韓兄的仇可包在我身上。」

韓闖不敢相信地看他一會，點頭道：「若這話由別人口中說出來，我必會嗤之以鼻，但出自董馬癡之口，我卻是深信不疑。」

兩人站起來，韓闖道：「晶姊現在雖搭上龐煖，但她眞正愛上的人，卻是死去的董馬癡，此事我並不打算向她揭破。」

項少龍心中一顫，腦海裡冒出趙國當今太后韓晶的艷容。

在兩名美婢引路下，項少龍經過一條長廊，踏入一座院落，前院的樂聲人聲，漸不可聞。雖在燈火之下，仍可看到院落裡種著很多花卉，布置各式各樣的盆景，幽雅寧靜，頗具心思。院落中心有魚池和假石山，綠草如茵，蟲鳴蟬唱，使人想不到竟是妓院的處所，就像回到家裡。兩個領路的美婢，不時交頭接耳，低聲說話和嬌笑，更頻頻回頭媚笑，極盡挑逗的能事。項少龍自知頗有吸引女人的魅力，加上堂堂都騎統領的身分，出來賣笑的女子，自然以能與他攀上關係為榮。自當上人人艷羨的職位，項少龍公私兩忙，接觸平民百姓的工作，讓手下去做，今天總算親身體會「民情」，感受到都騎統領的社會地位和榮耀。難怪這麼多人想當官。像蒲布、劉巢這類依附他的人，平時必然非常風光。

轉過假石山，一座兩層的獨立院落出現眼前，進口處守著十多名都衛和禁衛，是昌文君和管中邪等人的親隨，平時見慣見熟。他們雖只許站在門外，卻毫不寂寞，正和一群俏婢在打情罵俏，好不熱鬧。見項少龍單人匹馬到，肅立致敬，忍不住泛起驚訝神色。項少龍在女婢報上他的來臨聲中，含笑步進燈火通明的大廳。寬敞的大廳內，置了左右各兩個席位，放滿酒菜。管中邪、昌平君、昌文君三人各占一席，見他到來，欣然起立致禮，氣氛融洽。侍酒的美妓均跪地叩禮，態度謙卑。

管中邪笑道：「項大人遲來，雖是情有可原，卻仍先罰三杯酒，好在酒意上大家看齊，否則喝下去定鬥項大人不過。」

項少龍愈來愈發覺管中邪口才了得，言之有物，微笑道：「管大人的話像你的劍般令項某人感到難以抵擋，哪敢不從命。」

坐好，自有美人兒由管中邪那席走過來，為他斟酒。

項少龍看著美酒注進酒盃裡，晶瑩的液體，使他聯想到白蘭地，一時豪興大發，探手撫上側跪一旁為他斟酒的美妓香肩柔聲道：「小姐怎麼稱呼？」

對面的昌平君哈哈笑道：「確是咸陽城的奇聞，原來少龍竟是花叢裡的高手。」

昌文君插口道：「少龍自是高手，否則怎把紀才女收歸家有，大兄說的應是青樓的老手才對。」

美妓向項少龍拋個媚眼，含羞答答道：「奴家叫楊豫，項大人莫要忘記。」

項少龍感到整個人輕鬆起來，這幾天實在太緊張，壓得他差點透不過氣來。現在他需要的是好好享受一下咸陽聲色俱備的夜生活，忘記善柔，把自己麻醉在青樓醉生夢死、不知人間何世的氣氛裡。舉酒一飲而盡。一眾男女齊聲喝采，為他打氣。

坐在他下首的管中邪別過頭來道：「且慢，在喝第二杯酒前，請項大人先點菜。」

項少龍愕然看著几上的酒菜，奇道：「不是點好嗎？」

眾人登時哄堂大笑。

昌文君捧著肚子苦忍笑道：「點的是陪酒唱歌的美人兒，只限兩個，免至明天爬不下榻到田獵場去。」

管中邪接口道：「樓主已把最紅的幾位姑娘留下來暫不侍客，正是等項大人不致無美食可點。」

這話又惹起另一陣笑聲。

昌平君道：「我們身邊的人兒們少龍也可點來陪酒，見你是初到貴境，讓你一著如何！」

他身旁的兩女立時笑罵不依，廳內一片吵鬧。

項少龍雙手正捧著楊豫斟給他的第二盃酒，啞然失笑道：「我沒有迫你讓給我呀！勉強的事就勿做，今晚我只點歸燕姑娘陪酒，因爲頭更鐘響，小弟便要回家交差。」

旁邊的楊豫和三人旁邊的美妓、跪在後方的俏婢，一起嬌聲不依。

管中邪嘆道：「項大人除非忍心仗劍殺人，否則今晚休想本樓的姑娘肯眼睜睜放你回家睡覺。」

楊豫爲他斟第三杯酒，放輕聲音道：「讓奴家今晚爲項大人侍寢好嗎？」

項少龍把酒一飲而盡，苦笑道：「非不願也，是不能也，小弟腿傷未癒，實在有心無力，請各位仁兄仁姐體諒。」

管中邪歉然道：「是我們腦筋不靈光，應全體受罰酒。」

項少龍心中暗罵，你這小子分明想藉此測探我腿傷的輕重，表面當然不露痕跡，敬酒聲中，舉盃喝了。

楊豫低聲道：「大人莫忘還要再來找奴家。」這才跪行著，垂頭倒退回管中邪的一席去，動作誘人之極。

昌文君道：「有一個菜式少龍不能不點，否則我兩兄弟和管大人都會失望，就是咸陽城無人未聞芳號的單美美姑娘。」

項少龍知管中邪正注視他對名字的反應，好用來判斷他是否知道單美美媚惑烏廷威一事，故意不露出任何破綻，啞然失笑道：「我是身在咸陽耳在別處，爲何我從未聽過有這麼一位美人兒？」

妒忌單美美的衆女登時爲他喝采鼓掌，情況混亂熱鬧。

管中邪咋舌道：「幸好單美美的耳朵不在這裡，否則休想她肯來，可能以後聽到項大人的大名，她都要掩香耳報復。人來！給項大人請歸燕小姐和單美美兩位美人來。今晚我是主人，自然該以最好的東西奉客。」

這幾句話雖霸道點兒，卻使人聽得舒服，無從拒絕。俏婢領命去了。

管中邪大力拍三下手掌，廳內立時靜下來。坐在門旁的幾位女樂師雖上了點年紀，但人人風韻猶存，頗具姿色，難怪醉風樓被稱為咸陽青樓之冠。若非他們在此地有頭有面，恐怕沒有資格坐在這裡。女樂師應命奏起悠揚的樂韻，大廳左右兩邊側門敞開，一群歌舞妓載歌載舞地奔出來，輕紗掩映著內裡無限的春色，像一群蝴蝶般滿場飄飛，悅目誘人，極盡聲色之娛。項少龍細察她們，年紀在十八、九歲間，容貌姣好，質素極佳。在這戰爭的年代裡，重男輕女，窮苦人家每有賣女之舉，項少龍初遇陶方，後者正四處搜羅美女，眼前的年青歌姬，可能是這麼來的。想到這裡，不禁想起病逝的婷芳氏，心中一陣淒苦，恨不得立即離去。神思恍惚中，樂聲悠悠而止，眾歌姬施禮後返回側堂。美婢上來為各人添酒。

門官唱道：「歸燕姑娘到！」

項少龍收拾情懷，朝盈盈步入廳內的歸燕看去，暗忖這個名字應有點含意，說不定歸燕是別處人，思鄉情切下，取此名字。

歸燕逐一向各人拜禮，喜孜孜走到項少龍一席坐下來，眾女均露出艷羨神色。

項少龍尚未有機會說話，歸燕已膝行而至，半邊身緊挨著項少龍，為他斟酒，笑臉如花道：「大人恩寵，奴家先敬大人一杯！」

管中邪三人立時大笑起來。

昌文君道：「這叫迷湯酒湯雙管齊下，少龍小心今晚出不了醉風樓，腿傷發作哩！」

歸燕吃驚道：「大人的腿受傷嗎？」

項少龍嗅著由她嬌軀傳來的衣香髮香，暗忖女人的誘惑力不可小覷，尤其當她蓄意討好和引誘你的時候，當日趙穆便強迫趙雅用春藥來對付自己，美人計是古今管用。想到這裡，記起當說起單美美時管中邪看望自己的眼神，登時暗裡冒出冷汗。自己眞的疏忽大意，若剛才的酒下了毒，自己豈非已一敗塗地。莫傲乃下毒高手，說不定有方法使毒性延遲幾天發作，那時誰都不會懷疑是管中邪使人作的手腳。

歸燕見他臉色微變，還以爲他的腿傷發作，先湊唇淺喝一口酒，送至他嘴邊道：「酒能鎭痛，大人請喝酒。」

項少龍見她眞的喝一口，放下心來，湊在她手上淺喝一口。同時心念電轉，要收買青樓的姑娘來對付自己這都騎統領，絕非易事，因爲那是株連整個青樓的嚴重罪行，而且必會掀起大風波。管中邪更不會隨便把陰謀透露給別人知道。所以若要找人下手，只有單美美這個可能性，因爲她早給嫪毒迷倒，自是聽教聽話，想到這裡，已有計較。

昌文君笑道：「歸燕這麼乖，少龍理應賞她一個嘴兒。」

歸燕嬌羞不勝地「嚶嚀！」一聲，倒入項少龍懷裡，左手緊纏他沒有半分多餘脂肪的熊腰，右手摟上他粗壯的脖子，仰起俏臉，星眸半閉，緊張地呼吸。給她高聳豐滿的胸脯緊迫著，看到她春情洋溢的動人表情，項少龍也不由心動，低頭在她唇上輕吻一口。衆人鼓掌喝采。

歸燕依依不捨地放開他，微嗔道：「大人眞吝嗇。」又垂首低聲道：「大人比獅虎還要粗壯哩！」

門官這時唱喏道：「單美美小姐到！」

大廳靜下來，所有目光集中往正門。環佩聲中，一位身長玉立的美女，嬝娜多姿舉步走進來。項少龍一看下，不由動容。單美美年齡在二十左右，秋波流盼、櫻唇含貝、笑意盈面。最動人處是她有種純眞若不懂世事般的氣質，使男人生出要保護疼惜她的心情。相比之下，廳內衆美妓登時作了只配拱奉單美美這明月的小星點。管樂聲適時奏起來，單美美盈盈轉身，舞動起來。在燈火映照裡，身上以金縷刺繡花鳥紋的襦衣裳袂飄飛，熠熠生輝，使她更像不應屬於塵世的下凡仙女。

咸陽最紅的名妓在廳心攬衣自顧，作出吟哦躑躅的思春表情，檀口輕吐，隨著樂音唱起歌來。她的聲音清純甜美得不含半絲雜質，非常性感。項少龍大約聽懂歌詞，說的是一位正沐浴愛河的年輕女子，思念情人，忽然收到愛郎托人由遠方送來的一疋綢子，上面織著一對對鴛鴦戲水的繡飾，使她既是心花怒放，又是情思難遣。配合她舞姿造手、關目表情，單美美把箇中情懷，演繹得淋漓盡致，項少龍亦爲之傾倒。她的氣質容色，比之紀嫣然和琴清，也只是稍遜一籌，想不到妓院之內，竟有如此絕品。項少龍心中奇怪，如此色藝雙絕的美女，理應早被權貴納作私寵，爲何仍要在這裡拋頭露臉？出賣色相？

她唱道：「裁爲合歡被，著以長相思，緣以結不解。」歌聲樂聲，悠悠而止，衆人魂魄歸位，轟然叫好。單美美分向兩邊施禮，然後輕舉玉步，往項少龍走過去。

項少龍提醒自己，眼前美女，實是披著仙女外表的蛇蝎，鼓掌站起來，笑道：「歡迎單姑娘芳駕？」

單美美嫣然一笑，美眸飄到項少龍臉上，倏地亮起來，閃過揉集驚異、欣賞、矛盾和若有所思的複雜神色。項少龍更無疑問，知道單美美確是管中邪和莫傲用來暗害自己的工具，否則她的眼神不會這麼奇怪。她的眼睛太懂說話，落在項少龍有心人的眼中，暴露心內的情緒。見到項少龍，自然使她聯想起情人嫪毒，而她吃驚的原因，是他項少龍整體予人感覺比嫪毒更勝一籌，有一種嫪毒無法企及的英雄氣魄。單美美下意識地避開項少龍的眼光，垂下螓首，來到項少龍另一旁，跪拜下去。項少龍偷空瞥管中邪一眼，見他緊盯單美美，一對利如鷹隼的眼睛首次透射出緊張的神色，顯是發覺單美美給項少龍打動芳心的異樣神情。

項少龍俯身探手，抓著她有若刀削的香肩，把她扶起來。

單美美仰起俏臉，櫻唇輕吐，呵氣如蘭道：「單美美拜見項大人！」旋又垂下頭去，神態溫婉，我見猶憐。項少龍卻知她是心中有鬼，所以害怕自己清澈的目光。

昌平君笑道：「我們的單美人是否見項大人而心動，變得這麼含羞答答，欲語還休的引人樣兒。」

昌文君接口道：「項大人的腿傷是否立即好了。」

又引來哄堂大笑。

項少龍扶她一起坐下，管中邪道：「英雄配美人，單美人還不先敬項大人一杯，以作見面禮。」

項少龍留心單美美，見到她聞言嬌軀微顫，美眸一轉，不禁心中好笑，知道管中邪怕夜長夢多，迫她立即下手。

莫傲此招確是高明，若非項少龍知道單美美乃嫪毒的姘頭，給害死仍不知是怎麼一回事。單美美猶豫片刻，由廣袖裡探出賽雪欺霜的一對玉手，爲項少龍把盞斟酒。看她頭上綴著玉釵的墮馬髻，秀髮烏閃黑亮，香氣四溢，項少龍不由恨起管中邪來，竟忍心要這麼一位美麗的女孩子去幹傷天害理的勾當。

單美美一對玉手微微抖顫。

另一邊的歸燕湊到項少龍耳邊低聲道：「大人忘記奴家哩！」

項少龍正心有所思，聞言伸手過去，摟著歸燕的蠻腰，在她玉頰吻一口。

單美美捧起滿斟的酒盃，嬌聲道：「美美先喝一半，餘下的代表美美對大人的敬意，大人請賞臉。」

一手舉杯，另一手以廣袖掩著，以一個優美無比的姿態，提盃而飲，沒有發出任何聲息。

項少龍留神注意，見她沒有拿盃的手在袖內微有動作，還不心頭雪亮，知她是趁機把毒藥放入酒裡。廣袖垂下，改以兩手捧盃，送至項少龍唇邊，眼光卻垂下去。昌平君等鼓掌叫好。項少龍看著眼前剩下半盞的美酒，心中閃過無數念頭。他是否該當場揭破毒酒的玄虛？這或者是對付管中邪的最佳良機。

第八章 死而復生

項少龍細察單美美送至唇邊的半杯美酒，卻看不出任何異樣情狀。他不信藥末可以不經攪拌而遇酒溶解，只是在古時代油燈掩映的暗光下，根本難以看清楚酒內的玄虛。他旋即放棄藉揭發毒酒來對付管中邪，非此事不可行，因爲只要抓住單美美，不怕她不供出在後面主使的是管中邪。問題是那等若和呂不韋公然撕破臉皮，失去一直以來爾虞我詐的微妙形勢。只要想想呂不韋仍有七、八年的風光日子，該知是如何不智。假設此事牽連到嫪毒身上，那就更複雜。同時想到假若自己詐作喝下毒酒，哪管中邪和莫傲將再不會另定奸計陷害自己，事後還會疑神疑鬼，以爲自己不畏毒酒，又或單美美沒有依命行事，瞎自猜疑，豈非更妙。這些想法以電光石火的高速掠過項少龍腦際，心中已有定計。

項少龍一手取過毒酒，另一手摟上單美美動人的小蠻腰，哈哈笑道：「美美小姐須再喝一口，才算是喝了半杯。」

身子背著歸燕和下席的管中邪諸人，硬要強灌單美美一口酒。

單美美立時花容失色，用力仰身避開去，驚呼道：「項大人怎可如此野蠻哩！」

項少龍趁機鬆開摟她腰肢的手，單美美用力過度，立時倒在蓆上。趁對席的昌平君等人注意力全集中到單美美身上，項少龍手往下移，把酒潑在几下，又藉把蛇蝎美女扶起來的動作，掩飾得天衣無縫。單美美坐直嬌軀，驚魂甫定，說不出話來。

項少龍大笑道：「害小姐跌倒，是我不好，該罰！」舉杯詐作一飲而盡。

對面的昌平君嘆道：「原來項大人這麼有手段，我還是第一次見到美美小姐肯當衆在蓆上乖乖的躺下來。」

場內自是爆起一陣笑聲。項少龍放下酒杯，見單美美詐作嬌羞不勝地垂下頭去，免得給人看破她內心的驚惶，神情微妙之極。左邊的歸燕爲他斟酒。

管中邪笑道：「項大人若能忍一時之痛，今晚說不定可得到美美小姐另一次躺下來的回報。」

昌平君兄弟一陣鬨笑，諸女則扮出嬌羞樣兒，笑罵不休。

項少龍探手再摟緊單美美柔軟的腰肢，把酒送至她唇邊，柔聲道：「這一杯當是陪罪。」

單美美仰起香唇，神色複雜地望他一眼，默默的把整杯酒喝掉，衆人轟然叫好。

另一邊的歸燕不依道：「項大人厚此薄彼。」

項少龍見管中邪沒有生疑，心中大喜，道：「我最公平，來！讓我侍候歸燕姑娘喝酒。」

昌文君怪叫道：「喝酒有啥意思，要嘴對嘴餵酒才成。」

歸燕一聲嚶嚀，竟躺到他腿上去，一副請君開懷大嚼的誘人模樣，幸好沒有壓著後側的傷口。項少龍眼前腿上雖是玉體橫陳，心中卻沒有任何波動，一來心神仍在單美美和管中邪身上，暗察他們的反應；另一方面總認爲歸燕只是奉命來討好自己的京城軍警首長，曲意逢迎，儘是虛情假意。歸燕的姿色雖比不上單美美，但衆女中只有侍候管中邪的楊豫可與她比拚姿色，占占她便宜亦是一樂。於是啣了一口酒，低頭吻在歸燕的香唇上度過去。歸燕嬌喘細細，熟練合作地喝下去，如此仰身喝酒並不容易，可眞虧了她呢。在衆人怪笑喝采下，項少龍正要退兵，給歸燕雙手纏個瓜葛緊連，香信暗吐，反哺半口酒過來。項少龍不由湧起銷魂滋味，放開懷抱，放肆一番，才與玉頰火燒的歸燕分開來。昌平君等鼓掌叫好。

歸燕嬌柔無力地靠近他，媚態橫生道：「項大人今晚不要走好嗎？奴家保證你腿傷不會加劇。」

由於她是耳邊呢喃，只有另一邊的單美美聽到，後者神情一黯，垂下螓首，顯是因項少龍「命不久矣」，而自己則是殺他的兇手。

項少龍輕吻歸燕的粉頸，笑道：「這種事若不能盡興，徒成苦差。」又探手過去摟單美美的纖腰，故作驚奇道：「美美小姐是否有什麼心事呢？」

單美美吃了一驚，言不由衷地道：「項大人只疼惜燕姊，人家當然心中不樂。」

管中邪忙爲單美美掩飾道：「項大人能使我們眼高於頂、孤芳自賞的美美小姐生出妒意，足見你的本事，這回輪到我等兄弟們妒忌你。」

項少龍暗罵誰是你的兄弟，昌文君笑道：「另一口酒項大人絕省不了。」

項少龍暗忖一不做二不休，逗逗兇手美人也好。遂啣了另一口酒，俯頭找上單美美的櫻唇，事後仍不放過她，痛吻起來，陳倉暗渡中，以二十一世紀五花八門的接吻方式，對她極盡挑逗的能事。單美美原本冷硬的身體軟化了，生出熱烈的反應。項少龍心中暗嘆，知道在這種異乎尋常，又以爲自己命不久矣的刺激下，單美美心中歉疚，反動眞情。唇分，單美美眼角隱見淚光，顯見她以毒酒害他，是迫不得已。項少龍反不想急著離去，怕人發覺几下未乾的酒漬。歸燕又來纏他，項少龍靈機一觸，詐作手肘不愼下把仍有大半杯的酒碰倒蓆上，蓋過原本的酒漬。

一番擾攘，單美美出乎衆人意外的托詞身體不適，先行引退。少了最紅的姑娘，昌平君兩兄弟興致大減，項少龍乘機告辭。歸燕不知是眞情還是假意，把他直送到大門停泊馬車的廣場，千叮萬囑他定要回來找她，又迫他許下諾言，方肯放他到昌平君的馬車上。忽然間，項少龍亦有點愛上這古代的「黑豹酒吧」。

回到衙署，見到值夜的滕翼，說起剛才發生的事，後者也爲他抹把冷汗。

滕翼嘆道：「我們的腦筋實在不夠靈活，總在想莫傲的奸謀是在田獵時進行，豈知竟在今晚暗施美人計，若能知道藥性，少龍可扮得迫眞一點。」

項少龍肯定道：「毒藥該在田獵後才發作的。」

滕翼訝道：「三弟怎麼這般有把握。」

項少龍道：「圖先告訴我莫傲造了一批可在水底進行刺殺的工具，該是用來對付你和荊俊的，事後若我再毒發身亡，烏家想報復也無人可用。」

滕翼大怒道：「我若教莫傲活過三天田獵之期，改跟他的姓。」

項少龍忽然臉色大變，道：「我們一直想的都是己方的人，說不定莫傲的行刺目標包括鹿公和徐先在內，那就糟糕。」

滕翼吁出一口涼氣道：「呂不韋沒那麼大膽吧？」

項少龍道：「平時該不敢如此膽大包天，可是現在形勢混亂，當中又牽涉到高陵君的謀反，事後呂不韋大可把一切罪責全推到高陵君身上，有心算無心下，呂不韋得逞的機會非常高。」想到這裡，再按捺不下去，站起來道：「我要去見鹿公，向他及早發出警告。」

滕翼道：「我看你還是先去見徐先，論精明，鹿公拍馬都比他不上，他若相信我們，自會作出妥善安排。」

項少龍一想確是道理，在十八鐵衛和百多名都騎軍護翼下，裝作巡視城內的防務，朝王宮旁徐先的左丞相府去了。由於現在他身兼都衛統領，除了王宮，城內城外都在他職權之內。因剛才的宴會提早結束，現在只是初更時分，但除了幾條花街外，其他地方行人絕少，只是偶有路過的車馬。

到了左相府，徐先聞報在內廳見他，西秦三大名將之一的超卓人物微笑道：「我早知少龍會在田獵前來見我的。」

項少龍大感愕然道：「徐相爲何有這個想法？」

徐先道：「我們大秦自穆公以來，躍爲天下霸主之一。可惜東向的出路，一直被晉人全力扼住，故只能掉過頭來向西戎用兵，結果兼國十二，開地千里。穆公駕崩之時，渭水流域的大部分土地均落入我們手上。可是由那時始，直至現在建立東三郡，二百多年來我們毫無寸進。究其原因，與其說出路受阻，不若說是內部出了問題。我若強大，誰可阻攔？故仍是個誰強誰弱的問題。」

項少龍對那時的歷史不大了解，只有點頭受教的份兒。

徐先談興大起，喟然道：「三家分晉後，我們理該乘時而起，可惜偏在那四十多年間，朝政錯出常軌，大權旁落亂臣手上，粗略一算，一個君主被迫自殺，一個太子被拒不得繼位，另一君主和母后一同被弒，沉屍深淵。魏人乘我國內亂，屢相侵伐，使我們盡失河西之地。」

項少龍開始有點明白徐先的意思，現在的呂不韋正在這條舊路上走著。無論呂不韋是否奪權成功，甚或廢了小盤，最後的結果是秦國始終不能稱霸天下，這正是徐先最關心的事。

徐先長身而起，沉聲道：「少龍！陪我到後園走走！」

項少龍心內起個疙瘩，知他必是有祕密要事須作商量。明月高照下，兩人步入後園，沿小徑漫步。

徐先嘆道：「我們秦人與戎狄只是一線之隔，不脫蠻風，周室京畿雖建於此地，只是好比覆蓋襤褸的錦衣，周室一去，襤褸依然，至今仍是民風獷野。幸好孝公之時用商鞅變法，以嚴刑峻法給我們養成守規矩的習慣，又重軍功，只有從對外戰爭才可得爵賞，遂使我大秦無敵於天下。可是給呂不韋這麼一搞，恣意任用私人，又把六國萎靡之風，引入我大秦，使小人當道，群趨奉迎、互競捧拍之道，於我大秦大大不利。他那本《呂氏春秋》我看過，哼！若商鞅死而復生，必將它一把火燒掉。」

項少龍終於聽到在鹿公的大秦主義者排外動機外另一種意見，那是思想上基本的衝突。呂不韋太驕橫主觀，一點不懂體恤秦人的心態。他接觸的秦人，大多坦誠純樸，不愛作僞，徐先、鹿公、王齕、昌平君兄弟、安谷傒等莫不如是。比較起來，呂不韋、莫傲、管中邪、嫪毒等全是異類。秦人之所以能無敵於天下，正因他們是最強悍的民族，配以商鞅的紀律約束，眞是誰與爭鋒？呂不韋起用全無建樹的管中邪和呂雄，於後者犯事時又想得過且過，正是秦人最深惡痛絕的。小盤以嚴厲果敢的手段處置呂雄，這一著完全押對。

徐先停下來，灼灼的眼光落到項少龍臉上，沉聲道：「我並非因呂不韋非我族類而排斥他，商君是衛人，卻最得我的敬重。」

項少龍點頭道：「我明白徐相的意思。」

徐先搖頭道：「呂不韋作繭自縛，以爲害了大王，秦室天下就是他的。豈知老天爺尚未肯捨棄我大秦，出了政儲君這明主，所以我徐先縱使粉身碎骨，亦要保儲君直至他正式登上王座。」

項少龍暗吃一驚，道：「聽徐相口氣，形勢似乎相當危急。」

徐先拉著他到一道小橋旁的石凳坐下來，低聲道：「本來我並不擔心，問題是東郡民變，呂不韋遣派蒙驁和王齕兩人前往鎭壓，一下子把京師附近的軍隊抽空，現在京師只有禁衛、都騎、都衛三軍在支撐大局，形勢之險，實百年來首次見到。」

項少龍皺眉道：「據我所知，東郡民變乃高陵君和趙將龐煖兩人的陰謀，呂不韋沒有說清楚這事嗎？」

徐先臉上陰霾密布，悶哼道：「話雖然這麼說，可是高陵君有多少斤兩，誰都心中有數，十個高陵君都鬥不過半個呂不韋，怎會到事發時，呂不韋才猛然驚覺，倉卒應付？」

項少龍心中冒起一股寒意，囁嚅道：「徐相的意思是──」

徐先斷然道：「此事必與呂不韋有關，只要呂不韋把奸細安插到高陵君的謀臣內邊，可像扯傀儡般把高陵君控制在手上，製造出種種形勢。」再肅容道：「只要呂不韋在這段期間內，把你和兩位副統領除掉，都騎都衛兩軍，都要落進呂不韋手內，那時你說會出現什麼情況？我之所以猜到你今晚會來見我，原因非常簡單，就是假若你確非呂不韋的人，以你的才智，必會發覺不妥當的地方，少龍明白嗎？」

項少龍暗叫好險，要取得徐先的信任確不容易，直至剛才，徐先仍在懷疑自己是呂不韋一著巧妙的棋子，或可說是多重身分的反間諜。有點尷尬地道：「多謝徐相信任。」又不解道：「縱使呂不韋手上有都騎都衛兩軍，但若他的目標是政儲君，恐怕沒有人肯聽他命令。」

徐先嘆道：「少龍仍是經驗尚淺，除非呂不韋得到全部兵權，否則絕不會動儲君半根毛髮，此乃愚不可及之舉，可是只要他把我和鹿公害死，再把事情推在高陵君上，那時秦室還不是他的天下嗎？蒙驁不用說，王齕這糊塗鬼在那種情況下孤掌難鳴，加上又有太后護著呂不韋，誰還敢去惹他呢？」接著雙目厲芒一閃道：「先發者制人，後發者受制於人。呂不韋一天不死，我們休想有好日子過，大秦則是重蹈覆轍，受權臣所陷。」

項少龍差點呻吟起來，站在徐先的立場角度，策略上完全正確。問題是項少龍知道在小盤登基前，沒有人可要呂不韋的命。若要不了他的命，自然是自己要丟命，此事怎搏得過？只恨他不能以這理由勸徐先打消此意，難道告訴他史書寫明呂不韋不會這麼快完蛋嗎？

正頭痛時，徐先又道：「只要政儲君肯略一點頭，我可保證呂不韋活不過三天田獵期。」

項少龍嘆道：「徐相有否想過後果？」

徐先冷哼道：「最大問題的三個人，是姬太后、蒙驁和杜壁。最難搞的還是杜壁，呂不韋一去，他必趁機擁立成蟜，若非有此顧慮，先王過身時，我和鹿公早動手了。當然！還有一個原因是王齕從中反對。所以我希望由你說服儲君，現在他最信任的人是少龍你。」

項少龍道：「我卻有另一個想法，首先要通過滴血認親，正式確認儲君和呂不韋沒有半絲瓜葛，其次是殺死呂不韋手下的第一謀士，此人一去，呂不韋將變成一隻沒有爪牙的老虎，惡不出什麼樣兒來，第三……」

徐先揮手打斷他道：「你說的是否莫傲？」

項少龍訝道：「徐相竟聽過此人？」

徐先輕描淡寫道：「沒有這點能耐，如何敢和呂不韋作對。最好把管中邪一起幹掉，更是妥當。只是現在的情況是你在防我，我也在防你，若非公然動手，誰奈何得了對方？」

項少龍知道單憑此點仍未足以打動這位智者，低聲道：「第三是把嫪毐捧出來與呂不韋打對台，只要拖到儲君加冕之日，呂不韋這盤棋就算輸了。」

徐先雄軀一震，不解道：「嫪毐不是呂不韋的人嗎？」

項少龍把計畫和盤托上，道：「我還提議儲君給呂不韋封上一個仲父的虛銜，以安他的狼子野心。」

徐先深吸一口氣，像首次認識他般打量好一會，雙目精光閃閃道：「說到玩手段、弄詭謀，恐怕莫傲也要讓你一點，難怪到今天你仍活得健康活潑。」

項少龍暗叫慚愧道：「幸好今晚少喝了一點酒，否則真不敢當徐相這句話。」

徐先追問下，他說出今晚發生的事。

徐先聽罷點頭同意道：「你說得對，一天不殺莫傲，早晚給他害死。照我估計，這杯毒酒該在七天後發作，孝文王當日就是喝下呂不韋送來的藥湯，七天後忽然呼吸困難窒息致死，由於從來沒有一種毒藥可在七天後突然發作的，所以我們雖覺得內有蹺蹊，仍很難指是呂不韋下的毒手，當然也找不出任何證據。唉！現在沒有人敢吃呂不韋送來的東西。眞是奇怪，當日害死孝文王的藥湯，照例曾經內侍試飲，內侍卻沒有中毒的情況？」

項少龍暗忖莫傲用毒的功夫，怕比死鬼趙穆尚要高明數倍，要知即使是慢性毒藥，總還是有跡可循，吃下肚後會出現中毒的徵兆，哪有毒藥可在呑入腹內七天後使人毒發呢？儘管在二十一世紀，恐怕亦難辦到，除非毒藥被特製的藥囊包裹，落到肚內黏貼胃壁，經一段時間後表層被胃酸腐蝕，毒藥洩逸出來，致人死命。想到這裡，心中一動，恨不得立即折返醉風樓，查看一下自己把毒酒潑下處，會否有這麼一粒包了某種保護物的毒藥。

徐先見他臉色忽晴忽暗，問道：「你想到什麼？」

項少龍道：「我在想如何可請求徐相暫緩對付呂不韋？」

徐先笑道：「我徐先豈是徒逞勇力的莽撞之徒，少龍既有此妙計，我和鹿公暫且靜觀其變。不過假若你殺不死莫傲，便輪到我們動手對付呂不韋，總好過給他以毒計害死。」

項少龍拍胸口保證道：「給我十天時間！說不定我可以其人之道，還治其人之身，教他死得不明不白！」

徐先愕然瞪著他，一時說不出話來。

項少龍靈巧地翻過高牆，落到醉風樓的花園裡。剛過二更天，醉風樓主樓之後的七、八座院落，仍是燈火通明，笙歌處處。項少龍好一會辨認出管中邪剛才招呼他的那座雅院，只見仍是燈光燦然，不禁叫起苦來，同時心中奇怪，難道他走後，又用來招呼另一批貴客嗎？好奇心大起下，他藉夜色和花草樹木的掩蔽，無聲無息地竄過去，到了近處，駭然伏下，心兒忐忑狂跳。原來正門處有一批大漢在守護，其中幾個赫然是呂不韋的親隨。難道是呂不韋駕到？留心細看，院落四周有人在巡逡守衛，嚴密之極。當然難不倒他這懂得飛簷走壁的特種戰士，察看形勢後，他選了院落旁的一棵大樹，迅速攀上去，再射出索鉤，橫渡往院落人字形的一邊瓦面上，小心翼翼，沿索滑到簷邊，探頭由近簷頂的通風口朝內望去。一瞥下立時魂飛魄散，手足冰寒，差點由屋頂掉下來。燈火通明的大廳裡，站了管中邪、莫傲、醉風樓的樓主伍孚，歸燕和單美美五個人，正在研究被移開的長几下地蓆上的酒漬。

伍孚嘆道：「莫先生確是奇謀妙算，先教我贈項少龍以寶物，好教他不起提防之心，又使他以為下手的是我們的好美美，誰知要他命的卻是我們的歸燕姑娘。」

管中邪道：「對莫兄的高明，我管中邪是沒話說的。最妙是這小子還以為自己逃過大難，再不起防範之心，確是精采絕倫。」

大門洞開，呂不韋春風滿臉，神采飛揚的走進來。

在項少龍瞠目結舌、全身血液差點冰凝之下，單美美乳燕投懷的撲入呂不韋懷內去，嬌聲道：「美美為呂相立下大功，呂相該怎麼賞人家哩！」

呂不韋的手由她的纖腰落到她的隆臀上，大力拍兩記，邪笑道：「讓我今晚好好酬勞妳吧！」

莫傲伸手摟著歸燕道：「呂相莫忘我們的好歸燕，若非靠她那條香舌，項少龍怎會中計。」

上面的項少龍全身發麻，差點要撲下去給呂不韋白刀子進，紅刀子出。天啊！自己的肚內竟有了隨時可取自己一命的毒囊，這時代又沒有開刀的手術，他項少龍豈非必死無疑。

呂不韋摟著單美美，到了那片酒漬旁，俯頭細看一回，哈哈大笑道：「任你項少龍智比天高，也要著我呂不韋的道兒，卻還以為反算我們一著，到喉嚨被藥液蝕開個口兒，還不知是怎麼一回事呢。」

項少龍聽得心中一動，燃起希望。若藥囊只是黏在喉嚨處，將有取出來的機會。

管中邪道：「美美姑娘的表演才精采哩，我差點給她騙過。」

呂不韋俯頭吻在單美美的香唇上，弄得她咿唔作聲，春意撩人。

管中邪伸手按在伍孚的肩頭上，笑道：「此事成功，伍樓主當的這個官，必定非同小可。」

伍孚欣然道謝，又有點擔心地道：「那東西會不會無意間給他吐出來？」

倚著莫傲的歸燕嬌笑道：「樓主放心，那東西不知黏得多麼緊，若非給他的舌頭捲過去，奴家還不知該怎辦好。」

莫傲接口道：「這東西最不好是會黏在杯底，否則我的小燕子就不用犧牲她的香舌，給這傢伙大占便宜。」

管中邪笑道：「只是占了點小便宜吧！大便宜當然還是留給莫兄。」

一時男的淫笑，女的不依嬌嗔。項少龍心急如焚，恨不得立時離開，想方法把毒囊弄掉。此著妙計確是厲害，當時舌頭交纏，意亂情迷，哪想得到竟是死亡之吻。自己確是大意，以爲對方不知道自己識穿單美美是他們的人，還一番造作，教人笑穿肚皮。

呂不韋笑道：「春宵苦短，莫先生該到小燕的香閨，好好答謝美人。」轉向伍孚道：「伍樓主此回做得很好，我呂不韋必不會虧待你。」

哈哈一笑，擁著單美美去了。項少龍知道再不會聽到什麼祕密，悄悄離開。

項少龍慘哼一聲。滕翼由他張開的大口裡，把拗曲的幼銅枝抽出來，尾端的小圓片上黏著一粒烏黑色的藥丸，只有蒼蠅般大小。旁邊的陶方、荊俊、蒲布、劉巢等人齊鬆一口氣，抹掉額上的冷汗。項少龍咽著被刮損的咽喉，說不出話來。滕翼把毒丸移到眼前，衆人俯近研看。

荊俊狠狠道：「有什麼方法把毒丸送進莫傲的喉嚨裡去呢？」

項少龍清清喉嚨，沙啞聲音道：「毒丸若是混在酒裡，會黏在杯底，可是在毒死孝文那碗藥湯裡，卻沒有這種情況。」

陶方大喜道：「那即是說，只要我們得到那條藥方，當可找到其中某種藥物，可以中和它的黏性，到進入喉內才會黏著，如此一來，要毒殺莫傲再非難事，這藥方必然會留有紀錄的。」

滕翼一震下望往項少龍，兩人同時想起圖先，旋又搖頭。

若圖先可輕易向莫傲下毒，早把他毒死。

蒲布頹然道：「找到可中和毒丸黏性的方法並沒有用，難道捧碗藥湯哄他喝下去嗎？」

項少龍道：「我們大可隨機應變，毒丸由我隨身攜帶，再相機行事。夜了！我們盡量睡一覺好的，否則明天恐沒有精神去應付莫傲另一些陰謀詭計，二哥和小俊更要打醒十二個精神。」

眾人無不同意，各自回房休息。

項少龍回到後堂，不由想起紀嫣然等眾嬌妻，神思恍惚間，嬌聲嚦嚦在耳旁響起道：「大爺回來了！」

項少龍愕然望去，只見周薇和衣躺在一角地蓆處待他回來，看樣子是剛給他吵醒過來，看她釵橫鬢亂海棠春睡後的神態，心中大叫不妙。

自趙倩和春盈諸女去世，他飽受折磨，整整一年有如活在噩夢裡，英雄氣短，偏又步步落在下風，使他再不願有男女間新的責任和感情上的承擔。對琴清如是，對嬴盈如是。他雖答應昌平君兄弟對嬴盈勉力而爲，卻是敷衍的成份居多，絕不熱心，亦自知未必鬥得過管中邪。不過都及不上眼前的周薇使他頭痛。看她行事作風，顯是自尊心極重和死心眼的人，敢愛敢恨。幸好現在和她關係尚淺，還有轉圜的餘地，乾咳一聲道：「這麼晚，還不回去睡嗎？」

周薇起身施禮，溫柔地爲他脫下外袍，欣然道：「早睡過了，現在不知多麼精神，陶公安排最尾後那間房子給我，現在讓小婢侍候大爺沐浴好嗎？」話完早紅透雙頰。

項少龍心中叫糟，自己已多晚沒有妻婢相陪，今晚又曾偎紅倚翠，挑起情慾，若說不想女人，只是在欺騙自己，給她這麼以身相陪，後果實不敢想像。若斷然拒絕，她受得了嗎？

幸好周薇要爲他寬衣時，腳步聲響。

項少龍回頭望去，見來的是荊俊，大訝道：「小俊！有什麼事？」

荊俊仍以爲周薇是周良的妻子，奇怪地瞪她。

項少龍低聲吩咐周薇退避入房，道：「什麼事呢？」

荊俊看著周薇消失處，奇道：「她怎會在這裡的？」

項少龍解釋她和周良的兄妹關係，荊俊雙目立時亮起來，嘿然道：「三哥眞好艷福，周薇若非荊釵布裙，不施脂粉，艷色絕不會遜於田鳳和田貞。」

項少龍心中一動，著他在一旁坐下後，笑道：「小俊對她似乎有點意思哩？」

荊俊赧然道：「三哥說笑，小俊怎敢來和三哥爭女人。」

項少龍欣然道：「她並非我的女人，假設你有意思的話，不如多用點功夫，三哥我絕不介意，還非常感激你哩！」

荊俊大喜道：「嘿！讓我試試看！說到哄女孩，我比以前進步多了。」

項少龍道：「此事就這麼決定，你不去休息卻來找我，究竟爲什麼事？」

荊俊道：「三哥的腿還可以再出動嗎？」

項少龍道：「只要不是動手過招，沒有問題。你有什麼好主意？」

荊俊道：「現在離天明尚有兩個多時辰，要殺死莫傲，這是唯一的機會。」

項少龍皺眉道：「莫傲身旁能人衆多，呂不韋又在那裡，怎麼下手？」

荊俊道：「硬來當然不成，不過我對醉風樓的環境非常清楚，更知道單美美和歸燕的閨房在哪裡，只要我們摸到那裡去，或有辦法把那顆毒丸餵入莫傲的喉嚨裡，然後再輕輕鬆鬆等待他毒發身亡，豈非大快人心？」

項少龍喜道：「計將安出？」

荊俊攤開手掌，現出一截三寸許黑色樹枝似的東西，得意洋洋道：「這是由迷魂樹採來的香枝，燃點後的煙只要吸入少許，立即昏昏欲睡，若在熟睡時吸入，保證掌摑也醒不過來，三哥明白吧！」

項少龍沉吟片晌，斷然道：「你最好通知二哥，若這麼令人快慰的事少了他，我們兩個都要挨罵的。」

憑著勾索，三兄弟悄無聲息地潛入醉風樓東，躲在花叢暗處。樹木掩映中，隱見燈光。

荊俊這識途老馬道：「竹林內有四座小樓，分別住著醉風樓的四位大阿姐，就是單美美、楊豫、歸燕和白蕾，合稱醉風四花，歸燕的小樓位於左方後座，只要過得竹林一關，就有機會摸入樓內，若我沒有記錯，每座樓旁都種有香桂樹，躲躲藏藏應是易如反掌。」

滕翼皺眉道：「既有呂不韋在內，防守必然非常嚴密，竹樹更是難以攀緣，只要有人守著竹林間的出入口，我們怎進得去？」

項少龍道：「另一邊是什麼形勢？」

荊俊苦笑道：「仍是竹林，所以這地方有個名字，叫『竹林藏幽』，只要過得這關，莫傲就死定了。」

腳步聲響，兩名武士提著燈籠走過來，邊走邊談笑著。三人屏息靜氣，傾耳細聽。

其中一人道：「這四個妞兒確是花容月貌，又夠騷勁，連我們的管大爺也動心，留宿在楊豫的小樓裡。」

另一人道：「聽說還有個白蕾，不知她今晚是否要陪人，若沒有的話，由我兩兄弟招呼她好了。」

先前的大嘆道：「你付得起夜渡資嗎？何況聽說縱有銀兩，她未必肯理睬你哩！」

直至他們去遠，項少龍心中一動道：「白蕾陪的該是韓闖，說不定會有機會。」

話猶未已，人聲由前院方向傳來，其中一個隱隱認得是老朋友韓闖，還有女子的嬌笑聲，不用說該是白蕾。

滕翼大急道：「怎樣瞞過白蕾呢？」

此時一群人轉入這條花間小徑，領路的是兩個提著燈籠的美婢，接著是四名韓闖的近衛，然後是摟摟抱抱的韓闖和白蕾，最後是另八名親兵。看到這種陣勢，項少龍亦是一籌莫展。

荊俊忽地湊近滕翼道：「白蕾並不認得二哥的！」

項少龍靈機一動道：「二哥可冒充太子丹的人，韓闖剛和他喝完酒。」

這時韓闖等剛路過他們藏身處，轉上直路，朝竹林方向走去。

滕翼先解下佩劍，硬著頭皮竄出去，低嚷道：「侯爺留步，丹太子命小人來有要事相告。」

韓闖等整隊人停下來，近衛無不露出戒備神色。滕翼大步走去，衆人雖見到他沒有佩劍，仍是虎視眈眈，手握劍柄。

韓闖放開白蕾，冷冷道：「丹太子有什麼說話。」

滕翼心知韓闖的手下絕不會任自己靠近他們主子的，遠遠立定，施禮道：「小人龍善，乃丹太子駕前右鋒將，韓侯這麼快忘了小人嗎？」

龍善是當日滕翼在邯鄲時用的假名字。

韓闖呆了一呆，醒覺過來，哈哈笑道：「記起了記起了！右鋒將請恕本侯黑夜視力不佳。」轉身向白蕾道：「小蕾兒先回房去，本侯立即來。」白蕾哪會疑心，叮嚀韓闖莫要教她苦候，偕兩個丫環先去。

在韓闖的掩護下，三人換上他手下的外裳，無驚無險地進入守衛森嚴的竹林，到了與歸燕閨樓只隔一棵香桂樹的白蕾居所。韓闖向三人打了個眼色，逕自登樓。白蕾的四名貼身美婢，分兩人來招呼他們。項少龍、荊俊和滕翼怕給小婢認出來，早向韓闖的手下關照，其中兩人匆匆把兩婢拖到房內，不片晌已是嬌吟陣陣，滿樓春聲。

在韓闖布在樓外的親衛放哨把風下，三人先後攀上桂樹，到達歸燕的小樓瓦頂處。房內傳來鼾聲。若論飛簷走壁的身手，項滕兩人都及不上荊俊，由他覷準機會穿窗進房，頃刻後莫傲的鼾聲變成沉重的呼吸。項少龍示意滕翼留在屋頂，自己翻進去。荊俊正蹲在榻旁，向他打出一切順利的手勢。項少龍心中大喜，竄了過去。

在几頭的油燈映照下，荊俊已揑開莫傲的大口，項少龍忙取出毒丸，以銅枝送入他的喉嚨裡，肯定黏個結實，正要離去，足音在門外響起。項少龍和荊俊大吃一驚，同時跨過榻上兩人，躲在榻子另一端暗黑的牆角裡。

敲門聲響，有人在外面道：「莫爺！呂相有急事找你。」

莫傲和歸燕當然全無反應。項少龍人急智生，伸手重重在莫傲腳板處捏一記。幸好荊俊的迷暈香只夠讓莫傲昏上一陣子，莫傲吃痛下，呻吟一聲，醒過來。

那人又喚道：「莫爺！」

莫傲剛醒過來，頭腦昏沉地道：「什麼事？」

叫門的手下道：「呂相剛接到緊急消息，刻下正在樓下等候莫爺。噢！呂相和管爺來了。」

項少龍和荊俊暗叫不妙，卻苦在莫傲已坐起來，想冒險逃走都辦不到。

幸好呂不韋的聲音在門外道：「我們在外廳等你。」

莫傲推推歸燕，見她毫無反應，在她雪白的胸脯捏一把，起身穿衣，腳步不穩地推門外出。這次輪到項少龍和荊俊兩人喜出望外，忙蛇行鼠步直抵房門處，貼耳偷聽。

呂不韋首先道：「剛接到消息，短命鬼項少龍竟去找徐先，商量整個時辰，然後返回烏府去。哼！莫先生認爲他們會弄些什麼陰謀出來呢？」

莫傲顯然因曾受迷魂香的影響，腦筋遠及不上平時靈活，呻吟道：「不知是否因太高興下多喝點酒，我的頭有些痛。」

管中邪道：「莫兄先喝杯解酒茶，定定神便沒事的。」

接著是斟茶濾水的聲音，聽聲息，外面應只有呂不韋、莫傲和管中邪三人。

好一會後，呂不韋道：「莫先生是否肯定那狗雜種會在最後一天晚獵時才毒發？沒有高陵君襲營的掩飾，則誰都會猜到是我們動的手腳。」

莫傲舒一口氣，道：「呂相放心，我曾找了十多個人來作實驗，保證時間上不會出差錯。」

管中邪笑道：「沒有項少龍，他們必然陣腳大亂，而我們則是準備充足，到時我們先護著儲君和太后渡河，等輪到鹿公和徐先，就弄翻木橋，再在水底把他們刺殺，乾手淨腳，誰會懷疑我們呢？」

呂不韋道：「最怕是徐先和項少龍等先發制人，提前動手，我們就要吃大虧。」

莫傲胸有成竹道：「放心好了！一天沒有弄清楚高陵君的虛實，他們哪敢動手，以免徒便宜了高陵君，諒他們的膽子仍沒有這麼大。」

呂不韋道：「現在最頭痛是政兒，他似是一點不知道自己乃是我呂不韋的親生骨肉。唉！是朱姬那賤人不好，我多次催她去和政兒說個清楚，她竟一口拒絕。又不肯接受封我為攝政大臣的提議，哼！嫪毒真地沒用，些許小事都辦不到。」

管中邪道：「我看關鍵處仍是項少龍，有了他，太后不用完全倚賴呂相。」

莫傲啞然失笑道：「我忽然想出一計，既可討太后歡心，使她接受封呂相為攝政大臣，又可掩人耳目。」

正在門內偷聽的荊項兩人好奇心大起，暗忖莫傲果是詭計多端。呂不韋大喜追問。

莫傲笑道：「只要讓太后知道呂相和項少龍再無嫌隙，將可消除她心中疑慮。所以只要化解她這個心結，她對呂相自會言聽計從。」

管中邪微帶不悅道：「莫兄不是又要娘蓉伴作嫁給項少龍吧！」

莫傲失笑道：「管兄不是要和一個只有三天命的人爭風吃醋吧！」接著壓低聲音道：「呂相明天可請太后親自宣布三小姐和項少龍的婚事，同時把呂相封為攝政大臣，把這兩事合而為一，等若明示太后只要肯讓呂相坐上此位，就拿最疼愛的女兒出來作為保證項少龍的安全，在這種情況下，太后為了項少龍，自然會讓步的，當然還要著嫪毒下點工夫。」

室內的項少龍到此刻仍未弄得清楚攝政大臣和宰相有何分別，照想該是進一步削去小盤的自主權。管中邪再沒有出言反對。

呂不韋欣然道：「確是妙計，中邪！由你對娘蓉做點工夫！這妮子最聽你的話，上回你教她來大鬧一場，她的表演確是精采。」

室內的項少龍方才知道呂娘蓉進來大吵大鬧，破壞婚議，竟是有預謀的行動，不由心中大恨。呂娘蓉原來是這樣的一個人，自己不用再對她有憐惜之心。正如荊俊所說，玩玩她也好，等若向呂不韋和管中邪各捅一刀。

呂不韋道：「事情就這麼決定，快天亮了……」

項少龍兩人哪敢再聽下去，慌忙離去。想不到神推鬼使下，竟得到這麼關鍵性的情報。整個局勢立時不同。

天尚未亮，韓闖被迫拖著疲乏的身體，好掩護項少龍等離開醉風樓。到了街上，兩批人分道揚鑣。回到烏府，天已微明，項少龍三人哪敢怠慢，匆匆更衣，滕荊兩人先返衙署，準備田獵大典的諸般事宜，項少龍則趕赴王宮。途中遇上徐先的車隊，被徐先邀上車去，原來鹿公亦在車內，當然是在商討應付呂不韋的方法。兩人雖全副獵裝，卻無盛事當前的興奮。

鹿公見他兩眼通紅，顯是一夜沒睡，點頭道：「少龍辛苦。」

項少龍欣然道：「身體雖累，心情卻是愉快的。」

徐先訝道：「少龍一副成竹在胸的樣子，不知又有什麼新的進展？」

項少龍壓低聲音，把昨晚夜探青樓，聽到呂不韋三人陰謀與密議的事說出來。兩人大嘆精采難得。

鹿公拍腿叫絕道：「黏到喉嚨的毒丸都教少龍弄出來，可見老天爺對我大秦確是另眼相看。」

徐先道：「既是如此，我們就依少龍之議，以嫪毒制呂不韋，實行以毒攻毒。說眞的，呂不韋治國的本領確是不錯，讓他得意多幾年，到將來儲君登位，再把他收拾。」

鹿公道：「期間我們須牢抓軍權，用心培養人才，對付起這傢伙來，更得心應手。」

項少龍道：「小將有一建議，就是王翦……」

徐先笑著打斷他道：「這個不用少龍提醒，我們早留心此子，讓他再歷練多點時間。唉！王齕老得有點糊塗，好應由後生小子取代。」

鹿公顯然心情大佳，笑語道：「少龍是否準備接收呂娘蓉，好氣死呂不韋和管中邪呢？」

項少龍失笑道：「爲這事頭痛的該是他們。」

徐先道：「攝政大臣的權勢非同小可，那時他等若儲君，沒有他點頭，什麼政令都批不下來。」

項少龍道：「徐相還記得我提過『仲父』的虛銜嗎？就拿這來騙騙呂不韋，三天後莫傲歸天，那時輪到他陣腳大亂，加上嫪毒又當上內史，呂不韋到時才知是怎麼一回事呢。」

此時車隊進入王宮，三人心懷大暢，恨不得立即過了未來的三天，好看看惡人有惡報那大快人心的一幕。項少龍原本沉重緊張的心情，已被輕鬆歡暢的情緒替代。好！就讓老子拿這些人開心一下，連鹿丹兒和嬴盈這兩個靠向管中邪的丫頭也不放過，令生命更多采多姿。

王宮教場上旌旗飄揚，人馬薈聚。有份參加田獵者，若非王侯貴族，就是公卿大臣的親屬家將，又或各郡選拔出來的人才，人人穿上輕袍帶革的獵裝，策騎聚在所屬的旗幟下，壯男美女，一片蓬勃朝氣，人數約在五千人左右。一萬禁衛，分列兩旁，準備護衛王駕，前赴獵場。

昌平君、昌文君和管中邪三人忙個不了，維持場中秩序。項少龍離開馬車，騎上疾風，領著十八鐵衛，以閒逸的心態，感受大秦國如日初昇的氣勢。其中一枝高舉的大旗書了個「齊」字，使項少龍記起「老朋友」田單，不由心中好笑。若呂不韋告訴田單已經收拾了他的話，田單不但白歡喜一場，還會疏於防範，教自己更有可乘之機。徐先、呂不韋、鹿公等宿將大臣，均聚集在校閱台的兩側，貴客如田單、太子丹等亦在該處，卻見不到韓闖，想來他該已起程回國。最觸目的是嬴盈等的女兒軍團，數百個花枝招展的武裝少女，別樹一幟地雜在眾男之中，不時和旁邊的好事青年對罵調笑，帶來滿場春意。

但最惹人注意的卻非她們，而是他自己的嬌妻美婢和琴清，她們沒有旗幟，在數十名家將擁衛下，站在一側，使得遠近的人，不論男女都伸頭探頸地去看她們過人的風采。紀嫣然和琴清當然不在話下，烏廷芳和趙致亦是千中挑一的美女，而田貞田鳳這對連他也難以分辨的姊妹花，也是教人嘆爲罕見，議論紛紛。

項少龍哪按捺得住心中的情火，策馬來到眾女旁，笑道：「妳們這隊算作什麼軍哩？」

紀嫣然等紛紛奉上甜蜜的歡笑。

琴清反神色冷淡道：「太后特別吩咐，要我們這三天陪她行獵，項大人說該算什麼軍呢？」

項少龍見她神態冷淡，猜她是因自己上次惡作劇討她便宜，惹怒了她，又或對自己這登徒浪子生出鄙視之心。暗嘆一口氣，淡淡一笑，沒有答話，來到烏廷芳和趙致間問道：「寶兒呢？」

烏廷芳興奮得俏臉通紅，嬌笑道：「眞想抱他同去打獵，卻怕他受不起風寒，只好留在清姊處由奶娘照顧。」

趙致道：「項郎啊！讓我給你介紹兩位新奶娘好嗎？」

後面的田氏姊妹立時玉頰霞燒，不勝嬌羞，看得項少龍心頭火熱、想入非非，烏廷芳在馬上湊過來道：「項郎啊！今晚到我們帳內來好嗎？人家想得你很苦哩！」

項少龍食指大動，忙點頭答應。此時鼓聲急響，小盤和朱姬在禁衛簇擁下，登上檢閱台。全場登時肅然致禮，齊呼我王萬歲。田獵在萬衆期待下，終於開始。

田獵的隊伍，連綿十多里，聲勢浩蕩。沿途均有都騎兵守護道旁高地，防範嚴密。爲顯示勇武的國風，小盤朱姬一律乘馬，在禁衛前呼後擁下，領頭朝田獵場開去。呂不韋、徐先、鹿公、王綰、蔡澤等公卿大臣，則伴在小盤和朱姬左右。項少龍陪烏廷芳等走一會後，李斯特意墮後來找他。兩人離開官道，沿路側並騎走著。

李斯低聲道：「每次當我見到琴太傅，都覺得她比紀才女更動人；但當見到紀才女，又感到琴清及不上她。現在終於同時看到她們，終於明白什麼是春蘭秋菊，各擅勝場。」

項少龍道：「李兄今天的心情很好哩！」

李斯搖頭道：「只是苦中作樂吧！三天田獵外弛內張，危機重重，小弟的心情可以好得到那裡去。」仔細打量項少龍一會，續道：「項兄昨晚定是睡得不好，兩眼紅筋密布，又聲音嘶啞，教人擔心。」

項少龍苦笑道：「我根本沒有睡過，何來睡得好不好呢？至於聲音嘶啞，則是因喉嚨給刮傷，但若沒此一傷，就要小命不保。」接著簡要的說出昨晚驚險刺激、峰迴路轉的經過。

李斯聽得合不攏嘴來，興奮地道：「待會定要告訴儲君，唉！我愈來愈佩服項兄。」又道：「難怪剛才呂不韋來向太后和儲君稟告，說要把女兒嫁與項兄，請太后和儲君作主，太后當然高興，儲君和我卻是大惑不解，原來箇中竟有如此微妙曲折。嘿！項兄當不會拒絕吧！」

項少龍失笑道：「你說我會嗎？」

兩人對望一眼，齊聲暢笑。

李斯道：「我大秦一向慣例，是在田獵時頒布人事上的安排和調動，或提拔新人。項兄向儲君提議封呂不韋爲仲父之計，確是精采，既可堵住他的口，又可使他更招人猜疑。儲君準備當太后再迫他任命呂不韋爲攝政大臣，以此法應付。」

項少龍眼角處瞥見管中邪策馬趕上來，連忙把話題岔往些無關緊要的事情上。

管中邪雖是一晚沒睡，卻比項少龍精神許多，神采飛揚地來到項少龍另一邊，先向李斯打個招呼，隨口道：「李大人自入宮侍奉儲君，我們少有聚首機會，趁這三天大家該好好相聚。」

項少龍心中一動，暗忖呂不韋若要完全控制小盤，必須以例如莫傲這樣的人去代替李斯，所以李斯或會是這次呂不韋要剷除的目標之一，自己爲何以前卻沒有想及此點？說到底，皆因己方缺乏一個像莫傲般頭腦清明的謀士。李斯本是最佳人選，但由於要助小盤日理萬機，分身不得。想到這裡，不由想起紀嫣然，禁不住暗罵自己空有智比孔明的賢妻，竟不懂事事求教，讓她發揮。

管中邪的聲音在耳旁響起道：「項大人爲何心神恍惚？」

項少龍生出頑皮作弄之心，向李斯打個眼色，道：「管大人請借一步說話。」

李斯有點明白，一聲告罪，歸隊去了。

管中邪訝道：「項大人有什麼話要和卑職說？」

項少龍嘆道：「剛才李長使來告訴我，呂相有意把三小姐下嫁於我，說不定今天會由太后正式頒布。但我卻知三小姐傾心的是管兄，坦白說！無論我將來和管兄各自立場如何，但對管兄的胸襟氣魄和劍術是衷心佩服的，亦不會計較管兄異日因立場不同與我對立；要嘛就明刀明槍拚個高下。所以只要管兄一句說話，我項少龍立即去向太后和儲君表明立場，不敢誤了三小姐的終身。」

管中邪本來雙目厲芒閃閃，聽畢後沉吟不語，臉上透出複雜的神色。項少龍亦心中佩服，因他大可一口否認，自己也拿他沒法，但那樣就顯出他是睜眼說謊的卑鄙小人。現在形勢之微妙，除了局內的幾個人外，誰都弄不清楚。其實大家心知肚明務要置對方於死地，那已成暗著來做的公開事。

在管中邪看來，項少龍有半隻腳踏進鬼門關內，誰都救不了他，只是項少龍自己以為已避過大難吧。故此項少龍這麼表白心跡，擺明不欲以此來占呂娘蓉的大便宜，可見項少龍乃真正的英雄，不會因自己以毒計害他而利用呂娘蓉來打擊自己，他管中邪豈能無愧於心。項少龍卻是心中暗笑，等待最強對手的反應。

管中邪忽地苦笑起來，道：「虛飾的話我管中邪不想說，不過三小姐下嫁項兄一事，卻非我可以作主的，更不可因我而破壞。有所求必有所失，人生就是如此。三小姐年紀尚幼，好使性子，但憑項大人的本領，定可使她甘心相從，項大人莫要再為此心煩。」

一聲告罪，拍馬去了。項少龍心中暗嘆，圖先說得不錯，管中邪始終不是正人君子，縱對著自己這個在他認為必死的人，仍不肯說一句半句真誠的話，可見他是如何無情。不過這正是他所預期的，當三天後他項少龍尚未死，而呂娘蓉則成爲自己的未過門妻子，偏又是管中邪勸呂娘蓉接受安排，那時他的悔恨，將對他造成心理上嚴重的打擊。當年他在他師弟連晉手上把烏廷芳和趙雅橫刀奪過來，使連晉失去理智，進退失據下，爲他所乘。想不到同一樣的情況，會在管中邪身上重演。那時他會採取什麼激烈的行動呢？

想到這裡，忙趕上紀嫣然，好向她詳述一切。琴清、紀嫣然諸女，正與太后朱姬走在一塊兒，談笑甚歡，再前點是小盤和呂不韋等人的行列。項少龍怕見朱姬，唯有隨在後側，找尋機會。

有人叫道：「項大人！」

項少龍別頭望去，見到嫪毐離開內侍的隊伍，到他身旁恭敬施禮。

項少龍回禮後欣然道：「嫪毒大人神采飛揚，必是官運亨通。」

嫪毒壓低聲音道：「全賴項大人厚愛提攜，儲君更明言是項大人全力舉薦小人的。」接著興奮起來道：「儲君這兩天會正式任命小人作內史，以後與項大人合作的機會多著哩！」

項少龍知他的感激出自眞心。對嫪毒來說，要的只是權力財富，哪管服侍的對象是何人。以前須聽呂不韋的話，是爲了得到晉身的機會。對他這種寡情薄義、心毒如禽獸的人來說，哪會念呂不韋的舊情。

項少龍低聲問道：「呂相知悉此事嗎？」

嫪毒岔然道：「他昨天才知道，還在太后跟前大發脾氣，幸好給太后頂回去。」

項少龍故作愕然道：「嫪兄陞官發財，他理該高興才對，有什麼反對的理由？」

嫪毒狠狠道：「他當然不會說反對我當內史，只說我因犯事入宮，如今連陞數級，必會惹人閒言。

嘿！說到底，還不是想我一生當奴僕。」

項少龍心中暗喜，知道他和呂不韋的矛盾終於明顯化，正容道：「嫪兄放心，我已在徐相和上將軍前為你打點過，保證他們會支持嫪兄。」

嫪毐目瞪口呆道：「嘿……這……這……」竟是說不出話來。

項少龍忍住肚內的笑聲，沉聲道：「呂不韋一向是這樣的人，你的官愈大，太后和儲君愈看重你，他愈妒忌你。但嫪兄暫可放心，一天他除不去我項少龍，便無暇理你。」

嫪毐渾身一震，露出深思的表情。這時田貞看到他，隨後來會。項少龍拍拍嫪毐的肩頭，迎了上去。嫪毐這粒對付呂不韋的奇異種籽，終於發芽。

涇水西岸營帳連綿，旌旗似海。項少龍和紀嫣然、烏廷芳、趙致、田氏姊妹置身在王營所在的平頂小丘上，俯覽遠近形勢。這趟雖非征戰，但行軍立營，無不依據軍規兵法。在六國中，以秦人最重武力，男女自幼習武不在話下，對於行軍布陣，更是人人熟習。由於這裡地勢平坦，平原廣澤，無險可恃，所以設的是方營。小盤所據的木寨為中軍，等於指揮總部，寨內有近二十個營帳，小盤和朱姬兩帳居中，其他營帳住著王族內侍，又或像琴清這類身分特別、又與王室親近的人。

以木寨為中心，平頂丘左右兩旁的營帳名為左右虞侯，分由昌平君和昌文君率禁衛駐紮，屬由小盤直接掌握的機動兵力，負責中軍的安全。至於其他人等，分東西南北四軍，布成方陣，眾星拱月般團團圍著中軍，作其屏衛。至於項少龍的都騎軍，則在遠方設營，遙遙保護整個方營，有點似戍邊放哨的味兒。除中軍外，營帳十個一組，每組間留下可供八馬並馳的走道。每軍的中心處，又留下大片空地設有馬欄和練習騎射的廣場，讓田獵者舒展筋骨，又或比拚騎術，射箭練劍，非常熱鬧，有點像個遊藝大會。

此時距黃昏田獵的時刻仍有兩個多時辰，人人興高采烈，聚集在六個大廣場處戲耍。王營下方的主廣場，變成嬴盈等女兒軍的天下，有意追求這批刁蠻秦女的年輕貴胄，擁到這裡來找尋機會，其盛況自非其他騎射場可比。一時馬嘶人聲，響徹三千多個營帳的上方。長風拂來，旗幟獵獵作響，倍添軍旅的氣氛。

紀嫣然盡悉近日發生的所有事故，微笑道：「高陵君來襲時，必會先使人燒王營的木寨和離河最遠的營帳，由於近日吹的是東南風，火勢濃煙迫來，我們唯有渡河往涇水北岸去躲避。」項少龍和諸女看著橫跨涇水的兩道木橋，生出寒意，若兩道橋樑給破壞，後果不堪想像。縱使橋樑仍在，一時間亦不容那麼多人渡過，所以登不上橋的人只好各自游往對岸去，在那種混亂的形勢下，呂不韋要刺殺幾個人，確非難事。

可以預想到時管中邪會「大發神威，鎮定從容」地護著朱姬和小盤由橋上撤走，而項少龍則「毒發身亡」，事後管中邪還「立下大功」，莫傲這條毒計確是無懈可擊。際此春雨綿綿的時節，放火不是易事，但高陵君乃是內奸，其營帳正是在王營下東南方的一處營帳內，弄點手腳乃輕而易舉的事，所以此法確是可行。尤其那時正值田獵的重頭戲登場，大部分人均到西狩山進行晚獵，防備之心薄弱，乃偷營的最佳時刻。若昌平君兄弟都給幹掉，可能禁衛軍的指揮權亦會被呂不韋搶過去。

項少龍吁出一口涼氣道：「嫣然高明，一眼看穿高陵君的策略，所以只要密切監視，看看高陵君或呂不韋的人何時爲營帳塗上火油一類的東西，當知道他們發動的時刻。」

紀嫣然得夫婿讚賞，喜孜孜地以甜笑回贈。

蹄聲響起，昌文君策馬而至，嚷道：「我們到下面騎射場去湊熱鬧啊！」

諸女回頭往他望去，這傢伙正狠狠地瞪著紀嫣然和諸女，露出傾慕迷醉的神色，欣然道：「諸位嫂子福安，唉！我對少龍眞是妒忌得差點要了我的小命。」

烏廷芳聽得「噗哧」嬌笑，露出比鮮花更艷麗的笑容，道：「昌文君忙完了嗎？」

昌文君裝出個忙得透不過氣來的表情，道：「太后和儲君剛安頓好，琴太傅被太后召去說話，囑小將來通知各位嫂子。」

項少龍打個呵欠，道：「你去湊熱鬧吧！我想回營好好睡上一覺。」

昌文君哈哈一笑，策馬由項少龍和紀嫣然間穿進去，探手牽著項少龍的馬韁，硬扯他奔下坡去，招呼諸女道：「我們玩耍去！」

諸女看到項少龍被扯下去的無奈表情，嬌笑連連中，策馬追去。

「颼！」的一聲，三枝勁箭連珠迸發，正中三百步外箭靶紅心，圍觀的近千男女，爆起一陣喝采聲。

射箭的嬴盈得意洋洋地環視全場，嬌叱道：「下一個輪到誰啊？」

眾男雖躍躍欲試，但珠玉在前，假若不愼失手，立即當場出醜，一時間沒有人敢應她。

管中邪哈哈笑道：「我們女兒軍的首席射手神箭一出，誰還敢來獻醜？」

嬴盈得他讚賞，忙飛他一個媚眼，看得諸公子心生妒意，卻更是沒有人敢行險一試。項少龍剛下馬，看到嬴盈箭法如此厲害，倒吸一口涼氣。要射中紅心，他自問可以辦到，但三箭連珠發射，就沒有把握，難怪嬴盈如此自負。衆女兒軍看到項少龍，均露出不屑表情，可是看到紀嫣然，卻無不露出既羨且妒的神色。

鹿丹兒排衆而出，嚷道：「項統領的腿傷好了嗎？聽說你擋箭的劍術天下無雙，不知射箭的功夫如何？」

近千道目光，立時落在項少龍身上，然後移到他身旁的紀嫣然身上。

紀嫣然當然知道項少龍的箭法非其所長，更明白秦人重武，假若項少龍託傷不出，對他的形像大有損害。一聲嬌笑，解下外袍，露出內裡素白的緊身勁裝，輕舉玉步，來到場心，以她比仙籟還好聽的聲音道：「先讓嫣然試試好嗎？」她那種慵慵懶懶，像不把任何事物放在心上，偏又是綽約動人的風姿，不論男女都給她勾出魂魄來。

語畢，呆看著她玲瓏浮凸、優美曼妙至無可挑剔的體態的諸男，才懂得歡呼喝采。嬴盈狠狠地瞪紀嫣然兩眼，有點不甘願地把強弓遞與她。紀嫣然見她腳下擺出馬步，心知肚明是怎麼一回事，悠然但又迅捷的探手抓著強弓一端，使下巧勁，嬴盈尚未有機會發力，強弓落到這美麗得令她自愧不如的才女手上。這回管中邪也露出驚異之色。

項少龍旁邊的昌文君低聲道：「殺殺我妹子的傲氣也好！」

嬴盈想不到紀嫣然看破自己的陰謀，失措地退到鹿丹兒旁。在場的都騎軍內奔出兩人，榮幸地向紀嫣然奉上長箭。紀嫣然仍是那副若無其事，漫不經心的俏美模樣兒，嘴角掛著一絲可迷倒天下衆生的笑意，背著三百步外的箭靶，接過三枝長箭，夾在指隙處。全場肅靜無聲。倏地紀嫣然旋風般轉過嬌軀，在眾人瞠目結舌下，三枝勁箭連珠迸發，一枝接一枝向箭靶流星逐月般電射而去。

發第一箭時，她仍是背著箭靶，只是反手勁射，到第三箭，變成正面對靶。「篤！」的一聲，第一枝箭命中紅心，接著兩枝箭都分別命中前一箭的尾端，神乎其技處，令人不敢相信自己的眼睛，登時把嬴盈的箭技比下去。全場采聲雷動，久久不竭。紀嫣然心恨嬴盈和鹿丹兒等「欺負」夫君，眼尾也不看她們，向眾觀者施禮，凱旋而歸。項少龍卻知道這個「仇」愈結愈深。此時有近衛來報，儲君召見項少龍。

進入木寨的大閘，一隊女將策馬由後方馳來，帶頭的赫然是呂娘蓉，其他是她的貼身女衛。呂娘蓉看到他，神情複雜，小嘴驕傲地翹起來，故意加鞭，旋風般由項少龍旁經過。項少龍不由對她生出鄙夷之心，此女明知自己「呑了毒丸」，仍對自己沒有絲毫同情之心，可知虎父無犬女，她也好不到哪裡去。哼！遲些她就知道滋味。

主營前的空地處傳來開氣揚聲的叱喝聲，原來小盤在射箭，呂不韋、徐先、鹿公、昌平君等一眾大臣將領在旁助威喝采。

李斯見他到來，移到他旁道：「是時候了！」

項少龍當然知道李斯指的是取血以「不認親」一事，看李斯神色緊張，明白他正在擔心小盤說不定是呂不韋的兒子，那就糟透。項少龍擠到站在後方的鹿公和徐先身旁，摸出取血的針，向兩人打個眼色，兩人的呼吸立時深重起來。小盤這時射了十多箭，有四枝正中紅心，其他落在紅心附近，已超出他平日的水準，難怪群臣喝采。其實只要他射中箭靶，各人已非常高興。

王賁向他奉上另一枝箭，小盤見到項少龍，轉身舉著大弓興奮地走過來，欣然道：「太傅！寡人的成績還不錯吧！」

項少龍知他在給自己製造取血的機會，致禮道：「若儲君多用點手，少用點眼，成績當會更好。」

小盤訝道：「射箭最講究眼力，多用點手是什麼意思？」

不但小盤不解，其他人都不明白項少龍在說什麼，注意力集中到他身上去。呂不韋旁的呂娘蓉和莫傲，狠狠盯著他。項少龍恭敬地請小盤轉過身去，藉著糾正他的姿勢，把針尖輕輕地在他頸側的血管刺下去，由於小盤運動後血氣運行，一股鮮血立時湧出，流進針尾的小囊去。由於他身後是徐先、鹿公和昌平君，他三人固是看得一清二楚，其他人卻看不到。

小盤「唉！」一聲，往後頸摸去，故意道：「有蚊子！」

項少龍反手把針塞入徐先手裡，道：「儲君莫要分心，射箭之道，手眼固須配合，但以手瞄卻勝過以眼瞄，這是由於眼看到目標，還要通知自己的心，再由心去指揮手，隔了多重。但若以手去瞄準的話，便少去重重阻隔，看！」

隨手拔出五根飛針，閃電般往二百步外的箭靶擲去。眾人哪想得到他是擲針而非射箭，齊感愕然，五枝飛針一排的釘在箭靶上，中間的一根正中紅心，針與針間相隔均是一寸，分毫無誤，其結果連項少龍也沒有夢想過。他的飛針絕技雖然著名，各人仍是首次目睹。只看他能在二百步的距離達到如此神乎其技的準繩，可知他不但手勁驚人，且有獨特的手法，否則休想辦到。呂不韋父女和莫傲同時露出駭然之色。這時眾人才懂得喝采叫好。呂不韋和莫傲對視一笑，顯是想起項少龍命不久矣，無論如何厲害也不用擔心。

小王賁興高采烈地想去拔回飛針，好送回給項少龍，小盤見狀喝止道：「讓飛針留在靶上，寡人要帶回宮內作個紀念，這三天就讓它們像現在那樣子。」

小盤露出崇慕之色，道：「難怪太傅的飛針如此既快且準，原來是用手的感覺去擲。」

項少龍雖成了都騎統領，可是仍是職兼太傅，故可教導小盤。

項少龍暗察呂不韋和莫傲，亦有留心呂娘蓉，只見她眼內驚異之色久久不退，顯然被自己一時忘我下露的漂亮一手所震懾，坦白說，若要蓄意而為下再擲一次，他反全無把握。說眞的，他平時練針，也是以眼去瞄準，只有剛才方是用手去瞄。

鹿公讚嘆道：「少龍這一手飛針，空前絕後。」

呂不韋呵呵笑道：「蓉兒！現在你該知項大人的本領。」

呂娘蓉垂下俏臉，以免讓人看到她矛盾複雜的神色。

小盤乘機道：「太傅請到寡人帳內一談！」

領著李斯，返回主營去。

項少龍待要跟去，鹿公扯著他道：「見儲君後即到我營帳來。」又向他打眼色。

項少龍一時間不明他究竟是取得呂不韋那滴血，還是另有事商討，帶著疑問去了。

王帳內，小盤嘆道：「太傅這手飛針絕技，定要傳我。」

李斯亦道：「難怪項大人能屢脫險境，實非僥倖，這些飛針比弩箭更難閃躲，更不用說拿劍去擋格。」

項少龍在厚軟的地氈坐下來，苦笑道：「儲君和李大人不用誇獎我，昨晚我剛從鬼門關打個轉回來，卻全靠僥倖。」

小盤訝然追問下，項少龍把昨晚的事說出來。

小盤聽到高陵君謀反的事和呂不韋的陰謀，勃然大怒道：「這兩人的膽子一個比一個大，究竟視寡人為何物？」

李斯忙道：「儲君息怒，項大人對此事必有妥善應付之法。」

小盤望向項少龍，後者點頭道：「既知高陵君叛黨襲營的時間，我自可調動兵馬，將他們一網打盡，教他們全無用武之地。而營地這邊，微臣希望儲君能親自掛帥，調軍遣將，一方面把高陵君的人全體成擒，另一方面則把呂不韋制個貼伏，露上一手，那以後還有人敢不把儲君放在眼內嗎？」

這番話可說對正未來秦始皇的胃口，他最愛由自己一顯手段顏色，點頭道：「項大人果是胸有成竹，不知計將安出。」

項少龍道：「這事須憑精確情報和當時的形勢釐定，微臣會與李大人保持聯繫，摸清形勢，再由儲君定奪。」接著暗裡向他打個眼色。

小盤心中會意，知道屆時項少龍會把詳細計畫奉上，再由自己發號施令，心中大喜，小臉興奮得紅起來，點頭道：「一切照項卿家所奏請的去辦吧！」接著道：「今天太后對寡人說，呂不韋要把最疼愛的三女兒委身於項卿家，寡人還以為呂不韋轉了性子，原來其中竟有如此狠辣的陰謀。哈！莫傲這傢伙死到臨頭仍不自知，眞是笑破寡人的肚皮。」

李斯和項少龍聽他說得有趣，知他心情大佳，忍不住陪他捧腹笑起來。

此時門衛報上嫪毒求見，三人忙收止笑聲，看著他進來跪稟道：「太后有請儲君。」

小盤眼中射出鄙夷之色，道：「知道了！內侍長請回，寡人立即來。」

嫪毒退出帳外後，小盤壓低聲音道：「項卿家是否準備迎娶呂不韋的寶貝女兒呢？」

項少龍冷笑道：「呂不韋若見我死不了，絕不會把女兒嫁我，不過此事由他頭痛好了。」

小盤明白他的意思，點頭道：「寡人知道怎麼辦。」長身而起。

項李兩人忙跪伏地氈上。

小盤趨前扶起項少龍，湊到他耳邊道：「師傅小心，若你有什麼三長兩短，這天地將了無生趣。」

這才去了。

第九章 田獵風雲

小盤那滴血由囊尾回流出來，從針孔滴在碗內的藥水裡。接著徐先把載著呂不韋血液樣本的針囊掏出，湊到碗口上，卻不立即把血滴下去。眾人凝視小盤那滴血在藥水裡化作一團，無不露出緊張神色。在鹿公這座帳營裡，擠了十多人，全部是軍方德高望重的人物，除鹿公和徐先外，還有王陵、賈公成、王族的雲陽君嬴傲和義渠君嬴樓等，可見小盤是不是呂不韋所出，會決定軍方是否支持他。

項少龍擠在圍觀的人裡，問道：「呂不韋這滴血怎得來的呢？」

雲陽君嬴傲道：「我拉他出去射箭，鹿公和王將軍則在旁詐作鬥耍，取了血他還不知是怎麼一回事。」

鹿公這時哪有興趣聽人說話，沉聲道：「徐先！」

徐先猛一咬牙，把血滴往水裡去。帳內鴉雀無聲，各人的心全提到咽喉處，呼吸不暢。血滴落入水裡，泛起一個漣漪，然後碰上小盤原先那團血液。像奇蹟般，兩團血立時分開來，涇渭分明，一副河水不犯井水的樣子。眾人齊聲歡呼，項少龍立感身輕似燕。未來就是這麼可怕，明知小盤必過此關，但身在局中，總是不能自已。

項少龍的私帳裡，紀嫣然諸女小心翼翼的爲項少龍清洗傷口和換藥，滕翼回來坐下欣然道：「終於找到高陵君的人！」

項少龍大喜道：「在哪裡？」

滕翼似乎心情甚佳，一邊由懷裡掏出帛圖，邊說笑道：「秦人的所謂田獵，對我這打了十多年獵的人來說只是一場鬧劇，百里內的虎狼都要被嚇走。」

項少龍助他拉開帛圖，笑道：「二哥爲何不早點告訴我老虎早給嚇得避難，那我就準備大批虎耳，以十倍價錢出售，讓這批業餘的獵者不致空手而回，保證供不應求，大大賺他娘的一筆。」

紀嫣然諸女立時爆出震營哄笑。

滕翼捧腹道：「業餘獵者！這形容確是古怪。」

項少龍喘著氣道：「高陵君的人躲在哪個洞裡？」

滕翼一呆道：「竟給三弟誤打誤撞碰對。」指著圖上離營地五十里許的一處山巒續道：「此山林木深茂，位於涇水上游，有七個山洞，鄉人稱之爲『七穴連珠』，高陵君想得周到，就算明知他們藏在那裡，也休想可找得著他們。我們只知他們在那裡，但卻沒法把握到他們有多少人。」

烏廷芳天眞地道：「二哥眞是誇大，把整個山區封鎖，然後放火燒林，不是可把他們迫出來嗎？」

項少龍最愛看烏廷芳的小女兒家嬌憨神態，微笑道：「春霧濕重，這時候想燒林該是難比登天，噢！」一手抓著烏廷芳打來的小拳頭，他仍口上不讓道：「除非燒的是烏大小姐的無名火，那又另當別論。」

紀嫣然失笑道：「我們的夫君死而復生，整個人變得俏皮起來。」

趙致伏到烏廷芳背上，助她由項少龍的魔爪裡把小拳頭拔回來。

滕翼探頭察看他傷口痊癒的情況，邊道：「不過他們若離開七穴連珠，絕逃不過我們荊家獵手的耳目。嘿！我看該出動我們的兒郎，讓他們多點機會爭取實戰的經驗。」

項少龍伸手按著滕翼肩頭，笑道：「這等事由二哥拿主意好了，幸好杜壁不在咸陽，否則形勢將更複雜。嘻！橫豎在呂不韋眼中，我只是個尙有兩天半命的人，無論我在兩天半內做什麼，他都會忍一時之氣，還要假情假意，好教人不懷疑是他害我，更重要是瞞著朱姬，在這種情況下，我若不去沒事找事，就對不住眞正的死鬼莫傲所想出來的毒計。」

趙致正助紀嫣然半跪蓆上爲他包紮傷口，聞言嗔道：「項郎你一天腿傷未癒，我們姊妹不容許你去逞強動手。」

項少龍故作大訝道：「誰說過我要去和人動手爭勝？」

紀嫣然啞然笑道：「致妹他在耍弄妳啊！快向他進攻，看他會不會逞強動手。」

正鬧得不可開交，帳門處烏言著報上道：「琴太傅到！」

項少龍心中浮起琴清的絕世姿容，就在這刹那，他醒悟到今天大家這麼開懷的原因，是因終成功算計了莫傲。此人一日不除，他們休想有好日子過。自把毒丸送到他的咽喉內，他們立即如釋重負，連一向嚴肅的滕翼亦不時談笑風生。不過世事無絕對，莫傲一天未斷氣，他們仍須小心翼翼，不能讓對方看出破綻。此時田貞田鳳兩姊妹剛爲項少龍理好衣服，琴清沉著玉臉走進帳內來。

與琴清交往至今，她還是首次找上項少龍的「地方」來，他這時泛起的那種感覺頗爲古怪。不過鑑貌辨色，卻似是有點兒不妙。

烏廷芳歡呼道：「清姊又不早點來，我們剛來了一場大決戰哩！」

紀嫣然心細如髮，皺眉道：「清姊有什麼心事？」

滕翼和琴清打過招呼，乘機告退。

琴清在紀嫣然對面坐下來，輕輕道：「我想和你們的夫君說兩句話。」

諸女微感愕然，紀嫣然亭亭起立，道：「過河的時間快到，我們在外面備馬等候你們。」語畢領著烏廷芳、趙致和田氏姊妹等出帳去。

項少龍訝然望著琴清，道：「什麼事令太傅這麼不高興哩？」

琴清瞪著他冷冷道：「琴清哪敢不高興，還應恭喜項大人，娶得呂不韋如花似玉的寶貝女兒！」

項少龍曉得是怎麼一回事，啞然失笑道：「琴太傅誤會，這事內情錯縱複雜，呂不韋既不想把女兒嫁我，我也不會要這種女人爲妻。」

琴清愕然道：「那爲何太后告訴我，呂不韋請她頒布你們的婚事，又說是你同意的？」

項少龍微笑看她，柔聲道：「琴太傅能否信任我一回呢？田獵後妳可由嫣然處得知事情始末。」

琴清繃緊俏臉，不悅道：「爲何項大人說話總是吞吞吐吐、欲言又止、藏頭露尾，你當琴清是什麼人？」

項少龍原是言者無心，但聽者有意的「那聽者」，竟心中一蕩，衝口而出道：「琴太傅想我項少龍當妳是什麼人呢？」

琴清左右玉頰立時被紅暈占領，大嗔道：「項大人又想對琴清無禮嗎？」

項少龍立時想起那天摟著她小蠻腰的醉人感覺，乾咳一聲道：「項少龍怎有這麼大的膽子。」

琴清見他眼光遊移到自己腰身處，更是無地自容，螓首低垂，咬著唇皮道：「你究竟說還是不說？」

項少龍看著她似向情郎撒嬌的情態，心中一熱，移了過去，挨近她身側，把嘴湊到她晶瑩似玉的小耳邊，享受著直鑽入心的陣陣髮香，柔聲道：「此乃天大祕密，不可傳之二耳，所以琴太傅勿要怪我這樣的和妳說話兒。」

琴清嬌軀輕震，紅透耳根，小耳不勝其癢地顫聲道：「項大人知道自己在幹什麼嗎？」

這是琴清首次沒有避開他，項少龍大感刺激，哪還記得琴清乃碰不得的美女，作弄地道：「那我說還是不說呢？」

琴清不敢看他，微一點頭。

項少龍強制心中那股想親她耳珠的衝動，卻又忍不住盯著她急促起伏的胸口，輕輕道：「因爲呂不韋使人對我下毒，估量我絕活不過兩天，所以詐作將女兒許配與我，還要昭告天下，那我若有不測，將沒有人懷疑他，至少可瞞過太后。」

琴清劇震一下，俏臉轉白，不顧一切別過頭來，差點兩唇相碰。

項少龍嚇得仰後半尺，旋又有點後悔地道：「教琴太傅受驚，幸好我識破他的陰謀，破去他下毒的手法，但此事呂不韋卻懵然不知，仍將女兒嫁我，事後定然千方百計悔婚，那時太后就知他在騙她，所以我佯作應允。」

琴清如釋重負地舒一口氣，捧著胸口猶有餘悸道：「差點嚇死人家。」旋又俏臉生霞，那情景有多動人就那麼動人。

項少龍欣然道：「多謝琴太傅關心。」

琴清雖紅霞未退，神色卻回復正常，微微淺笑，溫柔地道：「算我這回錯怪你吧！與你剛才想藉故對我無禮兩下扯平，以後不許再犯。唔！弄得人家耳朵怪癢的。」

項少龍心神俱醉，笑著點頭道：「琴太傅既明言不准我對妳無禮，我會考慮一下，遲些告訴妳我的決定好嗎？不過這又是天大祕密，不可傳於二耳。」

琴清「噗哧」嬌笑，嫵媚地白他一眼，盈盈而起道：「你這人哪！教人拿你沒法。」

項少龍陪她站起來，攤手道：「只要琴太傅不再整天爲我動氣便謝天謝地。」

琴清幽幽嘆道：「要怪就怪你自己吧！什麼事都不和琴清說清楚，不迫你不肯說出來。是了！剛才你一擲五針的事，傳遍軍營，人人皆知，我由太后帳內出來時，見到管中邪和嬴盈等在研究靶上的飛針。」

接著垂首輕輕道：「項大人可否送一根飛針給琴清呢？」

項少龍毫不猶豫探手腰間，拔出一根飛針，自然地拉起她不可觸碰的纖美玉手，塞在她掌心裡，柔聲道：「再恕我無禮一次好嗎？」

琴清猝不及防下被他所乘，大窘下抽回玉手，嗔道：「你……」

項少龍手指按唇，作個噤聲的姿勢，又指指外面，表示怕人聽到，笑道：「這是不想我項少龍把琴太傅當作外人的代價，以後我有空會來找我的紅顏知己說心事話兒，什麼有禮無禮都不理。」

琴清現出個沒好氣理睬他的嬌俏神情，往帳門走去，到了出口處，停下來冷冷道：「你有手有腳，歡喜來找琴清，又或不來找琴清，誰管得你！」這才把嬌軀移往帳外。

項少龍搖頭苦笑，看來他和琴清雙方的自制力，是每況愈下，終有一天，會攜手登榻，那就糟了。可是若可和她神不知鬼不覺的「偷情」，不也是頂浪漫迷人嗎？

田獵的隊伍緩緩渡河，在徐先的指示下，加建兩道臨時的木橋，現在共有四道橋樑。獵犬的吠叫聲響徹平原，養有獵鷹者把鷹兒送上天空，讓牠們高空盤旋，揚威耀武。項少龍想起周良的戰鷹，對獵鷹大感興趣，暗忖著遲些弄頭來玩玩，既有實用價值，該算有建設性的玩意。紀嫣然諸女隨琴清加入朱姬的獵隊，他自己則伴小盤御駕出獵。這些日子來，他和朱姬盡量避免見到對方，免得尷尬，也可能是朱姬恐怕嫪毒嫉忌他。

當他抵達岸邊，小盤在群臣衆衛簇擁下，渡過涇水。項少龍和十八鐵衛趕到隊尾，遇上殿後的管中邪。

項少龍笑道：「還以爲管大人加入女兒軍團哩！」

管中邪知他暗諷自己整天和鹿丹兒及嬴盈混在一起，淡然道：「公務要緊，再不把她們趕跑，恐怕項大人降罪於我。」

項少龍心中一懍，知道他因決定除去鹿公，認爲鹿丹兒對他再無利用價值可言，故語氣冷淡。至於嬴盈，本是他以之聯結昌平君兄弟的棋子。不過若項少龍、鹿公等在高陵君來襲時被殺，那負責安全的禁衛和都騎兩軍均不能免罪，呂不韋定會藉此革掉昌平君兄弟和一衆都騎將領，好換上他自己的心腹手下。反是都衛軍留守咸陽，與此事無關，可以置身事外。故此無情的管中邪，再沒有興趣理會嬴盈。

莫傲想出來的毒計，均非他項少龍應付得了。這次占在上風，全因幸運。

管中邪見他不作聲，以爲他不高興，忙道：「項大人一擲五針，力道平均，教人傾佩。」

項少龍漫不經意道：「雕蟲小技吧！」

兩人並騎馳過木橋，蹄聲隆隆作響。平原長風吹來，項少龍精神一振，太陽往西山落下去，陽光斜照，大地一片金黃。

管中邪道：「差點忘了，呂相有事找項大人呢。」

項少龍應一聲，馳下木橋，往前方大旗追去。

涇水東岸的平原廣及百里，一望無際，其中丘巒起伏，密林處處，河道縱橫，確是行獵的好地方。過萬人來到大平原，只像幾群小動物，轉眼分開得遠遠的，各自尋覓獵物。小盤這隊人數最多，由於其中包括朱姬和王族的內眷、公卿大臣，故只是流連在離岸不遠處湊熱鬧，應個景兒。

呂不韋領項少龍馳上一座小丘，遙觀一群獵犬狂吠著往下面一座密林竄去，後面追著小盤、王賁和貼身保護的昌平君兄弟與一衆禁衛，欣然道：「我和太后說了，待會野宴由她親自宣布少龍和娘蓉的婚事。」

項少龍不由佩服他的演技，仍是如此迫眞自然。

呂不韋問道：「少龍該沒有異議吧！」

項少龍淡淡道：「我只怕自己配不上三小姐。」

呂不韋呵呵笑道：「我最歡喜少龍的謙虛，待我搬到新相府，立即擇日爲你兩人成親，好了卻心願。」

項少龍心中暗笑，到時你這奸賊就明白什麼是進退維谷的滋味，只看看他們奸父毒女的狼狽樣子，已心懷大快。

呂不韋道：「高陵君方面有什麼動靜？」

項少龍作出擔心的樣子道：「我已著人暗中監視他，不過卻發覺不到他另有伏兵，或者是我們多疑。」

呂不韋道：「小心點總是好的，這事全權交給你處理。」接著輕輕一嘆道：「少龍！你是否仍在懷疑我的誠意呢？」

項少龍猝不及防下，呆了一呆，囁嚅道：「呂相何出此言？」

呂不韋苦笑道：「少龍不用瞞我，那晚中邪請你到醉風樓喝酒，見到你把單美美敬的酒暗潑到几下去。唉！你以爲那是毒酒嗎？」

項少龍心中叫絕，卻不能不回應，也以苦笑回報道：「正如呂相所言，小心點總是好的吧？」

兩人對望一眼，齊聲笑起來。

呂不韋按在項少龍肩頭上，喘著氣笑道：「娘蓉成了你項家的人，少龍是我的好女婿，那時該可放心喝酒。」

項少龍暗叫厲害，呂不韋這番話一出，既可使自己相信單美美那杯根本不是毒酒，只是自己多疑，又可在自己「臨死」前騙得他項少龍死心塌地。不用說是「眞正快要死的」莫傲想出來的妙計，免得他和徐先等先發制人，壞他的陰謀。想到這裡，眞心的笑起來。星月覆蓋下，營地洋溢一片熱鬧歡樂的氣氛。

狩獵回來的收穫，給燒烤得香氣四溢，一堆堆的篝火，把廣及數里的營地照得溫熱火紅。獵穫最豐的十個人，被邀請到王營接受朱姬和小盤的嘉賞，並出席王營的野宴。烏廷芳收穫最佳，與趙致和田氏姊妹興高采烈的炮製野味，紀嫣然則和琴清在一旁喁喁細語。項少龍循例和昌平君兄弟巡視王營，提醒守衛莫要樂極忘形，稍有疏懈，滕翼和荊俊這時回來了，由兩人處知道自己烏家精兵團這支奇兵已進入戰略性的位置，監視高陵君的人。項少龍放下心來，與兩人商量妥當，正要去找徐先，剛踏入寨門，給嬴盈截著。

妮子神色不善，冷冷道：「項少龍！你隨我來！」

項少龍摸不著頭腦的隨她走下山坡，到了營帳重重的深處，廣場處傳來的人聲和掩映的火光，份外顯得此地暗黑幽清。嬴盈靠著營帳，狠狠地瞪他。她的秀髮垂下來，仍未乾透，身上隱隱傳來沐浴後的香氣，不用說是在附近的河溪作美人出浴。他心中同時想起各種問題，自認識嬴盈後，雖被她糾纏不清，恩怨難解，但由於公私兩忙，他從沒有認眞去想兩人間的關係。此刻去了莫傲這心魔，他終有餘暇思索。若站在與呂不韋對敵的立場上，他理該不擇手段的由管中邪手上把嬴盈奪過來。橫豎在這人人妻妾成群的年代，多她一個實在沒什麼大不了，何況她長得如斯美麗誘人。到那時他和昌文君兄弟的關係將更密切，秦國軍方和王族會把他視作自己人，亦對管中邪造成打擊。因爲假若鹿公等死不了，昌平君兄弟又沒有罷職，管中邪當然會爭取嬴盈，好藉姻親的關係去鞏固自己在咸陽的地位。至於鹿丹兒，由於鹿公的反對，管中邪不無顧忌，此事怕連朱姬都幫不上忙，嬴盈便沒有這方面的問題。

無論是他或管中邪去娶嬴盈，都是基於策略上的考慮。想到這裡，不由心中苦笑。娶得這刁蠻女不知是福是禍，自己確是有點不擇手段。若要弄嬴盈上手，這兩天是最佳機會，因爲管中邪以爲她失去利用價值，對她冷淡。時機一過，他就要正面和管中邪爭奪。說眞的，他哪有閒情去和管中邪爭風吃醋。

這些念頭電光石火般閃過腦際，嬴盈惱恨地道：「項少龍！我嬴盈是否很討你的厭，找你較量，總是推三推四，又賴腿傷不便，怎麼在儲君前卻能表演飛針絕技，現在誰都知道你不給人家面子，這筆賬該怎麼和你算？」

項少龍恍然大悟，知她在看過自己那手超水準的飛針，心中生出愛慕之情。表面雖是來興問罪之師，暗裡卻隱存投降修好之意，所以撇開其他女兒軍，獨自前來找他。

項少龍踏前兩步，到離她不足一尺的親密距離，氣息可聞下，微笑道：「好吧！算我不對，不過腿傷確非憑空揑造，我大可脫下褲子給妳檢查！」

嬴盈俏臉飛紅，跺足大嗔道：「誰要檢查你？我要你再擲給我們看。」

項少龍大感頭痛，若擲不回上次的水準，他就要露出虛實，苦笑道：「今天我擲針時，傷口又迸裂開來，讓我們找別的事兒玩。」

嬴盈果然對他態度大有好轉，天眞地道：「玩什麼好呢？」

項少龍聽得心中一蕩，想起她兄長曾說過秦女上承遊牧民族的遺風，婚前並不計較貞操，而嬴盈更是風情得很，眼光不由落在她比一般同年紀女孩豐滿多了的胸脯上，道：「妳的營帳在哪裡？」

嬴盈整塊俏臉燒起來，大嗔道：「你在看什麼？」退後小半步，變成緊貼後面的營帳。

項少龍啞然失笑道：「哪個男人不愛看女人的身體，嬴大小姐何用大驚小怪？這樣吧！初更後我到你的營地來找妳，到時給足妳面子，好讓妳下了這口氣。」

嬴盈高興起來，伸出屈曲的尾指，笑靨如花道：「一言爲定。」

項少龍也伸出尾指和她勾著，俯前細看她那對美麗的大眼睛道：「到時不要又布下陷阱來害我，哼！」

嬴盈明知這男人對自己驕人的酥胸意圖不軌，仍挺起胸脯不屑地道：「誰有閒情去害你哩！記著！假若你失約的話，嬴盈一生一世都會恨你的。」

項少龍運力一勾，嬴盈嬌呼一聲，嬌軀往他倒過來，嚇得她忙往橫移開去，脫出他的懷抱，卻沒有責怪他，白他一眼道：「我的營帳在王營之西，旗是紫色的，帳門處繡了一朵紫花，切莫忘記。」再甜甜一笑，小鳥般飛走。

項少龍想不到這麼輕易與她和解，喜出望外，暗忖難怪秦人歡喜田獵，因爲田獵正是求偶的絕佳時節也。

晚宴的場所選上露天的曠野，四周是林立的營帳、木寨和寨壁。小盤和朱姬的主席設在北端，其他三方擺下三排共六十多席，每席四至六人，席與席間滿插著火把，烈火熊燒，充滿野火會的氣氛。酒當然是這種場合不可缺的東西，食物則全是獵穫物，飛禽走獸，式式俱備，肉香盈鼻，感覺上火辣辣的，別饒風味。除高陵君和田單託詞不來外，王族公卿全體出席，其中除了像鹿丹兒、贏盈、紀嫣然這類貴冑將官的親屬外，就是田獵時表現最佳的入選者。

紀嫣然、烏廷芳和趙致三女與琴清同席，害得鹿公都不時要朝這居於朱姬左側處的首第三席望過來，其他定力差得多的年輕人更不用說。首席處坐的是太子丹和徐夷則，不時和朱姬談笑。紀嫣然仍是那副舒逸閒懶的風流樣兒，像不知自己成爲衆矢之的。小盤還是初次主持這麼大場面又是別開生面的宴會，正襟危座，神情有點不大自然。但最緊張的仍要數坐在朱姬後側侍候的嫪毒，因爲朱姬剛告訴他：侍會儲君會公布擢升他爲內史。不過最慘的卻是項少龍，被安排到小盤右側呂不韋那第一席處，一邊是呂不韋，另一邊則是木無表情的呂娘蓉和神態從容的管中邪，莫傲照例沒有出席，既因職份不配，也免惹人注目。各人先向小盤祝酒，由呂不韋說出一番歌功頌德的話，接著小盤舉盞回敬群臣，宴會開始。

呂不韋起立向隔了徐先那席的鹿公敬酒，坐下來向小盤道：「聽說儲君你射下一頭大雁，此乃天大吉兆，我大秦今年必然風調雨順，國泰民安。」

小盤欣然舉杯道：「右相國，寡人和你喝一杯。」

呂不韋忙舉杯喝了。旁邊的項少龍看得心中喝采，呂不韋的演技固可取得終身成就獎，小盤大概亦可以得個最佳男主角，因爲他正是這戰爭時代的正主兒。

管中邪的聲音傳來道：「項大人待會在儲君主持的晚藝會上，肯否再表演一趟五針同發的驚世祕技？」

項少龍心中暗罵，別過頭去，立時發覺他兩人間夾著一個面無表情的呂娘蓉那種尷尬僵硬的氣氛，先向呂娘蓉點頭微笑，對管中邪道：「獻醜不如藏拙，我還未看過管大人鐵弓的威力，管大人可否償我所願？」心中暗笑，今晚不愁你管中邪不顯示實力，好在秦人前露上一手，就像他那五根仍插在箭靶上的飛針。

管中邪哈哈一笑道：「只要項大人吩咐，下屬怎敢不從命，若非大人腿傷，眞想和大人切磋兩招，享受一下受高手指教的樂趣。」

他這麼一說，項少龍猜到管中邪會於晚宴後在坡下主騎射場舉行的晚藝會上一展身手。

湊到後面的呂不韋俯近項少龍背後向呂娘蓉道：「娘蓉你給爹好好侍候項大人。」

呂娘蓉白項少龍一眼，淡然道：「項大人可沒有和娘蓉說話啊！」

呂不韋大力拍拍項少龍肩頭，責怪道：「少龍！快給我哄得娘蓉開開心心的。」

項少龍感到朱姬和紀嫣然、琴清等人都在注視他們，更感渾身不自在，苦笑道：「曉得。」

呂不韋和管中邪各自找人鬥酒談笑，好給他們製造機會，可說是「用心良苦」。

項少龍望向呂娘蓉，剛好她也朝他看來，項少龍勉強擠出點微笑道：「三小姐今天獵到什麼回來呢？」

呂娘蓉本亦擠出點笑容，待要說話，豈知與項少龍灼灼的目光甫一接觸，立即花容黯淡，垂下頭去，搖搖頭道：「今天我沒有打獵的興致。」

項少龍心道：「算妳還有點良心吧！心中懂得不安。」口上卻道：「不是我項少龍破壞三小姐的興致吧？」

呂娘蓉嬌軀微顫，抬起俏臉，打量他兩眼，神情複雜矛盾。在火光下的呂娘蓉，更見青春嬌艷，比得上嬴盈的美麗，只是身材體態沒有嬴盈般惹人遐思。忽感不妥，原來呂娘蓉一對眸子紅起來，淚花愈滾愈多。

這時呂不韋也發覺異樣，趕過來焦急道：「娘蓉！要不要回帳歇歇？」

呂娘蓉倏地站起來，引得朱姬、小盤、琴清、紀嫣然諸女和鹿公、徐先這些有心人，眼光全落在她身上，哭道：「我不嫁他了！」言罷不理呂不韋的叫喚，掩面奔往後方的營帳去。由於野宴場猜拳鬥酒的吵鬧聲淩蓋一切，知道這事發生的人只屬有限的少數，沒有引起廣泛的注意，更沒影響到現場的氣氛。呂不韋和管中邪呆望她遠去的背影沒入營帳間的暗黑裡，均是無可奈何。反是項少龍對她略有改觀，暗忖她終和乃父不同，做不慣騙人的事，同時猜到她對自己不是全無好感。嫪毐此時奉朱姬之命過來，請呂不韋去，後者向管中邪打個眼色，應命去了。

管中邪剛要去尋呂娘蓉，給項少龍一把抓著，道：「讓她去吧！這種事是不能勉強的。」

管中邪臉上露出個古怪神情，坐回席上，苦笑道：「項大人說得對！」

呂不韋這時走回來，沉聲道：「暫時取消婚事，遲些再說。唉！少龍！我不知該怎麼說。」

項少龍卻是心中暗喜，詐作黯然道：「呂相不用介懷。嘿！我想……」正要找藉口溜走，嫪毒又來了，這回是請項少龍過去。

項少龍最怕見朱姬，聞言硬著頭皮走過去，到朱姬席旁，朱姬淡淡道：「少龍不用多禮，請坐！」

項少龍在她左後側處蹲坐下來，低聲道：「太后有何賜示？」瞥一眼坐在朱姬後方五步許處的嫪毒，正豎起耳朵聽他們說話，但由於場內吵聲震天，理應聽不到他們那種音量。

朱姬受嫪毒的滋潤，更是容光煥發、艷色照人。幽幽的目光注在他臉上，嘆道：「少龍！你和政兒都變了。」

項少龍想不到朱姬會這麼說，嚇了一跳道：「太后！」

朱姬微怒道：「我不想聽言不由衷的話，唉！你們是否心中在怪我呢？」後一句語氣軟化下來，帶著幽怨無奈。

項少龍生出感觸，自己其實確可以使她避過嫪毒的引誘，只是基於命運那不可抗拒的感覺，又不能以自己代替嫪毒，才放棄這個想法，使朱姬泥足深陷，心中豈無愧意，一時說不出話來。

朱姬湊近點，以蚊蚋般的聲音道：「每次我都是把他當作是你，明白嗎？」

項少龍虎軀一震，往她望去。

朱姬秀眸一紅，避開他的目光，語氣回復平靜道：「項統領可以退下！」

項少龍發怔半晌，退回呂不韋那席去。尚未有機會和呂管兩人說話，鹿丹兒和嬴盈手牽著手跳跳蹦蹦的走過來，要拉管中邪到她們的貴女群中去鬥酒，目光卻在他項少龍身上打轉。

管中邪哪有心情，婉言道：「我奉項大人之命，待會要活動一下。」接著向項少龍道：「項大人若想看末將獻醜，請代我接過兩位小姐的挑戰。」

項少龍害怕呂不韋追問自己和朱姬說了什麼話，哈哈一笑道：「管大人眞會說話！」轉身隨二女由席後的空地，繞往另一端去。

鹿丹兒大感意外，毫不避嫌地挨著他，邊行邊道：「算你識相，我們講和好嗎？」

項少龍心中好笑，知道嬴盈並沒有把剛才和自己的事告訴這個刁蠻女，瞥嬴盈一眼，正要說話，前方有人攔著去路，原來是昌文君和荊俊兩人。

荊俊笑道：「兩位大小姐想灌醉我三哥嗎？得先過我這關才成。」

兩女見他左手提壺，右手持杯，停了下來，齊叫道：「難道我們會怕你小俊兒？」

項少龍想不到荊俊和她們這麼稔熟，猜到荊俊定曾撩惹過她們。

昌文君向項少龍笑道：「項大人收到小妹和丹兒的紅花嗎？」

兩女的俏臉立時飛紅，狠狠瞪昌文君一眼。

鹿丹兒扠腰嗔道：「給他有用嗎？一個跛子做得出什麼事來？」

項少龍一頭霧水地道：「什麼紅花？」

荊俊怪笑道：「花可以給三哥，行動則由小弟代爲執行。」

兩女齊聲笑罵，俏臉興奮得紅紅的，在火把光掩映下更是嬌艷欲滴。

昌文君湊近項少龍解釋道：「是我們大秦的風俗，田獵之時，未嫁少女若看上心儀男子，便贈他一朵手繡的紅花，持花者三更後可到她帳內度宿，嘿！明白吧！」

項少龍想不到秦女開放至此，說不出話來，目光卻不由逡巡到兩女身上。

嬴盈跺足嗔道：「二兒你只懂亂說話。」

鹿丹兒卻媚笑道：「我還未決定把花送誰，待晚藝會時再看看。」

項少龍大感刺激，秦女的開放，確非其他六國能及，向荊俊笑道：「小俊！丹兒小姐在提點你。」

昌文君道：「那是否由你五弟取花，實際行動卻由你執行？」

嬴盈和鹿丹兒雖被三個男人大吃其豆腐，卻沒有介意，只作嬌嗔不依，教人更涉遐想。

荊俊最愛對美女出言挑逗，笑道：「若我得到兩位美人兒的紅花，就把嬴小姐的送給三哥，丹兒姑娘的留下自享，噢！」

鹿丹兒一腳往他踢去，荊俊原地彈起，仰後一個倒翻，兩手一壼一杯，竟沒半點酒淌下來，四人都看呆了眼。右方晚宴仍在熱烈進行，二百多人鬧哄哄一片，他們這裡卻是另有天地。

昌文君還是初睹荊俊的身手，吁出一口涼氣道：「只這一手，丹兒就要把紅花送你。」

鹿丹兒驚異不定地瞪著荊俊道：「小俊猴兒！再翻兩轉來看看。」

荊俊臉上掛著一貫懶洋洋惹人惱恨的笑意，瞇眼放肆地打量鹿丹兒道：「若你變作雌猴，我就扮雄猴帶你到樹上翻觔斗。」

鹿丹兒怒叱一聲，搶前揮拳猛打，荊俊竟一邊飲酒，一邊閃躲，你追我逐下，沒入營帳後去。項少龍看得心中大動，荊俊雖非秦人，卻是自己和王翦的結拜兄弟，又有官職，說不定鹿公會同意他和鹿丹兒的交往。鹿丹兒這般年紀的女孩最善變，她對管中邪生出興趣，只是基於崇拜英雄的心理，若荊俊有更好表現，又有鹿公支持，加上兩人年紀相若，又都那麼愛鬧，說不定玩鬧下生出情愫，可化解管中邪利用鹿丹兒來與秦國軍方攀關係這著辣招。

此時鐘聲敲響，全場肅靜下來。三人立在原地，靜聽小盤說話。

小盤挺身而立，先向母后朱姬致禮，然後公布今天田獵表現最出色的十位兒郎，全部封爲裨將，立准加入隊伍。十位年青俊彥大喜，趨前跪謝君恩，宣誓效忠。接著小盤從容不迫地宣布一連串的人事調動，包括升騰勝爲新設的外史、嫪毒爲內史的事。

有些大臣雖覺嫪毒作內史有點不妥，可是嫪毒乃太后身邊的紅人，鹿公徐先等又沒反對，誰敢作聲。然後好戲上檔了，小盤先頌揚呂不韋設置東三郡的功績，最後封呂不韋爲「仲父」，還說了一大串有虛榮而無實質的職責，不用說是由李斯的超級頭腦創造出來。先不說呂不韋權傾秦廷，只要徐先和鹿公兩位最德高望重的人沒有異議，此事立成定局。最後君臣舉杯互祝下，宴會宣告結束。昌文君一聲告罪，趕去侍候小盤和太后離席。

嬴盈像有點怕項少龍般的退開兩步，嬌聲道：「莫忘記你答應過的事。」

項少龍哂道：「承諾作廢，又說講和修好，剛才竟公然在我眼前找別的男人，人家拒絕才拿我作代替品。」

嬴盈跺足嗔道：「不是那樣的，人家其實是想來……啊！你算什麼？我爲何要向你解釋？」

項少龍見她氣得雙目通紅，淚花打滾，又急又怒，更見衆人開始離席，打圓場地哈哈笑道：「好吧！當我怕了你大小姐，做代替品就代替品吧！」

嬴盈氣得差點拔劍，大怒道：「都說你不是代替品了，人家一直……不說了！你試試看不來找我！」轉身忿然而去。

項少龍大嚷道：「那朵紅花呢？」

嬴盈加快腳步溜掉。

項少龍轉過身來，剛好和來到身後的紀嫣然打個照面，好嬌妻白他一眼道：「夫君回復以前的風流本色了。」

項少龍嘆一口氣，拉她往一旁走去，解釋情挑嬴盈的原因。

紀嫣然嘆道：「夫君小心一點，剛才管中邪一直在注視你們，他或會加以破壞，嬴盈始終是王族的人，管中邪得她為妻該是有利無害。」

項少龍喟然道：「自倩公主和春盈等離世，我已心如死灰，只希望和妳們好好的度過下半生。假若嬴盈要投入管中邪的懷抱，由得她吧。」

紀嫣然拉著他步入營房間的空地，以避過朝主騎射場湧去的人潮，輕輕耳語道：「你敢說對清姊沒有動心嗎？」

項少龍老臉一紅道：「你為何提起她呢？」

紀嫣然道：「剛才你們兩人在帳內說些什麼話？為何她離開時耳根紅透、神情曖昧？」

項少龍苦笑道：「我像平時般說話吧！只是她的臉皮太嫩。」

紀嫣然微嗔道：「清姊是個非常有自制力的人，只是對你動了真情，變得臉皮薄了。」

項少龍道：「是我不好！唉！為何我總會惹上這種煩惱？」

紀嫣然笑道：「誰叫你人長得俊，心地又善良，口才更了得，否則我也不會給你的什麼『絕對的權力絕對的腐化』那類花言巧語騙上手。」

項少龍失聲道：「這種至理名言竟當是花言巧語，看我肯饒妳不？」

紀嫣然媚笑道：「誰要你饒哩！」

項少龍心中一蕩，荊俊神采飛揚地找到來，道：「晚藝會開始，三哥三嫂還在卿卿我我嗎？」

笑罵聲中，三人往寨門走去。項少龍乘機問他和鹿丹兒的事。

荊俊回味無窮道：「這妮子夠騷勁，給我摸了幾把還要追來，後來我抱頭讓她揍一頓，她表面凶巴巴的，下手不知多麼顧著我，眞是精采。」

項少龍一邊和四周的人打招呼，邊道：「要奪得美人歸，須趁這兩天，你可明白。」

荊俊會意點頭，閃入人叢裡，刹那間不知去向，看得項紀兩人對視失笑。

四名年輕小子策駿馬，由主騎射場的東端起步奔來，抵場中處加至全速，然後同時彎弓搭箭，動作整齊一致，漂亮悅目。旁觀的過萬男女均以爲他們要射場心的箭靶時，吐氣揚聲，竟藉腳力側翻至近乎貼著地面，由馬肚下扳弓射箭，「颼！」的一聲，四箭離弦而去，插在箭靶的內圈裡只其中之一偏離紅心少許。箭尾仍在晃動，四人藉腰力拗回馬背上，猛抽馬韁，四騎人立而起，騎士們別過頭向對著依王營而建的看台上小盤朱姬和一衆公卿大臣致禮。全場掌聲雷動。

大半人坐在王營與騎射場間的大斜坡上，居高臨下，比看台的人看得更清楚。四名騎士去後，人人均被他們精采的騎射震懾，自問比不上他們的，不敢出來獻醜，一時間再無表演活動。

小盤站起來，抛出四枝長箭到騎士們的馬腳前。四位年輕俊彥大喜若狂，跳下馬來，跪地執箭，再步上看台接受小盤的封賞。

項少龍和三位嬌妻、兩位愛婢、滕翼、琴清和十八鐵衛坐在斜坡之頂，遠遠看望。這時他開始明白到秦人爲何如此重視三天的田獵。它就是秦人的奧林匹克，平時有意功名者，須爲這三天好好練習，以得到晉身軍職的機會，受到王室和大將重臣的賞識。更甚者是得到像嬴盈、鹿丹兒一衆貴女的青睞，功名美人兩者兼得。每年一次的田獵會，鼓動整個秦國的武風，不過卻非任何人都可參與，除了咸陽城的將士和公卿大臣的後人外，其他各郡要先經選拔，方有參加田獵的資格。三位嬌妻裡烏廷芳最愛熱鬧，小手都拍痛了，叫得力竭聲嘶。

項少龍想與旁邊的滕翼說話，見他神思恍惚，奇道：「二哥有什麼心事？」

滕翼定了定神，沉聲道：「我正在想，呂不韋爲何一副有恃無恐的樣子，他難道不怕你偕同鹿公等人，一舉把他擒殺嗎？隨他來田獵的雖是一等一的高手，但人數只在百人之間，就算多上幾個管中邪也沒有用。」

項少龍道：「問題是他知道我使不動禁衛軍，何況他還以爲儲君會護著他這仲父，那我們豈敢輕舉妄動？」

滕翼搖頭道：「這不像莫傲的作風，一直以來，他步步掌握主動，而我們只是苦苦的化解抵擋，在這麼重要的時刻，他怎會現出漏洞？」

項少龍想想亦是道理，不禁苦思起來。

滕翼瞪著斜坡對開騎射場另一邊坐在朱姬旁的呂不韋，然後目光再移往他旁邊的田單和太子丹，訝然道：「這麼重要的場合，爲何卻見不到田單的愛將旦楚？」

項少龍伸手招來烏言著和烏舒兩名愛將，著他們去探聽齊人的動靜，笑道：「空想無益，只要我們提高警戒，不用怕他們。」

另一邊的烏廷芳伸手推他道：「好啊！項郎快看！輪到小俊登場。」

項滕兩人精神大振，目光落往場上去。只見在荊俊率領下，操出百多名都騎軍，其中一半是來自烏家精兵團的親衛，人人左盾右槍，只以雙腿控馬，表演出各種不同的陣勢和花式。荊俊更是神氣，叱喝連聲，指揮若定，惹來陣陣喝采叫好之聲。擠在看台左側的數百名女兒軍，在嬴盈和鹿丹兒帶領下，像啦啦隊般爲小子助威。台上鹿公等軍方重員，不住點頭，稱賞指點談論。這時代最重戰爭，一隊如臂使指般靈活的軍隊，才可使他們動容。

趙致探頭過來興奮道：「小俊眞了得哩！」

忽然百多人分成兩軍，互相衝刺，擦騎而過，劈劈啪啪打起來，來回衝殺幾次，觀衆叫得聲音嘶啞了。再一次互相衝刺，兩股人合在一起，奔至看台前，倏地停定，帶頭的荊俊持著槍盾，雙腳先立到馬背上，凌空一個翻騰，越過馬頭，人仍在空中，左盾在身前迅速移動護著身體，長槍虛刺幾招，然後落在地上，跪拜在小盤下的看台邊，動作如流水行雲，不見分毫勉強。全場爆起自遊藝會以來最激烈的采聲，連坐在紀嫣然旁一直冷然自若的琴清也不住拍手叫好。小盤見是項少龍的兄弟，身手又如此驚世駭俗，興奮得跳起來，竟拔出佩劍，拋下台去。荊俊大喜執劍，叱喝一聲，百多人逕自奔出場外，他則到台上領賞去。

項少龍見場內的人對這次表演仍餘興未了，探頭往坐在滕翼旁的紀嫣然道：「紀才女若肯到場中表演槍法，保證喝采聲不遜於小俊。」

紀嫣然和琴清同時別過頭來看他，兩張絕美的臉龐一先一後的擺在眼前，項少龍不由心顫神蕩。

紀嫣然白他一眼道：「嫣然只須夫君你的讚賞就行，何需衆人的采聲呢？」

項少龍的目光移到琴清的俏臉上，後者有意無意地橫他一眼，才把注意力投回場內去。再有幾批分別代表禁衛和都衛的武士出來表演後，輪到嬴盈的女兒軍。論身手她們遠遜於荊俊的都騎，但二百名美少女訓練有素的策騎布陣，彎弓射箭，卻是無可比擬的賞心樂事。旁觀者中，女的固是捧場，男的更是戮力鼓掌，當然贏得比荊俊更熱烈的回應。

鐘聲響起。鹿公站起來，先向太后儲君施禮，然後以他洪鐘般嘹亮的聲音宣布晚藝會最重要的環節，就是以劍技論高低。

在全場肅然中，他老氣橫秋，捋鬚喝道：「凡能連勝三場者，儲君賜十塊黃金，酌情封升，我大秦的兒郎們，給點眞功夫讓我們看看！」

在歡聲雷動中，兩人搶了出來。昌平君和十多名禁衛，立時上前爲兩人穿上甲冑，每人一把木劍。致禮後，運劍搶攻，不到三招，其中一人給劈了一劍。鐘聲響起，由負責作公正的徐先宣判勝敗。十多人下場後，只有一個叫桓齮的青年連勝三場，得到全場的采聲。

項少龍一邊找尋管中邪的蹤影，邊向滕翼道：「二哥會否下場試試管中邪的底細？」

滕翼微笑道：「正有此意。」

兩人對視而笑，又有一人下場，竟是嫪毒。秦人認識他的沒有幾個，但見他虎背熊腰，氣度強悍，都怵然注目，到他報上官職姓名，才知他是太后身邊的紅人，剛榮陞內史的嫪毒。另有一人出場，項少龍等一看下大叫精采，原來竟是呂不韋麾下管中邪之外兩大高手之一的魯殘。

滕翼大喜道：「今天有好戲看，呂不韋分明是要煞嫪毒的威風，不教他有揚威的機會。」

項少龍往看台望去，只見小盤、朱姬、鹿公、徐先等無不露出關注神色。心下欣慰，呂不韋和嫪毐的矛盾和衝突終於表面化，若非有軟甲護下身，呂不韋必教魯殘給他那話兒來上一劍，廢去他討好朱姬的本錢。

魯殘形如鐵塔，皮膚黝黑，外貌凶悍，使人見而心寒。兩人穿好甲冑，繞著打圈子，均非常小心。

紀嫣然嘆道：「呂不韋深悉嫪毐長短，派得魯殘下場，必定有七八分把握。」

項少龍見魯殘木無表情，使人難測深淺，點頭道：「這人應是擅長強攻硬打的悍將，以攻爲主，呂不韋是想他甫出手就殺得嫪毐招架無力，大大出醜，貶低他在朱姬和秦人心中的地位。」

話猶未已，魯殘大喝一聲，仗劍搶攻。

琴清不由讚道：「項大人料敵如神，才是高明。」

眾人無暇答話，全神貫注在場中的打鬥上。木劍破空呼嘯之聲，不絕於耳，人人屏息靜氣，觀看自比劍開始後最緊張刺激的拚鬥。嫪毐不知是否自問膂力及不上魯殘，又或誘他耗力，以迅捷的身法靈動閃躲，竟沒有硬架。到魯殘第四劍迎頭劈來，嫪毐暴喝一聲，連連以劍撩撥，仍是只守不攻，採化解而非硬格。魯殘殺得性起，劍勢一變，狂風驟雨般攻去。嫪毐改變打法，嚴密封架，採取遊鬥方式，且戰且退，在場內繞圈子，步法穩重，絲毫不露敗象。高手過招，聲勢果是不同凡響。嬴盈的女兒軍見嫪毐丰神俊朗，帶頭爲他喝采，每當他使出奇招，都瘋狂地叫嚷打氣，爲他憑添不少聲勢。

滕翼嘆道：「魯殘中計。」

項少龍心中明白，魯殘和嫪毐兩人相差不遠，前者勝於膂力，後者步法靈活，可是目下在戰略上，嫪毐卻是盡展所長，而魯殘則是大量的耗洩氣力，力道減弱時，將是嫪毐發威的時機。

趙致訝道：「爲何呂不韋不派管中邪下場？」

項少龍朝她望去，瞥見田貞和田鳳緊張得掩目不敢看下去，禁不住笑道：「若派管中邪下場，那就是不留餘地。」

魯殘求勝心切，愈攻愈急，衆人噤聲不語，注視戰況。木劍交擊之聲，響個不住。

嫪毒忽地再不後退，狂喝一聲，木劍宛似怒龍出海，橫劍疾劈，「啪！」的一聲激響，竟硬把魯殘震退半步。接著使出進手招數，如排空巨浪般向魯殘反攻過去。

采聲又如雷響起，吶喊助威。

滕翼搖頭嘆道：「樣子長得好原來有這麼多好處。」

場中的嫪毒愈戰愈勇，木劍旋飛狂舞，迫得魯殘節節後退，不過此人亦是強橫之極，雖落在下風，仍沒有絲毫慌亂，看得好武的秦人，不論男女，均如痴如醉。

就在這刻，嫪毒忽地抽劍猛退，施禮道：「魯兄劍術高明，本人自問勝不過。」

全場倏地靜下來，魯殘愕然半晌，才懂回禮，接著兩人面向看台跪拜。項少龍和滕翼駭然對望，均想不到嫪毒耍了如此漂亮的一手，既可保存呂不韋的顏面，更重要是在占到上風才功成身退，否則下一個挑戰者是管中邪就糟透。徐先判他兩人不分勝負，每人各賞五金，觀者都有點意興索然。幸好接下來出場的都是高手，分別代表都騎和禁衛，連番比拚後，最後由大將王陵的副將白充連勝兩局，只要再勝一場，就可獲賞。

項少龍見出場的人愈有身分，嚇得原本躍躍欲試的小子都打消念頭，向滕翼道：「管中邪快要出手！」

滕翼道：「不！還有個周子桓！」

話猶未已，比魯殘矮了半個頭，粗壯猶有過之的周子桓步出騎射場。衆人見白充輕易連敗兩人，這默默無名的人仍敢搦戰，報以喝采聲，把氣氛再推上熾熱的高峰。在衆人注視下，周子桓拿起木劍，在手上秤秤重量，忽然拔出匕首，運力猛削，木劍近鋒的一截立時斷飛，只剩下尺半的長度。

衆人看得目瞪口呆，驚奇的不單是因他用上這麼短的劍，更因要像他那麼一刀削斷堅硬的木劍，縱是匕首如何鋒利，所需的力度更是駭人。

周子桓向小盤請罪道：「請儲君饒恕小人慣用短劍。」

小盤大感有趣，打出請他放心比武的手勢。白充露出凝重神色，擺開門戶，嚴陣以待，一反剛才瀟灑從容，著著搶攻的神態。

項少龍等卻知他是心怯。所謂「一寸短、一寸險」，周子桓敢用這麼短的劍，劍法自是走險奇的路子，教人難以勝防。呂不韋只是下面兩大家將高手，已使人對他不敢小覷，何況還有管中邪這超級人物。

場中傳來周子桓一聲悶哼，只見他閃電移前，木劍化作一團幻影，竟像個滿身是劍的怪物般，硬往白充撞去，如此以身犯險的打法，人人均是初次得睹。白充亦不知如何應付，大喝一聲，先退半步，橫劍掃去。「篤！」的一聲，周子桓現出身形，短劍把白充長劍架在外檔，同時整個人撞入白充懷裡去。白充猝不及防下，被他肩頭撞在胸口，登時長劍脫手，跌坐地上。誰都想不到戰事在一個照面下立即結束，反沒有人懂得鼓掌喝采。

王陵和白充固是顏面無光，鹿公等也不好受，氣氛一時尷尬之極。好一會後由呂不韋帶頭拍掌叫好，白充像鬥敗公雞般爬起來走了。項少龍看得直冒涼氣，暗忖周子桓必是埋身搏擊的高手，恐怕自己亦未必能討好。全場肅然中，周子桓不動如山地傲立場心，等待下一個挑戰者。

過了好半晌，仍沒有人敢出場，項少龍看到呂不韋不住對朱姬說話，顯因自己手下大顯神威而意氣風發，心中一動道：「小俊在哪裡？」

滕翼也想到只有荊俊的身手可以巧制巧，苦惱地道：「這傢伙不知溜到哪裡去了，沒有我們點頭，他怎敢出戰？」

此時徐先在台上大聲道：「有沒有挑戰人？沒有的話，就當呂相家將周子桓連勝三場。」

場內外立時靜至落針可聞。項少龍心中暗嘆，若讓周子桓如此的「連勝三場」，都騎和禁衛兩軍以後見到呂不韋的人，休想抬起頭來做人。

就在此時，人叢裡有人叫道：「項統領在哪裡？」

一人發聲，萬人應和。自項少龍與王翦一戰後，他在秦人心中已穩爲西秦第一劍手，而更因他「同族」的身分，在這種外人揚威的情況下，自然人人希望他出來扳回此局，爭些面子。一時「項少龍」之聲，叫得山鳴谷應。項少龍見前後左右的人均往他望來，心中叫苦，縱使沒有腿傷，要戰勝周子桓仍很吃力，何況現在行動不便？

看台上的呂不韋和田單均露出頗不自然的神色，想不到項少龍如此受到擁載，而呂不韋更深切感到秦人仍當他和家將是外人的排外情緒。忽然間，他心中湧起一點悔意，若非與項少龍弄至現在如此關係，說不定秦人會更容易接受他，也不用弄個嫪毒出來。這念頭旋又給他壓下去，項少龍只有兩天的命，什麼事都不用介懷。

小盤見項少龍在這些兵將和年輕一代裡這麼有地位，穩壓呂不韋，自是心中歡喜，但卻擔心項少龍因腿傷未能出場，會教他們失望。在此人人期待吶喊的時刻，由女兒軍處一個人翻著觔斗出來，車輪般十多個急翻，教人看不清楚他是誰人，卻無不看得目瞪口呆。接著凌空一個翻身，從容地落在看台下，跪稟道：「都騎副統領荊俊，願代統領出戰，請儲君恩准。」

小盤大喜道：「准荊副統領所請。」

眾人見他身手了得，先聲奪人，又是項少龍的副手，登時歡聲雷動，等看好戲。

荊俊仍沒有站起來，大聲陳詞道：「這一戰若小將僥倖勝出，所有榮譽皆歸丹兒小姐。」

小盤大感訝然，與另一邊一面錯愕的鹿公交換個眼色，大笑道：「好！准你所請。」

秦人風氣開放，見荊俊如此公然示愛，大感有趣，一時口哨囂叫助興之聲，響徹整個平原。女兒軍更是笑作一團，嬴盈等合力把又嗔又羞又喜的鹿丹兒推到場邊去，好讓她不會漏掉任何精采的場面。周子桓神色不變，緩緩望往呂不韋，只見他微一點頭，明白是要自己下重手，挫折對方的威風，微微一笑，以作回應。雙目厲芒電射，朝正在穿甲接劍的荊俊望去。

豈知荊俊正嬉皮笑臉地瞪著他，見他眼光射來，笑道：「原來周兄事事要向呂相請示。」

周子桓心中凜然，想不到對方眼力如此厲害，淡淡道：「荊副統領莫要說笑。」

親自為荊俊戴甲的昌文君聽到兩人對話，輕拍荊俊道：「小心點！」領著從人退往場邊，偌大的場地，只剩下兩人對峙。一片肅然，人人屏息噤聲，看看荊俊如何應付周子桓那種怪異凌厲的打法。雖是萬人注目，榮辱勝敗的關鍵時刻，荊俊仍是那副吊兒郎當、懶洋洋的灑脫樣兒，木劍托在肩上，對周子桓似是毫不在意。但代他緊張的人中，最擔心的卻非項少龍等人，而是鹿丹兒。她剛才雖給荊俊氣個半死，但心中只有少許嗔怒，現在對方又把勝敗和自己連在一起，輸了她也沒有顏面，不由手心冒汗，差點不敢看下去。

忽然間兩人齊動起來，本是周子桓先動劍，可是像有條線把他們連繫著般，他木劍剛動的剎那，荊俊肩上的劍亦彈上半空。周子桓的短劍往懷內回收，前腳同時往前標出。荊俊一個觔斗，翻上半空。周子桓大感愕然，哪有這種怪招式的？他實戰經驗豐富無比，知道荊俊像他般以靈動詭奇爲主，哪敢有絲毫猶豫，立即改變戰略，滾往地上去，陀螺般直抵荊俊的落足點下方，只要對方落下，立施辣手掃斷他腳骨，誰都怪不得自己。如此千變萬化的打法，看得所有人都出不了聲。

斜坡頂上的滕翼對項少龍笑道：「若周子桓年輕幾年，今晚小俊定不能討好。」

項少龍微一點頭，凝神注視場心比鬥的兩人，沒有回答。荊俊在周子桓上空凌空兩個翻騰，落下時竟一手攬著雙腳，膝貼胸口，同時手中長劍閃電般往下面的周子桓劈下去。周子桓藉腰力彈起來，腰肢一挺，反手握著短劍，由胸口彎臂揮出，畫個半圓，重擊荊俊由上而來的長劍。這幾下交手，著著出人意表，看得人人動容，卻又不敢聲張。

荊俊知他想以重手法磕開自己長劍，好乘虛而入，一聲尖嘯，竟一腳就往周子桓面門撐去，又快又狠。周子桓想不到他身手靈活至此，哪還理得要盪開對方的長木劍，迴劍往他的腿削去，同時往後急移，好避過臨臉的一腳。豈知荊俊猛一收腳，周子桓登時削空。此時全場爆出震天吶喊，轟然喝好。

荊俊在落地前又蜷曲如球，長劍重擊地面，借力往周子桓下盤滾去。周子桓不慌不忙，猛喝一聲，蹲身坐馬，手中短木劍爆出一團劍影，在火把光照耀下，面容冷硬如石，確有高手風範。不過只要知道在呂不韋的八千家將中，他能脫穎而出，便知他絕不簡單。

荊俊在絕不可能的情況下，竟箭般由地上斜飛而起，連人帶劍，撞入周子桓守得無懈可擊的劍網上。「柝！」的一聲，木劍交擊。周子桓如此硬橋硬馬的派勢，仍吃不住荊俊匯集全身衝刺之力的一劍，整個人往後彈退。眾人看得忘形，紛紛站起來，揮拳打氣，叫得最厲害的當然是鹿丹兒和她的女兒軍，其次是都騎軍，把呂不韋方面為周子桓打氣的聲音全壓下去。

荊俊愈戰愈勇，一點地，又是一個空翻，長劍如影附形，往周子桓殺去。周子桓被迫採取守勢，身影電閃下猛進急退，應付荊俊詭變百出，忽而凌空，忽而滾地，無隙不尋的驚人打法，首次遇上剋星。

在荊俊狂風驟雨的攻勢裡，周子桓銳氣已洩，縱或偶有反擊，宛似曇花一現，未能為他挽回敗局。「柝柝柝！」一連三聲，荊俊藉長劍之利，重重打在周子桓的短劍上，讓他吃盡苦頭，手腕麻木。人人聲嘶力竭地為荊俊助威，更使周子桓既慚且怒，又感氣餒。

雙方再迅速攻拆十多招，周子桓的短劍終架擋不住，給盪開去，心中叫糟，荊俊閃到身後，飛起後腳，撐在他背心處。一股無可抗拒的大力傳來，周子桓清醒過來時，發覺正好頭額貼地。鹿丹兒興奮得直奔出來，與荊俊一起向全場狂呼亂喊的觀者致禮，再沒有人注意正羞慚離場的落敗者。

一番擾攘後，徐先欣然道：「荊副統領是否準備再接受挑戰？」

荊俊恭敬答道：「剛才一場只是代統領出戰，小將希望見好即收，以免給人轟出場去。」

登時惹起一陣哄笑，卻沒有人怪他不再接受挑戰，徐先笑道：「副統領辛苦，休息一下吧！」

荊俊向看台行過軍禮，領著鹿舟兒躲回女兒軍陣裡去。斜坡上的項少龍和滕翼會心微笑，荊俊露了這麼一手，鹿丹兒早晚定會向他投降。

滕翼沉聲道：「今晚看來管中邪不會再出手，因為只要他沒有擊敗荊俊和你，在旁人的心中他始終不是最佳的劍手。」

項少龍點頭同意，就在此時，烏舒神色惶然來到兩人背後，焦急道：「齊人正收拾行裝，準備遠行。」

項少龍和滕翼同時劇震，往看台看去，只見呂不韋和田單都失去蹤影。忽然間，他們醒悟到已中了莫傲和田單的殺手，落入進退維谷的境地。田單選在今晚離開咸陽，正好命中項少龍唯一的弱點和破綻。

呂不韋正是要他追去，既可遣開他兵力達四千人的精兵團，更可讓他「死」在路途上，乾手淨腳，事後還可派他有虧職守，罪連烏家，使呂不韋可獲大利。紀嫣然諸女更會落到他的魔爪去，一石數鳥，毒辣非常。沒有項少龍在指揮大局，這幾天他行事自然容易多了，一旦管中邪升回原職，而他項少龍又缺席的話，縱使滕翼和荊俊留下來，呂不韋也可以右相國的身分，把都騎的指揮權交予管中邪，那時還不任他為所欲為嗎？可是他項少龍怎能坐看田單施施然離去？此人自派人偷襲他後，非常低調，原來早定下策略，可見他一直與呂不韋狼狽為奸。在城郊遇襲傷腿一事，呂不韋雖說自己沒時間通知田單，那只是滿口謊言，事實上根本是他通知田單的人幹的。呂不韋這一招叫苦肉計，讓人人以為是呂不韋的敵人藉殺死項少龍來陷害他，其實卻眞是他出的手。自己一時大意，給他瞞過，還懷疑是王綰或蔡澤之中有一人和田單勾結，致有今夜的失策。

滕翼沉聲道：「讓二哥去吧！你留在這裡應付呂不韋的陰謀。」

項少龍搖頭道：「呂不韋雖抽調不出人手送田單離開，可是田單現時兵力達四千之衆，與我們的總兵力相若，但若要對付高陵君，我最多只能分一半人給你，在這種情況下，說不定兩方面均不能討好。別忘了呂不韋有八千家將，誰知道他會幹出甚事來。」

滕翼頹然不語。

項少龍低聲道：「事情仍未絕望，我要去說服太子丹，只要他肯設法在楚境纏上田單十天半月，我們便可趕上他，安谷傒曾答應過會把楚人和齊軍迫離邊界十多里的。」

此時場內再無出戰者，在熱烈的氣氛中，徐先宣告晚藝會結束。

燕國太子丹的營帳裡，聽完項少龍的請求，太子丹有點為難道：「此事我們不宜直接插手或單獨行動，一個不好，齊楚兩國會藉口聯手對付我們，三晉又分身不暇，我燕國危笑！」

項少龍淡淡道：「田單不死，貴國才眞的危矣。我並非要太子的手下正面與田單交鋒，只要在田單離開秦境後，設法把他纏上幾天，我便可及時趕去。」接而加強語氣道：「我會派人隨太子的手下去與貴屬徐夷亂會合，到時魏人和把關的安谷傒將軍會從旁協助。」

一旁聽著的軍師尤之道：「此事該有可為，只要我們採取設置陷阱和夜襲的戰略，使田單弄不清楚我們是不是項統領方面的人，縱然田單僥倖脫身，應不會想到我們身上。」

大將徐夷則進來道：「沒有跟蹤項統領的人。」

太子丹放下心來，斷然道：「好！我們設法把田單與齊軍或楚人會合的時間延誤十天，若仍不見項統領到，只好放過田單。」

項少龍大喜道謝，暗忖你有張良計，我有過牆梯，徐夷亂這著奇兵，任莫傲想破腦袋也猜不到，何況他的腦袋快要完蛋。

離開太子丹的營帳，項少龍在營地間隨意閒逛，篝火處處，參加田獵的年輕男女，仍聚眾喝酒唱歌跳舞，充滿節日歡樂的氣氛，沒有人願意回營睡覺。正要返回營地，左方傳來陣陣女子歡叫聲，循聲望去，見到一枝紫色大旗在數百步外的營帳上隨風拂揚，不由記起嬴盈的約會。嬴盈會否在那繡有紫花的小帳內等他呢？不過現在離約好的初更尙有整個時辰，她該在營外與鹿丹兒等戲耍。今晚給田單這麼的一搞，他拈花惹草的興趣盡失，何況還要回去與滕翼商量，看派何人隨尤之去會合徐夷亂，好配合對付田單的行動。還是順步先去打個招呼吧！

想到這裡，藉營帳的掩護潛過去，最好當然是只和嬴盈一個人說話，否則被那批可把任何人吃掉的女兒軍發現纏上，休想可輕易脫身。由於人群聚集到每簇營帳間的空地去，兼之大部分營帳均在火光不及的暗黑裡，所以項少龍毫無困難地移到可觀察女兒軍的暗角處。廣達百步的空地上，生起十多堆篝火，鹿丹兒等百多個嬌嬌女，正與人數比她們多上兩倍的年輕男子，圍著篝火拍手跳舞，高歌作樂，放浪形骸，獨見不到嬴盈。項少龍嘆一口氣，今晚怕要爽約，往後退時，身後其中一個營帳隱有燈火透出，並有人聲傳來，卻聽不眞切。項少龍循聲望去，赫然發覺該帳門外有朵手掌般大的紫花，與旗上的花朵式樣如一。項少龍大喜走過去，正要叫喚嬴盈，又改變念頭，暗想橫下決心要把她弄上手，不如就進去給她來個突襲，橫豎她開放慣了，必不介意。那就可快刀斬亂麻把她得到，免卻夜長夢多的煩惱。心中一熱，揭帳而入。

倏地一個高大人影由帳內地氈上閃電般彈起來，猛喝道：「誰？」

項少龍與他打個照面，兩人均爲之愕然，風燈掩映下，原來竟是全身赤裸的管中邪。管中邪見到是他，眼中殺機一閃即沒，移到一旁，拿衣服穿起來。項少龍眼光下移，只見嬴盈駭然擁被坐起來，臉色蒼白如紙，不知所措地看著他，像頭受驚的小鳥兒，露在被外的粉臂玉腿雪般晶瑩白皙。

項少龍哪想得到兩人此時會在帳內歡好，苦笑道：「得罪！」惘然退出帳外。

走了十多步，管中邪由後方追來，道：「項大人，眞不好意思，她說約了你在初更見面，卻估不到你會早來。」

項少龍心知肚明他是攔腰殺入來破壞自己和嬴盈的好事，更恨嬴盈受不住他的引誘，擋不住他的手段，瀟灑一笑道：「害得管大人不能盡興，還嚇了一跳，該我賠罪才對。」

管中邪訝道：「項大人尙未見到呂相嗎？我來前他正遣人尋你呢。」

項少龍隨口道：「我正四處遊逛，怕該是找不到我。」

管中邪和他並肩而行，低聲道：「秦女婚前隨便得很，項大人不會介意吧！」

項少龍心想你這一說，無論我的臉皮如何厚，也不敢娶嬴盈爲妻，遂故作大方地哈哈笑道：「管大人說笑了。」

管中邪欣然道：「那就順道去見呂相吧！」

項少龍心中一陣茫然。自己著著落在下風，分析起來就是比不上對方爲求成功，不擇手段的做法。自己既講原則，又多感情上的顧慮，如此下去，就算殺了莫傲，最後可能仍是栽在呂不韋和管中邪手上。看來須改變策略。

第十章 錯有錯著

項少龍和管中邪到達呂不韋的營地，他正在帳外聽兩名絕色歌姬彈琴唱歌，陪他的是莫傲和十多名親衛，魯殘亦在，卻不見呂娘蓉和周子桓。呂不韋裝出高興的樣子，要項少龍坐到他身旁，首次介紹他認識魯殘和莫傲。

項少龍裝作一無所知地與莫傲和魯殘寒暄幾句，呂不韋把兩名美歌姬遣回帳後，挨近項少龍道：「田單走了，少龍有什麼打算。你若要對付他，我會全力助你，他既敢藉行刺少龍來陷害我呂不韋，我再不用對他講情義。」

莫傲等目光全集中到他身上來，使項少龍有陷身虎狼陣中的感覺。他們既以爲自己吞下毒囊，心中必在暗笑自己死到臨頭而不自知。

腦袋同時飛快運轉，假若自己推三搪四不肯去追殺田單，當會使莫傲起疑，推斷出自己另有對策，但若答應的話，則更是不成，此刻是進退兩難。

幸好想起「爲求目的，不擇手段」這兩句所有梟雄輩的至理名言，裝出尷尬的神色道：「此事說來好笑，我之所以要對付田單，皆因懷疑他殺害了我在邯鄲遇上的一名女子，誰知竟是一場誤會，昨天我收到她的音信，所以哪還有餘暇去理會他田單，不過嚇嚇他也好，這傢伙一直想害死我，只是不成功罷。」

這些話當然是編出來的，好使呂不韋難以迫他去對付田單，而他更是理所當然不用去追殺齊人。好在田單已離開，再無對證，憑他怎麼說都可以。

呂不韋、莫傲，管中邪和魯殘無不現出古怪的神情，面面相覷好一會，管中邪插入道：「當時項大人爲何會以爲那女人被田單害了呢？」

這麼一說，項少龍就知道田單沒有把詳情告訴他們，心中暗喜，把看到畫像的善柔眼神不對的事說出來，最後苦笑道：「不知是否由於過度關心的關係，當時我從沒想過會猜錯。直至收到她託人帶來的一封書信，方知是一場誤會。她確曾行刺田單，卻成功逃走，不過我當然不會再和田單解說哩！」

呂不韋搖頭嘆道：「我們早知是一場誤會，事實上田單並不明白你爲何一見畫像，就怒斥他殺了那女人，不過他當然不會向你解釋。」

莫傲插口道：「那畫像是當日田單座下一個見過那女人的畫師憑記憶畫出來的，畫錯眼神毫不稀奇。」

這回輪到項少龍劇震道：「什麼？」

見衆人均愕然望向自己，忙胡亂地道：「呂相既清楚此事，爲何卻不早告訴我？」施盡渾身解數，勉強令心中的狂喜不致湧上臉上來。天啊！原來善柔眞的未死，只是一場誤會。

呂不韋若無其事道：「當時我想到田單或許是滿口胡言，說不定是想藉我傳話來誆你，所以我並沒有放在心上，現在當然證實他的話並非騙人。」

項少龍想想亦是道理，不過在那種情況下，田單自不須向呂不韋說謊，且田單亦非這種肯示弱的人，所以善柔仍活著的機會該很大。

呂不韋見說不動項少龍去追田單，難掩失望神色，站起來道：「少龍！你到娘蓉的帳內看看她好嗎？說不定你可令她回心轉意？」

項少龍哪有興趣去見呂娘蓉，與莫傲等一同站起來道：「明天還要早獵，讓三小姐早點休息，明天待她心情好點再見她好了。」

呂不韋不知是否奸謀不成，故心情大壞，並不挽留，讓他走了。項少龍回到位於王營後方斜坡下的都騎軍營地，滕翼、荊俊和劉巢正在營地的一角低聲密議。他先拉滕翼到一旁，告訴他善柔可能未死的事。

滕翼大喜若狂，旋又皺眉道：「那麼是否還要對付田單？」

項少龍決然道：「只是為了二哥和善柔三姊妹的家仇，我們便不能放過田單。況且田單多次謀算我，又與呂不韋勾結，這些事就一併向他算賬吧！今天的機會，錯過了永不回頭，無論如何不能讓這奸賊活生生的回齊國去。」再微笑道：「兼且我曾誇下海口，殺不了他我要改喚作龍少項，這名字難聽點吧！」

滕翼啞然失笑，招手叫荊俊和劉巢兩人過來，吩咐劉巢道：「你自己說吧！」

劉巢低聲道：「我們偵查到高陵君的人在上游偷偷的造木筏，又收集大量柴草，應是用來燒橋的。」

荊俊道：「若在木筏上築台架，疊起大量柴草，淋以火油，黑夜裡像座火山般由上游衝奔下來，無論聲勢和破壞力都相當驚人，我們應否先發制人把他們宰掉呢？」

項少龍道：「這次我們是要製造一個機會，讓政儲君顯示出他的軍事才華，確立他在所有秦人心中英明神武的地位，這是個形象的塑造。只有這樣，我們才可長期和呂不韋鬥下去，直至儲君二十一歲舉行加冕禮的一刻。」

滕翼笑道：「你的用語眞怪，什麼英明神武、形象塑造，不過聽來似乎有點道理。」

荊俊興奮地道：「我明白了，所以我們要把握到對方的陰謀，然後定好全盤計畫，再由儲君裝作是隨機應變的本領，好鎮壓所有懷有異心的人。」

劉巢道：「所以此仗不但要勝，還要勝得漂亮。」

項少龍知道善柔該尚在人世，心情大佳，笑道：「正是這樣！」又讚荊俊道：「要像小俊勝周子桓那麼漂亮揮灑就合格了。」

荊俊連忙謙讓，卻是難掩得意神色。

滕翼笑道：「得到鹿丹兒那朵紅花吧？」

荊俊苦惱地道：「這妞兒眞難服侍，摟摟摸摸都肯了，剩是守著最後一關。」

劉巢亦是好漁色的人，聞言興奮地道：「俊爺會不會因經驗尚淺，手法上出了問題。」

荊俊笑罵道：「去你娘的！我經驗還不夠豐富嗎？手法更是第一流。問題在此事又不能和你找她來比試，哼！快糾正你錯誤的觀點。」

三人捧腹大笑，項少龍心想男人在遇到這方面的事，古今如一，是沒有人肯認第二。

滕翼的心情天朗氣清，頓時記起一事道：「嫣然等到王營伴陪寡婦清，廷芳要你回營後，去把她們接回來。」

荊俊笑道：「三哥也好應陪陪嫂子們，其他沒那麼辛苦的事由我們這些當兄弟的負責吧！」

項少龍笑罵一聲，喚來十八鐵衛，策馬朝王營去。剛進入木寨，火把閃跳不停的燄光中，徐先在十多名親衛簇擁下正要出寨，見到項少龍，拍馬和他到寨外坡頂上說話。平原上營帳遍野，燈火處處，涇水流過大地的聲音，與仍未肯安寢的人的歡笑聲相和應。

徐先低聲道：「高陵君這兩天不斷來遊說我和鹿公，勸我們合力剷除呂不韋和他的奸黨，還保證他對王位沒有野心，只是不想秦室天下落入一個外族人手內。」

項少龍道：「高陵君已沒有回頭路走，他的謀臣裡定有呂不韋派過去的奸細，而他仍懵然不知，只是這點，他已遠非呂不韋的對手。」

徐先道：「我有點奇怪於此關鍵時刻，為何杜壁會離開咸陽？看來他是早知道高陵君會舉兵叛變，所以故意置身事外，冷眼旁觀，這人的膽色計謀，遠高於高陵君。」接著道：「少龍有把握應付嗎？須防呂不韋會在暗中弄鬼。」

項少龍充滿信心道：「儲君將會親自處理這次動亂，保證呂不韋無所施其技。」

徐先皺眉道：「儲君年紀尚少，又沒有軍事上的經驗，恐怕……」

項少龍笑道：「儲君只要懂得知人善用便成。」

徐先何等精明，啞然失笑道：「當是給他的一個練習吧！到時我和鹿公將伴在他左右，好讓人人知他得到我們的效忠，少龍看看應如何安排。」

項少龍大喜點頭。

徐先道：「你那五弟身手了得，又懂造勢，大大挫折呂不韋的氣燄，實在是難得的人才，我和鹿公對他非常欣賞。是了！田單的事你是否打消原意？」

項少龍自然不能洩出與太子丹的關係，道：「我會請魏人設法阻延他入楚的行程，只要幾天時間，我便可趕上他。我去後都騎軍會交由荊俊節制，徐相請照看著他。」

徐先訝道：「魏人怎肯為你出力？」

項少龍道：「東方六國除楚一國外，沒人對田單有好感，兼之我放回魏太子的關係，龍陽君怎也要幫我這個忙的。」

徐先不再追問，拍拍他肩頭表示讚賞，兩人各自離開。到了寨門處，門衛通知小盤召見他，遂到王營謁見秦國之君。小盤正與李斯密議，神色興奮。見項少龍進帳，把他招過去，同時觀看攤在几上的地圖，圖內以符號標記點出營帳的布置，高陵君位於王營後的十多個營帳更以紅色顯示。項少龍明白他的心態，心中更爲他歡喜，能有大展軍事才能的機會，對他來說實是難逢的良機。

小盤道：「剛才寡人把荊卿家召來，問清楚他高陵君那支叛兵的位置，現正和李卿商討對策，李卿你來說吧！」

李斯正要說話，給項少龍在几下踢一腳，立即會意道：「微臣只是稍表意見，主要全是儲君擘畫出來的，還是恭請儲君說來較清楚一點。」

小盤精神大振，笑道：「高陵君唯一有望成功之計，是要出其不意，好攻我們的無備。現在既事事均在我們計算中，若寡人讓他們有一人漏脫，就枉費習了這麼多年兵法。」伸手指著涇水道：「寡人代高陵君設身處地去想，首先是利用天然環境，例如把貫入涇水的幾條河道先以木柵濕泥堵截，到時再毀柵讓暴漲的河水衝奔而下，立可把四道臨時木橋衝毀，如能配合整個戰略適當運用，確可以生出決定性的作用。」

項少龍心中一震，想到劉巢偵察到高陵君的人伐木，說不定便是行此一著，那比火燒更是難以抵擋，加設攔水的木柵也沒有用。想到這裡，不由往李斯望去。

李斯澄清道：「確是儲君想出來的，與我無關。」

小盤得意地道：「李卿猜的是火攻，寡人卻認爲水攻更爲厲害一點。若能在水內放上一批巨木，什麼橋樑都要給它撞斷，再派人乘筏攻來，只是發射火箭即可燒掉沿河的營帳。」

項少龍登時對小盤刮目相看，這回眞的給未來的秦始皇一次大發神威的機會。接著小盤指點地圖說出高陵君進攻的各種可能性，更指出呂不韋會如何利用種種形勢，達到殺死反對他的人的目的。說來頭頭是道，聽得項少龍和李斯呆起來，對他思考的精到縝密，驚嘆不已。

最後小盤苦笑道：「寡人最大的問題，是想到太多的可能性，只覺我們處處破綻，不知該用那種方法應付，才最有效，兩位卿家可為我解決這方面的問題嗎？」

項少龍忍不住笑道：「兵法中最厲害的一著叫隨機應變。儲君放心，只要我們把握到他發動的時刻，先發制人，定可把高陵君和他的人一網打盡。而呂不韋也只能乾瞪眼兒。這事交給我和昌平君兄弟去準備，到時儲君親自發號施令，向所有不知儲君厲害的人顯點顏色。」

小盤拍几嘆道：「沒有人比太傅和李卿家更明白我的心意，照這樣去辦吧！」

李斯恭敬道：「微臣和項大人會不斷把最新的消息稟上儲君，再由儲君定奪。」

小盤欣然點頭，忽地岔開話題道：「太傅的五弟荊俊身手既了得，人又忠心坦誠，寡人非常喜歡他，項太傅給寡人想想，有什麼可以獎勵他的？」

項少龍忍不住搔頭道：「他的官職已相當高，且時日尚淺，理該讓他多點歷練，才可考慮升遷的問題。」

小盤笑道：「他是否對鹿丹兒很有意思？假設鹿公不反對，寡人可玉成美事，免得落入管中邪手上。」

項少龍不由想起管中邪由赤裸的嬴盈橫陳肉體上彈起來的醜惡形狀，心中像給針刺了一記，道：

「儲君點頭便成。」

小盤欣然道：「寡人樂得如此，暫時寡人仍不想有婚嫁之事，因等著要做的事實在太多。」

離開小盤的主帳，碰上昌文君，給他一把抓著，扯到一角道：「我的妹子對少龍態度大有改善，快乘勝追擊，速戰速決，好了卻我們兄弟倆梗在胸口的心事。」

項少龍心中一陣不舒服，幸好自己對贏盈並沒有泥足深陷，否則感情上的打擊會頗不易抵受。同時想到若以二十一世紀的開放來說，贏盈的行爲無可厚非，男女均有同等去風流快活的權利，問題只在管中邪是明著針對自己而去得到贏盈。

向昌文君苦笑道：「我輸了，此事暫且不提好嗎？」

昌文君一呆道：「管中邪？」

項少龍微微點頭，拍拍他肩頭當作致歉，逕自去了。

琴清的營帳位於主營的後方，與朱姬的太后鸞帳爲鄰，十多個營帳，住的全是王族內有地位的女性，四周特別以木欄與其他營帳分隔開來，守衛嚴密。

項少龍雖有資格通行無阻，仍不敢壞了規矩，報上來意，由禁衛通傳，不一會琴清的一名貼身小婢走出來，告訴他紀嫣然諸女剛離開，琴清則已就寢。

項少龍明白到琴清不想在這種情況和時刻見自己的心情，聳聳肩頭離去。

天尚未亮，項少龍給田貞田鳳兩姊妹喚醒，前晚沒闔過眼，昨天辛勞整天，這一覺熟睡如死，剛摟緊烏廷芳，人事不知，直至此刻。到了帳外，在日出前的黯黑下，紀嫣然三女爲他的傷口換藥，發覺已大致痊癒，只是以後難免會留下一道箭疤。他身上早傷疤處處，也不在乎多一道戰績。

荊俊領一名青年來見他，介紹道：「他叫桓齮，項統領該記得他，桓齮不但是第一天田獵成績最佳的人，昨晚又連勝三人，儲君封他作偏將，調到我們都騎軍來服役，請項統領指派他工作。」

桓齮跪下施禮道：「桓齮叩見統領大人。」

項少龍心想難怪這麼眼熟，溫和地道：「站起來！」

桓齮矯捷如豹地彈起來。

項少龍見他眉清目秀，兩眼精光閃閃，極有神氣，身形高挺，虎背熊腰。又見他有紀嫣然諸女在旁，仍是目不斜視，心中歡喜道：「桓齮你出身何處，有沒有從軍的經驗？」

桓齮不亢不卑地道：「小將乃北地人，自幼學習兵法武技，曾在王翦將軍麾下戍守北疆，職級至裨將。」接著露出懇切神色，有點不好意思地道：「此回是王將軍命小將代表北戍軍回來參加田獵，王將軍曾指點小將，若僥倖獲賞，必須要求跟隨項統領大人，可有望一展抱負。」

項少龍微笑道：「以桓兄弟這種人才，到什麼地方都應沒有人能掩蓋你光芒的。」

桓齮神色一黯道：「統領大人有所不知，小將先祖乃犬戎人，所以無論小將如何勇猛效死，論功行賞總沒我的份兒。若非王將軍另眼相待，我最多是個小伍長。王將軍雖有意把小將升爲偏將，但文件到了京城就給壓下去，所以王將軍著我來京城碰機會，還點明我務要隨統領大人辦事。」

項少龍至此明白在秦人中，仍有種族歧視，心中同時大喜，王翦看得上的人，還差到哪裡去？更明白王翦已從大哥烏卓處知道自己的情況，故遣此人來襄助自己。此時腿傷包紮妥當，大喜而立，伸手抓著他肩頭道：「桓兄弟可以放心，我項少龍不會理會任何人的出身來歷，只要是有才能的忠貞之士，我絕不虧待。由今天起你就是副統領，這兩天會有正式文書任命。」

桓齮想不到項少龍這麼重視自己，感激零涕下要跪地叩首。

荊俊硬扯著他，向項少龍笑道：「我和桓兄弟一見如故，早告訴他若統領大人知是王將軍遣來的人，必會特別關照。」

項少龍正容道：「小俊失言了，我只是深信王將軍絕不會看錯人，而且這次田獵桓兄弟表現出色，理該給他一個展露才華的機會。」

荊俊向項少龍打個眼色道：「這兩天怎樣安排桓副統領的工作呢？」

項少龍明白他的意思，就是該不該把高陵君和呂不韋的事告訴他。默思半晌，想到王翦著他來助自己的意思正是如此，把心一橫道：「既是自家兄弟，什麼事均不須隱瞞，如此桓兄弟始有表現的機會。」

桓齮感動得差點掉淚，被荊俊帶去見滕翼。

紀嫣然來到項少龍身邊道：「若嫣然沒有猜錯的話，秦國又出一位猛將。」

田獵的隊伍和獵犬，浩浩蕩蕩的通過四道橫跨涇水的木橋，注入廣闊的獵場去。呂不韋、徐先、王陵、鹿公、王綰、蔡澤等公卿大將，與項少龍、昌平君、管中邪等護駕將領，伴在小盤四周，陪他行獵。朱姬除首天黃昏出動過，便不再參加田獵的活動。昌文君和滕翼負責留守營地，而荊俊則和桓齮去了偵察高陵君伏兵的動靜。

這支田獵的大軍還有一眾王族的人，包括高陵君和他的十多名隨從，另外是琴清和項少龍的三位嬌妻兩名愛婢，還有太子丹和他的手下們，形成散布草原的隊伍。小盤領頭策馬朝前方一個大湖奔去，神采飛揚，興致勃勃。項少龍、管中邪和昌平君三人拍馬追在他身後，接著是一眾大臣。

項少龍看著小盤逐漸長成的龍軀，感覺著他那異於常人的容貌和威勢。他最使人印象深刻的是高起和渾圓的兩邊顴骨，使人看上去極具威嚴，不怒而威。不知是否要長期隱瞞心事，他閃閃有神的眼睛予人深邃莫測、複雜難明的感覺，給他注視時，連項少龍這深知道他底蘊的人亦有些心中發毛。他的兩唇頗厚，使他外觀並不英俊，可是稜角分明、有如刀削的唇邊，卻表現出一種堅毅不拔，不臻成功，絕不放棄的性格。這使他的樣貌與眾不同，隱有威霸天下的氣概。隨著逐漸的成長，這種氣質愈趨強烈，項少龍已很難再由他身上聯想到當年邯鄲王宮那個頑童小盤。未來秦始皇只是一般人的高度，可是肩膊厚而寬，手足比一般人粗大，行動間眞具龍虎之姿，顧盼生威。若有相可看的話，他確是生具帝皇之相。此時因小盤的臨近，一群水鴨由湖旁飛起來，向高空逃竄，小盤彎弓搭箭，颼的一聲沖天而去，卻是射了個空。

小盤大笑道：「好鳥兒！誰給我射牠一頭下來。」

項少龍對這麼殺生毫無興趣，其他人卻紛紛張弓搭箭。

「鏘！」的一聲，項少龍耳鼓震響，旁邊的管中邪取出鐵弓，趕在所有人前，連發兩箭，卻只像弓弦響了一下，可知他射箭的驚人速度。百多枝勁箭隨之沖天而起，水鴨慘鳴中，落了二十多頭下來。侍衛忙放出獵犬，由牠們去把獵物啣回來，一時群犬奔吠，響徹原本平靜安逸的湖岸原野。小盤大喜，策騎沿湖疾馳，累得眾人苦追其後。到了一處可俯瞰整個大湖的小丘上，小盤停下來。

眾人紛紛在他身後勒馬，呂不韋靠得最近，差點與他並騎，大笑道：「儲君的騎術原來如此了得！」

太子丹等人追上丘頂。

小盤笑道：「多謝仲父讚賞，你看我們大秦的景色多麼美麗，沃原千里，物產富饒。」又指著地平處橫亙的西狩山道：「眾卿可看到那道著名的西狩飛瀑嗎？由百丈高山飄瀉而下，像一疋長長的白綢緞，寡人可以想像到當瀑布落在下方的岩潭，千萬顆晶瑩閃亮的水珠往四方濺散的壯觀情景。」

後方的項少龍凝望野趣盎然、美得如夢如詩的清晨景色，平湖遠山，墨翠響蒼，層次分明，猶若畫卷。而小盤已由一個靦腆的小孩，完全把自己代入秦國之主的角色去，睥睨天下，豪情萬丈。

鹿公來到小盤的另一側憧憬地道：「老將曾多次到那裡去行獵，水瀑衝到崖下往東奔騰，然後忽然拐彎，洶湧澎湃的激流穿過兩座山峰間的窒谷，往西南奔去，形成西狩河，流經十多里後，始注入涇水，令人嘆為觀止。」

項少龍環目四顧，只見人人面上露出嚮往神色，獨有太子丹神色凝重地盯著小盤的背影，心中一震，想起荊軻刺秦這一千古流傳的事蹟，暗忖太子丹要刺秦始皇的心意，不知是否在此刻開始萌芽呢？

小盤油然神往道：「今天那裡將是我們的目的地，如不目睹西狩飛瀑，寡人今晚休想能夠安寢。」

徐先笑道：「那麼儲君須及早起程，來回足要三個時辰之久呢。」

侍衛由獵狗的口處取來被箭射下來的水鷗，共有二十七隻，由於箭矢均刻有各人的標記，故此是誰射下的，略一檢視，即可清楚知道。其中竟有兩箭，貫穿著兩隻水鷗，名副其實一矢雙鷗。獵物放在地上，眾人團團圍著觀賞。項少龍見那一矢雙鵰的兩箭，形製相同，不由心中劇震，朝管中邪望去。其他人的目光亦落到那兩支箭上。

小盤訝然道：「是哪位卿家的箭法如此出神入化？」

管中邪跳下馬來，伏地道：「儲君在上，是微臣斗膽獻醜。」

鹿公和徐先對望一眼，均露出駭然之色。要知同發兩箭，無一虛發，已是難得，更驚人是他必須眼明手快至可從數百隻激舞天上的水鵰，在發箭的剎那間尋到可貫穿兩鵰的角度與機會，如此箭法，誰不驚嘆？項少龍心中冒起寒意，若與此人對敵，只是他的箭便難以抵擋，看來滕翼的箭法也在腰手的膂力和速度上遜他一籌。

小盤掠過不自然的神色，勉強裝出欣然之狀道：「管卿箭法非凡，寡人該如何賞他，眾卿可有意見？」

呂不韋哪肯放過機會，笑道：「儲君若把他回復原職，將是最好的賞賜。」

小盤早答應過母后此事，故意賣個人情給呂不韋，好安他的賊心，點頭道：「由這刻起，管卿官復原職，以後好好給寡人管治手下。」

管中邪忙叩頭謝恩。

小盤以馬鞭指著遠方的西狩山奮然道：「讓寡人和眾卿比比馬力！」帶頭策馬，衝下斜坡。

午後時分，小盤的隊伍滿載而歸。快到營地，項少龍偷了個空，向李斯說出桓齮的事，後者自是大拍胸口地答應，沒有人比他更清楚儲君和項少龍的親密關係。項少龍想想都覺得好笑，當年被時空機送到古戰國的時代，一心要找到落魄邯鄲作質子的秦始皇，好傍著大老闆飛黃騰達，享盡榮華富貴，豈知事情七兜八轉，結果是由自己炮製了個秦始皇出來，世事之離奇荒誕，莫過於此。烏廷芳和趙致趕到他身旁，快樂小鳥兒般吱吱喳喳，向他述說行獵的趣事，項少龍自是大大誇讚她們一番。紀嫣然、琴清和田氏姊妹亦趕上他們。談笑間，衆人渡過涇水，回到營地。

到達主騎射場，只見人頭湧湧地在輪候登記獵穫，烏廷芳和趙致忙擠進去湊熱鬧。

紀嫣然眼利，告訴項少龍道：「小俊回來了，在場邊與鹿丹兒說話。項郎你且伴著芳妹和致致，我想回營地小睡片時，醒來後你再陪我到清溪沐浴好嗎？」

項少龍知她有午睡的習慣，點頭答應。紀嫣然與琴清和田貞姊妹去後，項少龍跳下馬來，囑烏舒等牽馬回營，眼睛找到荊俊，見他不知說了什麼調皮話，鹿丹兒正拿粉拳往他擂去，小子別轉身來，任由背脊挨揍，而鹿丹兒果然愈打愈沒有力道，附近的女兒軍笑作一團。

項少龍看得心中欣慰，旁邊傳來桓齮的聲音道：「統領大人！」

項少龍別頭望去，笑道：「桓兄弟為何不隨小俊去湊熱鬧？以你如此人才，必大受女兒軍的歡迎。」

桓齮致禮道：「現正是桓齮為國家盡力之時，故不敢有家室之慮、情慾之嬉。嘿！統領大人叫桓齮之名就可以。」

項少龍暗忖這就是桓齮和荊俊的分別，一個是專志功業，後者則全情享受人生，微笑道：「你今年多少歲？」

桓齮恭敬道：「小將今年十九歲。」

項少龍道：「你比小俊大一歲，我就喚你作小齮吧！」領他離開騎射場，到了營地內的僻靜角落，問道：「今天有什麼發現？」

桓齮道：「小將和荊副統領深入山內探察敵情，照小將觀其動靜，人數約在萬人左右，可是陣勢不固，旗號紊亂，士氣散渙，行動遲緩，氣色疲憊，兼之近日天朗氣清，無霧可隱，如此未戰已呈敗象之軍，只要給小將一支千人組成的精兵，可將他們擊潰，絕無僥倖。」

項少龍大奇道：「小齮怎麼只去了半日已摸清他們的虛實？」

桓齮變成另一個人般道：「臨戰必登高下望，以觀敵之變動，小中覷大，則知其虛實來去，從各種徵兆看出問題。高陵君的軍隊雖藏在密林之內，但只要看何處有鳥獸停留，何處沒有，立知其營帳分布的情況和人數多寡。再看其塵土揚起的情況，更知對方在伐樹搬石，欲藉上游之利圖謀不軌。」

說到興起，蹲在地上隨手布放石子，解說對方分布的情狀，大小細節，無一遺漏，顯示出驚人的記憶力和觀察力。

項少龍動容道：「假設我予你一支二千人的精兵，你會怎麼辦？但必須待他們發動時方可動手。」

桓齮站起來，用腳撥亂地上的石子，肅容道：「偵察敵人除了留心對方的糧草儲備、兵力強弱外，最緊要是測估對方的作戰意圖，針對之而因勢用謀，則不勞而功舉。現今對方為得憑河之險，駐軍於交通不便、低濕而荊棘叢生之地，又戒備不周，兼之軍卒勞累，士氣消沉，可採雙管齊下之策，分水陸兩路伏擊之，縱使讓他們毀去木橋，於我亦無絲毫損傷，我們還可憑河而守，立於不敗之地。」

項少龍登時對他刮目相看，荊俊雖在其他方面或可勝過他，但在才智和軍事的認識上卻遠落其後。

這番話若是出自鹿公、徐先之口，乃理所當然，但桓齮只十九歲，竟有此見地，除了用天才兩字來形容，實再無可替代。

項少龍心中一動道：「我帶你去見一個人，見到他時你要把全盤計畫向他解說清楚，對於你日後的事業，會大有幫助。」

桓齮愕然道：「見誰？」

項少龍搭著他肩頭，推著他往王營舉步走去道：「當然是政儲君。」

桓齮劇震下停步，垂頭低聲道：「不若由小將把心中愚見告訴統領大人，再由大人親自獻奉儲君好了。」

項少龍繼續推他前行，笑道：「那不是給我冒領你的功勞嗎？休要扭扭捏捏，我項少龍只喜歡爽快的漢子。」

桓齮感動得眼紅了起來，嗚咽道：「難怪王將軍常說統領大人胸襟過人，乃我大秦第一好漢，大人的恩德，小將沒齒難忘。」

項少龍笑道：「那是你應得的，我只是負起引介之責，不過記緊這次我們是要讓儲君大展神威，而非我們去藉機顯威風，明白嗎？」

桓齮哪還不心領神會，連忙點頭。

項少龍把桓齮留在主帳內與小盤和李斯說話，匆匆趕回騎射場去接兩位嬌妻，哪知兩女早回營地去了。待要離開，人叢裡閃出嬴盈，扯著他衣袖，硬把他拉往涇水去。

項少龍見她花容慘淡，顯是心神備受煎熬，頓時心情矛盾，再沒有使性子的意思。

嬴盈一直沒有說話，直至來到河旁一處疏林處，才放開他，背轉身嗚咽道：「我知你定會看不起人家，怪嬴盈是個水性楊花的女子。」

項少龍走上去，抓著她有若刀削的香肩，把她輕輕扳轉過來，按在一棵樹身處，細察她如花的玉容，見她淚水珍珠串般一顆連一顆的滾下玉頰，微笑著以衣袖爲她拭淚道：「怎會怪你呢？男人可以風流，女人自亦可以風流，更何況你尚未與人定下名份，你大小姐不是常說樣樣事都要勝過男人嗎？爲何在這一項上如此洩氣？」

嬴盈一呆道：「你眞的不怪責我？」

項少龍瀟灑地聳肩道：「人的身體最是奇怪，天生很難拒絕挑逗引誘，一時衝動下什麼事都可以做得出來。但假若大小姐連那顆心都交給管中邪，那我只會祝福你們，再不插身其中，以免招惹煩惱。」

這一番確是肺腑之言，他以前在二十一世紀，哪一個與他鬼混的女孩不是有過或同時擁有一個以上的男朋友，那時的項少龍已不計較。現在秦女又素性開放，他更不會計較。當時雖很不舒服，那只是自然反應，過後早趨平淡。

嬴盈回復生氣，垂頭道：「昨晚人家本是一心等你來的，哪知他卻來了，糊裡糊塗的就和他好了。眞對不起，你不怪人家嗎？」

假若可以選擇，項少龍怎都不想再有感情上的糾纏，但現在爲對付呂不韋和管中邪，卻不該放棄嬴盈，而且事實上他並不計較嬴盈的私生活，俯頭在她唇上香一口，道：「我還是歡喜你刁蠻神氣的樣兒，那才是嬴大小姐的眞正本色。」

嬴盈赧然道：「可是我卻覺得自己犯錯，我總是先認識你啊！那天見你在市集懲治那些流氓後，便忘不了你，只是你太驕傲和不近人情吧。唉！怎辦好呢？若他再來找我，人家怕拒絕不了他哩！你可幫我嗎？」

項少龍心中暗嘆，知道管中邪目的已遂，憑手段征服嬴盈的肉體，使她生出抗拒不了他的感覺，假若懷孕，更是只好嫁入他管家。那時會出現什麼情況呢？首先受害的是昌平君兄弟，因爲小盤會因此對兩人生出顧忌，致他們宦途堪虞。唯一的方法，自然是在男女情慾上予嬴盈同樣或相差不遠的滿足快樂，又予她正式名份，那就不怕管中邪再來作祟。

項少龍嘆道：「嬴小姐試過在野外作戰嗎？」

嬴盈一呆道：「什麼野外作戰？」

項少龍湊到她小耳旁，揩著她耳珠輕柔地道：「就是在野外幹在帳內的事！」

嬴盈立時面紅及耳，低頭猛搖。

項少龍故意逗她道：「小姐搖頭是表示未試過還是不想試？」

嬴盈像火山爆發般縱體入懷，玉手摟上他頸子甜笑道：「想試！但不能夠！人家女兒的紅事剛來。」

項少龍喜道：「那更不怕，因爲是安全期。」

嬴盈愕然道：「什麼安全期？」

項少龍暗罵自己胡言亂語，也不解釋。摟著她動人的肉體，親熱一番，放過被他逗得臉紅耳赤的風流蕩女，自回營地去。紀嫣然剛睡醒，與烏廷芳等興高采烈地扯著他馳出營地，到附近一個小谷內的清溪戲水沐浴，十八鐵衛則當把風的崗哨，以免春光外洩。諸女沒有全裸，但小衣短褌，肉光致致，已足把項少龍迷死。溪水清淺，溪旁怪石纍布，野樹盤根錯節，儼然天然盆景，到夕陽西下，陽光由枝葉間灑來，溪水凝碧成鏡，更是金光爍閃，仿似離開人世到了仙境。聽衆女的歡樂和鬧玩聲，項少龍浸在水裡倚石假寐，確有不知人間何世的感覺。

紀嫣然來到他旁，倚入他懷裡道：「夫君此回去追殺田單，是否把嫣然算在內呢？致致已表示為報毀家之仇，她怎都要跟去的。」

項少龍想起趙倩之死，猶有餘悸道：「那豈非廷芳都要去。」

紀嫣然道：「錯了！她會留下來照顧寶兒，小貞和小鳳當然不會去。」

項少龍摟著她親個嘴兒，笑道：「妳們原來早商量好，我怎敢反對？」

紀嫣然想不到他這麼好說話，向趙致喜呼道：「致致！夫君大人答應哩。」

趙致一聲歡呼，由水底潛過來，纏上項少龍，獻上熱情的香吻。項少龍忽地想起善柔，若她知道自己為她去對付大仇人，必然非常高興。伊人究竟身在何方？

晚宴之時，滕翼回到營地來，低聲告訴他蒲布和太子丹的尤之已於今早上路去與徐夷亂會合，護行的有百多名烏家精兵團的好手。

項少龍把桓齮對高陵君那支叛軍的估計告訴他，道：「看來高陵君並沒有多大作為，到時只要調兩千都騎軍當可把他打個落花流水，這邊的高陵君和他的親衛由禁衛對付，只要亂起即平，呂不韋將無所施其技。該不用出動我們的精兵團，免得暴露實力。」

滕翼大感意動道：「既是如此，不若我領人先一步起程，啣著田單的尾巴追去，不過最好得到儲君的手論，免得與沿途的駐軍發生誤會。三弟你可以脫身時，立即來會。」

項少龍道：「就這麼辦，二哥今晚連夜起程，小心了！」

滕翼哂道：「我從不會輕敵大意的。」

兩人又找來荊俊，研究諸般細節，項少龍忙趕往王營赴宴。剛登上王營的斜道，遇上來找他的禁衛，隨之到主營見小盤。小盤正憑几獨坐，研究几上的帛圖。見他進來，招手道：「沒人在，師傅快坐下來。」

近日他們很少有兩人相處的機會，項少龍心中湧起溫暖，坐在另一邊道：「見儲君這麼奮發有爲，微臣心中非常高興。」

小盤道：「師傅看人的眼光不會錯，李斯如此，王翦如此，桓齮亦非常不錯，可以造就。」

項少龍低聲道：「嫪毒不是給造就了嗎？」

兩人對視發出會心的微笑。

項少龍奇道：「爲何儲君會忽然提起王翦？」

小盤道：「剛才我問起桓齮有關王翦的情況，始知他把土地向西北擴展數百里，趕得匈奴狼奔鼠竄，又修築長城，立下無數汗馬功勞，卻給呂不韋一手壓著，數次申請調回咸陽，呂不韋一概推擋。哼！此人一日不除，終是大患。」

項少龍苦口婆心道：「儲君最重要的是忍一時之氣，若現在對付呂不韋，說不定會給他反咬一口。就算除掉他，難保再無叛亂。上上之計，仍是由他把所有反對勢力清除，我們再對付他。」

小盤皺眉道：「只看嫪毒剛坐上內史之位，立要顯露鋒芒，當知此人野心極大，只怕日後難以制伏。由於他與母后關係密切，宮內說不定有人會依附於他。」

項少龍心中一動道：「儲君何不成立一支特別調遣部隊，直接由儲君親自指揮，平時藉訓練爲名，駐守咸陽附近，有起事來，儲君一聲號令，他們可進王城平亂。」

小盤精神大振道：「對！這就是師傅說的什麼槍桿子出政權。不過我只信任師傅一個人，師傅又要主理城防。唉！這確是最佳方法，就算都騎軍和禁衛軍內，仍有呂不韋的羽翼在其中，遲此還加上嫪毒的奸黨，只有由外地抽調回來的人，才最可靠，那時可不怕蒙驁護著呂不韋。」

項少龍道：「不若起用桓齮，再輔以王賁，如此將萬無一失。」

小盤一呆道：「小賁只得十七歲，不嫌太年輕嗎？」

項少龍道：「正因桓齮和小賁那麼年輕，滿腔熱血，所謂初生之犢不畏虎，故不會害怕呂不韋。現在我們有徐先和鹿公兩人支持，便藉口高陵君的事，成立這支應變部隊，時機成熟儲君再把王翦調回來，代替年事已高的蒙驁和王齕，收拾呂不韋還不是舉手之勞？那時所有軍權政權均集中在儲君手上，誰還敢不聽儲君的話呢。」又哈哈一笑，眼中射出憧憬的神色，續道：「那時文的有李斯，武的有王翦王賁父子，再加上一個桓齮，天下還不是儲君的嗎？」

小盤奇道：「師傅爲何不提自己？」

項少龍伸手輕輕拍他的龍肩，欷歔嘆道：「你母親死後，又有倩公主的慘劇，我早心灰意冷，只是對你仍放不下心來，但當你大權在握，我會離開這裡，遠赴北方，過點自由自在的生活。」

小盤劇震道：「師傅你怎可以離開我？」

項少龍露出一絲苦澀的笑容，壓低聲音道：「師傅代表著的是你的過去，只有我離開，你可眞正與過去的小盤斷絕關係，成爲威淩天下、前所未有的第一個始皇帝。你若尊敬我的話，必須遵從我最後的意見。」

小盤呆望他，好一會喃喃唸了兩遍「始皇帝」，大訝道：「爲何師傅隨口說出來的名詞，總是含有很深刻的意思？」

項少龍眞情流露道：「相信我！日後天下必是你的。」

小盤凝神想一會，道：「師傅是否準備去追擊田單？」

項少龍記起滕翼今晚便要起程，忙把詳情稟上，小盤自是一口答應。此時昌平君來催駕，晚宴的時間到。

今晚項少龍比昨夜舒服和自然多了，與昌平君兄弟同席，另一邊還有李斯，居於小盤左方內圍的第五席。紀嫣然等今晚沒有參宴，昨晚若非朱姬的請求，素喜自然清靜的紀才女，亦不會出席。琴清更是芳蹤渺然，今年還是她首次參與田獵，只不知是爲紀嫣然等人，還是爲小盤或項少龍。太子丹成了唯一的外賓，居於小盤右手下的首席，接著是呂不韋和高陵君兩席。高陵君身材頎長，面容有點蒼白，予人耽於酒色紈袴子弟的感覺，一對眼睛沒有甚麼神氣，陪著他是兩個幕僚式的中年人，看服飾該是王族的人。

呂不韋不時和身旁的管中邪耳語，出奇地呂娘蓉出現席上，還不時偷瞥項少龍。周子桓、魯殘在後席處，另外還有兩個呂府有地位的食客，項少龍均曾見過，一時記不起他們的名字。人數大約與昨夜相若，鹿丹兒、嬴盈等女兒軍在最遠一端的外圍處湊了四席，可見儘管是秦廷，亦因她們本身尊貴的出身，默許女兒軍的存在。只是席中沒有紀嫣然和琴清兩位絕代佳人，怎也要失色不少。燒好的野味酒菜流水般由禁衛端上几桌，空氣中充盈肉香火熱的味道。爲防止有人在酒食裡下毒，禁衛中有專人負責這方面的保安。朱姬不時和小盤說話，只不知她是否藉此機會與兒子修補出現裂痕的關係。

由於杯盤交錯和談話聲喧天震耳，李斯湊到項少龍耳旁道：「儲君對大人引介的桓齮非常滿意，此人的兵法謀略，不同凡響，難得他尚如此年輕，假以時日，必是我大秦一員猛將。」

項少龍大感欣慰，有王翦、紀嫣然和李斯三人同時稱賞此人，桓齮絕不會差到哪裡去。這正是他對抗呂不韋的長遠辦法，是起用秦人裡有才能的人，既易於爲秦國軍方接受，又隱然形成一個以秦人爲骨幹與呂不韋和嫪毒打對台的軍政集團，同時鞏固小盤的君主地位。太子丹舉杯向小盤和朱姬祝酒，衆人連忙和應。

項少龍放下酒杯，輪到昌平君傾身過來道：「儲君已和我們說了有關叛黨的事，就讓我們兄弟打醒精神，你主外我主內，把叛黨一舉掃平。」

項少龍笑道：「你這小子弄錯哩，是內外均由儲君作主，我們只是聽命行事。」

昌平君一呆道：「儲君尚未足十五歲，這樣……」

項少龍道：「你難道不知儲君乃天生的軍事政治天才嗎？不是要由儲君親自提醒你吧？」

昌平君乃才智過人之士，聞言會意道：「噢！是我一時糊塗，嘿！來！喝一杯！」

昌文君湊過來道：「昨晚項兄說輸了給管中邪，究竟是怎麼一回事？」

昌平君知談的是有關嬴盈的事，神情立即凝重起來。

項少龍暗忖只為兩位好朋友，犧牲自己也沒話可說，何況嬴盈如此尤物，坦誠地道：「我剛和令妹說過話，以前的事不再提，日後如何發展，仍難逆料。因為令妹對管中邪並非無情，田獵後我要離開咸陽一段時間，誰都不知在這段日子裡會發生什麼事。」

昌平君斷然道：「不如先定下親事，若管中邪仍敢來逗小妹，我們可出面干預。」

項少龍把心一橫道：「假設嬴盈肯答應，就這麼辦吧！」

昌平君兩兄弟大喜，亦是心中感動，明白到項少龍有大半是看在他們的情面上。昌文君最衝動，立時退席往找嬴盈去。

呂不韋忽然起身向太子丹敬酒，同時道：「嘗聞貴國劍法專走輕盈險奇的路子，不知可否讓我們見識一下？」

場內立時靜下來，人人均把目光投向太子丹。項少龍心中一震，知道多次和太子丹接觸的事，已落入呂不韋耳裡。現在他是藉故公開挫折燕人，好向自己示威。假若自己被迫動手，正中他下懷。現在誰能擊敗他項少龍，立可成為大秦的第一劍手。

坐在大夫冷亭和親將徐夷則間的太子丹聞言後沒有露出任何驚訝神色，微微一笑道：「聽說貴府管中邪先生曾大發神威，連敗齊國高手，不知今天是否又派他出來顯威風？」

像太子丹這類掌握實權的王位繼承人，見慣場面，經慣風浪，明知在這種宴會比武是退縮不得，不但會給人看作膽怯，若是國與國交往，說不定更因示弱而招來亡國大禍。反而勝敗乃兵家常事，輸了雖是顏面無光，卻是人人可接受的事。他亦是厲害之極，出口點明呂不韋想藉折辱他燕人立威，好教管中邪露上一手。若呂不韋仍好意思派管中邪下場的話，可表現出他太子丹料事如神。若出場的不是管中邪，那呂不韋手下四大高手中，嫪毒算是脫離他的門戶依附太后而獨立。周子桓昨晚敗於荊俊之手，該不會出場。剩下來的就只魯殘一人，由於太子丹昨晚看過他的劍路，自可針對之而選派人手應戰。寥寥三幾句話，顯出太子丹絕不簡單。

呂不韋想不到太子丹反應如此敏捷，詞鋒更是厲害，哈哈一笑，向管中邪打個眼色，後者會意，也仰天一笑，步出席外場心處，向太子丹施禮謙恭地道：「得丹太子如此誇賞，中邪愧不敢當，豈能不從尊意，請太子派出貴國高手，讓我們一開眼界。」

這回輪到太子丹心中叫苦，呂不韋連消帶打，反使人感到他原本不是要派管中邪下場，只因太子丹的話，惹了他出來。眾人見有比武可看，又可挫折燕人，紛紛叫好。管中邪的劍術厲害雖已在咸陽不徑而走，隱有蓋過項少龍之勢。更兼兩箭四鵰的傳奇，直與項少龍的五針同發分庭抗禮。但絕大部分人均未正式見過他與人動手，故均興奮的期待，好目睹他的武功風範，一時場內鬧哄哄一片，氣氛熱烈。不過只看他比項少龍還要雄偉的身形，不動如山、淵亭岳峙的氣度，已是先聲奪人。

項少龍忍不住朝遠方的女兒軍望去，只見諸女包括嬴盈和鹿丹兒在內，無不忙於交頭接耳，露出顛倒迷醉的神色。心中劇震，明白到若讓管中邪大顯神威，說不定嬴盈和鹿丹兒兩個善變的少女，會重投入他的懷抱內。自己的腿傷已癒，但應否出戰呢？假若敗了，聲譽上的損失，將是巨大得難以計算的。但若因怕輸而不出場，心理上的影響將更是嚴重，會使自己生出技不如他的頹喪感覺。心念電轉，太子丹裝作欣然的點派坐於後席的一名劍手下場。此人報上名字叫閻獨。場內立時一陣騷動，顯是因此君大有來頭，非無名之輩。

項少龍禁不住向昌平君詢問，後者興奮地道：「此人是燕國最有名氣的三大劍手之一，我們一直不知他隨太子丹來咸陽，據說他的燕翔劍快如閃電，可斬殺急飛的燕子，你說多麼本事。」

項少龍細看閻獨，身材高挺瘦削，兩鬢太陽穴高鼓，眼神充足，年在二十五六之間，算不上英俊，卻是氣度非凡。而他最令人印象深刻的地方，是他一身黃色勁裝，鼻鉤如鷹，予人一種陰鷙冷酷的感覺。不過管中邪更是奪人眼目，一身雪白的武士服，頭上以紅巾綁個英雄髻，其身材比常人高的閻獨還要高上半個頭。若說閻獨是嚴陣以待，他便是好整以暇，悠然自得。他那有若由堅硬的岩石鑿刻出來的奇偉容貌掛著一絲睥睨天下的笑意，難怪嬴盈雖先愛上項少龍，仍對他情難自禁。兩人此時均面向小盤和朱姬的主席，請求准許比試。

小盤雖不知這次比試暗中針對的是項少龍，卻不想管中邪有趁機發威的機會，但朱姬已在旁催促，無奈下道：「兩位比武，乃友好間的切磋交流，點到即止，切勿讓寡人見到傷亡流血的場面。」

兩人下跪接旨，不過誰都知道這類比武用的是眞刀眞槍，想不傷人，確難辦到。

當下有人出來爲兩人穿上甲冑，管中邪微笑道：「不用甲冑，閻兄請自便。」

閻獨只好拒絕穿甲戴冑，免得影響身手的靈活度。兩人劍尚未出鞘，在火把光照耀下屹立如山，對峙間立時殺氣瀰漫全場。衆人均屏息靜氣，怕擾亂兩人的專注。

「鏘！」閻獨首先拔出他的燕翔劍，橫胸作勢，大有三軍披靡之概。高明如項少龍等卻看得出他是吃不住管中邪的壓迫，要藉拔劍挽回劣勢。那是只有高手對峙方會出現的情況，就像兩軍對壘，只看軍容陣勢和士氣，可大約測出誰勝誰敗。

管中邪哈哈一笑，左手一拍掛在右腰的劍，從容道：「管某劍名『長擊』，乃出自越國名匠所鑄，劍長五尺四寸，比一般劍長上一尺有多，閻兄莫要輕忽它的長度。」

「鏘！」的一聲，長擊刃被右手閃電拔出來，當眾人的腦海中留下劍指星空、閃耀輝爍的深刻印象，一劍揮出，同時配合步法，搶至閻獨身前七步左右。項少龍見他以左手拍劍，心中隱隱感到點什麼，卻無法具體說出來。同時招手喚來鐵衛，著他暗中回營去取墨子劍。

此時閻獨的燕翔劍如乳燕翔空，與管中邪硬拚一記。「噹！」的一聲，兩人同時收劍後退，眈眈虎視對手。

眾人大氣不敢透出一口，剛才的一劍只是試探性質，好戲仍在後頭。項少龍見閻獨持劍的手微微抖顫，知他在膂力比拚上吃了暗虧，不過閻獨的底子已是非常硬朗，可惜對手是管中邪。

管中邪臉上露出一絲自信的笑意，冷喝一聲，再一劍劈去，角度力道似乎和上一劍毫無分別，可是旁觀的人無不感到此劍淩厲無匹，隱含驚天動地的奧理，任誰身當其鋒，都有難以招架的感覺。閻獨大喝一聲，燕翔劍由內彎出，畫了一道優美的弧線，「鏗！」的一聲，激彈在對方的長擊刃上，竟是後發先至，不愧燕翔之名，縱是如此，仍被震得退後小半步。管中邪正要搶攻，閻獨再喝一聲，嗆嗆嗆連退三步，燕翔在對手身前不住迅速的畫著小圓，反映火光，像一把火燄虛擬出來的劍，全無實體的感覺。如此劍法，確是驚世駭俗，眾人不由打破止水般的靜默，爆出如雷采聲。

管中邪想不到對方劍法精微至此，封死所有進路，大振雄心，一聲長嘯，劍勢略收，再化作長虹，分中猛劈，劍吟之聲，破空而起，只是其勢，已可使三軍辟易。而他則威武如天兵神將，令人生出永不能把他擊敗的感覺。那種感覺是如此強烈，連閻獨亦不例外，氣勢頓時減弱兩分。金鐵交鳴聲連串響起，接著兩人倏地分開來，劍招快如閃電，大部分人看不真切，更遑論分出誰勝誰敗。

「鏘！」的一聲，管中邪劍回鞘內，仍目注對手，劍鋒像長了眼睛的毒蛇般回到鞘內窄小的巢穴裡，看得衆人瞪目結舌。贏盈等更是爲他吶喊得力竭聲嘶。

闍獨的燕翔劍仍遙指對方，但臉色轉白，額角滲出豆大的汗珠，一陣搖晃，劍撐地上，顯是因用力過度而虛脫。然後他額頭打横現出一道整齊清楚的血痕，傷的只是表皮，雖然是管中邪劍下留情，但傷的是這位置，恐怕以後會留下代表奇恥大辱的標記。

管中邪抱拳道：「承讓！」

當下有人奔出來把眼含怨毒的闍獨扶走。在衆人喝采聲中，管中邪分別向小盤和太子丹致禮。太子丹和冷亭仍是神態從容，徐夷亂和其他人都臉露憤慨，顯是怪管中邪這一劍太不留餘地。

呂不韋大笑道：「中邪你違反儲君吩咐，劍下見血，理該罰你一杯。」

這回連太子丹和冷亭都臉露不愉之色，呂不韋實在欺人太甚。

坐在呂不韋下席的蔡澤道：「中邪的劍法把我們的興頭引出來，不知昨晚大展神威的荊副統領何在，可否讓我們看看誰高誰低。」

管中邪接過手下奉上的酒杯，先向小盤和朱姬致敬，再向四方舉杯敬酒，衆人紛紛舉杯和他對飲。

項少龍這時更無疑問知道呂不韋是在針對他，照他猜想，呂不韋一向認爲小盤對自己另眼相看，皆因小孩崇拜英雄的心理，所以希望在自己「死前」當衆折辱他項少龍，好把小盤崇拜的目標移到管中邪身上去。

蔡澤這一開腔，他再難保持緘默，淡淡道：「副統領有任務在身，未能出席，要教蔡大人失望。」

蔡澤早有定計，接口道：「昨晚不是有位桓齮連勝三場嗎？讓我們再看他的本領吧！」

依附呂不韋者立時起哄，支持建議，那即是說大部分人都在推波助瀾。

昌平君看出不妥，湊到項少龍耳旁道：「他們在針對你呢！哼！」

項少龍知道這一戰避無可避，他絕不能教桓齮出戰，若給管中邪以辣手毀了他，不但對不起王翦，也使小盤建立快速調遣部隊的好夢成空。而且就算桓齮沒有大礙的傷勢，亦會使他辛苦建立出來的聲譽，毀於今夜。順眼往贏盈諸女望去，見她們無不對管中邪目露痴迷之色，知道若再不出手，不但贏盈會投向管中邪，荊俊也要失去鹿丹兒。想深一層，假如自己又推說桓齮有任務，那以後呂不韋的人可振振有詞說他項少龍害怕管中邪。不由往小盤望去，後者正向他射出期待的眼神。

項少龍心內豪情奮起，一聲長笑，站了起來，悠然道：「管大人既這麼有興致，讓我來陪你玩上兩招！」

全場先是忽然靜至落針可聞，只有火把燒得噼啪作響，然後歡聲狂起，采聲不絕。

管中邪含笑看他道：「項大人切勿不顧腿傷，強行出手，否則末將怎擔當得起。」

太后朱姬亦出言道：「少龍萬勿勉強！」

項少龍解下血浪，交給來到後方的烏舒，接過墨子劍，湧起無可匹敵的鬥志，暗忖遲早要與此人見個真章，不如就在今晚比畫。微微一笑道：「若管大人可令我傷口復裂，算我輸吧！」

衆人見他說來霸氣迫人，均鼓掌叫好，情緒熱烈。項少龍和太子丹、冷亭交換個眼色，來到場心與管中邪並肩而立，朝小盤叩禮。

小盤視項少龍的劍法有若神明，毫不擔心地欣然道：「刀劍無眼，兩位卿家小心。」

項少龍心中明白，小盤是要自己把他殺掉。心中一動，想到致勝的訣竅。管中邪以爲自己必死，所以怎都不肯與自己同歸於盡，只是這點，已可教他吃個大虧。而另一優點，是自己看過管中邪的出手，而對方則對他的劍法一無所知，充其量是由別人口中聽來，假設自己把墨子劍法融會無跡地使出來，必教他大爲頭痛。想到這裡，已有定計。

兩人分開，在全場默注下，凌厲的眼神緊鎖交擊，決戰一觸即發。這時場邊來了很多聞風而至的人，擠得外圍水洩不通，盛況空前。紀嫣然諸女由於烏舒回營取墨子劍，吃驚下匆匆趕至，到昌平君那席處擠坐，琴清也來了，加入她們那席去，人人的心都懸到半天高。朱姬雖不擔心管中邪會傷害項少龍，仍是花容慘淡，差點不敢看下去。

管中邪謙虛地道：「可與項大人一較高下，是中邪平生快事。」

項少龍從容道：「未知管大人今天會不會使出看家的左手劍法？」

此語一出，登時全場譁然。

誰想得到管中邪多次與高手對招，仍沒有使出眞實本領。

管中邪首次臉色微變，乾笑道：「項大人的眼力確是非凡。」

項少龍要的就是他刹那的震駭，哪會放過，托在肩上的墨子劍彈上半空，一聲看劍，劍隨人走，借墨子劍重量之利，朝管中邪面門電射而去。

「鏘！」管中邪果以左手拔劍，沉腰坐馬，閃電般挑上墨子劍。項少龍不進反退，施出墨氏補遺三大殺招之一的「以守爲攻」，木劍吞吐無定，管中邪見他似攻非攻，似守非守，更兼剛才心神被他所分，一時間生出無從下手之感，不由地後撤兩步，回復劍鋒相峙之勢。衆人見項少龍高手出招，果是不同凡響，登時獻上一陣采聲。

項少龍此時進入墨氏心法裡，把勝敗生死拋諸腦後，心中一片澄明，對敵人的動靜全無半點遺漏。

衆人見兩人均是威風凜凜，狀若天神，大感緊張刺激。嬴盈等初睹項少龍驚人的身手，都目瞪口呆，心醉不已，一時間不知該捧那邊的場才對。

管中邪感到對方的氣勢和信心不住增長，嘴角竟逸出一絲笑意，冷喝一聲，似拙實巧的一劍擊出。

這一主動出擊，各人立時看出他的左手劍確優於右手。首先他無論頭手腰腿都配合得完整一致，不可分割，雖是左手出劍，卻可感到他是用整個身體去完成這動作，並不僅是手臂的移動。那種整體力道的感覺固是驚人，但最使人心寒是他這一劍明明快如雷奔電掣，偏偏有種清楚分明的樸拙，使你可以把握到劍鋒的意圖，還要生出欲避無從的頹喪感。如此劍法，臻達劍道大成之境，寓快於慢，拙中藏巧。

人人在為項少龍擔心時，項少龍劍交左手，臉容有如不波古井，墨子劍天衣無縫地斜劈在管中邪離劍鋒三寸許處。這正是項少龍高明之處，憑著堅如鋼石的重木劍，堪堪抵消管中邪較他略為優勝的膂力，而刻下所取劈擊點，更是對方力道薄弱之處，登時把管中邪的長擊刃盪開去。

管中邪首先想不到項少龍改用左手劍，以致原先想好的後著全派不上用場，更想不到木劍的力道如此沉雄凝聚，大吃一驚下，項少龍一連三劍，唰唰唰的連續劈至。管中邪腳步不移，穩守中門，招招強封硬架，仗其驚人的體力和速度，抵消項少龍狂風暴雨般的凌厲劍法。衆人看得如醉如痴、狂呼亂喊，不知為哪一方打氣助威，場面激昂熾熱。

劍來劍往，響聲不絕。三劍後再來七劍，壓迫得觀者透不過氣來之際，兩人分了開來，再成對峙之局。項少龍固是需時間回氣，管中邪何嘗不是給重木劍擊得氣浮意躁，不敢冒進。

項少龍不由心中佩服，他曾和囂魏牟交手，一向又慣與膂力驚人的滕翼對打練習，所以應付起像管中邪這類體魄過人之士，特別有心得，剛才他利用物理學上的原理，以拋物線和螺旋的方式融入劍勢去，仍不能把管中邪迫退半步，可知對方的防守是如何無懈可擊，韌力驚人至何等地步，尤可慮者自己是趁對方落在下風時乘勢強攻，猶未能破他劍局，只是這點，自己便難有勝望。不過這只是指在一般情況下而言，戰果往往決定於心理因素和策略，而他卻是這方面的高手。

管中邪亦被他攻得心驚膽震，一向以來，他的劍法以攻爲主，但剛才十劍，卻只能苦守，在他確是破題兒第一次遭遇到的事。全場一片肅然，靜待兩大頂尖高手第二輪的交鋒。管中邪比項少龍快一線回復過來，長擊刃先往下潛，身隨劍去，斜標往上，挑向項少龍的心窩。

橫劍挺立，穩如山嶽的項少龍，一聲長嘯，竟看也不看挑來之劍，側身進步，一劍朝管中邪額頭閃電劈下。場中登時驚呼四起，項少龍是有苦自己知，他剛才與管中邪一輪硬拚，尚未回過氣來，若強行封格，必給對手蓄滿勢道的一招震退，那時對方展開劍勢，要扳平將是難比登天。但此一劈卻非魯莽之舉，要知他先側身避開要害，而對方要改變劍勢更須有剎那空間，就是這緩衝，他的墨子劍將可先一線劈中對方，自己雖仍不免重傷，對方必一命嗚呼，再無別的結果。

管中邪還是首次遇上這種以命搏命的打法，正如項少龍所料，他怎肯爲一個死人犧牲自己，忙迴劍上格。「噹！」的一聲，響徹全場。項少龍渾身吃奶之力，再加上墨子劍的重量，全由管中邪消受。這巨漢全身一震，吃不住力道的衝擊，終退一步。

項少龍抓到如此機會，豈肯放過，使出一直深藏不露的三大殺招最凌厲的「攻守兼資」，突然劍光大盛，奇奧變化，長江大河般往管中邪攻去。管中邪見他一招之中，含蘊無窮變化，長嘯一聲，全力反擊。旁觀諸人，由小盤而至侍衛兵卒，無不高聲吶喊，聲如潮湧。

項少龍殺得性起，把墨子劍法也忘掉，招招有若羚羊掛角，無跡可循，他的身體有如虎豹，既靈動如神，又是彈躍快速，更無一招不是以命搏命，狠辣至極。管中邪雖不情願，腳下仍是騰騰直退。到退第七步，因項少龍力道稍竭，他憑著一套有如織女穿梭、細膩綿密的手法把下風之局扳回來，堪好擋著項少龍的攻勢。項少龍再劈一刀，倏地退後，意態悠閒地把木劍扛在肩上。管中邪鬆一口氣，當然不敢冒進，兩人再成對峙之局。

呂不韋難掩臉上驚惶的站起來，高聲道：「停戰！」

一時所有人的目光全移到他身上去。

尋秦記〈卷四〉終

新人間叢書104

尋秦記〈卷四〉

作　者—黃易
主　編—葉美瑤
編　輯—邱淑鈴・汪中玟
美術編輯—姜美珠
責任企畫—王嘉琳
校　對—黃易・邱淑鈴
董事長
發行人—孫思照
總經理—趙政岷
出版者—時報文化出版企業股份有限公司
10803台北市和平西路三段二四〇號三樓
發行專線—（〇二）二三〇六—六八四二
讀者服務專線—〇八〇〇—二三一—七〇五・（〇二）二三〇四—七一〇三
讀者服務傳真—（〇二）二三〇四—六八五八
郵撥—一九三四四七二四　時報文化出版公司
信箱—台北郵政七九～九九信箱
時報悅讀網—http://www.readingtimes.com.tw
電子郵件信箱—liter@readingtimes.com.tw
印　刷—盈昌印刷有限公司
初版一刷—二〇〇一年七月二日
初版十九刷—二〇一六年二月二十四日
定　價—新台幣二八〇元
⊙行政院新聞局局版北市業字第八〇號

ISBN 978- 957-13-3420-0
Printed in Taiwan

國家圖書館出版品預行編目資料

尋秦記 / 黃易著； - 初版. - 臺北市：時報文化,
2001[民90]
面； 公分. —(黃易作品集)(新人間；AK0101-0107)

ISBN 978-957-13-3403-0(卷一：平裝).
ISBN 978-957-13-3404-9(卷二：平裝).
ISBN 978-957-13-3416-2(卷三：平裝).
ISBN 978-957-13-3420-0(卷四：平裝).
ISBN 978-957-13-3421-9(卷五：平裝).
ISBN 978-957-13-3428-6(卷六：平裝).
ISBN 978-957-13-3429-4(卷七：平裝).

857.83 90008474

編號：AK0104	書名：尋秦記〈卷四〉
姓名：	性別：＿＿＿＿ 1.男　2.女
出生日期：　年　月　日	身份證字號：

＿＿＿＿ **學歷**：1.小學　2.國中　3.高中　4.大專　5.研究所（含以上）

＿＿＿＿ **職業**：1.學生　2.公務（含軍警）　3.家管　4.服務　5.金融
6.製造　7.資訊　8.大眾傳播　9.自由業　10.農漁牧
11.退休　12.其他

地址：＿＿＿＿縣（市）＿＿＿＿鄉鎮區＿＿＿＿村＿＿＿＿里
＿＿＿＿鄰＿＿＿＿路（街）＿＿＿段＿＿＿巷＿＿＿弄＿＿＿號＿＿＿樓
郵遞區號＿＿＿＿

（下列資料請以數字填在每題前之空格處）

＿＿＿＿ **您從哪裡得知本書／**
1.書店　2.報紙廣告　3.報紙專欄　4.雜誌廣告　5.親友介紹
6.DM廣告傳單　7.其他＿＿＿＿

＿＿＿＿ **您希望我們爲您出版哪一類的作品／**
1.長篇小說　2.中、短篇小說　3.詩　4.戲劇　5.其他＿＿＿＿

您對本書的意見／
＿＿＿＿內　　容／1.滿意　2.尚可　3.應改進
＿＿＿＿編　　輯／1.滿意　2.尚可　3.應改進
＿＿＿＿封面設計／1.滿意　2.尚可　3.應改進
＿＿＿＿校　　對／1.滿意　2.尚可　3.應改進
＿＿＿＿翻　　譯／1.滿意　2.尚可　3.應改進
＿＿＿＿定　　價／1.偏低　2.適中　3.偏高

您的建議／

請沿虛線撕下後對折裝訂寄回，謝謝！

請沿虛線摺下裝訂，謝謝！

廣　告　回　信
台北郵局登記證
台北廣字第2218號

時報出版
CHINA TIMES PUBLISHING COMPANY
尊重智慧與創意的文化事業

地址：10803台北市和平西路三段240號3樓
讀者服務專線：0800-231-705・(02)2304-7103
讀者服務傳眞：(02)2304-6858
郵撥：19344724 時報文化出版公司

請寄回這張服務卡（免貼郵票），您可以——

●隨時收到最新消息。

●參加專為您設計的各項回饋優惠活動。

新人間

新感覺・新人間・文學的新版圖

寄回本卡，掌握新人間系列的最新訊息